고려 한시 선집

한국
고전
문학
전집

015

고려 한시 선집

이성호 옮김

문학동네

머리말

　한국은 남다른 시심을 지닌 나라였다. 국문시가는 제하고 한시에 국한할지라도, 시인의 배출과 작품의 산출은 시의 왕국을 자처하는 중국을 무색하게 만들 정도로 성황을 이루었다. 궁정에서는 임금과 신하들이 창화唱和했고, 서재의 근엄한 도학자나 적막한 산중의 수도승도 시를 외면하지 않았으며, 깊은 규방 속 여인이나 화류계의 기생 또한 시를 사랑했다. 신분이 고귀해도 시에 능하지 못하면 영예가 덜했고, 미천한 종도 시에 뛰어나면 양반에게 존경을 받았다. 이렇듯 시와 친근한 생활 풍토가 있었기에 "서당 개 3년이면 풍월을 읊는다"는 해학적인 속담마저 생겨나지 않았겠는가.

　한시는 외래 문학양식임에도 한국인의 문화 유전자에 담긴 풍류정신과 숭문주의적崇文主義的인 사회환경의 호응을 받으며 장구한 세월 동안 애호되었다. 그 결과 우리는 선인이 알뜰하게 시심을 발휘해 빚어놓은 다량의 우수한 한시를 상속받았으니, 이는 소중하게 여겨 마땅할 거대한 뿌리의 한 부분인 것이다. 그러나 근대화를 향한 길목에서 한글 본위의 문자생활이 제도화된 이래 우리는 한시와 나날이 멀어져 소원한 관계가 되었다. 그러니 옛사람의 시가 각광받을 기약은 아무래도 없어 보인다.

그러나 저마다의 삶이 고단해져 심령心靈이 위축되고, 시를 사랑하는 마음마저 사라질 듯한 지금이야말로 한시를 권하기 좋은 때라는 생각이 들기도 한다. 맹자가 말한 것처럼 심한 기갈을 느끼는 사람은 음식 맛을 아랑곳하지 않고 욕구를 채우려 하거늘, 그 음식이 심신에 해로울 바 전혀 없다면 권하지 못할 이유 어디 있겠는가. 한시를 읽노라면, 물욕에 초연한 옛 시인의 청빈한 의식이 우리의 허영심을 부끄럽게 하며, 극심한 좌절을 겪어도 생을 포기하지 않는 강건한 정신이 우리의 연약함을 일깨워주고, 그 진중한 마음가짐은 일희일비를 반복하는 우리의 경박함을 돌아보게 하며, 대아大我를 돌아보며 헌신하는 정의감은 소아小我에 집착하는 우리의 이기심에 경종을 울려주기도 한다. 그러니 한번 마음을 열고 옛사람의 시를 음미해보기를 감히 청해본다.

이 책은 옛 시 중에서도 고려시대 한시를 선발해 편성한 것이다. 고려는 말 그대로 고릿적 과거라 거리감이 더하겠으나 그 시에서 우러나는 매력은 외려 후대보다 더한 친근감을 줄 만하다. 조선 전기의 문인 김수령金壽寧과 서거정徐居正이 이런 문답을 나눈 적이 있다. "고려시대의 시문은 말이 아름답고 기운이 풍부하나 체재의 격식이 원숙하지 않고, 근대의 저작은 말이 자잘하고 기운은 약하나 내용은 주도면밀하니, 어느 쪽이 낫겠습니까?" 김수령의 질문에 서거정은 다음과 같이 반문했다. "호걸스러운 장수와 사나운 병졸이 창을 뽑아들고 방패를 앞세운 채 인의仁義를 담론하는 것과 진부한 유생과 속된 선비가 예복을 차려입고 차분히 예법을 행하는 것 중에 어느 쪽을 취하겠소?" 이 논의는 일장일단을 언급한 채 우세를 명확히 하진 않았으나, 현대 독자에게는 고려 쪽이 조금

더 취향에 맞지 않을까?

두 선인의 논평은 상세한 고찰을 요하는 문제이지만, 고려 한시의 이해에 도움이 되는 사안인 만큼 거칠게나마 간략히 부연하겠다. 여말 이전까지 고려의 사상계는 유·불·도 3교를 상호 보완 관계로 받아들이는 융통성을 발휘하여 교조적인 이념의 지배를 배제했다. 서로 다른 세계관 사이를 별다른 마찰 없이 오가며 노닐 수 있었기에 문인지식층의 의식은 상대적으로 자유로운 지향을 보여준다. 또한 사상에 예속시키지 않고 문학의 독립적 지위와 가치를 보장했으므로 유미주의적인 창작 태도가 널리 용인되었다. 미사여구를 조탁해내는 수사적 노력이 오래도록 당연시되었기에 말이 아름답다는 평가를 받을 만했던 것이다. 또한 대내외적으로 개방된 사회 분위기와 상무적尙武的인 환경은 문인지식층의 외향적 심리 형성을 자극하여 그들이 적극적이고 진취적인 기질을 갖도록 했다. 이는 시문의 내용에 분방하고 활달한 기운을 더해준 요인이 되었다.

그러나 성리학 일변도로 나간 조선은 사정이 다르다. 조선 전기 사회는 사상의 단속과 봉건 예교의 구속이 점증하여 문인지식층의 의식이 점차 고지식하게 변해갔다. 게다가 사회의 폐쇄성과 숭문주의의 폐단은 그들의 기질을 우활하게 만들고 문약文弱으로 흐르게 했다. 문학에 대해서는 도를 선양하기 위한 수단으로 역할하기를 요구하여 수사적 아름다움보다는 주제사상의 적합성에 치중했다. 그러므로 창작 과정에서도 윤리 도덕의 간섭이 발생해 표현의 절제에 신경쓰도록 제약을 받았으니, 시문의 기운은 자연 위축될 수밖에 없었다. 다만 격식을 꼼꼼하게 맞추고 치밀하게 내용을 구성하는 솜씨는 진일보한 면모를 보여준다.

이 선집은 고려 한시의 다채로운 풍미를 느낄 수 있도록 체재와 격식, 제재와 주제의 다양성을 염두에 두고 시를 선별했다. 수록된 시의 형식별 수량을 살펴보면 오언고시 15수, 칠언고시 10수, 오언율시 13수, 오언배율 1수, 칠언율시 13수, 오언절구 18수, 칠언절구 29수이다. 도합 99수인데, 다소 편중은 있으나 각종 체제를 골고루 갖춘 편이다. 시에서 다뤄진 내용은 광범위하게 인간과 자연을 포괄한다. 전란으로 위기에 처한 나라와 헐벗고 굶주린 백성을 염려해 지은 우국우민憂國憂民의 시, 포부를 펴지 못한 불만이나 벼슬살이의 고충 등 신상 문제를 다룬 시, 은일隱逸생활을 누리거나 산수자연을 완상玩賞하며 지은 시, 고향을 그리워하고 이별을 아쉬워하며 지은 시, 민간의 애정 노래를 한역漢譯한 시, 그 외에도 영사시詠史詩·영물시詠物詩·제화시題畵詩·속담시 등이 있다. 제재가 각양각색이어서 생활상의 소소한 단면을 살피기에 모자라지 않으리라 여겨진다.

다만 책을 내면서 피할 수 없는 걱정은, 좋은 재료를 가지고 요리를 망쳐 남의 입맛만 버리게 하면 어쩌나 하는 것이다. 원시原詩의 뜻은 물론 맛까지 번역해낼 수 있으면 좋으련만 재주 밖의 일이라 어설프고 서툴기만 하다. 만약 맛을 보고 고려 한시의 매력을 조금도 느끼지 못하는 독자가 있다면 시는 놓아두고 역자의 부족한 역량을 나무라기 바란다.

2013년 가을
이성호

【 일러두기 】

1. 이 책에 수록된 대부분의 시는 『동문선東文選』에서 가려 뽑았으나 일부 『한국문집총간韓國文集叢刊』에 속한 개인 문집에서 뽑기도 했다. 어떠한 경우든지 출전을 밝혀놓았다.
2. 작품은 각 부마다 작자의 활동 시기를 고려하여 시대순으로 배열했다.
3. 이규보李奎報의 시는 문학동네 한국고전문학전집에서 별도의 작품집이 기획된 까닭에 선발 대상에서 제외했다.
4. 독자의 참고를 위해 수록된 시의 형식별 분류를 부록으로 실었다.

하얀 새 홀로 날아 사라지고
외로운 돛배 하나 가벼이 떠가네

한송정곡寒松亭曲

장연우張延祐

달빛 하얀 한송정의 밤
파도 잔잔한 경포의 가을.
슬피 울며 오가는 것은
미더운 한 마리 갈매기일세.

月白寒松夜　　波安鏡浦秋
哀鳴來又去　　有信一沙鷗

—『동문선』제19권

나말여초에 불렸을 우리말 노래를 한역漢譯한 시다. 『고려사』「악지樂志」에는 다음 기록과 함께 이 시가 소개되어 있다. "세상에 다음과 같은 이야기가 전한다. 이 노래는 큰 거문고 바닥에 적혀 있었다. 물에 뜬 채로 흘러가 중국 강남에 이르렀는데, 강남 사람들은 그 가사를 이해하지 못했다. 그러다 광종光宗 때 장진공張晉公이 강남에 사신으로 가자, 강남 사람들이 그에게 뜻을 물어보았다. 이에 장진공이 이 시를 지어 풀이해 주었다."

한 곡의 노래가 이렇듯 기이한 사연을 품고 해외에 유전流傳된 것은 참으로 특기할 만하다. 장진공은 곧 장연우와 동일인일 것이며, 거문고에 맞춰 불렀을 원가原歌는 향찰로 표기된 까닭에 강남 사람들이 해독하지 못했던 것이다.

장연우가 오언절구로 한역한 시는 관동 지방의 명승지인 한송정과 경포대의 풍경을 묘사하고 아울러 갈매기를 형용했다. 한송정은 신라의 사선四仙이 노닌 유서 깊은 승경勝景이며, 경포는 호수와 주변 풍광이 탈속적인 아름다움을 지닌 곳이다. 마지막 구의 '유신有信'은 갈매기의 습성을 미화한 것이다. 조수가 드나드는 때에 맞춰 일정하게 오가기 때문에 갈매기를 '신구信鷗'라고도 부른다. 이 시는 아름답고 한적한 자연을 노래한 한 수의 서경시로 조금도 손색이 없다. 그러나 원가가 본래 그러했는지는 알기 어렵다.

『해동가요海東歌謠』에는 여말에 강릉 기녀 홍장紅粧이 불렀다는 단가短歌가 전하는데 장연우의 한역시와 상당히 비슷하다. 이를 옮기면 다음과 같다. "한송정 달 밝은 밤에 경포대 물결 잔잔할 제, 유신한 백구白鷗는 오락가락하건마는, 어찌해 우리의 왕손王孫은 가고 아니 오는가!" 이 단가에는 '왕손' 운운한 소절이 있어 주목된다. 왕손은 상대를 높이는 말로 '임' 정도의 의미를 갖는다. 그로써 추정하자면 이 단가는 강릉의 서정적 화자가 정인情人이 돌아오기를 바라며 부른 노래일 것이다.

장연우의 한역시는 서경시에 가까운 반면 홍장의 단가는 서정시에 가깝다. 그렇다면 어느 쪽이 원가에 충실한 작품일까? 단가가 한역시를 참고해 재구성한 작품일 가능성도 전무하지 않지만, 원가가 불릴 당시 우리 시가문학에 순연히 산수를 노래한 경우는 찾기 어려우므로 단가의 내용이 원곡에 가까우리라 본다. 한역시보다 출현 시기는 늦으나, 단가가 외려 자연스런 변천 과정을 겪으며 원곡의 서정성을 보존해오지 않았을까?

반면 장연우의 한역시는 평측과 자수, 압운 등의 엄정한 한시 형식에 구애될 수밖에 없다. 작위적인 한역 과정에서 부득이 원의에 손실이 생겨 서정성은 사라지고 서경시처럼 변모한 것이 아닌가 싶다.

대흥사에서 자규가 우는 소리를 듣고 大興寺聞子規

김부식 金富軾

속객은 꿈 이미 끊어졌고
자규는 여전히 흐느껴 우네.
세상에 공야장 公冶長이 없으니
그 누가 마음에 맺힌 사연 알아주리?

俗客夢已斷　　子規[1]啼尙咽
世無公冶長[2]　誰知心所結

—『동문선』제19권

---

1) 자규(子規): 두견(杜鵑)과 같다. 두견과의 여름새. 전설에 의하면, 옛날 중국 촉(蜀) 땅에 망제(望帝)라는 왕이 있었는데 이름을 두우(杜宇)라 했다. 망제는 신하에게 나라를 빼앗기고 쫓겨난 뒤 촉 땅으로 돌아가지 못하는 신세를 슬퍼하며 울다 죽었는데, 그의 한 맺힌 넋이 자규가 되어 "촉도로 돌아가자, 돌아감만 못하다(歸蜀道, 不如歸)"고 부르짖는다 한다.
2) 공야장(公冶長): 성은 '공야', 이름은 '장', 자는 자장(子長). 노(魯)나라 혹은 제(齊)나라 사람으로 알려졌으며, 공자의 제자이자 사위다. 새소리를 듣고 뜻을 알아들었다는 전설이 있다.

대흥사는 921년(태조 4) 경기도 장단長湍의 오관산五冠山에 세워진 사찰이다. 개경 인근의 사찰이어서 시인이 짬을 내 찾아가 예불한 뒤 투숙한 모양이다. 그런데 '속객'이라 자칭한 시인은 제대로 잠을 이루지 못하고 있다. 꿈이 끊어졌다는 것은 깊이 잠들지 못한 채 선잠에서 깨어났다는 뜻인데, 시인은 혹 무슨 나쁜 꿈이라도 꾼 것일까? 잠에서 깨어보니 자규는 여전히 처절한 울음을 이어가고 있다.

시의 후반부에서는 두견새가 밤새 구슬피 우는 뜻을 세상 누구도 모를 거라고 했다. 전설에 의하면 공자의 제자 공야장은 새의 말을 알아들었다고 한다. 한번은 그가 길을 가다가 "시냇가에서 죽은 사람의 고기를 먹자"고 하는 까마귀 소리를 들었다. 마침 어느 노파가 아이를 잃고 길에서 울고 있길래 시냇가에 가보라고 일러줬는데, 그 일로 그는 살인범으로 몰려 투옥됐다가 후에 진실이 밝혀져 풀려났다고 한다. 이 시는 지금 세상에는 공야장 같은 이가 없으니 밤새 자규가 우는 사정을 이해해줄 사람이 없다고 한다. 가슴에 맺힌 사연을 말할 곳 없는 자규의 처지는 얼마나 답답할 것이며 또 그는 얼마나 외로운가!

이 시에는 작자가 절을 찾은 사정을 추론할 단서가 없다. 종교에 의지해 무언가 갈구하기 위해, 혹은 마음의 평정을 얻기 위해 방문했으리라 짐작할 뿐이다. 대흥사는 태조 왕건이 고려를 개국한 후 창건한 사찰이니, 혹 나라의 중대사를 가지고 부처에게 기도하려 했는지도 모른다. 김부식의 시대에는 이자겸李資謙의 난과 묘청妙淸의 난이 발생했다. 자규는 또한 나라를 잃은 촉제蜀帝의 넋이 변한 새라고 하니 모종의 국가 위기와 결부시켜볼 여지가 없지 않다. 그러나 명백한 사유를 알 수 없는 한 그런 해석은 시적 상상력을 빙자한 견강부회라는 비판을 면하기 어렵다. 다만 작자의 잠자리가 뒤숭숭해 보이는데다 자규의 가련한 처지를 다룬 것으로 보아 시인의 심사가 평온하지 않다는 점은 분명하다.

그렇다면 이 시는 시인이 하소연할 데 없는 번민을 자규에 기탁해 지은 것 아닐까? 시인이 새 울음소리를 듣고 가슴에 응어리가 맺혔다고 생각한 것은 일종의 감정이입이다. 시인은 자규와 서로 융화되어 공감하기에 한밤중에 자규의 울음소리를 예사롭지 않게 듣고 있는 것이다.

감로사에서 혜원의 시에 차운하다 甘露寺次惠遠韻

김부식 金富軾

속객은 찾아오지 않는 곳
올라와 내려다보면 생각이 맑아지네.
산의 형세 가을이라 더 아름답고
강물빛 밤이어도 밝기만 하다.
하얀 새 홀로 날아 사라지고
외로운 돛배 하나 가벼이 떠가네.
부끄러워라, 달팽이 뿔 위에서
반평생 공명功名 찾으며 살아왔구나.

俗客不到處　　登臨意思淸
山形秋更好　　江色夜猶明
白鳥孤飛盡　　孤帆獨去輕
自慚蝸角上[1]　半世覓功名

—『동문선』제9권

---

1) 와각상(蝸角上): 달팽이 더듬이 위. 작고 보잘것없음을 비유한다. 본래 와우각상쟁(蝸牛角上爭)이란 말에서 유래한 것으로, 『장자莊子』「칙양則陽」에 나온다.

감로사는 문종의 장인으로 권세를 떨친 이자연李子淵이 개성의 서호西湖 인근 오봉봉五鳳峯 아래 창건한 사찰이다. 이자연은 중국에 사신으로 갔다가 윤주潤州 감로사를 방문한 적이 있었다. 현재 장쑤 성江蘇省 전장鎭江의 베이구 산北固山에 자리한 절로 삼국 오吳나라 때 세워졌으며 유비劉備가 '천하제일강산'이라 찬탄한 명승지다. 이자연 역시 윤주 감로사의 빼어난 산수미에 매료되어 국내에 풍광이 비슷한 곳을 찾아 절을 세우려 했는데, 중국에 다녀온 지 6년이 지난 후에야 예성강禮成江 인근에서 흡사한 곳을 발견하게 되었다고 한다. 그곳은 현재 북한의 황해북도 개풍군에 속한 지역이다.

한편 『파한집破閑集』에는 이 시가 '혜소惠素'라는 승려의 원시原詩에 차운해 지은 것으로 소개되어, 시제의 '혜원'과는 이름이 불일치한다. 혜소는 대각국사大覺國師 의천義天의 제자로서, 의천의 행장 10권을 저술했으며 시문과 필법에 뛰어났다고 전한다.

1연은 감로사로 향하는 길의 탈속적인 분위기를 노래했다. '속객俗客'의 발걸음이 이르지 않음은 절이 깊고 그윽한 산중에 자리해 있음을, '의사意思'가 맑아짐은 청정淸淨한 경계境界에 들어섰음을 말한 것이다.

뒤이은 2연과 3연은 서경敍景에 할애하여 감로사의 주변 풍광을 묘사했다. 2연에서는 가을날 달밤의 경관을 통해 사찰 주변 산수의 아름다움을 읊었는데, 이는 실제 목전의 풍경을 묘사한 것이 아니라 관념화된 장면을 조합해 재구성한 것일 가능성이 있다. 한적한 강변 풍경을 그려낸 3연에서는 그런 징후가 더욱 농후하게 드러난다. 3연은 이백李白의 「독좌경정산獨坐敬亭山」에 나오는 "새들이 높이 날아 사라지고, 외로운 구름만 한가로이 떠가네衆鳥高飛盡, 孤雲獨去閑"라는 구절과 유사한데, 시상을 펼치다 기억에 잠재된 명구가 떠올라 자연스럽게 활용한 것으로 짐작된다. 앞사람의 시구를 개조하는 점화點化는 일반적으로 용인되던 수사법이라 표절은 아니지만 참신성이 떨어지기 마련이다. 그러나 작자는 양식화된 풍경으로써 특정한 운치를 환기하는 데 주안점을 두었기에 실경實景의 묘사에 집착하지 않았다.

4연에서는 수행 도량으로서 감로사가 주는 정신적 깨달음을 노래하여 주제를 명확히 했다. 이 연의 내용은 1연과 서로 호응하는데, 도입부에서 이미 속세와 절연되는 듯한 감수感受를 밝힌 서정적 자아는 마침내 자기 인생을 돌이키며 회의하고 있다. 일상을 떠나 그윽한 아취가 넘쳐나는 수행 공간에 있노라니 문득 깨달음이 찾아와 세상사가 부질없음을 느끼고 있는 것이다.

이 시는 사찰 제영시題詠詩 가운데 저명한 작품으로, 홍만종洪萬宗은 『소화시평小華詩評』에서 "홍진세계를 벗어난 아취가 담겨 있다"고 평했다. 산사에 찾아들어 자연스레 선禪의 지취를 품고 불교적인 '공적空寂'의 인생관에 젖어든 모습에서 김부식 만년의 정신 궤적을 헤아려볼 만하다. 그런데 이 시가 차운해 지은 작품이란 사실은 시의 감상에서 중요한 문제다. 작자가 감로사를 방문한 경험이야 없지 않겠지만, 2연과 3연의 산수 경물 묘사는 실제 조망한 결과가 아닌 가상으로 설정된 허구적 풍경으로 여겨진다. 상대가 지은 원시의 운자를 가져다 쓰며, 또 유사하게 시의詩意를 조성하는 차운 작품은 오로지 문학적 상상력에 의지해 의경意境을 꾸미는 사례가 숱하기 때문이다.

한편 혜소와 김부식의 시를 뒤이어 당대의 많은 문인들이 이 시에 차운해 거의 1000여 편의 작품이 양산되었다고 전한다. 유불儒佛을 대표하는 두 원로의 아취 있는 교유가 시단의 승사勝事를 이루게 했던 것이다.

변산 소래사에 쓰다 題邊山蘇來寺

정지상鄭知常

적막한 옛길에 솔뿌리 얽혀 있고
하늘 가까워 두우성斗牛星 만질 수 있으리.
뜬구름 흐르는 물에 손은 절에 이르며
단풍잎 푸른 이끼에 중은 문을 닫누나.
가을바람 서늘하게 지는 해에 불거늘
산달 밝아지며 원숭이는 울고 있네.
기이해라! 수북한 눈썹의 늙은 스님이여
기나긴 세월 시끄러운 인간세 꿈꾸지 않으셨네.

古徑寂寞縈松根　　　天近斗牛[1]聊可捫
浮雲流水客到寺　　　紅葉蒼苔僧閉門
秋風微凉吹落日　　　山月漸白啼淸猿[2]
奇哉厖眉[3]一老衲[4]　　　長年不夢人間喧

—『동문선』 제12권

1) 두우(斗牛): 별자리 이름. 28수(宿) 가운데 두성과 우성. 북두성과 견우성.
2) 청원(淸猿): 원숭이를 가리킨다. 울음소리가 차가우면서도 맑은 느낌을 주어 붙인 이름이다.
3) 방미(厖眉): 흰 눈썹. 노인을 가리켜 말한 것이다.
4) 일노납(一老衲): 노승을 가리킴. '납'은 승려가 입는 납의(衲衣). 본래 기워 만든 옷이란 뜻으로, 승려가 낡은 헝겊을 기워서 옷을 만들어 입어 생긴 말이다.

소래사는 전라북도 부안의 관음봉(433미터) 아래 자리한 사찰로서, 633년에 두타승^{頭陀僧} 혜구^{惠丘}가 창건했다고 전한다. 조선 후기 신경준申景濬의 「변산내소사기^{卡山來蘇寺記}」에 따르면 원래 큰 소래사와 작은 소래사가 있었으나 후에 작은 절만 남게 되었고 이름도 내소사로 바뀌었다고 한다. 변산은 부안 변산면 일대에 걸쳐 있는 명산으로, 최고봉은 의상봉(508미터)이다.

1연은 산사를 향해 가는 길의 풍경과 느낌을 노래했다. 진입로의 경치를 묘사한 1구는 절에 관한 여러 단서를 담고 있다. '고경적막^{古徑寂寞}'은 길이 난 지 오래되었으며 고요하다는 것으로서 소래사가 유서 깊은 고찰이며 인적 드문 산중에 있음을 일러준다. 소나무 뿌리가 뒤엉켰다는 것에도 송림이 울창하다는 뜻과 더불어 절의 연원이 깊다는 의미가 담겨 있다. 2구에서는 하늘의 별을 만질 수 있으리라는 주관적인 상상을 펼쳐 절이 높은 곳에 자리한 사실을 과장했다. 변산은 해발고도가 높지 않으나 바닷가에 접해 있어 상대적으로 높게 느껴졌을 수도 있지만, 웅장하고 고원한 화면을 그려내기 위해 고의로 극단적인 과장법을 쓴 것이다.

2연은 소래사에 도착한 직후의 정경을 그렸다. 주객^{主客}을 나누어 길손이 이른 뒤 승려가 문을 닫는 장면으로 대우^{對偶}했는데, 나그네의 분방한 발걸음과 승려의 한가로운 모습을 대비시켰다. 3구의 '부운유수^{浮雲流水}'는 실경이자 '객^客'으로 지칭된 작자의 행각을 비유한 것이다. 4구는 '홍엽창태^{紅葉蒼苔}'로써 수려한 산색을 형용하는 한편 아름다운 자연 속에 깃들여 사는 승려의 한적한 모습을 암시했다.

시의 후반부는 경내에 머무르며 보고 느낀 것을 위주로 구성했다. 우선 3연에서는 선선한 가을바람 속에 석양이 지고, 산 위로 달이 떠오르자 원숭이가 우는 풍경을 그렸다. 처연한 느낌을 주는 경물이 조합되어 호젓한 분위기를 조성하는데, 촉각과 시각, 시각과 청각이 어우러져 인상이 또렷하며 미감이 풍부하다. 여기서 원숭이는 당연히 공상의 산물로서, 정적을 강조하기 위해 원숭이 울음소리를 활용했다. 이렇듯 맑고 고요한 풍경은 아련히 티끌세상을 벗어난 느낌을 주어 산중의 사찰 공간을 무욕과 탈속의 청정淸靜세계로 꾸며주고 있다.

4연은 우연히 만난 큰스님을 등장시켜 절의 탈속적 이미지를 한층 선명하게 부각하며 마무리했다. 흰 눈썹이 수북한 그 모습에는 원만구족圓滿具足한 고승대덕高僧大德의 형상성이 있어 경외감을 주며, 시끄러운 인간세상에 관한 꿈조차 꾸지 않는다는 표현은 그를 일체의 인연으로부터 자유로운 초월적 존재로 상상하게끔 이끌고 있다. 불교 진리를 체득해 해탈의 경지에 오른 양 느껴지는 노승의 출현은 소래사를 생불生佛이 자리한 거룩한 장소로 승화시켜주는 것이다.

이 사찰 제영시는 아늑하고 고요한 산사의 자연환경과 득도해 현실을 초월한 인물 형상을 통해 홍진세계를 벗어난 고아하고 청아한 정취를 만들어냈다. 최자崔滋는 『보한집補閑集』에서 이 시를 비롯한 정지상의 시 몇 수를 예시하고 논평하길, "어운이 청화하며 구격이 호일하다語韻淸華, 句格豪逸"고 했다. 홍만종洪萬宗은 또한 『소화시평小華詩評』에서 "맑고도 굳세어 읊을 만하다淸健可誦"고 했는데, 이는 최자의 견해와 상통한다.

형식상 이 시는 정격의 율체律體에 변화를 준 요체拗體에 해당한다. 율시나 절구는 구마다 평성平聲과 측성仄聲이 놓이는 자리가 엄격히 규정되어 있으며, 이를 어기는 것을 하자로 간주해 실점失粘이라 한다. 그런데 일부러 평성을 사용할 자리에 측성을 놓고 측성을 사용할 자리에 평성을 사용하는 경우가 있다. 이렇게 격률의 규칙에 위배되는 구를 요구拗句라 하는데, 요구는 상투적인 율시의 성률에 파격을 가하면서 시의 어조와 기세를 우뚝하니 굳세게 해주는 효과가 있다. 앞에서 최자가 '시구의 격식이 호일하다'고 평한 것과 홍만종이 '굳세다'고 지적한 것은 정지상이 율시의 틀을 벗어나 자유롭게 요구를 활용한 데서 비롯된 시적 특질인 것이다.

산장의 비 내리는 밤山莊雨夜

고조기高兆基

어젯밤 솔숲 집에 비가 내리어
베개 서쪽 머리에 냇물 소리 울렸지.
동틀 무렵 뜰 앞 나무를 보니
잠자던 새 둥지를 뜨지 않았네.

昨夜松堂[1]雨　　溪聲一枕西
平明[2]看庭樹　　宿鳥[3]未離棲

—『동문선』제19권

---

1) 송당(松堂): 솔숲 사이에 지은 집의 방.
2) 평명(平明): 해가 떠 날이 밝을 무렵. 여명(黎明)과 같다.
3) 숙조(宿鳥): 잠을 자느라 둥지에 깃들인 새.

시의 전반부는 지난밤을 돌이켜본 것으로, 밤비가 내린 사정을 노래
했다. 자고 있던 시인은 흐릿한 의식 속에 막연히 짐작했을 뿐 실제 비
내리는 걸 본 것은 아니다. 산장이 활엽수림 속의 기와지붕이라면 빗소
리가 쉽게 전달되었겠지만, 그의 별장은 빗소리가 확산되지 않는 솔숲
사이의 조촐한 초가지붕이라 감지하기 어려웠을 것이고, 게다가 가늘게
내리는 봄비라면 더더욱 소리가 작았을 것이다. 그럼에도 시인은 집 오
른편에 흐르는 시냇물을 통해 직관적으로 비를 연상한 것인데, 큰 소리
를 내며 흐르는 불어난 시냇물 소리가 잠결에 어렴풋이 들린 탓이다.

후반부는 이튿날 깨어난 뒤 방문을 열고 내다본 정경이다. 마지막 구
에서 시인은 둥지에 머무른 새를 보고 밤새 비가 내린 사실을 소급해
확인한다. 여전히 보금자리에 머물러 있는 새는 아직 날이 개지 않아 온
숲이 비에 젖어 있는 상태임을 우회적으로 일러준다.

비 내린 산장에서의 하룻밤을 담아낸 이 시는 시공간의 전환과 그에 따
른 물상의 변화가 다양해 전혀 단조롭지 않다. '작야昨夜'에서 '평명平明'으
로 변환되는 시간 위에 여러 물상이 배열되었으니, '송당松堂'은 '정수庭
樹'에 자리를 내주고, '계성溪聲'은 '숙조宿鳥'에게 양보하며 화면의 전환이
이루어진다. 게다가 시인의 모습이 자연스럽게 녹아들어 있어, 밤중에
시인이 잠자리에서 냇물 소리를 듣는 모습과 아침에 방문을 열고 밖을
내다보는 모습 또한 상상해볼 수 있다.

고조기는 오언시五言詩에 특히 뛰어난 시인으로 알려져 있다. 현전하
는 작품이 극히 드물지만 풍부한 운치를 담아낸 이 한 수의 절구로도
그 점을 대략 확인할 수 있겠다.

묵죽 그림 뒤에 쓰다 題墨竹後

정서 鄭敍

한가한 때 붓과 벼루 놀리며
한 줄기 대나무 그려놓았네.
이따금 벽 위의 그림 보나니
그윽한 자태 지녀 속되지 않네.

閑餘弄筆硯　　寫作一竿竹
時於壁上看　　幽姿1)故不俗

—『동문선』제19권

---

1) 유자(幽姿): 그윽한 모양.

문인화文人畵의 일종인 묵죽은 먹물로 그린 대나무를 가리킨다. 당의 저명한 화가 오도현吳道玄으로부터 본격화되었으며 송의 문동文同과 소식蘇軾을 거치면서 성행했다. 고려의 사대부 또한 평소 취미로 즐겨 그렸는데, 『파한집破閑集』에 의하면 이인로李仁老 자신도 대나무를 곧잘 그렸고 김부식金富軾의 아들 김돈중金敦中과 손자 김군수金君綏도 솜씨가 좋았다고 한다. 이렇듯 문인 화가들이 대나무를 회화예술의 제재로 애용한 까닭은 그것을 군자의 인격이 구체화된 형상으로 여겼기 때문이다. 푸른 줄기가 쭉 뻗은 외양은 속세를 벗어난 정취를 느끼게 하고, 곧게 자라며 잘 부러지지 않는 성질은 군자가 지향하는 강직한 기질과 합치되기 때문이다.

시의 전반부에서 작자는 여가활동으로 묵죽을 그렸다고 했으나 현전하는 작품이 없어 그의 회화 수준을 논하기는 어렵다. 다만 이 제화시의 후반부에서 엿보이는 묵죽에 대한 작자의 미학적 이해는 정통하다. 마지막 구는 간명한 화론畵論이라 할 수 있는데, 그 내용은 대나무의 본질과 묵죽이 추구하는 예술적 가치의 핵심에 닿아 있다. '유자幽姿'와 '불속不俗'은 의미상 상통하는 부분이 있으나, 구별하자면 다음과 같다. 전자는 회화적으로 구현한 대나무의 겉모습을 표현한 것으로, 백거이白居易가 「화죽가畵竹歌」에서 시어로 사용한 이래 자주 대나무를 표현하는 말로 사용되었다. 후자는 대나무 그림이 주는 심미적인 면을 지적한 것으로, 대나무의 본질이 잘 발현되면 느낄 수 있는 탈속적 운치를 뜻한다. 소식은 「오잠승녹균헌於潛僧綠筠軒」에서 "고기가 없으면 사람을 마르게 하고, 대나무가 없으면 사람을 속되게 한다無肉令人瘦, 無竹令人俗"고 했다. 대나무의 덕德을 바로 '불속'에서 찾았던 것인데, 묵죽이 추구하는 궁극의 예술적 풍격 또한 그와 다르지 않다.

자기 그림을 흡족한 기분으로 감상하며 심미안을 보여준 이 시는 이른바 '자화자찬自畵自讚'의 기롱을 면하기는 어렵겠다. 그래도 그림 여백에 찬을 적은 게 아니라 후면에 시를 썼으니 세간의 시선을 의식하긴 했던 모양이다. 『고려사』에 따르면 정서는 "성품이 경박하지만 재예才藝가 있었다"고 한다. 음률에 밝아 거문고를 잘 탔으며, 「정과정곡鄭瓜亭曲」을 지어 부른데다, 회화에도 솜씨가 있었으니 그는 말 그대로 다재다능한 예술가였다. 예술 창작 행위는 예교의 규범과 조화되기 어려운 면이 있다. 진부함과 범속함을 뛰어넘으려는 예술가의 자유분방한 기질에 대한 세속의 평가가 대체로 인색하다는 점을 고려해 정서의 인물평을 받아들일 필요가 있다.

창바위 戟巖

오세재 吳世才

북쪽 산고개에 바윗돌 뾰족한데
곁의 사람 창바위라 하는구나.
저 멀리 학을 탄 왕자진王子晉 들이받고
높다라니 하늘 오르는 무함巫咸 찌르겠네.
자루를 다듬는 데는 번개가 불이 되고
창날을 닦는 데는 서리가 소금이 되리.
어이하면 병장기로 만들어
초楚나라 무너뜨리고 범凡나라도 멸망시킬까!

北嶺石巉巉　　傍人號戟巖
迥撞乘鶴晉1)　高刺上天咸2)
揉柄電爲火　　洗鋒霜是鹽
何當作兵器　　敗楚亦亡凡

---

1) 승학진(乘鶴晉): 학을 탄 왕자진이란 뜻. 왕자진은 전설적인 신선으로 본래 주(周)나라 영왕
   (靈王)의 태자였다. 생(笙)을 잘 불어 봉황의 울음소리를 냈는데, 도사 부구공(浮丘公)을 만
   나 숭고산(嵩高山)으로 올라간 지 30여 년 뒤 학을 타고 인간세상에 잠시 나타났다 사라졌
   다고 한다.
2) 상천함(上天咸): 하늘로 승천하는 무함이란 뜻. 무함은 고대의 전설적인 무당으로, 황제(黃帝)
   와 염제(炎帝)가 탁록(涿鹿)의 벌판에서 전쟁을 벌일 때 그에게 승패를 점치게 했다고 한다.

창날처럼 날카롭게 솟아 명물이 된 바위를 노래한 영물시詠物詩. 창바위는 개성 북쪽으로 약 12킬로미터 떨어진 북산北山에 있다.

1연에서는 곧바로 바위가 위치한 곳과 이름을 소개했다. 2연에서는 고대 전설 속의 인물인 왕자진과 무함을 등장시켜 바위의 높이를 과장했다. 학을 타고 날았다는 신선 왕자진이나 신령스런 무당인 무함이 높고 뾰족하게 솟아난 바위 때문에 하늘을 나는 데 방해를 받았으리라는 발상이 참신하고 기발하다.

이어 3연에서는 '창바위'라는 명칭에서 단서를 얻어 바위의 하단을 창자루, 상단을 창날로 나누어 특징을 노래했다. 바위 아래로 번개가 내리치는 것은 창자루를 화롯불에 넣어 단련시키는 공정에, 바위 윗부분에 하얗게 서리가 덮인 것은 창날을 닦느라 소금을 사용한 것에 비유했다. 번개가 치고 서리가 내리는 자연현상을 창바위를 더욱 강하고 날카롭게 가공하고 단련하는 과정으로 비유했으니, 재치 넘치는 상상이 아닐 수 없다.

4연에서는 거대한 창바위를 병장기로 가져다 써 외세를 물리치고 조국을 수호하길 바라는 염원을 노래했다. 여기서 초와 범은 불특정한 외국을 가리켜 말한 것으로,『장자莊子』「전자방田子方」에 두 나라의 왕이 회동한 고사가 있으나 시의 내용과 직접적인 연관성은 없다.

오세재는 힘차고 준수한 시를 지었다고 전하는데, 이 시는 특히 험운險韻을 잘 사용한 것으로 유명하다.『백운소설白雲小說』에 의하면 "그가 북산에 올라 창바위를 제목으로 삼아 시를 지으려 할 때 옆 사람을 시켜 운자韻字를 내게 했더니 그 사람이 일부러 험한 운자를 냈다"고 한다. 험운은 강운強韻이라고도 하며, 운을 제대로 맞춰 시를 짓기가 어려워 평소 잘 사용하지 않는 운자를 가리킨다. 이 시는 하평성下平聲인 '염鹽' 운에 속한 글자로 압운을 했으며, 암巖·함咸·염鹽·범凡이 운자로 쓰였다. 압운에 심한 제약을 받아 자유롭게 시상을 펼치기 곤란함에도 매우 솜씨

있게 시를 구성한 데에서 그의 남다른 시재를 확인할 만하다. 마지막 구의 경우, 운자로 '범' 자를 사용하느라 그와 연관된 나라 이름인 '초'를 시어로 사용했다.

지리산에 노닐고 遊智異山

이인로 李仁老

두류산 멀고 저녁 구름 나지막한데
수많은 골짝과 바위는 회계會稽와 비슷하구나.
지팡이 짚고 청학동 찾아가나니
수풀 너머 흰 원숭이 울음 들려오누나.
누대는 아득하고 삼신산三神山 멀기도 한데
이끼 낀 네 글자는 희미하기만.
선원仙源이 어디냐 찾아 물으려 했더니
흐르는 물 지는 꽃에 어딘지 모르겠네.

頭流山¹⁾迴暮雲低　萬壑千巖似會稽²⁾
策杖欲尋靑鶴洞　隔林空聽白猿啼

---

1) 두류산(頭流山): 지리산의 별칭. 전북, 전남, 경남 지역에 걸쳐 있다. 두류산이란 이름은 백두대간이 흘러내려온 산이란 뜻을 담고 있으며, 삼신산의 하나인 방장산(方丈山)으로도 알려져 있다. 최고봉인 천왕봉은(1915미터)은 남한 내륙에 있는 산 중에 제일 높다. 한편 『파한집破閑集』에는 '流'가 '留'로 되어 있다.
2) 회계(會稽): 춘추시대 오(吳)와 월(越)의 영역에 해당하는 지역. 중국 저장 성(浙江省) 사오싱(紹興) 동남쪽에 있는 후이지 산으로 인해 붙은 지명이다. 전설에 의하면 우(禹)임금이 제후들을 그 산으로 불러모으고 공과를 따져 회계라는 이름이 붙었다 한다.

樓臺³⁾縹渺三山⁴⁾遠　　苔蘚依俙⁵⁾四字題⁶⁾

始問⁷⁾仙源⁸⁾何處是　　落花流水使人迷

3) 누대(樓臺): 신선이 거처하는 집을 가리킨다.
4) 삼산(三山): 봉래(蓬萊), 영주(瀛洲), 방장(方丈)의 삼신산(三神山)을 가리킨다. 따로 지리산
   에 삼신봉(1284미터)이 있다.
5) 의희(依俙): 희미한 모양. 『파한집』에는 미망(微茫)으로 되어 있다.
6) 사자제(四字題): 바위에 써놓은 네 글자를 가리킨다. 쌍계사 입구의 좌우 바위에 최치원(崔
   致遠)이 썼다는 '쌍계(雙磎)'와 '석문(石門)'이란 글자가 있으나 이를 가리키는지는 확실하
   지 않다.
7) 시문(始問): 『파한집』에는 '始'가 '試'로 되어 있는데, 후자가 타당하다.
8) 선원(仙源): 선경(仙境)과 같다. 신선이 거처하는 곳이며 무릉도원을 가리키기도 한다.

『파한집』에 따르면 이 시는 작자가 당형堂兄인 최당崔讜과 지리산 청학동을 찾아나섰다가 뜻을 이루지 못하고 돌아오며 지은 것이다. 창작 시기는 시인의 젊은 시절로 짐작된다. 무신武臣의 난으로 집안이 참화를 당한 뒤 세상과 절연할 요량으로 지리산을 찾은 것으로 여겨지기 때문이다.

한편 『파한집』에는 청학동에 대한 다음과 같은 설화가 소개되어 있다. 지리산 깊은 곳에 사람이 겨우 통과할 수 있는 매우 좁은 길이 있어 한참을 가면 문득 농토가 있는 넓은 들이 나타난다. 그곳은 옛날에 세상을 피해 숨어 살던 이들의 터전이며 푸른 학이 깃들여 살았다고 전해내려온다. 현재 지리산 삼신봉 동쪽 기슭 해발 800미터경에 위치한 산골 마을(경남 하동 청암면 묵계리)을 청학동이라 부르지만 작자가 찾던 바로 그곳인지는 알 길이 없다.

이 시에서 청학동은 미지의 이상향으로 설정되어 있다. 그런데 동진東晉의 도연명陶淵明이 「도화원기桃花源記」를 남긴 이래 '무릉도원武陵桃'은 동양의 전형적인 유토피아상으로 수용되었다. 그렇기에 청학동을 노래했음에도 이 시에는 무릉도원에 대한 관념적 인식이 산재한다. 1연에서 지리산을 중국의 '회계會稽'와 비슷하다고 한 까닭은 무릉이 해당 지역에 속한 때문이다. 2연에서 지리산에 실재하지 않는 '흰 원숭이白猿'를 언급한 까닭도 중국 남방의 생태환경을 염두에 둔 때문이다. 4연에서는 또 도화원桃花源을 연상케 하는 '선원仙源'과 지는 복사꽃을 상기시키는 '낙화落花'를 시어로 사용했다. 이로써 청학동은 무릉도원의 낙원 이미지를 확연히 갖추게 되었다.

아울러 이 시는 청학동을 신선의 땅으로 묘사하며 신비로운 색채를 더했다. 3연의 '삼산三山'은 어딘지 모를 청학동을 둘러싼 산을 막연히 삼신산三神山에 빗댄 것이며, 신선과 관련된 전거가 있는 문자로 추정되는 '사자四字' 역시 청학동을 선계仙界로 이해한 데서 비롯되었다. 무릉도원이 후인들에 의해 선경仙境의 표상으로 취급된 것처럼 청학동을 신선

사상과 연계해 파악한 것이다.

　그런데 이인로는 훗날 「도화원기」를 반복해 읽은 뒤 후인들이 도원을 선계로 이해한 것은 오독의 결과임을 지적했다. 도원은 선인仙人이 거주하는 도교적 환상 공간이 아니라 평범한 일반 백성이 사회체제의 간섭과 구속을 배제한 채 평화롭고 행복하게 살았던 피난처임을 뒤늦게 간파한 것이다. 아울러 청학동 역시 무릉도원처럼 인간 현실과 무관한 신비로운 신선세계가 아니라 이상적인 은둔처일 뿐임을 명료히 지각했다. 이 시에 선적仙的이고 신비한 색채가 농후하게 드리운 까닭은 이 시가 그 같은 인식 상태 이전에 지어졌기 때문이다.

복주 영호루福州映湖樓

채홍철蔡洪哲

평생 바다와 산에 많이 다녀봤어도
물외의 정신이 여기 오니 더하여지네.
처음엔 꿈에서 운우협雲雨峽을 노니는가 했더니
차츰 몸이 그림 속의 집에 드는 것 같네.
남쪽 강변은 가을밤이면 천봉千峯에 달이 뜨고
북쪽 마을은 봄바람에 만 나무 꽃을 피우네.
제아무리 무정하고 한가한 도인이라도
여기 올라선 마음이 마른 등걸처럼 되진 못하리.

海山當日往來多　物外¹⁾精神到此加
初謂夢遊雲雨峽²⁾　漸疑身入畫圖家
南江秋夜千峯月　北里春風萬樹花
雖是無情閑道者　登臨不得似枯槎

—『동문선』제14권

1) 물외(物外): 세상 밖. 속세를 초탈한 경지를 가리킨다.
2) 운우협(雲雨峽): 무협(武峽)을 달리 이른 말. 송옥(宋玉)의 「고당부高唐賦」에, 옛날 초(楚) 회왕(懷王)이 운몽(雲夢)에 갔을 때 꿈속에서 아침에는 구름이 되고 저녁에는 비가 되어 찾아온 무산(巫山)의 신녀(神女)와 만나 사랑을 나눴다는 고사가 나온다. 이를 운우지락(雲雨之樂) 혹은 무산지몽(巫山之夢)이라 한다.

복주는 경북 안동安東의 옛 이름이며, 영호루는 안동 남쪽 낙동강변에 있는 누대이다. 영호루의 창건 연대는 분명하지 않은데, 수해로 터를 바꿔가며 중건해 오늘에 이른다.

1연에서는 영호루에서 받은 특별한 인상을 노래하여, 전에 체험한 타지의 산수경물에 비해 이곳이 한결 탈속적 미감이 풍부한 공간임을 밝혔다. '물외'는 혼탁한 속세를 벗어난 맑고 깨끗한 경지를 일컬으며, 거기에 속한 '정신'은 영화나 이욕의 세속적 욕망을 잊고 자유로운 경계에 노닐 수 있게 된다. 영호루가 주는 심미적 특징을 바로 '맑음淸'에서 발견하고 있는 것이다.

뒤이어 2연에서는 영호루 일대의 경관에 낭만적인 각색을 시도하여 산수미를 과장했다. 우선 풍경이 신비롭고 이채로운 것을 지적하여, 꿈속에서 무산 신녀의 몽환적인 전설이 전하는 '운우협'에서 노니는 듯하다고 했다. 또한 풍광의 아름다움을 과장해 영호루가 마치 그림 속 세상에 자리한 것 같다고도 했다.

3연에서는 창작 시점에 구애되지 않고 누대에서 조망하는 경관을 임의로 편성했다. 3연에 묘사된 남쪽 강변의 가을 경치와 북쪽 마을의 봄 경치는 형상이 선명하고 표현이 세련되다. 그런데 경물의 소재는 실제 위치에 근거했으나 한 시점時點에 이질적인 두 계절의 풍경을 아울렀다는 점에서, 이는 실경實景을 상상으로 가공한 풍경화이다. 그럼으로써 사시사철 동서남북의 경치를 모두 완상할 만하다는 점은 외려 효과적으로 전달되고 있다.

4연에서는 누구라도 영호루에 오르면 감격하리라 단언하며 마무리했다. '무정'한 도인조차 감동할 것이란 말은 2구의 '물외의 정신'과 은미하게 연관되어 있다. 희로애락의 감정을 초월한 자가 곧 물외의 정신 경계에 오른 자다. 그런데 그런 초인도 영호루가 선사하는 산수미 앞에서는 어쩔 수 없이 희열을 느낄 것이라 했으니 이는 산수미에 대한 극찬이 아닐 수 없다.

최자崔滋는 제영題詠할 때의 유의점을 제시하길, "정자와 누대를 지나치며 경치를 읊을 때는 다만 한두 연에다 그림처럼 경치를 묘사하여 눈앞에 들어찬 듯해야 한다. 그래야지 바삐 지나는 길손들이 낭독할 때 입이 지루하지 않고 마음에 싫증이 나지 않아, 읊조리고 감상하며 정을 불러일으키게 된다"고 했다.

이처럼 제영시는 경관 묘사가 중핵이며, 아울러 적절히 감흥을 첨가해 참신한 언어로 가공하는 데 성패가 달렸다. 그런데 이 시의 2, 3연은 일반적이지 않은 방식으로 서경의 묘사를 시도했다. 2연은 선험적 미의식의 영향을 받아 비유로 자연미를 추상화했고, 3연은 구체적인 경물을 묘사하되 상이한 계절을 혼재시켜 눈앞의 실제 경관에 얽매이지 않았음을 일러준다. 작자가 경물의 사실적 재현보다 주관적 심상心像의 창출에 주의한 셈인데, 이것이 곧 제영의 우열을 판단하는 근거가 되기는 어렵다. 영호루에서 이 시를 감상하는 독자에게 얼마나 심리적인 공명을 일으킬 수 있는지 여부 역시 관건이기 때문이다. 그 점을 논외로 한다면, 이 시는 문장이 아름다운데다 포착한 경물의 특징을 허虛와 실實을 잘 결합해 드러냈다.

곡령의 갠 봄날鵠嶺春晴

이제현李齊賢

팔선궁八仙宮이 푸른 산봉우리에 있으니

아득한 안개 노을 몇만 겹이런가?

밤새 거센 바람이 비를 몰아가더니

해룡이 옥부용玉芙蓉 받들고 나오는구나.

八仙宮[1]住翠微峯[2]　　縹緲[3]煙霞幾萬煙重

一夜長風吹雨過　　海龍擎出玉芙蓉[4]

—『동문선』제21권(『익재난고益齋亂藁』제3권)

---

1) 팔선궁(八仙宮): 송악산(松嶽山) 정상에 있던 도교 사원. 송악산이 여덟 신선의 거처라 궁을
   지어야 한다는 정지상(鄭知常)의 주장을 인종(仁宗)이 받아들여 지었다. 팔선은 백두악(白
   頭嶽) 태백선인(太白仙人), 용원악(龍圓嶽) 육존자(六尊者), 월성악(月城嶽) 천선(天仙), 구려
   (駒驪) 평양선인(平壤仙人), 구려 목멱선인(木覓仙人), 송악(松嶽) 진거사(震居士), 증성악(甑
   城嶽) 신인(神人), 두악(頭岳) 선녀(仙女)이다. 그중 백두를 우두머리로 삼았다.
2) 취미봉(翠微峯): 푸른 산색을 띤 봉우리.
3) 표묘(縹緲): 보일 듯 말 듯 어렴풋한 모양.
4) 옥부용(玉芙蓉): 옥으로 만든 연꽃.

「송도팔영松都八詠」 중 첫째 수. 나머지 제목은 「용산추만龍山秋晚」「자동심승紫洞尋僧」「청교송객青郊送客」「웅천계음熊川禊飲」「용야심춘龍野尋春」「남포연사南浦煙養」「서강월정西江月艇」이다. 곡령은 개성의 진산인 송악산의 다른 이름으로 개성에서 북쪽으로 3킬로미터 떨어진 곳에 있으며 해발 488미터이다.

이 시는 봄비가 내린 뒤 활짝 갠 송악산의 산뜻한 풍경을 묘사했다. 1구에서는 푸른 산기운으로 뒤덮인 송악산 정상 부근에 팔선궁이 있음을 밝혔고, 2구에서는 그곳이 안개와 이내에 가려 본모습을 보기가 어려움을 지적했다. 나라에서 받드는 여덟 선인을 모신 신성한 장소이기에 속세와 격리된 신비로운 공간으로 그려낸 것이다.

이어 3, 4구에서는 밤새 비바람 불다 이튿날 안개와 노을의 기운이 쓸려간 후의 광경을 묘사했다. 옥으로 만든 연꽃을 쥐고 해룡이 나타났다는 비유는 매우 재기 넘치는데, 안개에 숨었던 산봉우리가 일순 신록의 선명한 자태를 드러냈음을 의미한다. 그것을 용에 비유한 것은 드러난 산의 등줄기가 구불구불한 용의 모습을 연상시켰기 때문이다. 그런데 왜 하필 '해룡'인가? 자욱하게 산을 뒤덮었던 안개와 노을을 해수면으로 간주했기 때문이다. 한편 '옥부용'은 단란하게 아름다운 건물이 들어선 팔선궁을 가리킨다. 많은 꽃 가운데 하필 연꽃에 견준 이유는 용과 물이 불가분의 관계이기 때문이다. 논리적으로도 전혀 어색하지 않은 적절한 비유법을 구사한 것이다.

이 시의 서경은 상쾌하여 청초한 맛이 나며, 작자의 낭만적인 상상력 덕분에 신비로운 색채를 더한다. 또한 내재된 기상도 호연한데, 비범한 시선으로 곡령을 대하는 작자의 심미적 역량을 확인할 수 있다.

산중의 눈 내리는 밤 山中雪夜

이제현 李齊賢

종이이불에 한기 돌고 불등 어두운데
사미(沙彌)는 밤새도록 종을 치지 않는다.
아마 성을 내리, 묵던 손이 일찍 문을 열고
암자 앞 눈 쌓인 소나무 보려 함을.

紙被¹⁾生寒佛燈暗　沙彌²⁾一夜不鳴鍾
應嗔宿客開門早　要看庵前雪壓松

—『동문선』 제21권(『익재난고益齋亂藁』 제3권)

---

1) 지피(紙被): 종이로 만든 이불. 대개 등나무의 섬유질로 만들었다.
2) 사미(沙彌): 불가에서 처음 출가하여 십계(十戒)를 받은 남자를 가리키는 말. 구족계(具足戒)를 받아 비구(比丘)가 되기 위해 수행하는 나이 어린 승려.

이 시는 이제현의 최고 명작으로 일컬어지는 작품이다. 어느 겨울날 암자에 묵은 뒤 지은 것으로, 3구에서 '묵던 손宿客'은 작자에 해당한다.

시의 전반부는 눈 내리는 차가운 밤의 분위기를 묘사했다. 1구에서는 실내의 물건으로 암자의 냉랭하고 스산한 정경을 그려냈다. 산중 수도 처라 따스한 침구가 없어 '종이이불紙被'을 덮은 모습에서 절로 냉기가 느껴진다. 게다가 부처를 공양하기 위해 켜둔 '불등佛燈'마저 침침하다. 그런데 불등은 왜 어두운 것일까? 시제의 '설야雪夜'가 일러주듯 밖에 눈 이 하얗게 내려 상대적으로 실내가 어둡게 느껴진 것이다.

2구에서는 앞 구와 달리 사미가 종을 치지 않은 사실, 즉 인물의 행위 를 통해 밤 추위를 부각시켰다. 춥다고 종을 치지 않은 것인데, 아직 수행 이 부족한 어린 승려의 태만한 모습이 잔잔한 웃음을 유발한다. 투숙객은 사미가 밤새 종을 치지 않은 사실을 인지하고 있는데, 이는 그가 밤새 잠 을 이루지 못했음을 우회적으로 일러준다. 그렇지만 시에는 투숙객이 산 사를 찾은 이유나 잠을 못 이룬 까닭에 대한 암시가 없다. 일종의 시적 여 백인데, 더욱 폭넓은 상상의 여지를 제공하는 효과를 낸다.

시의 후반부에서는 눈 쌓인 소나무를 바라본 사실을 밝혔다. 3, 4구의 표현 자체는 미래 의지의 표명에 불과하며 아직 구체적인 행위가 일어 난 것은 아니다. 그렇지만 강하게 연상 작용을 불러일으켜 독자로 하여 금 투숙객이 암자 문을 열고 나가 하얗게 눈을 뒤집어쓴 소나무를 바라 보는 장면을 떠올리게 한다. 직접 그리지 않았음에도 저절로 완미한 서 경을 이룬 것이 묘하다. 한편, 투숙객은 어떻게 눈이 내린 것을 알고 있 었을까? '설압송雪壓松'에 답이 있다. 폭설에 나뭇가지가 꺾이는 일은 빈 번하기 때문에 그 소리를 듣고 알아차린 것이다. 당唐의 시인 백거이白居 易가 「야설夜雪」에서 "이부자리 차가워져 이상타 했는데, 게다가 보니 창 밖도 밝네. 밤 깊어 눈 많이 내린 줄 알겠으니, 때때로 대나무 부러지는 소리 들려온다已訝衾枕冷, 復見窗戶明. 夜深知雪重, 時聞折竹聲"고 한 것과 정황이 서로 통한다.

그런데 투숙객이 새벽같이 소나무를 바라보는 것은 단지 장관을 이룬 설경을 감상하기 위해서가 아니다. 『논어論語』「자한子罕」의 "날이 추워진 뒤에야 소나무 잣나무가 뒤늦게 시듦을 알게 된다歲寒然後, 知松柏之後凋也"는 구절처럼 소나무는 강한 지조와 고결한 품성을 상징한다. 이 시의 마지막 구에는 작자가 엄동설한을 견뎌내는 소나무와 무언의 대화를 나누며 정신적으로 교감한다는 뜻이 숨어 있다. 눈 쌓인 소나무를 보려한다는 말로써 작자가 소나무의 품격과 자신의 인격을 동일시한 셈인데, 이 시의 숨은 뜻은 그런 은미한 우의寓意로부터 생겨나고 있다.

한편 김종직은 『청구풍아靑丘風雅』에서 사미가 성을 낼 것이라는 3구의 의미를 추론하여 "속인이 산가의 맑은 경치를 깨뜨리는 걸 싫어한 것이다惡俗子漏泄山家淸景也"라고 했다. 그러나 사미를 고매한 심미의식의 소유자로 볼 수 있을지는 회의적이다. 또한 이 시는 설경 자체를 다루려 한 것이 아니라 시인과 소나무가 하나로 융합되는 초일超逸한 경계를 그려내는 데 주안점을 두었다고 봐야 할 것이다.

서거정의 『동인시화東人詩話』에 의하면, 최해崔瀣가 일찍이 이 시에 대해 "익재益齋의 평생 시법詩法이 모두 이 시에 들어 있다"고 논평했다고 한다. 또한 『청구풍아』에는 "세상 사람들이 말하길 익재가 평생 지은 작품을 최해에게 주어 평점評點을 부탁했는데, 다른 시는 모두 무시하고 이 시만 돌려보냈다고 한다"는 전문이 실려 있다. 두 글의 내용은 과장이 심해 있는 그대로 믿기 어렵지만, 이 시가 이제현의 수작임은 분명하다. 한시 창작에서 "언어 표현은 엄격하면서, 시에 담긴 뜻은 참신해야 한다辭嚴而意新"는 주장을 펼친 작자의 수법을 확인할 수 있는 작품이다.

혜음원 가는 도중惠陰院途中

정포鄭誧

말 몰아 유유히 작은 시내 건너노라니
석양 속 옛 비석엔 잡초만 우거졌구나.
사월 산촌에는 길 가는 이 드물고
깊은 숲 꾀꼬리 마음껏 노래한다.

驅馬悠悠渡小溪　　斜陽古碣[1]草萋萋[2]
山村四月行人少　　深樹黃鸝[3]自在啼

—『동문선』제21권(『설곡집雪谷集』상권)

---

1) 고갈(古碣): 낡은 비석. 윗부분이 둥그스름하게 장식된 비석을 '갈(碣)'이라고 한다.
2) 처처(萋萋): 수풀이 무성하게 자라나는 모양.
3) 황리(黃鸝): 꾀꼬리. 여름새로 노란색을 띠며 울음소리가 낭랑하다. 황조(黃鳥)라고도 한다.

산속의 한적한 풍경을 그리며 자연과의 묵계적 정취를 노래한 시. 혜음원은 파주 남쪽에 설치된 역원驛院으로, 개성과 한양 사이를 통행하는 관리와 백성의 편의를 위해 예종 1122년(예종 17)에 건립했다.

1, 2구는 느긋하게 말을 몰아 시내 건너 산길에 접어들기까지의 노정을 그렸는데, 석양 속에 서 있는 낡은 비석과 우거진 풀숲에서 그윽하고 적막한 기색이 느껴진다. 수사적인 측면에서는 첩어疊語의 효과를 잘 살려 표현력을 높였다. '유유悠悠'는 서두르지 않고 천천히 말을 몰아가는 심리적 여유로움을, '처처萋萋'는 무덤가의 적막감을 드러내준다.

3, 4구는 산길을 가는 도중의 분위기를 묘사했다. 인적 없는 산중의 명랑한 꾀꼬리 울음소리는 고요를 깨뜨린다기보다 외려 정적을 증대하는 효과를 주고 있다. 텅 빈 산중에 청아하게 공명을 일으키며 퍼져나가는 새소리가 봄날의 한정閒情을 확산시키고 있는 것이다.

회화적인 아름다움을 지닌 이 시는 의상意象 또한 적절하게 사용해 정경교융情景交融의 경지를 이루었다. 오로지 경어景語만 시어로 사용되었으나 객관 물상 하나하나에 시인의 주관적인 심정이 기탁되어 정어情語로서 역할을 제대로 해냈기 때문이다.

강구江口

정포 鄭誧

뱃길에 소나기를 만나
노에 기대 가는 구름 바라보았네.
바다 드넓어 뭍이 없나 했더니
산 또렷하고 반갑게도 마을 있구나.

移舟逢急雨　　倚棹[1]望歸雲
海闊疑無地　　山明喜有村

—『동문선』제19권(『설곡집雪谷集』상권)

---

1) 의도(倚棹): 배를 젓는 노에 기대다, 즉 배에 타고 있다는 뜻이다.

항해 도중 갑자기 폭우를 만났으나 무사히 강어귀에 도착하게 된 과정을 시화했다.

바다를 배경으로 삼은 이 시는 2구의 '귀운歸雲'이나 3구의 '해활海闊' 같은 시어가 아득하고 유장한 느낌을 준다. 그러나 서경을 통한 광활한 미감의 조성에만 주의하지 않았으니, 화폭을 이룬 바다 위에 화자의 정서적 색깔까지 선연히 부가되어 있다. '망望' '의疑' '희喜'라는 서술어로 사정에 따라 달라지는 감정상의 변전을 드러낸 효과다. 2구의 경우 '망귀운望歸雲'은 갑자기 비를 뿌려놓고 언제 그랬냐는 듯 사라지는 구름을 응시하는 눈길에 당혹스런 일 뒤의 미묘한 기분을 담았다. 또한 3구의 '의무지疑無地'에는 망망한 바다에서 곤란을 겪은 뒤 어서 육지에 닿기를 바라는 심정이, 마지막 구의 '희유촌喜有村'에는 연안에 접어들어 강어귀의 촌락을 발견했을 때의 안도감이 담겨 있다.

이 시는 기본적으로 시간의 변화 속에 공간이 전환되는 방식으로 구성되었다. 배의 이동 경과에 따라 각각의 정경이 슬라이드 화면이 넘어가듯 교체되는데, 이렇게 시공간을 순차적으로 배열하면 조리가 명백하고 내용 파악이 쉽지만 한편으론 단조로울 수 있다. 그런데 이 시는 경물에 상응하는 심리적 변화 양상까지 포함하여 한층 풍부한 정취를 자아낸다. 은근한 감정의 변화를 시에 안배함으로써 화면에 생동적인 정감을 담아내고 있는 것이다.

서강 잡흥西江雜興

정 포鄭誧

그림 같은 청산은 봉창에 가득하고
실 같은 가랑비는 돌다리에 뿌리네.
밤 깊었건만 맑아 잠 못 이루는데
뱃사람은 다시 예성강곡 노래를 하네.

靑山似畫滿蓬窓[1]   細雨如絲灑石矼[2]
已是夜闌淸不寐   舟人更唱禮成江[3]

—『동문선』제21권(『설곡집雪谷集』하권)

---

1) 봉창(蓬窓): 쑥대로 엮어 만든 창. 가난한 사람이나 은자의 소박한 거처를 가리킨다.
2) 석강(石矼): 징검다리 혹은 돌다리를 가리킨다.
3) 예성강(禮成江): 황해도 수안군 언진산에서 발원하여 배천군과 개풍군 사이에서 강화만에 흘러드는 강. 여기에서는 「예성강곡禮成江曲」을 가리키는데, 작자와 가사가 전하지 않는 연대 미상의 고려가요다.

본래 총 아홉 수로 된 연작시 중 셋째 수. '서강'은 예성강이 개성의 서쪽으로 흘러 붙은 별칭이다. 반면 임진강은 동강이라 한다. '잡흥'은 이런저런 사물 혹은 사안에 생겨난 감흥을 노래한 시를 가리킨다.

시의 전반부에서는 낮의 서강 풍경을 먼 데서부터 가까운 데로 시선을 옮겨 묘사했다. 1구에서는 처소에서 내다보이는 먼 곳의 수려한 청산을 묘사했다. 2구는 강폭이 좁은 곳에 놓인 돌다리에 가랑비 뿌리는 소쇄한 풍경을 그렸다.

후반부에서는 밤의 풍정風情을 읊었다. 밤늦은 시각이지만 화자는 그윽한 분위기에 젖어 어부가 부르는 노랫소리를 감상하는데, 청정淸靜한 가운데 들려오는 민요 「예성강곡」이 운치를 더한다.

『고려사』「악지樂志」에 「예성강곡」의 유래가 전한다. 옛날 예성강가에 아름다운 부인이 있었는데, 당나라 상인 하두강賀頭綱이 그녀에게 혹해 그녀의 남편과 내기 바둑을 두었다. 한판 승부에서 이긴 그가 그녀를 배에 태워 떠나자 그녀의 남편이 후회 속에 한탄하며 노래를 지어 불렀다. 한편 하두강은 그녀를 범하려 했으나 그녀가 굳게 정절을 지켜 어쩌지 못했다. 그러던 중 배가 나아가지 않아 그녀를 돌려보내자 그녀가 기쁜 심정을 노래했다고 한다. 남편과 아내가 각기 노래했다는 점에서 두 곡으로 이루어졌으리라 추정된다.

춘흥春興

정몽주鄭夢周

봄비 가늘어 방울지지 않더니
밤중에 자그맣게 소리 들렸지.
눈 녹은 남쪽 개울물 불어났으니
풀싹은 얼마나 돋아났을까?

春雨細不滴　　夜中微有聲
雪盡南溪漲　　草芽多少生

—『동문선』제19권(『포은집圃隱集』제2권)

'춘흥'은 봄날의 흥치를 뜻한다. 『포은집』에는 「춘春」이란 제목으로 수록되었고 마지막 구가 "多少草芽生"으로 도치되어 다소 차이가 있다.

1구와 2구는 각기 시각과 청각을 활용해 시간 경과에 따라 변하는 봄비의 양상을 묘사했다. 여기서 감각적으로 가랑비의 특성을 형용한 '세細'와 '미微'는 앞뒤에서 서로 호응하며 시구를 자연스럽게 나란히 연결해주고 있다. 한편 이 시는 두보杜甫가 「춘야희우春夜喜雨」에서 "바람 따라 몰래 밤에 찾아들어, 가늘게 소리도 없이 만물을 적신다隨風潛入夜, 潤物細無聲"고 한 것과 착상이 상통한다. 봄비가 자양분 역할을 해준다는 시의詩意가 후반부에서 드러나기 때문이다.

후반부에서는 비를 계기로 촉발된 사유를 상상적으로 펼쳐 3구의 '남계南溪'를 거쳐 4구의 '초아草芽'에 이르렀다. 봄비에 냇물이 붇고 새싹이 돋았으리라는 상상의 전개 방식은 맹호연孟浩然의 「춘효春曉」를 떠올리게 한다. "밤새 비바람 소리 들렸으니, 꽃들은 얼마나 졌을까?夜來風雨聲, 花落知多少"와 내용은 상이해도 구의 조성 방식이나 사유 형식이 거의 같아 친숙한 느낌을 준다. 한편 '다소多少'는 '얼마나'라는 뜻이지만, 실질적으로는 많을 것이라고 추정할 수 있다.

이 시의 창작 방법은 명작의 미학적 성과를 상당히 담보해냈다. 마치 이백李白이 최호崔顥의 「황학루黃鶴樓」로부터 영향을 받아 「등금릉봉황대登金陵鳳凰臺」를 지은 것처럼, 본보기로 삼을 만한 작품의 시법詩法을 본받아 환골탈태를 시도한 결과다. 아울러 주제의식은 옛사람이 경책警策이라 극구 찬미한 사영운謝靈運의 「등지상루登池上樓」의 "못가에 봄풀 자라난다池塘生春草"는 구와 자못 가깝다. 새봄이 찾아와 못가에 봄풀이 자라나는 것은 특이 현상이 아니며, 묘사도 무덤덤해 별다른 맛이 없다. 그럼에도 다섯 자의 경어景語에는 은미하고 심오한 정이 한껏 숨어 있다. 작고 연약한 존재이지만 봄풀은 파릇파릇 생기를 발산하며 하루가 다르게 자라난다. 보잘것없는 풀에도 경이로운 생명의 기운은 넘쳐나고 있으니,

그것을 노래하는 일은 만물이 소생하는 봄의 생명력에 대한 무한한 찬미와 다름없다. 정몽주의 「춘흥」 역시 이와 다르지 않으니, 자연의 생명에 대한 그윽한 기대와 예찬을 내포하고 있다.

산속 김거사의 거처를 방문하고 訪金居士野居

정도전 鄭道傳

가을 구름 광활하고 온 산이 고요하며
낙엽은 소리 없이 온 땅을 물들이네.
냇가 다리에 말 세우고 갈 길 묻노라니
나도 모르게 그림 속에 들어와 있다.

秋陰[1]漠漠[2]四山空　　落葉無聲滿地紅
立馬溪橋問歸路　　不知身在畫圖中

　　　　　　—『동문선』 제22권(『삼봉집三峯集』 제2권)

---

1) 추음(秋陰): 가을하늘에 낀 구름.
2) 막막(漠漠): 넓게 펼쳐져 있는 모양.

정도전은 1375년(우왕 1)에 친원파 권신權臣 이인임李仁任 등이 북원北元의 사신을 맞이하려는 데에 맞서다 전라도 나주목 회진현會津縣의 거평부곡居平部曲에 유배되었다. 이 시는 그곳에서 지은 시편을 엮은 『금남잡영錦南雜詠』에 수록된 것으로, 유려하고 섬세한 필치로 어느 가을날의 풍경을 그려놓았다. 제목의 김거사가 누구인지는 분명치 않으나 『삼봉집』에 이 시 다음 실린 「방김익지訪金益之」가 내용상 관련성이 있어 김익지로 추정된다. 김익지는 권근權近과도 교유한 자취가 남아 있으나 신상을 파악할 자료는 전하는 것이 없다. 거사는 벼슬자리에 있지 않은 선비를 가리킨다.

　1구는 가을 하늘에 드넓게 펼쳐진 구름과 텅 빈 듯 고요한 산을 통해 산중의 그윽하고 조용한 느낌을 표현했다. '사산공四山空'의 '공'은 '공적空寂'이라는 뜻으로, 소리 없이 잠잠한 상태를 나타낸 것이다. 2구에서 낙엽이 소리 없이 진다고 했는데, 바람 한 점 없는 날씨에 울긋불긋한 낙엽이 마치 깃털처럼 사뿐히 떨어져 쌓이고 있는 것이다. 이 구절은 정중동靜中動의 묘미가 있으며 시각을 자극하는 색감을 보여준다. 1구가 배경을 묘사한 것이라면, 2구는 그 담박한 화면에 흥건하게 붉은 물감을 칠한 것으로서, 강하고 짙은 색채감이 느껴진다.

　3구에서는 시냇가 다리에서 길을 묻는 시인 자신의 모습을 살며시 화폭에 그려넣었다. 김거사를 만나고 돌아오다 가을빛에 매료된 작자는 길을 잘못 들어 시냇가 다리에서 앞길을 묻고 있다. 4구는 곧 그림같이 아름다운 풍경에 도취되어 길을 잃었노라는 진술이다.

　소식蘇軾은 왕유王維의 시를 '시중유화詩中有畫'라 평한 바 있다. 이 시 또한 회화성이 뛰어나 한 폭의 그림 같다.

매화나무를 노래함詠梅

정도전鄭道傳

옥을 새겨 옷을 만들고
얼음을 마셔 성령을 길렀네.
해마다 서리와 눈을 맞은 채
봄빛의 좋은 기색 알지 못하네.

鏤玉製衣裳　　啜冰養性靈[1]
年年帶霜雪　　不識韶光[2]榮

—『동문선』 제19권(『삼봉집三峯集』 제1권)

---

1) 성령(性靈): 정신, 사상, 정감 따위의 내면세계를 가리킨다.
2) 소광(韶光): 아름다운 시절의 빛. 봄빛을 가리킨다.

사군자四君子 중 하나인 매화나무를 의인화하여 그 아름다운 덕성과 견정堅貞한 지조를 품평하고 찬미한 시. 두 수 중 둘째 수.

시의 전반부는 매화나무의 품덕을 은유적으로 찬양했다. 1구는 매화나무의 외면적인 미를 기렸는데, 옥으로 옷을 지었다는 것은 고아高雅한 기품이 겉으로 드러난다는 뜻이다. 옥은 은은하게 윤기가 나며 부드러운 듯 강하여 온화하면서도 엄정한 선비의 모습과 어울린다. 또한 '의상衣裳'이란 시어 자체가 '유아儒雅한 선비'의 의미로 사용되는 말이니, 비유가 매우 적절하다. 2구는 매화나무의 내면을 읊었는데, 얼음을 마시며 성령을 길렀다는 것은 정신세계가 맑고 투명함을 말한다. 순정純淨하고 고결한 마음을 소위 '빙심氷心'이라 하는데, 바로 이에 해당한다.

후반부는 추위 속에서 꿋꿋이 꽃을 피워내는 매화나무의 강인한 기질을 노래했다. 3구에서는 언제나 고난을 마다하지 않는 변함없는 태도를 부각시켰고, 4구는 날이 따뜻해진 뒤에야 개화하는 여타 꽃나무와 달리 추위에 굴복하지 않는 매화나무의 굳센 성질을 지적했다.

이 시를 읽으면 매화나무에서 고궁固窮의 절개를 지키는 선비의 형상을 발견하게 된다. 차가운 눈 속에서 피는 매화는 곤궁한 처지에서도 뜻을 잃지 않고 묵묵히 도를 실천하는 지사志士의 고매한 인품과 행실을 연상시킨다. 그런 점에서, 매화나무는 시인 자신이 지향하는 삶의 표상이며 시인은 매화나무를 통해 굳센 정신을 표출했다고도 볼 수 있다. 일찍이 굴원屈原이 「귤송橘頌」에서 귤나무의 변치 않는 기질로써 자신의 지조를 드러낸 것처럼, 정도전은 스스로를 매화나무에 비긴 것이다.

"봄빛의 좋은 기색 알지 못하네不識韶光榮"라고 한 마지막 구는 하나의 시참詩讖처럼 시인의 운명과 놀라울 정도로 일치한다. 정치 이상을 펴기 위해 숱한 난관을 극복하고 역성혁명에 성공했으나 끝내 영화를 누리지 못한 채 1차 왕자의 난 때 피살된 시인의 말로와 매우 흡사하기 때문이다.

제2부 ◉

자연과 어울려 살아가다

드넓은 천지에 미치광이 한 사람
홀로 청산에 누워 명월을 희롱하노라

산에 살다 山居

이인로 李仁老

봄날은 가도 꽃 아직 남았으며
하늘 맑아도 골짝 절로 어스름.
대낮 두견새 우는 소리 들은 뒤에야
비로소 사는 곳 깊은 줄 알게 되었네.

春去花猶在　　天晴谷自陰
杜鵑[1]啼白晝　　始覺卜居[2]深

—『동문선』 제19권

<hr>

1) 두견(杜鵑): 20쪽 주 1) 참조.
2) 복거(卜居): 점을 쳐서 살 곳을 정한다는 뜻으로, 거처를 가리킨다.

그윽한 산중의 경물을 빌려 시인이 자신의 외롭고 쓸쓸한 거처를 노래한 시.

시의 전반부는 평지와 다른 심산유곡深山幽谷의 자연환경을 시각적으로 묘사했다. 뒤늦은 계절감을 노래한 1구는 아직 꽃이 시들어 떨어지지 않은 사실로써 지세가 높아 기온이 낮음을 우회적으로 지적했다. 또한 2구는 청명한 날씨에도 골짝에는 그늘이 진다고 하여 거처 주변이 매우 으슥함을 거듭 강조했다.

3구는 대낮의 두견새 울음소리라는 청각적 소재를 내세워 깊은 산속의 특이 현상을 추가적으로 열거했다. 연쇄적 구법句法을 사용해 전반 두 구의 내용을 한층 강화한 것이다. 그런데 앞의 두 구가 주제를 구현하는 과정에서 차지하는 역할이 상대적으로 단순한 데 반해, 이 구는 4구의 주지를 선명하게 하는 결정적 전기轉機를 제공한다. 논리적으로 따진다면 뒤늦은 봄꽃이나 그늘진 골짝으로도 사는 곳이 얼마나 깊숙한지 깨닫기에 부족함이 없다. 그러나 시인은 두견새를 통해 비로소 그 사실을 감지했다고 하여 전반부와 후반부를 서로 대비했다. 단조로운 열거에서 이탈해 반전을 통한 주제의 구현에 이른 것이다. 그런 의미에서 마지막 구의 '시각始覺'에서 '시' 자의 쓰임이 매우 중요하다. 이 시의 묘미는 바로 이 한 글자로부터 생겨나고 있다.

한편 이 시의 중심 소재인 두견새는 다른 조류로 대체할 수 없는 고유한 습성이 있다. 밤이 깊어 처량히 우는 두견새의 생리는 작자가 어두운 산골짝의 한낮을 밤으로 착각하는 설정에 적합하다. 특히 두견새가 부단히 청승맞게 울어대는 소리는 사람의 심금을 울려 절절하기 그지없는 애상을 느끼게 하니, 작자가 이 시를 지은 동기나 유독 그 소리에 민감하게 반응한 사정이 거기에 있다. 나아가 궁벽한 산속에 있는 시인에게 두견새는 자신의 분신처럼 긴밀한 존재이다. 재능은 있으나 적막한 산골에 묻힌 작자와 제때를 알지 못하는 두견새는 모두 자신에게 적합한 시공간을 상실한 존재이기 때문이다.

　이 시는 서정적 진술 없이 오로지 산속의 분위기를 묘사하며 거처가 외진 곳에 있다는 사실을 노래했다. 그러나 서경적 묘술에 외롭고 쓸쓸한 정情이 은밀히 내장되어 별다른 맛이 느껴진다. 언어 표현이 평이하고 시의 맛 또한 평담平淡한 편으로, 창작 시기를 알 수 없으나 시인의 원숙한 경지를 느낄 수 있는 작품이다.

촌에 살다 村居

윤여형 尹汝衡

나라에 도움 될 좋은 계책 없기에
책을 던져둔 채 농사일 배우네.
찾는 이 드물어 이끼 낀 길 젖었고
휑한 사립문에 새들만 모여드누나.
시냇물 소리 밖으로 안개 엷게 끼었는데
빗기운 가운데 산속은 어스름하네.
명아주 지팡이 짚고 산보하나니
소매에 벼꽃 바람 한가득일세.

補國無長策　　拋書學老農[1]
人疏苔徑濕　　鳥集篳門[2]空
煙淡溪聲外　　山昏雨氣中
杖藜[3]成散步　　滿袖稻花風

—『동문선』제9권

1) 노농(老農): 경험이 풍부한 농부.
2) 필문(篳門): 싸리나 가는 대를 엮어 만든 문. 가난한 집의 문을 가리킨다.
3) 장려(杖藜): 지팡이를 짚고 걷는다는 뜻으로 '여(藜)'는 커다랗게 자란 명아주를 말려 만든 가벼운 지팡이다.

은거해 몸소 농사를 짓고 살던 시인의 청한淸閑한 일상과 추수에 대한 기대를 담은 전원시.

1연은 곧바로 시제詩題와 연계해 시골에서 농사지으며 살게 된 연유를 해명했다. 대뜸 자신이 무능해 나라에 이바지할 방법이 없는 탓이라 했으나, 이 겸손한 언표 속에는 회재불우懷才不遇의 서글픈 원망이 도사려 있다. 또한 지식인으로서 본질을 포기한다는 뜻이 담긴 '포서抛書'라는 말에는 심각한 좌절감이 농축되어 있다. 독서를 통해 지식을 쌓고 그것을 활용해 경세제민經世濟民의 포부를 실현하겠다는 이상을 단념한 것이기 때문이다.

나머지 연에서는 어느 초가을 산책을 나가 바라본 물상을 읊으며 전원생활의 단면을 노래했다. 2연은 집을 나서며 바라본 거처 주위의 한산한 풍경을 묘사했는데, 은거해 사는 궁한 선비의 고적한 일상이 포착된다. 외진 시골에 찾아오는 발걸음이 없으며, 나뭇가지 엮어 만든 문에 새들만 찾아든다 했으니 가난하고 쓸쓸한 생활상을 짐작할 만하다. 이어 3연에서는 발걸음을 옮겨가며 시냇가와 산의 풍광을 묘사했다. 안개와 빗기운 때문에 차분하게 가라앉은 분위기가 다소 스산한 느낌을 준다. 2, 3연에서는 이처럼 적적한 시골생활과 음산한 산골 풍경이 섞여 명랑한 느낌을 찾을 수 없는데, 이는 1연에서 꿈을 접고 초야에 묻혀 살아야 하는 작자의 우울한 내면과 일치된다.

마지막 4연에서는 몸소 농사를 지으며 사는 자신의 현실을 낙관하려는 작자의 심리 상태가 엿보인다. 산책길에 작자는 바람 따라 자신의 옷소매로 한가득 불어오는 향긋하고 구수한 벼꽃 내음을 맡는다. 벼꽃이 피는 시절이니 절기는 처서 즈음일 터, 이 무렵은 아침저녁으로는 다소 선선하지만 한낮에는 아직 햇살이 뜨겁다. 이때 일조량이 모자라면 벼가 잘 자라지 않아 흉년이 들고, 태풍 피해가 생길 수도 있기 때문에 한 해 농사를 점치기에는 아직 이른 감이 있다. 알곡이 익어 추수할 때까지는 아직 더 많은 날들을 기다려야 하는데도 작자는 잠시나마 풍요를 느끼고 있는 것이다. 시구에 드러나지는 않았지만, 생산의 결실을 기대하며 즐거운 상상을 하는 시인의 모습을 발견할 수 있다.

『논어論語』「자로子路」에는 번지樊遲라는 제자가 공자에게 농사짓는 법을 묻는 장면이 나온다. 공자는 질문 내용을 탐탁지 않게 여기며 사士가 지향할 바는 국가와 사회에 대한 정치적 공헌이지 한낱 농업 생산노동의 참여에 있지 않다는 뜻을 밝혔다. 이러한 유가의 가르침은 전前근대 지식인의 생산적 경제활동 참여를 억제하고 공고한 지식인 관료사회의 구축을 유도했다. 그런데 정계 진출 기회는 제한적이며 벼슬길 또한 거칠어, 냉엄한 현실은 지식인에게 '독선기신獨善其身'의 태도를 지니고 은거하길 강제하는 경우가 다반사였다. 현실에 좌절해 농부가 된 영락한 지식인의 전원생활을 그려낸 이 시는 그 같은 봉건사회의 불합리한 실태에서 배태된 것이다.

물 위로 놓인 나무다리 臥水木橋

안축安軸

외나무 흔들흔들 바위 여울에 걸쳐 있거늘
물결 위 걷는 모습 보아도 겁이 난다네.
마을 사람들은 발과 마음이 익숙하기에
평지를 지나듯 자세히 살피지도 않는다.

一木搖搖跨石灘　　望來惟恐蹈波瀾
居民足與心曾熟　　如過平途不細看

—『동문선』제20권(『근재집謹齋集』제1권)

강원도 삼척 죽서루竹西樓 인근의 여덟 가지 풍물을 노래한「삼척서루
팔영三陟西樓八詠」의 넷째 수. 나머지는「죽장고사竹藏古寺」「암공청담巖控淸潭」
「의산촌사依山村舍」「우배목동牛背牧童」「농두엽부壟頭饁婦」「임류수어臨流數魚」
「격장호승隔墻呼僧」이다. 특정 지역의 아름다운 자연 경물 중 여덟 가지를
선정해 시화하는 팔영시八詠詩(팔경시라고도 함)는 중국 남북조시대 심약沈約이
처음 선보인 산수시 양식이다. 후대에는 '소상팔경瀟湘八景'을 제목으로 많
은 문인들이 시를 남겼으며, 이인로李仁老는 한국 최초로 소상팔경시를 남
겼다. 김극기金克己의 경우 국내에서 팔경을 선정한「강릉팔경시」를 지어
민족적 색채를 더했고 안축 또한 그런 문화전통을 계승하고 있다.

시는 위태로운 외나무다리를 평지 걷듯 건너는 촌민들의 모습을 포
착했다.「삼척서루팔영」이 대체로 일상적인 생활 영역에서 제재를 얻은
점을 고려하면, 이 작품 또한 그런 광경을 특별히 이색적인 풍물로 간주
해 시화한 것은 아니다. 시어 역시 평이하고 질박한 편인데, 전체적으로
덤덤하여 평담한 풍격을 보여준다.

그런데 이 시는 팔경시 본래의 양식적 특징에 견주어보면 외려 독특
한 취향을 보여 흥미롭다. 팔경시는 일반적으로 전형성이 잘 드러나는
아름다운 산수경물을 골라 묘사하면서 한껏 정취를 조성하는 데 주력
한다. 그러나 안축은 넌지시 촌민을 바라보며 그들의 자잘한 생활상을
스케치하듯 그려놓았다. 자연을 뒷전으로 물리치고 인간을 전면에 세웠
으니 팔경시 본래의 성격과 거리가 있는 것이다. 규범화된 양식에 얽매
이지 않고 개성적인 창작을 시도했다는 점에서 참신한 기획이라고 할
만한데, 이러한 창작 태도는 민간의 세태와 풍습을 관찰하려는 관풍觀風
의식에서 비롯된 것이다.

한양의 시골집 漢陽村莊

한종유 韓宗愈

십 리 평평한 호수에 부슬비 지나가고
긴 젓대 한 소리 갈대꽃 너머 들려온다.
금솥에 국 끓이던 손을 가지고
낚싯대 잡고 저녁 모래밭을 내려가노라.

十里平湖細雨過　　一聲長笛隔蘆花
直將金鼎調羹¹⁾手　　還把漁竿下晩沙

—『동문선』제21권

---

1) 조갱(調羹): 국을 끓여 맛을 보다. 『서경書經』 「열명說命」에 "잘 조화된 국물을 만들려 하거
든, 너는 소금과 매실이 되어달라(若作和羹, 爾惟鹽梅)"는 구절이 있다. 이로부터 임금을 도
와 국정을 맡아보는 경우 혹은 재상(宰相)을 비유하는 말로 사용된다.

한종유는 벼슬에 오르기 전 날마다 명사들과 어울려 시와 술을 즐겼는데, 그가 술에 취하면 춤을 추며 「양화사楊花詞」를 노래한 까닭에 그 무리를 '양화도楊花徒'라 불렀다. 이 시는 그가 벼슬에서 물러나 한강의 저자도楮子島에서 노닐며 지은 것으로 그의 풍류적 인생관과 소탈한 인품을 잘 보여준다.

시의 전반부는 별장이 있는 한강변 풍경을 운치 넘쳐나게 그려냈다. 호수처럼 잔잔한 수면 위로 가랑비 흩뿌리고 지나는 맑고 깨끗한 풍경과 갈대밭 너머로 피리 소리 들려오는 한가로운 정경이 한 폭의 그림 같다. 잘 그려진 동양화처럼 회화성이 탁월하며 언어적 측면에서도 매우 유려하다.

후반부에서는 은퇴 후 달라진 생활상을 과거와 대비해 묘사했다. '조갱수調羹手'는 '맛을 내며 국을 끓이던 손'이란 뜻인데, 시인이 임금을 보필하던 재상의 지위에 있었음을 의미한다. 그 손으로 지금은 낚싯대를 들고 있다는 데서 수사적인 묘미를 느낄 수 있다. 국정을 담당하던 최고위직에서 물러나 유유자적한 생활을 하고 있다는 것을 손의 역할이 바뀐 것으로써 표현했으니 기지와 해학이 있다. 한편 이전의 신분에 구애되지 않고 한 명의 촌로가 되어 소요자연逍遙自然하는 모습에서 그의 담백한 인생 태도를 엿볼 수 있다.

교동喬桐

이색李穡

바다 어귀 아득하고 푸른 하늘 나지막한데
돛 그림자 날아오고 해는 서편에 기우네.
산 아래 집집마다 막걸리 거르고는
파 썰고 회 치노라니 닭은 둥지로 드네.

海門¹⁾無際碧天低 帆影飛來日在西
山下家家蒭白酒²⁾ 斷葱斫膾欲鷄棲

—『동문선』제22권(『목은집牧隱集』제6권)

---

1) 해문(海門): 내지의 하천이 바다로 흘러드는 어귀. 바다로 나아가는 지점.
2) 추백주(蒭白酒): '추(蒭)'는 본래 술을 거르는 데 쓰이는 풀의 이름으로, 여기서는 동사로
   '걸러내다'라는 뜻이다. 백주는 찹쌀을 찐 다음 누룩과 물을 섞어 발효시킨 술로서 막걸리
   와 비슷하나 숙성 기간이 더 길다.

전체 세 수 중 셋째 수. 교동은 현재의 인천시 강화 교동면에 해당한다. 강화도 서북쪽에 위치한 작은 섬으로, 고려시대에는 도읍지 개경을 향하는 항로가 인접해 앞바다로 선박이 빈번하게 왕래했다. 이색은 젊은 시절 교동의 화개사라는 절에 머물며 글공부를 한 적이 있는데, 이 시는 50세에 다시 방문해 지은 것이다.

전반부는 교동에서 바라본 서해의 풍광을 위주로 그렸다. 광활한 바다를 향해 나아가는 해로와 낮게 드리운 하늘이 어울려 아련한 느낌을 주는데, 서해로 석양이 지는 시간대라 돛단배들이 서둘러 포구로 들어오고 있다.

후반부는 섬 주민들이 저녁 음식을 먹고 마시는 정경을 그려 교동의 평화롭고 여유로운 생활상을 묘사했다. 집집마다 술을 거른다고 했으니 자족적인 삶을 누리기에 부족함이 없어 보인다. 파 썰고 회 친다는 표현에서는 일반적으로 해물 섭취가 많은 어촌의 식생활 풍속이 잘 드러난다.

이 시는 바다와 어우러진 교동의 해상 풍경과 향토적 풍미를 잘 담아냈다. 질박한 언어 표현에서 서민의 생활 정취가 물씬 풍겨난다.

진포의 돌아오는 돛단배 鎭浦歸帆

이색 李穡

가랑비에 복사꽃 물결
맑은 서리에 갈댓잎 가을.
돌아오는 돛배는 어디 머물까?
저 멀리 작은 배 하나.

細雨桃花浪[1]　淸霜蘆葉秋
歸帆何處落　渺渺[2]一扁舟

—『동문선』제19권(『목은집牧隱集』제3권)

---

1) 도화랑(桃花浪): 복숭아꽃이 만개할 무렵 불어난 봄물. 도화류(桃花流), 도화수(桃花水)라고
　도 한다.
2) 묘묘(渺渺): 머나먼 모양. 미세한 모양.

이색이 27세에 지은 「한산팔영韓山八詠」의 제6수. 이색은 시의 서문에서 창작 동기를 다음과 같이 밝혔다. "내 고향 한산은 작은 고을이지만, 우리 부자父子가 중국의 과거에 붙은 까닭에 천하가 모두 한산이 동국東國에 있는 줄 알게 되었다. 그런즉 그 승경을 노래로 전파하지 않을 수 없어 팔영시를 지었다." 말하자면 가문의 영광을 고향 산천에 기탁하기 위해 이 시를 지은 것이다. 한편 진포는 충청남도 서천 한산면 신성리에 있는 '곰개나루터' 일 대를 가리킨다. 금강 하구가 멀지 않으며, 고려 말에 최무선崔茂宣이 만든 화약 무기로 왜구의 배 500척을 섬멸한 곳이기도 하다.

시의 전반부는 대우법對偶法을 사용해, 진포의 사계 가운데 대표적으로 가랑비 내리는 봄과 서리 내리는 가을의 풍경을 짝지어 그렸다. '도화랑桃花浪'은 봄물 넘실거리는 강의 생동감을, '노엽추蘆葉秋'는 스산한 가을 강변의 분위기를 전해준다. 후반부에는 먼 수면 위로부터 떠오는 돛배 하나를 그려넣었다. 여기서 "돌아오는 돛배는 어디 머물까?"에 대한 답변은 생략됐지만 귀착지가 진포라는 답이 이미 질문에 들어 있다.

멀리 포구로 돌아오는 배를 묘사했다는 점에서 이 시는 '소상팔경瀟湘八景'의 '원포귀범遠浦歸帆'에 고유한 화의畵意와 시정詩情을 차용했다. 그러나 표면적인 유사성과는 별개로 시인이 「한산팔영」의 발문에서 밝힌 여덟 수의 배열 원칙과 주제의식을 고려하면 시인의 작시 의도는 의외로 단순하지 않다. 이색은 이 시의 의의를 '시민리示民利'라고 요약했다. 백성의 이익을 보여준다는 것은 무슨 뜻인가? 강과 바다를 터전으로 삼아 생리生利를 취하는 백성의 삶을 염두에 두고 지었다는 뜻으로, 이 시가 어로를 마치고 돌아오는 고깃배를 노래했다는 점을 시사한다. 그런 점에서 이 시에는 자연미와 생활미가 겸비되어 있다. 자연 경물과 자신의 사회적 미의식을 어울리게 하려는 작자의 남다른 구상이 적용된 것으로, 이는 「한산팔영」의 특징이자 여타 팔경시에서 쉽게 찾을 수 없는 독자성이다.

산에 살다 山居

김구용 金九容

드넓은 천지에 미치광이 한 사람
홀로 청산에 누워 명월을 희롱하노라.
근래 세상의 재미 없어 홀로 웃나니
죽근竹根에 흐르는 물소리 마음을 닦아준다네.

浩然天地一狂生[1]　　獨臥靑山弄明月
自笑邇來無世味[2]　　竹根流水洗心聲

—『척약재집惕若齋集』상권

---

1) 광생(狂生): 예교(禮敎)에 구애되지 않고 자기 뜻대로 사는 사람.
2) 세미(世味): 세상살이의 맛. 벼슬에 나가 공명(功名)을 이루거나 사람들과 교유하며 정을 나누는 일 따위를 가리킨다.

자연과 친화하며 도덕적 함양에 힘쓰는 생활을 노래한 시.

전반부는 산에 들어와 살며 자연을 벗하는 정경을 노래했다. 1구는 자신의 처세를 돌아보며 내린 일종의 자평自評이다. '광생狂生'은 원래 몰지각하여 허튼짓을 일삼는 사람을 가리키는데, 세속의 상규常規를 거부하고 직언에 과감한 반면 자신의 안위에는 무심한 부류를 의미하기도 한다. 그런데 스스로를 광생이라 규정한 것은 자아와 세계의 갈등이 존재하기 때문이며, 그것은 산에 들어와 살게 된 원인이기도 하다. 그로써 짐작건대, 이 시는 친명파인 작자가 북원北元의 사신을 배척하다 친원파인 이인임李仁壬 일파의 탄핵으로 유배된 후 은거하던 시기의 작품일 가능성이 높다. 뒤이은 2구에서는 청산에 은거해 명월을 벗삼아 사는 처지를 그렸는데, '독와獨臥'라는 시어에서 작자의 고적한 심리가 느껴진다.

후반부는 달라진 생활환경 속에서 자기수양에 전념하는 모습을 노래했다. 3구에서는 세상사에 대한 관심과 흥미가 적어졌음을 고백하지만, 그렇다고 사회와 절연하려는 뜻을 말한 것은 아니다. 이는 이인임 정권의 전횡과 가망 없는 현실에 대한 반발에서 나온 자조적인 푸념이기 때문이다. 이에 4구에서는 어찌할 수 없는 세상은 놓아둔 채 자기수양에 힘쓰려는 뜻을 드러냈다. 여기서 '죽근류수竹根流水'는 상징적 의미가 풍부하다. 흐르는 물은 대나무의 뿌리를 적셔 대나무가 곧은 본성을 간직한 채 성장하도록 도와준다. 그와 마찬가지로 시인은 맑은 시냇물로부터 정신을 정화하며 도덕적 자양분을 얻고자 한다. 광생은 시냇물 소리를 들으며 세상과의 갈등으로 쓰라린 마음을 달래고 또 세상 먼지에 더러워진 마음을 깨끗이 닦으면서 '독선기신獨善其身'의 수양을 하고 있는 것이다.

작은 고기잡이배 漁艇

설 장수 偰長壽

그물 걷자 물고기떼 다급해지고
배 돌려 오노라니 노가 가뿐하구나.
붉은 여뀌 우거진 언덕에서는
다 같이 죽지가^{竹枝歌} 노래를 하네.

撤網群魚急　　回舟一棹輕
却從紅蓼¹⁾岸　齊唱竹枝²⁾聲

―『동문선』제19권

---

1) 홍료(紅蓼): 여뀌의 일종. 물가에서 많이 자라며 작은 담홍색 꽃이 핀다.
2) 죽지(竹枝): 민요를 가리킨다. 본래 중국 쓰촨 성(四川省) 동부 지역에서 불리던 민요의 이름으로 당나라 시인 유우석(劉禹錫)이 이를 칠언절구 형식의 시로 개작한 바 있다. 죽지가, 죽지사, 죽지곡이라고도 한다.

이 시는 작은 어선의 출어와 귀환 과정을 통해 어촌의 풍물과 정감을 특색 있게 노래했다.

시의 전반부는 어로활동과 배를 돌려 돌아오는 장면을 묘사했다. '군어급群魚急'은 그물을 거둬들이자 피해 달아나려는 물고기떼의 재빠른 움직임을 포착했고, '일도경一棹輕'에는 만선의 기쁨에 힘든지도 모르고 배를 젓는다는 숨은 뜻이 있다. 후반부는 마을 어귀에서 동네 사람들이 귀선歸船을 환영하는 장면이다. 어선이 촌락 가까운 물길에 들어서자 마침 강기슭에 나와 있던 많은 여성이 일제히 민가民歌를 부르며 맞이하고 있다. 아마 밭일을 하고 있었거나 나물을 캐러 나왔던 것이겠지만, 너나없이 반갑게 배를 맞아주는 모습에서 생활공동체의 순박하고 돈독한 정을 확인할 수 있다.

상상을 보태 이 시를 곰곰이 음미해보면, 경쾌함과 명랑함이 화면에서 배어나와 활력적인 인상을 받게 된다. 어부의 그물질에 놀라 잽싸게 헤엄치는 물고기의 몸짓은 박진감을, 푸른 물살을 가르며 노 저어 나아가는 어선은 속도감을 준다. 강기슭에 늘어선 붉은 여뀌는 선명한 색채감을, 그리고 당연히 흥에 겨웠을 민요 가락은 발랄한 느낌을 더한다. 이렇듯 활기 넘치는 분위기는 풍어豊漁에 기뻐하는 촌사람들의 심정과 잘 어울린다. 한편 이러한 생동적인 장면 속에는 열심히 생산노동에 종사하며 살아가는 어촌 사람들의 건강한 생활력 또한 암시되어 있다. 민가적 정취가 물씬 풍겨나는 시다.

자적自適

이첨李詹

집 뒤 뽕나무 가지 어리고
밭 서편 부추는 싹이 텄네.
못에는 봄물이 그득하거늘
어린아이는 배 저을 줄 아네.

舍後桑枝嫩[1]   畦西薤葉抽[2]
陂塘[3]春水滿   稚子解撑舟[4]

—『동문선』제19권(『쌍매당집雙梅堂集』제1권)

---

1) 상지눈(桑枝嫩): 새로 뻗은 뽕나무 가지가 어리다는 뜻. 옛날에는 누에의 먹이로 쓸 뽕잎을
   얻고자 흔히 집 주변에 뽕나무를 심었다.
2) 해엽추(薤葉抽): 부추 잎에 새싹이 돋아난다는 뜻. 부추는 백합과의 여러해살이풀로 잎은
   절여 먹는다.
3) 피당(陂塘): 못. 지당(池塘)과 같다.
4) 해탱주(解撑舟): '解'는 할 수 있다, '撑舟'는 배를 젓는다는 뜻이다.

'자적'은 한가롭게 지내며 자기 마음대로 즐거움을 누린다는 뜻이다.

물오른 뽕나무에 연한 새 가지가 뻗어 나오고 부추도 상큼하게 새싹이 돋아나는 시절, 멀리 갈 것도 없이 집 주변 텃밭에서 봄이 왔음을 알 수 있다. 싱그런 기색을 살피는 시인의 눈에는 또한 앞날에 대한 기대가 숨어 있다. 뽕잎이 자라나면 누에를 먹여 누에고치에서 명주실을 자아내고, 또 그것으로 천을 짜서 옷을 지을 수 있을 것이다. 또한 부추는 찬거리가 될 것이며 술상에 오르기도 할 것이다. 새봄에는 먹는 것, 입는 것 등 생활에 필요한 기본적인 조건도 수월하게 충족되리라는 낙관이 생긴다. 봄은 희망으로 찾아오고, 그래서 마음은 절로 여유로워진다. 1구와 2구는 그런 봄날의 정을 푸릇푸릇한 초목에 부쳤다.

후반부는 집에서 다소 떨어진 못가의 풍경이다. 눈 녹은 물에 봄비까지 더하여 개울물은 불어나고 못에도 물이 한가득이다. 재미 삼아 배를 띄웠는데, 아이가 의외로 노를 곧잘 젓는다. 시인은 아마 속으로 '저애가 어느 틈에 저렇게 자랐나?' 하며 놀랐을 것이다. 대견스럽다는 말은 없지만, 아비는 절로 뿌듯한 심정이었을 것이다. 3구와 4구는 봄날의 정을 자라나는 소년에게 부쳤다.

봄날의 정경을 노래한 이 시는 질박한 전원시의 풍격을 지녔다. '자적'이라 제목을 붙인 것처럼 은일隱逸의 한가롭고 여유로운 분위기가 풍겨나며, 묘사 대상인 뽕나무와 부추 또한 전원생활의 일상적 관심사인 농잠農蠶과 관련되어 있기 때문이다. 한편 이 시는 감정 노출 없이 시적 대상을 담담히 묘사하는 표현 방식을 취했으나 시정詩情은 매우 풍부하다. 풋풋하고 싱싱한 생명을 바라보는 시인의 시선에서는 다정다감함이 물씬 피어나며, 그것들로부터 소소한 생활의 즐거움을 누리는 시인의 담박한 정서 역시 절로 드러나 있다.

가을밤의 감흥 秋夜感懷

이숭인 李崇仁

밝은 은하수 중천을 가로지르고
별과 달 맑은 광채를 흘려보내네.
넓게 퍼진 이슬은 푸른 풀에 빛나는데
서늘한 바람은 높은 가지 흔드네.
섬돌 위로 자못 상쾌하거늘
오래 앉았노라니 마음 절로 즐거웁다.
위아래로 밝아 끝이 없거늘
만고의 시절이 같이 한 시각일세.
감개는 어디로부터 찾아들어
내게 힘들여 시를 읊게 하는가.
시 짓고 다시 길게 읊조리나니
뜨락에 가을벌레 노래를 하네.

明河[1]橫中天　星月流鮮輝

薄露泫[2]碧草　凉飇[3]動高枝

---

1) 명하(明河): 밝게 빛나는 은하(銀河).
2) 현(泫): 물방울이 아래로 주르륵 흘러내리는 모양.
3) 양시(凉飇): 서늘한 가을바람.

軒墀⁴⁾頗爽塏⁵⁾　坐久心自怡

俛仰⁶⁾曠無垠　萬古同一時

感慨何方來　令我苦吟詩

詩成復長咏　庭際⁷⁾候蟲⁸⁾嘶

―『도은집陶隱集』제1권

총 스무 수 가운데 첫째 수. 가을밤에 외물外物과 접촉해 순간적으로 찾아든 흥취를 노래한 시로, 시인의 광달曠達한 사유를 엿볼 수 있는 작품이다.

시의 1~6구는 순차적으로 하늘, 땅 그리고 시인 자신을 노래했다. 1, 2구는 맑게 갠 밤하늘을 빛으로 수놓은 여러 천체를 묘사했는데, 별빛의 파동을 나타내는 '횡橫'과 '유流' 두 글자는 움직임 없는 밤하늘에 활기를 주고 있다.

3, 4구는 땅 위의 경물인 이슬 맺힌 풀과 바람에 흔들리는 나무를 그렸다. '현泫'과 '동動' 두 글자 역시 호젓한 가운데 움직임이 없지 않은 정중동靜中動의 밤 분위기를 잘 전해준다.

이렇듯 천상과 지상의 경물을 차례로 바라본 뒤 5, 6구에서 시인은 천지天地 사이에 자리한 자신의 모습을 드러내며 불현듯 느낀 희열을 전하고 있다. 맑고 상쾌한 가을밤에 가슴속에서 흥이 일어난 것이다.

이와 같은 흥치 속에서 시인은 찰나적인 영감을 얻는데 7, 8구의 "위아래로 밝아 끝이 없거늘 만고의 시절이 같이 한 시각일세俯仰曠無根, 萬古同一時"라고 한 것이 그것이다. 광대무변한 세계 속에서 과거와 현재가 자신이 사유하고 있는 바로 그 순간 속에 융합된 듯 느껴진 것이다. 본래 우주宇宙라는 말에는 시간과 공간의 개념이 아우러져 있는바, 시인은 천상과 지상의 공간을 바라보다 '만고'의 시간을 단절될 수 없는 영속성 속에서 파악한 것이다.

하지만 시인의 사유는 더이상 심화, 확장되지 않는다. 9, 10구의 "감개는 어디로부터 찾아들어, 내게 힘들여 시를 읊게 하는가感慨何方來, 令我苦吟詩"라는 고백에서 확인되듯, 애초에 그것은 시인 자신도 유래를 알 수 없는 직각적 깨달음이어서 이성적, 과학적 성찰과 거리가 있기 때문이다.

마지막 11, 12구에서는 시를 읊조리는 작자와 소리 내 우는 벌레가

서로 대비를 이루며 결속했다. 시인과 풀벌레가 다정한 친구처럼 합창하는 듯한 이 장면은 천지자연과 개별 생명체의 교감을 은유하는 한편 각자 자기의 삶을 즐거워하는 자득기락自得其樂의 정신을 보여준다.

　언어로 표현하기 힘든 특수한 심미적 체험을 담은 이 시는 초월적인 미감을 지니고 있다. 우연히 삼라만상의 우주적 조화를 감지한 시인은 일순간 세상과 자신이 간극 없이 융화되는 느낌을 받는다. 그러한 일체감이 안겨준 충만한 흥치로 말미암아 시인은 이 시를 지었으며, 그로부터 이 시는 맑고 깨끗한 운치와 티끌세상을 벗어난 듯한 초탈적인 의경意境을 지니게 되었다.

즉사 卽事

길재 吉再

손 씻는 맑은 샘물 차가웁고
몸 가까이 무성한 나무 높다랗네.
젊은이들 찾아와 글월을 물으니
애오라지 더불어 소요할 만하구나.

盥手淸泉冷　　臨身茂樹高
冠童[1]來問字　　聊可與逍遙

—『동문선』 제19권(『야은집冶隱集』 상권)

---

1) 관동(冠童): 스무 살이 되어 관례(冠禮)를 치른 남성과 아직 미성년인 소년을 가리킨다.

이 시는 여말선초 왕조 교체기에 고려에 대한 충절을 지키며 금오산金鳥山에 은거한 길재 자신의 처사적 삶을 노래했다. 시제인 '즉사'는 당면한 일이나 물건을 제재로 삼아 시를 지을 때 쓰는 제목으로, 일반적으로 술회述懷나 영회詠懷처럼 시를 짓고 나서 굳이 제목을 특정할 필요가 없을 때 붙인다.

시의 전반부는 자연과 친화하며 수양하는 일상을 노래했다. 시인이 즐거이 찾아 누리는 차가운 샘물과 커다란 나무는 혼탁하고 진부한 속세와 격리된 생활환경을 단적으로 예시한 것이다. 아울러 이러한 자연물은 격물치지格物致知의 대상인 동시에 작자가 지향하는 정신적 품위를 대표한다. 맑고 차가운 샘물은 청아하면서도 엄격한 도덕적 역량을, 가지와 잎이 무성한 거목은 여유롭고도 고원한 학문적 역량을 상징한다.

후반부는 시인이 후학에게 지식을 전수하며 은거생활에 자득하는 면모를 보여준다. '소요逍遙'라는 말은 본래 『장자莊子』에 전거를 두고 있지만, 길재는 인간과 절연한 채 자연에서 노니는 도가적 은둔을 일삼지 않았다. 성실히 후진을 양성하며 전원생활을 향유하는 적극적인 태도는 유가적 은거정신의 실천인 것이다. 한편 '문자聞字'는 낮은 차원의 문자文字의 교습을 의미하지 않는다. 이는 자신의 학술 지도에 대한 겸사로서, 실제로는 경사經史에 대한 탐구가 이뤄졌을 것이다. 전하는 바에 의하면 길재에게 배우던 사람이 날마다 100명 단위로 셀 만큼 많았다고 한다. 그의 문하에서 배출된 인물들이 조선 전기 사림파의 계보를 이루고 도학道學의 시대를 여는 데 기여했음은 주지의 사실이다.

이 시는 은거한 선비의 담박한 생활상처럼 수사에도 일부러 꾸며낸 흔적이 없다. 조탁을 하지 않아 질박하지만 평담한 맛이 곱씹을수록 더한다. 또한 맑고 깨끗하며 한가하고 여유로운 미감을 주는데, 길재의 유가적 심성 수양이 이와 같은 품격의 형성에 도움을 주었을 것이다.

한가롭게 살며 閑居

길재 吉再

시냇가 초가에 홀로 한가롭게 사노라니
하얀 달 맑은 바람에 흥치가 넉넉해라.
손님 오지 않고 산새만 재잘대는데
대숲 언덕에 평상 옮기고 누워 책을 본다네.

臨溪茅屋¹⁾獨閑居　月白風淸興有餘
外客不來山鳥語　移床竹塢臥看書

—『동문선』제22권(『야은집冶隱集』상권)

---

1) 모옥(茅屋): 짚을 엮어 지붕을 올린 집. 초가집.

초야에 묻혀 수양하는 학인學人의 한가로운 일상을 노래한 시.

전반부는 시냇가의 소박한 거처에서 자연과 동화되어 사는 정취를 노래했다. 달과 바람은 한적한 은거생활의 동반자로 정서적 감흥을 더해주는 사물인데, 그렇다고 단지 향유의 객체로만 성격이 국한된 자연물은 아니다. 청풍명월淸風明月은 작자가 추구하는 일종의 정신적 표상에 해당하는바, 심성 수양을 통해 이르는 순결하고 청빈한 정신 경계와 상통한다. 그런 관점에서 보면 '흥유여興有餘'는 작자가 이미 맑은 바람, 밝은 달과 하나 된 고상한 정신 상태에 도달했음을 반증한다 하겠다.

후반부는 혼탁한 세속과 거리를 둔 채 자유롭게 학문을 즐기는 생활을 표현했다. 3구는 사람의 왕래가 드물지만 산새가 벗이 되어 자신이 고적하지 않다는 것을 말한 것이다. 4구에서는 독서삼매경에 빠진 자신의 모습을 그렸는데, '누워서 책을 본다臥看書'는 구절은 도학자로 존경받는 길재의 풍모와는 괴리된다. 주자학에서는 학문 수양의 기본 태도와 방법으로 '거경궁리居敬窮理'를 주장한다. 거경이란 내면적인 집중과 외면적인 엄숙한 태도를 의미하니, 누워서 독서하는 행위는 근엄한 도학자가 취할 태도는 아니다. 게다가 독서물이 유교 경전 위주인데, 성현의 말씀을 대하는 자세가 의외로 분방하다. 하지만 외려 예법에 구애되지 않는 소탈한 태도에서 시속을 초월한 고사高士의 자유자재한 정신의 분방함을 발견할 수 있다.

금오산 대혈사의 광한루 金鼇山大穴寺廣寒樓

길재 吉再

대나무의 기색 사철 절의를 굳히고
계곡물은 밤낮 탐욕을 씻네.
마음의 근원 밝고 맑아 티끌 없으니
이로부터 도道의 맛이 단 줄 알겠네.

竹色春秋[1]堅節義　　溪流日夜洗貪婪[2]
心源[3]瑩靜無塵態　　從此方知道味甘

— 『동문선』 제22권(『야은집冶隱集』 상권)

---

1) 춘추(春秋): 넓은 의미에서 사시(四時)를 가리킨 것이다.
2) 탐람(貪婪): 만족을 모르고 끝없이 탐하는 마음.
3) 심원(心源): 마음을 가리키는 것으로 세상만사의 근원이 다 마음에 있음을 의미한다.

자연에서 배워 도리를 깨닫는 즐거움을 노래한 설리시說理詩. 대혈사는 신라 말기에 도선道詵이 창건한 절이다. 길재가 절 뒤의 도선굴道詵窟에서 도학을 익혔다고 전한다. 절 이름이 현재는 해운사海雲寺로 바뀌었다. 한편 『야은집』에는 제목이 「우연히 읊다偶吟」로 되어 있다.

전반부는 사물의 이치를 궁구해 인간사에 적용하는 '궁리窮理'의 실례를 보여준다. 1구에서 작자는 사군자四君子의 하나인 대나무를 통해 수양의 단서를 찾는다. 대나무는 재질이 곧고 강한데다 마디가 있어 맺고 끊음이 분명한 군자의 품덕과 일치한다. 이에 시인은 그로부터 절의의 정신을 섭취하는데, 두 왕조를 섬기지 않은 길재의 충절은 그에 기인한 것이다. 한편 2구의 시원스레 흐르는 맑고 깨끗한 계곡물은 인욕을 제거하고 청렴한 지조를 견지하도록 격려한다. 작자가 은거생활을 감수한 것은 그 교훈의 실천일 것이다. 자연을 학문적 사유와 실천의 연원으로 삼는 철학자의 비범함이 1, 2구에 반영되어 있다.

후반부에서는 수양의 효과를 밝히고 도리를 깨달은 기쁨을 말했다. 3구는 수양을 통해 도달한 마음의 상태를 언급했다. '영정瑩靜'은 마음이 순수하고 투명하여 외물에 대응할 때 사리에 어긋남이 없고 평정한 심리상태를 견지해 동요됨이 없음을 의미한다. 이처럼 혼탁과 분란을 초연히 벗어난 정신 경지에 도달했기에 '진태塵態'가 없다고 한 것이다. 이어 4구는 마음이 이상적인 상태에 놓여 응사접물應事接物에 마땅함을 얻게 되고, 그로 인해 도리를 체득해나가는 달콤한 희열이 찾아들었음을 고백했다. 자기완성을 향한 길에서 누리는 만족감의 표현인 것이다.

이 시는 성리학의 심성 수양 방법인 궁리의 실천 과정을 함축하고 있다. 대나무와 시냇물이라는 평범한 사물을 통해 윤리적 실천 문제를 궁구하는 태도에서 길재의 도학자다운 학문 자세를 엿볼 수 있다.

제 3 부

나의 처지를 돌아보다

가을달과 봄날 바람에 시는 준비되었고
객수와 유랑의 회포는 술로 녹여 없애네

석죽화石竹花

정습명鄭襲明

세상 사람들 붉은 모란꽃 좋아해
마당 가득 기르고들 있구나.
뉘 알리? 잡초 우거진 산야에
또한 아름다운 꽃떨기 있는 줄.
색은 마을 연못 달에 스며들고
향은 언덕 나무 바람에 풍겨오네.
땅이 외져 귀공자 드물기에
아리따움이 촌 늙은이에게 돌아간다네.

世愛牧丹紅　　栽培滿院中
誰知荒草野　　亦有好花叢
色透村塘月　　香傳隴樹風
地偏公子少　　嬌態屬田翁

—『동문선』제9권

우의寓意를 담은 영물시詠物詩. 석죽화의 우리말 이름은 패랭이꽃이다. 여러해살이풀로 6~8월에 붉은 꽃을 피운다.

1연은 모란의 대중적인 애호 실태를 밝혔다. 화려한 색상과 커다란 꽃송이를 자랑하는 모란은 부귀영화를 상징한다. 그러므로 광범위한 모란 재배는 부귀영화를 선망하는 인정세태를 지적한 것이기도 하다. 2연은 설의법設疑法을 사용하여 인적 없는 산야에서 홀로 피고 지는 패랭이꽃의 존재를 상기시켰다. 야생화인 패랭이꽃의 쓸쓸한 처지를 부각하여 많은 이의 사랑을 받는 모란과 확연히 대조되도록 안배한 것이다.

3연은 패랭이꽃의 아름다운 품질을 운치 있게 묘사했다. 꽃의 형색을 구체적으로 설명하기보다는 한 폭의 그림으로써 질박하고 순수한 매력을 느끼게끔 했다. 패랭이꽃의 맑고 깨끗한 색상과 은은한 향기가 고요하고 한적한 자연풍광과 천연스러운 조화를 이룬다. 4연에서는 앞서 묘사한 내용을 바탕으로 패랭이꽃의 미적 가치를 몰라주는 실정을 아쉬워하며 마쳤다. 오로지 촌 늙은이에게나 사랑을 받는다고 했으니, 처지가 달라 대우에 차별이 있음을 비유한 것이다.

영물시는 대상물 자체의 묘사에만 주안점을 두지 않는다. 일찍이 최치원崔致遠은 「촉규화蜀葵花」라는 시에서 접시꽃을 노래한 적이 있는데, 여기서 접시꽃은 시인의 불우한 자아 형상과 완전히 융합되어 있다. 작시의 목적이 원망의 정서를 접시꽃에 기탁하는 데 있었기 때문이다. 이 시 역시 이러한 탁물언지托物言志 수법을 잘 활용했으며, 출신 성분에 따른 사회적 제약을 개탄하는 뜻이 깔려 있다는 점에서 최치원의 「촉규화」와 상당히 흡사한 주제의식을 보인다.

정습명은 향공鄕貢 출신으로 중앙에 진출했다. 향공은 1024년부터 실시된 계수관시界首官試의 합격자를 가리킨다. 계수관시에는 주로 지방 향리의 자제가 응시한 점으로 미루어볼 때 그는 사대부 가문 출신이 아니었다. 물론 예비고시인 국자감시國子監試와 본고시인 예부시禮部試에 합격했겠지만, 공고한 문벌귀족 사회에서 좋은 벼슬자리를 얻어 출세 가도를 달리기는 극히 어려웠을 것이다. 이 시에서 정원의 화려한 모란꽃이 든든한 배경을 가진 문벌귀족이라면, 패랭이꽃은 재능이 있어도 성공하기 어려운 한미한 가문 출신의 시인 자신을 상징하는 것이다.

　『파한집破閑集』에는 이 시와 관련된 흥미로운 일화가 실려 있다. 당시 궁문을 지키는 관리가 우연히 「석죽화」를 외우는 것을 듣고는 예종睿宗이 정습명의 시재詩才를 한나라 때의 저명한 문인 사마상여司馬相如에 비유하고 옥당玉堂에 보직했다고 한다. 옥당은 한림원翰林院의 별칭으로, 임금의 명을 받아 문서를 작성하는 일을 맡은 부서라 문학적 재능을 지닌 선비들이 영예롭게 여기던 자리였다. 40자로 이뤄진 한 수의 시가 불우한 작자의 운수를 바꿔 출세의 매개체 역할을 해주었던 것이다.

고원역 高原驛

김극기 金克己

한세상 백 년에 어느덧 오십

기구한 세상길에 사방으로 통할 나루 드무네.

삼 년을 나라 떠나 무슨 일 이루었나?

만리 멀리서 귀가하나니 다만 이 몸뿐이로세.

숲의 새는 정이 있어 손님 향해 노래하며

들꽃은 말없이 나를 붙들며 웃어주누나.

시마詩魔는 도처에서 찾아들어 괴롭히나니

곤궁과 시름 기다릴 것도 없이 벌써 고달프구나.

百歲浮生逼五旬　　奇區¹⁾世路少通津²⁾

三年去國成何事　　萬里歸家只此身

林鳥有情啼向客　　野花無語笑留人

詩魔³⁾觸處來相惱　不待窮愁已苦辛

—『동문선』제13권

---

1) 기구(奇區): 기구(崎嶇)와 통해 쓴다. 삶이 순조롭지 못하고 우여곡절이 많음을 뜻한다.
2) 통진(通津): 여기저기로 길이 통하는 나루. 본래 교통의 요충지를 가리키나 벼슬길에 이르
   는 좋은 방도나 요직을 비유하기도 한다.
3) 시마(詩魔): 마귀가 들듯 시를 짓게 하는 강렬한 시적 흥취. 시 짓는 걸 지나치게 좋아하는
   사람을 가리키기도 한다.

귀향 도중 평양과 개성 사이에 위치한 고원역에서 우연히 찾아든 감회를 서술한 시. 곤궁한 삶마저 시로써 승화시키고자 하는 작가정신을 담고 있다. 창작 시기는 분명하지 않으나 의주방어판관義州防禦判官을 퇴임한 직후, 혹은 금金나라에 사절로 다녀올 때 지은 것으로 추정된다.

1연은 길을 가며 자신의 인생을 생각하고 있다. '세로世路'에 '통진通津'이 드물다 한 것은 사회생활에 애로가 많아 뜻대로 풀리지 않음을 의미한다. 김극기는 일찍 과거에 급제하고도 한참 뒤늦게 벼슬길에 올랐다. 사망한 것으로 추정되는 60세 즈음 6품에 그쳤으니 '오순五旬', 즉 50세 무렵의 직위가 보통 이하였음을 미루어 알 수 있다. 쉰을 바라보는 나이에도 미관말직을 면치 못하여 인생행로가 순탄치 못한 것을 유감스러워하는 것이다.

2연은 장기간의 외지생활이 남긴 결과를 회의하고 있다. '성하사成何事'와 '지차신只此身'에서는 허송세월한 채 늙은 몸으로 귀환하는 발걸음의 실망감과 허망함이 절실하다. '삼년거국三年去國'과 '만리귀가萬里歸家'의 구체적인 정황은 파악하기 어렵다. 외국에 체류했다 온 것인지, 단지 개경을 떠나 있었던 것인지 불확실하다. '국國'에는 국도國都의 뜻도 있기 때문이다. 그의 「호가무관차도중운胡家務館次途中韻」에 "집 떠난 지 겨우 한 달인데, 아득히 삼 년은 된 것 같다去家才一月, 茫若隔三年"는 구절이 있어 과장법을 쓴 것일 수도 있다. '만리萬里'라는 시어도 문제다. 실거리의 과장이 아니라면 금나라의 도읍인 북경에 다녀온 사실을 읊은 것이겠으나, 그 경우 3년이라는 햇수가 너무 길다. 해좌칠현海左七賢의 한 사람인 조통趙通이 1197년 금나라에 파견되었다가 3년간 구금을 당하고 풀려난 적이 있으나, 작자가 그때 동행했는지는 알 수 없다.

3연은 무겁게 가라앉았던 분위기가 반전되어 자못 명랑하고 쾌활한 느낌이다. 표현 또한 아름답고 사랑스럽다. 여기서 '객客'과 '인人'은 시인 자신을 객관화한 지칭인데, 역 주위의 새와 꽃이 정답게 대한다는 표현은 역설적으로 고달픈 심정에 위로가 필요하다는 것을 일러준다.

　마지막 연은 비약이 느껴질 정도로 미묘하게 뜻을 담아냈다. 그 표층적 의미는, '시마詩魔'가 주는 고통은 '궁수窮愁'의 고통보다 더욱 심각하다는 것이다. 시마는 집요하게 창작욕을 충동질해 미친 듯 창작에 몰두하게 하는 마력으로, 창작의 유혹과 고통을 상징한다. 궁수는 곤궁한 삶과 그로 인한 번민으로, 시의 전반부에 언급된 내용이 그에 해당한다. 이로부터 심층적인 의미를 파악하자면, 이 연에는 시 짓는 일에 온 정신을 기울여 열중하면서 세상살이의 근심일랑 등한시한다는 의미심장한 뜻이 담겨 있다.

　이 시는 자신의 인생에 대한 회한으로부터 시작했다가 자기 삶의 원초적인 지향이 시 창작에 있음을 확인하며 마쳤다. 공허하게 발걸음한 나그네에게 새와 꽃이 위로가 되듯, 인생행로에서 힘겹게 궁수를 겪는 작자는 외려 시마의 부림을 받으면서 삶의 고뇌를 해소하고 있는 것이다. 예술 창작의 고통은 특수한 진통 효과를 아울러 가지고 있어, 창작 활동에 몰입할 때 곤궁의 고통은 누그러진다. 두보杜甫의 "시름이 지극해지면 본래 시에 의지해 풀어보려 한다愁極本憑詩遣興"는 시구 역시 그러한 시의 마력을 염두에 둔 것이다.

　유승단兪升旦은 「김거사집서金居士集序」에서 김극기는 난새鸞鳥와 봉새鳳凰 같은 존재여서 그가 지극히 아름다운 시를 지어내자 전에는 들을 만하던 다른 작가들의 시는 보잘것없는 작은 새의 어지러운 잡소리가 되었다며 김극기를 찬미했다. 인생의 고난과 우수마저 창작으로 승화시키고자 했던 김극기의 치열한 문학정신이 이와 같은 거대한 시명詩名을 선사했음은 의심의 여지가 없다.

병든 눈 病目

오세재 吳世才

늙음과 질병이 서로 뒤따르건만
평생 한낱 포의布衣 신세로구나.
눈은 흐려 잘 뵈지 않고
눈동자의 광채 적어졌구나.
등불 앞 글자 비춰 보기 겁나고
눈 온 뒤의 빛 보기 두렵네.
금방金榜이나 기다렸다 보고 난 뒤
눈 감은 채 세상사 잊고 살리라.

老與病相隨　　窮年一布衣¹⁾
玄花²⁾多掩映　　紫石³⁾少光輝
怯照燈前字　　羞承雪後暉
待看金牓⁴⁾罷　　閉目坐忘機

—『동문선』제9권

---

1) 포의(布衣): 베옷. 벼슬을 하면 비단옷을 입을 수 있기에 벼슬하지 못한 이를 가리키는 말이
　되었다.
2) 현화(玄花): '玄華'라고도 한다. '玄'은 '眩'과 통하여 눈이 어둡다는 뜻이다. '花'는 눈이 어른
　어른하다는 뜻이다. 눈이 침침해져 사물이 흐릿하게 보이는 것을 가리킨다.
3) 자석(紫石): 자석영(紫石英). 자수정(紫水晶)이라고도 한다. 여기서는 눈의 수정체(水晶體),
　즉 눈동자를 비유한 것이다.
4) 금방(金牓): 금방(金榜)과 같다. 과거 합격자 명단을 적어놓은 금색의 편액(扁額).

노쇠해 눈병으로 시력이 손상되자 유감의 뜻으로 지은 시. 작자의 궁상맞은 삶의 단면을 드러낸, 슬픈 자화상과 같은 작품이다.

1연은 직설적으로 노년의 곤궁하고 처량한 신세를 푸념했다. 늙고 병든 것도 억울한데 아직도 '포의布衣'라 했으니, 삶의 비애가 자못 크기만 하다. 벼슬아치가 되어 입신양명하는 것을 인생의 목표로 삼았던 봉건시대 지식인의 번민과 한탄이 두 글자에 응결되어 있는 것이다.

2연과 3연은 시제와 어울리게 병이 나 나빠진 눈에 관해 읊었다. 2연은 눈이 흐려짐을 뜻하는 '현화玄花'라는 시어를 적절히 이용해 명사인 '자석紫石'과 어울리게 대對를 맞췄다. 시구에 나타난 증상으로 미루어 수정체가 혼탁해져 시야가 뿌옇게 보이는 질환을 앓았던 것으로 짐작된다. 백내장 증상과 유사하다. 3연은 시력의 악화를 구체적으로 읊었는데, 역시 솜씨 좋게 대구법을 사용했다. 등불 앞에 글자를 비춰 보기 겁난다는 것은 집중해서 보아도 또렷이 보이지 않고 눈만 아프기 때문이며, 눈 내린 뒤의 빛을 보기 두렵다는 것은 반사광 때문에 눈이 몹시 시린 것을 의미한다. 불편하다 못해 괴로운 노년의 실상이다.

이에 4연에서는 고달픔에 지쳐 아예 장님인 양 눈을 감고 살아버릴까 망상을 해본다. 여기서 '폐목閉目'은 단지 눈을 감는다는 뜻이 아니라 사회관계로부터의 자발적인 단절을 뜻한다. 작자는 혼탁한 세상과 멀어지면 절로 기심機心이 소멸되리라 기대하고 있다. 그런데 그것은 어디까지나 과거 합격자 명단을 확인한 후의 일이라 했으니, 아직 벼슬에 대한 일말의 기대를 거두지 못한 상태다. 1연에서 언급한 '포의'의 한恨이 시종일관 관류하고 있는 것이다.

병든 눈을 제재로 처량한 자신의 신세를 조소한 이 시에는 침중한 비애가 담겨 있다. 제 기능을 상실해가는 눈은 불운으로 점철된 일생을 상징하기에 강한 페이소스를 느끼게 한다. 특히 마지막으로 '금방金牓'을 확인한 뒤 눈을 감고 살겠다는 우울한 농담은 절망의 깊이를 심화한다.

소위 블랙 유머로 원망의 정을 분출한 셈인데, 스스로 현실의 족쇄를 끊고 싶어 눈을 감고 '망기忘機'하리라는 언표에는 염세주의적 사유가 은근하다.

송宋의 구양수歐陽修는 「매성유시집서梅聖兪詩集序」에서 '시궁이후공詩窮而後工'을 말한 바 있다. 시인 중에는 영달榮達한 사람은 적고 곤궁한 사람이 많으며, 세상에 전해오는 시는 곤궁한 사람의 말 가운데서 많이 나왔으며, 곤궁할수록 시는 공교해진다는 주장이다. 이는 창작 주체의 창작 능력을 생활 조건과 결부하여, 곤경에 처한 시인이 내심의 불만을 창조적 힘으로 전환하여 분출할 때 정미精美한 작품이 나온다는 점을 지적한 것이다.

시인들은 습관적으로 자신의 불행을 과장해 꾸미는 경향이 있으나, 오세재의 생애는 실로 불우하기 이를 데 없었다. 세 번 아내를 얻었으나 문득 버리고 떠나 자식이 없었으며, 송곳 꽂을 땅도 없어 먹고살기조차 힘든 지경이었다. 뒤늦게 51세의 나이로 겨우 과거에 합격해 평생의 소원을 성취했지만 끝내 벼슬자리는 얻지 못했다. 이에 외가에 의탁해 여생을 보내려 경주로 내려갔다가 얼마 후 세상을 뜨고 말았다. 그와 망년지교忘年之交를 맺었던 이규보李奎報는 오세재의 시문이 한유韓愈와 두보의 체體를 얻었으며 목동이나 심부름하는 종들까지도 그의 이름을 알았다고 했다. 시인으로서 그의 재능과 명성은 드높았으나 이규보가 '재현박명才賢薄命'이라 일컬었듯 그의 운명은 기박했던 것이다. '시궁이후공'이란 말을 절로 떠올리게 하는 시인이 바로 오세재다.

친구에게 부치다, 진퇴격寄友人, 進退格

임춘林椿

십 년을 떠돌면서 생애를 저버렸나니
도처의 경물마다 그 느낌을 어이 견디리.
가을달과 봄날 바람에 시는 준비되었고
객수와 유랑의 회포는 술로 녹여 없애네.
비록 천추千秋에 전할 만한 공업功業은 없다만
일가를 이룰 만한 문장은 지니었다오.
성세盛世에 한가함도 언짢기만 하진 않으니
내 신세 더욱 불우해져도 내버려두리.

十年流落負生涯　　觸處那堪感物華[1]
秋月春風詩准備　　旅愁羈思酒消磨[2]
縱無功業傳千古　　還有文章自一家
盛世偸閑[3]殊不惡　　從教身世轉蹉跎[4]

—『동문선』 제13권(『서하집西河集』 제1권)

---

1) 물화(物華): 자연경물.
2) 소마(消磨): 없애다, 제거하다.
3) 투한(偸閑): 바쁜 가운데 한가함을 얻어내다.
4) 차타(蹉跎): 차질(蹉跌)과 같다. 실족하다, 실의하다.

평생 회재불우의 한을 지녔던 임춘의 내면 풍경을 엿볼 만한 시. 시제에 부기된 '진퇴격'은 특수한 압운 방식으로, 진퇴운進退韻이라고도 한다. 일진일퇴하며 운을 단다는 뜻이다. 시의 2구와 6구는 같은 계열의 운자로 압운하고 4구와 8구는 그와 통하는 유사 계열의 운자로 압운하는 격식이다. 이 시의 운자인 '화華'와 '가家'는 하평성下平聲의 마麻 운, '마䯢'와 '타詑'는 하평성의 가歌 운에 속한다.

　1연은 장기간 객지에서 찌들어 살다보니 심적 고충이 크다고 고백했다. 상심한 자의 눈길에 만사가 비관 일색이라, 눈길에 닿는 풍경마다 감상感傷을 자극한다. '십 년'은 개성을 떠난 이래 흐른 대략의 햇수이다. 그로 미루어 작자가 영남에 우거寓居할 때 지은 시로 추정된다.

　2연은 그나마 시와 술에 의지해 살아가는 형편임을 밝혔다. 3구는 좋은 경치를 대하면 시심詩心이 발동한다는 뜻인데, 창작활동에 몰두하며 위안을 삼았음을 의미한다. 앞에서는 '물화物華'를 접하면 감상에 젖을까봐 부담스럽다는 뜻을 보였으나 실상은 시를 '준비'하고 있었으니, 천생 시인의 본색을 감출 수 없었던 것이다. 뒤이어 4구에서는 불쑥불쑥 찾아드는 객수를 술로 달랜다고 하며 삶의 기반을 잃고 유락하는 고초를 하소연했다.

　3연에서는 전환을 꾀하여, 시인의 드높은 자존의식을 드러냈다. 문장으로 일가를 이뤘다는 말은 입덕立德·입공立功·입언立言의 삼불후三不朽 중 하나는 성취했다는 강한 자긍심의 표현이다. 문학적 성취를 과시하는 태도에서 도도한 기질이 드러나나, 문제는 그럴수록 자신의 진가를 몰라보는 세상에 불만이 누적될 수밖에 없다는 점이다.

　4연에서는 운명에 내맡긴 채 살겠다는 순응주의적 태도를 드러냈다. 그러나 이 연은 반어법을 활용했기에 액면 그대로 받아들일 수 없다. '성세盛世'는 임금조차 허수아비로 만들고 무단정치를 일삼는 무신정권을 비꼬는 위장된 수사에 불과하며, '투한偸閒'은 등용되지 못해 할 일 없는 처지를 자조하는 수사일 뿐이다. 마지막 구의 자기 신세가 더 나빠져도 신경쓰지 않겠다는 선언 역시 진실이 아니니, 사실은 극심한 원망의 정을 담고 있다.

　누구인지 모를 벗에게 준 이 시는 작자 자신의 불우함을 호소하려는 의도가 강렬하다. 문학적 성취를 자부하면서 애써 객관 현실을 외면하는 태도를 취했지만, 기회를 얻지 못해 생겨난 반발 심리가 역으로 표출되어 있다. 무신의 난의 피해자가 되어 일생이 내내 고달팠던 임춘의 박탈감을 절실히 보여주는 시다.

동교마상東郊馬上

곽예郭預

말이 가는 대로 맡겨 봄일 하는 곳 찾아가니
소가 한창 힘쓰며 밭을 가누나.
따스한 날씨에 새들은 울어대고
잔잔한 물결에 물고기는 헤엄치네.
들에 나비는 서로 뭉쳐 희롱하는데
모래 갈매기는 떼 지어 날아간다.
제비 참새 따르기 싫기도 하니
백로처럼 깨끗하지 아니하구나.

信馬[1]尋春事　牛兒方力耕
鳥鳴天氣暖　魚泳浪紋平
野蝶成團戱　沙鷗作隊行
自嫌隨燕雀[2]　不似鷺鷥[3]淸

—『동문선』제9권

1) 신마(信馬): 말이 가는 대로 맡겨둔다는 뜻.
2) 연작(燕雀): 제비와 참새. 하찮은 인물을 비유한 것이다.
3) 노사(鷺鷥): 백로. 고결한 인품의 소유자를 비유한 것이다.

새봄을 맞아 야외에 나섰다가 불현듯 찾아든 감회를 노래한 시. 시제의 '동교'는 동쪽 교외를 가리키는데, 오행설五行說에 의하면 동쪽은 봄을 나타내는 방위이기도 하다. '마상'은 '마상구호馬上口號'의 축약으로, 말 위에서 즉흥적으로 지었다는 뜻이다. 宋송의 구양수歐陽修는 『귀전록歸田綠』에서 시문이 잘 지어지는 세 장소를 언급한 적이 있다. 소위 '삼상三上'이라는 그곳은 잠자리인 침상枕上과 화장실인 측상廁上, 말 위인 마상이다. 역대로 말 위에서 지은 시가 적잖이 전하니, 유유자적 길을 가는 도중 시상이 잘 떠오르기 때문이다.

　　이 시는 생동적인 봄날의 물상들을 등장시켜 활기 넘치는 화면을 연출하다 돌연 분위기를 심각하게 전환한 데 묘미가 있다. 1연에서는 시인 자신이 탄 말과 밭 가는 소를, 2연에서는 노래하는 새와 헤엄치는 물고기를, 3연에서는 무리 지어 노는 나비와 줄지어 나는 갈매기를 그려 놓았다. 저마다 생의生意 넘쳐나는 각종 동물이 대지에 충만한 봄기운을 전하고 있는 것이다.

　　그런데 시는 마지막 4연에서 앞의 분위기를 전복한다. 분잡한 일상을 멈춘 채 교외에 나온 시인은 생기발랄한 풍경을 바라보다 돌연 심리적 불평 상태에 이른다. 자유롭게 생을 구가하는 모습에 자극을 받아 사회생활의 속박에서 탈출하고픈 심정이 생겨난 것이다. 이에 7구에서는 제비나 참새 같은 하찮은 자들과 억지로 관계를 맺으며 살아야 하는 자신의 현실을 혐오하고, 8구에서는 결백한 선비의 표상인 한 마리 백로처럼 고결하게 자존의식을 견지하며 살고픈 뜻을 담아냈다.

　　이 시는 세속을 떠나 자연으로 회귀하고픈 심정을 노래했다. 그러나 우연히 외물을 접하고 생겨난 감흥을 노래한 까닭에 심각한 고뇌를 표출하는 데는 이르지 않았다. 마치 스치고 지나가는 봄바람처럼 일시적이고 즉흥적인 정감인 것이다. 다만, 비 오는 날이면 홀로 연못을 찾아가 연꽃을 완상했다는 시인의 고아한 풍격이 마지막 두 구에 잘 드러나 있다. 한편 이 시는 작자가 전주사록全州司錄으로 있을 때 지은 것으로 추정된다. 하급 관리로 외직에 나가 있는 사람의 벼슬에 대한 불만과 권태가 간파되기 때문이다. 사록은 정7품의 외직으로, 과거 급제자에게 처음 내리는 벼슬이다.

외기러기의 노래 孤雁行

홍간 洪侃

권세가 못가의 집에는 봄바람 불고
푸른 물에는 반짝반짝 잔물결 이네.
열두 난간에 화려한 방 깊숙한데
그 가운데 삼만 리 봉래산 있구나.
두약 杜若 사이에 자줏빛 원앙 오가고
연꽃에는 금빛 비춰 의지하였네.
쌍으로 날며 목욕하고 함께 깃들이면서
오색 깃털 구름 같은 옷으로 마음껏 노는구나.
그대는 못 보았나? 강해 江海에 십 년 동안 외기러기 있어
옛 짝은 아득히 은하수 너머 있구나.
그림자 돌아보며 위아래로 때때로 부르는데
갈대꽃 쓸쓸하고 늦가을 바람 불고 서리 내리네.

五侯[1]池舘春風裏　　　微波鱗鱗鴨頭水[2]

闌干十二[3]繡戶深　　　中有蓬萊[4]三萬里

---

1) 오후(五侯): 동시에 제후에 봉해진 다섯 사람을 가리키며, 한나라 때 그런 사례가 여러 차례
　　있었다. 후대에는 권문세족을 지칭하는 말로 사용되었다.
2) 압두수(鴨頭水): 청둥오리의 머리처럼 푸른 물빛을 가리킨다.
3) 난간십이(闌干十二): 굽이지고 꺾인 난간이 많은 누대를 가리킨다.
4) 봉래(蓬萊): 봉래산. 바닷속에 있다는 전설 속의 삼신산(三神山) 가운데 하나. 여기서는 봉

彷徨杜若[5)]紫鴛鴦[6)]　　倚拍芙蓉[7)]金翡翠[8)]

雙飛雙浴復雙棲　　綷羽雲衣[9)]恣遊戲

君不見十年江海有孤鴈　　舊侶微茫隔雲漢[10)]

顧影低昂[11)]時一呼　　蘆花[12)]索漠風霜晚

—『동문선』제6권(『홍애유고洪厓遺稿』)

래산처럼 아름답게 장식한 연못 속의 석가산(石假山)을 가리킨다.

5) 두약(杜若): 향초의 이름. 생강과의 여러해살이풀이다.

6) 자원앙(紫鴛鴦): 우리말 이름은 비오리. 원앙처럼 암수가 항상 붙어다니며 수컷은 머리 색깔이 붉그스름하다.

7) 부용(芙蓉): 연꽃.

8) 금비취(金翡翠): 물총새. 배는 누런색이며 등은 파란색이다.

9) 췌우운의(綷羽雲衣): 오색 비단처럼 화려한 깃털과 구름처럼 가벼운 옷을 가리킨다.

10) 운한(雲漢): 은하수(銀河水)를 달리 일컫는 말.

11) 저앙(低昂): 고개를 숙였다 들었다 하다.

12) 노화(蘆花): 갈대의 꽃.

홍간은 당대의 인기 작가였다. 최해崔瀣가 모아 엮은『동인지문오칠東人之文五七』에는 그의 시가 비중 있게 수록되었으며, 이제현李齊賢은『역옹패설櫟翁稗說』에서 "그가 시 한 편을 지어낼 때마다 어진 사람이나 그렇지 못한 사람이나 모두 그 시를 좋아하여 서로 전해가며 외웠다"고 했다. 이 시는「나부인懶婦引」과 함께 홍간의 대표작으로, 상징법을 사용하여 작자 자신의 처지와 심정을 노래했다. 제목의 '행行'은 악부시 표제 가운데 하나다.

1단락(1~4구)은 권세가 대저택의 못가 풍경을 그렸다. 푸른 봄물이 일렁이는 못가에는 호화롭게 난간을 두른 누각이 있으며, 못 중앙에는 상상 속의 선경仙境인 봉래산을 본떠 아름답게 꾸민 가산假山이 자리하고 있다.

2단락(5~8구)은 물 위에서 정답게 짝을 이루어 노는 자원앙과 비취의 모습을 묘사했다. 화사한 깃털에 윤기가 흐르는 그들은 부귀한 집주인과 마찬가지로 풍요와 복락을 향유하는 것이다.

3단락(9~12구)에서는 돌연 시공간의 비약이 이뤄져, '강해江海'에서 홀로 가을을 맞는 외기러기의 고독한 처지를 간결하게 묘사하며 마쳤다. 외기러기의 고단한 처지는 앞의 자원앙이나 비취와는 역력히 대비되는데, 그는 무슨 사연으로 처량하게 10년을 강해에서 보내고 있는 것일까? 더이상의 부연이 없지만 남겨진 궁금증만큼 긴 여운을 남긴다.

김종직金宗直이『청구풍아靑丘風雅』에서 지적한 것처럼, 이 시는 작자 자신이 처한 상황을 비유적으로 노래했다. 고독과 적막에 묻혀 사는 서글픈 신세를 외기러기에 의탁한 것이다. 그러므로 이 시는 작자가 어떤 언사로 빌미가 잡혀 동래東萊에 좌천되었을 때 지었을 가능성이 높다. 날이 추워지는데도 무리를 잃은 채 남쪽으로 날아가지 못하는 기러기는 조정으로 돌아가지 못하는 축객逐客의 신세와 같으며, 10년이란 세월은 오랜 유배의 시간을 의미한다.

반면 성색聲色의 쾌락을 마음껏 즐기는 상류층의 호사스럽고 방탕한 생활을 연상시키는 자원앙이나 비취는 곧 '오후五侯'에 비유된 권세가와 다를 바 없다. 홍간이 백이정白頤正에게 지어준 시 「석상증백이재席上贈白彝齋」를 참조하면 분명하다.

"염주의 비취와 같이 놀지 마라, 황금빛 오색 비단옷이 모두 다 근심일 세. 기미 보길 좋아해 비 피할 수 있는 것은, 갈대꽃 깊은 곳의 한 마리 갈매 기라네炎洲翡翠莫同遊, 金縡毛衣摠是愁. 愛殺見幾能避雨, 荻花深處一沙鷗."

'염주'는 '봉래'와 마찬가지로 신선의 고장이며, 염주의 비취는 화려하게 선경을 꾸며놓고 부귀향락을 누리는 권세가를 상징한다. 그 점을 감안하면, 이 시에는 지방으로 쫓겨나 영락한 처지에 놓인 작자의 중앙 권력층에 대한 질시와 원망의 정서 또한 진하게 담겨 있다 하겠다.

허균許筠은 『성수시화惺叟詩話』에서 홍간의 시가 성당盛唐의 시와 흡사하며 대체로 '농염청려穠艶淸麗'하다고 했는데, 실제로 이 시의 시어는 화려하면서도 맑고 고운 경향을 잘 보여준다. 홍만종洪萬宗 역시 홍간의 시가 당시풍이 강한 점을 지적하여, "당조唐調를 깊이 얻어 송나라 사람의 기습氣習을 벗어났다"고 했다. 그때 시단은 주로 소식蘇軾을 배워 이지적이고 사색적인 시적 경향을 띠었으나 그는 당시를 배워 상대적으로 정감 표현에 능했다는 관점이다.

흰 실의 노래 白絲吟

백원항 白元恒

흰 실 곱고 고와 눈처럼 흰데
비단 위 새 무늬는 울긋불긋 눈에 어린다.
미인은 낭군의 옷 지을 생각에
고운 손으로 살짝 칼과 자를 잡았네.
"고악고악이라더니 시어미 정말 나쁘네.
내게 바느질도 못하게 하는구나.
예부터 간교한 말을 황黃처럼 좋아한다더니
오늘 아침 나를 고향으로 돌려보내네.
문을 나가 등지고 서서 풍설에 우나니
서북 만리에 구름 하늘만 멀다.
구름 하늘만 멀고 낭군은 볼 수 없으니
길은 멀어 마음이 아득하다.
주현朱絃을 타고자 하나 세상에 귀가 없어
속절없이 대낮에 동束으로 흐르는 물을 한탄한다.
흰 실은 한번 물들면 희어질 날 없어도
버려진 나 다시 올 기약은 응당 있으리."

白絲鮮鮮雪華[1]白　　錦上新紋眩紅碧

美人[2]意在公子[3]衣　　纖手[4]殷勤把刀尺

姑惡[5]姑惡姑果惡　　不許儂家[6]事縫作

古來巧語悅如簧[7]　　使妾今朝還故鄉

出門背立泣風雪　　西北萬里[8]雲天長

雲天長不見郎斷蓬[9]　　路遠心茫茫

欲彈朱絃[10]世無耳　　空嗟白日東流水[11]

白絲一染無白時　　棄妾重來當有期

—『동문선』제6권

---

1) 설화(雪華): 설화(雪花)와 같다. 하늘에서 날리는 눈꽃송이.
2) 미인(美人): 서정적 자아인 며느리를 가리킨다.
3) 공자(公子): 여성의 남편을 가리킨다.
4) 섬수(纖手): 가늘고 고운 여인의 손.
5) 고악(姑惡): 새 이름. 울음소리를 이름으로 삼았다. 우리말 이름은 흰배뜸부기. 소식(蘇軾)의 「오금언五禽言」 제5수에 "고악고악, 시어미 나쁘지 않고, 내 운명 기박하네(姑惡, 姑惡, 姑不惡, 妾命薄)"라는 구절이 있다. 자주(自注)에서 그는 "고악은 물새다. 세속에서 말하길, 며느리가 시어머니의 학대에 죽어 그런 소리를 낸다고 한다" 했다.
6) 농가(儂家): 중국의 토속 방언으로 '나'를 의미한다.
7) 황(簧): 달콤한 말을 비유한 것이다. 본래는 관악기의 입 닿는 부분 안쪽에 장치한 얇은 조각을 가리킨다. 『시경詩經』 「소아小雅·교언巧言」에 "간교한 말이 황과 같다(巧言如簧)"는 구절이 있다.
8) 서북만리(西北萬里): 남편이 있는 먼 변경을 가리킨다.
9) 단봉(斷蓬): 뿌리가 끊어져 바람에 나뒹구는 다북쑥 따위의 잡초를 가리킨다.
10) 주현(朱絃): 금슬(琴瑟) 따위의 현악기. 본래 삶아 익힌 명주실로 만든 줄을 가리킨다.
11) 동류수(東流水): 한번 흘러가면 되돌아오지 못함을 비유한 것이다. 이백(李白)의 「몽유천모음류별夢遊天姥吟留別」에 "세간의 행락이 또한 이와 같아, 예부터 모든 것이 동으로 흐르는 강물과 같다(世間行樂亦如此, 古來萬事東流水)"는 구절이 있다.

시어머니에게 미움을 받아 쫓겨난 여인의 원망을 노래한 시. 제목의 '음吟'은 악부시 표제 가운데 하나다.

1단락은 1~4구이다. 1, 2구는 바느질 재료인 흰 실과 비단으로 자연스럽게 시의 발단을 이루었다. 먼저 다른 사물을 말한 후에 노래하려는 말을 이끌어내는 표현법인 '흥興'을 사용한 것이다. 3, 4구는 아내가 남편의 옷을 만들기 위해 마름질하는 모습을 그렸다. 남편의 부재를 밝히지는 않았지만 10구에서 '서북 만리' 운운한 것을 보면 멀리 객지에 나가 있는 남편의 방한복을 짓는 것임을 짐작할 수 있다. 이는 흔히 '도의시搗衣詩'에서 발견되는 민가적 모티프를 차용한 것이다.

2단락은 5~16구이며, 며느리가 화자로서 자신의 처지를 말하는 형식을 취했다. 5~12구는 시어머니의 핍박을 받다 시댁에서 쫓겨나게 된 정황을 진술했는데, 막막하기 이를 데 없는 심경을 겨울날의 서경과 융합하여 곡진하게 풀어냈다. 아울러 남편이 집을 떠나 멀리 있음을 재확인시켜주며 자신의 의지할 곳 없는 가련한 신세를 부각했다. 13~16구는 좌절 속에서도 희망을 놓지 않으려는 의지를 노래하며 마쳤다. 주현朱絃을 타도 들어줄 이가 없다는 비유에는 절망이 담겨 있으니, 자신의 억울한 사정을 헤아려줄 사람이 없음을 한탄한 것이다. 그러나 마지막 두 구에서는 스스로를 격려하며 다시 시집으로 돌아올 수 있으리란 희망을 말했다. 여기서 "흰 실은 한번 물들면 희어질 날 없어도白絲一染無白時"는 시 첫머리의 "흰 실 곱고 고와 눈처럼 흰데白絲鮮鮮雪華白"와 서로 호응하여 수미상응首尾相應의 구성을 보여준다. 그러나 첫머리의 흰 실과 달리 마지막의 흰 실은 상징성을 띠어 정신적, 도덕적 순결을 암시한다. 자신이 흰 실처럼 더러워지지 않고 굳게 정조를 지키고 있으면 언젠가는 남편에게 돌아갈 수 있으리란 의지를 피력한 것이다.

이 시는 악부시가 보통 그러하듯 평이하고 질박한 언어 표현을 보여준다. 시어머니에 대한 감정을 서슴없이 솔직하게 표현한 5구의 '고악姑惡'은 본래 울음소리를 본떠 지어낸 새 이름이자 '시어머니 나쁘다'라는 뜻을 담고 있다. 뻐꾸기의 한자 이름인 '포곡布穀'이 '뻐꾹'이라는 울음소리로 부터 생겨났으며 '곡식을 파종하다'로 풀이되는 경우와 같다. "고악고악이라더니 시어미 정말 나쁘네姑惡姑惡姑果惡"는 새 울음소리와 거기에 담긴 뜻으로 시를 짓는 금언시禽言詩의 수법을 차용해 시어머니를 원망한 것인데, 재미난 구어적 표현으로 꾸밈없는 정감을 드러냈다.

　이 시는 고부갈등을 소재로 삼았다는 점에서 중국 악부시의 걸작인 「공작동남비孔雀東南飛」와 유사하다. 그러나 실제 사건을 다뤘다는 증거가 없는 한, 민간에서 제재를 얻은 악부시로 간주하기는 어렵다. 김종직金宗直은 『청구풍아青丘風雅』에서 이 시 전체를 은유로 간주해, 버림받은 며느리를 조정에서 추방된 신하에 비유한 것으로 파악했다. 옛날 악부시의 줄거리나 정조를 후대 문인들이 차용해 변조한 사례가 빈번하므로 타당성이 있다. 백원항은 귀양을 간 이력도 있으니 조정에서 쫓겨난 자신의 처지를 며느리에 가탁해 노래한 시로 보아도 무리가 없다.

고풍古風 제3수

이제현李齊賢

공자께서 멀리 떠나가실 제
말과 안장에는 빛이 났었네.
시름에 야윈 옥루 위 여자
눈물 방울질까 참아본다네.
그리워 잊을 수가 없건만
날아가고 싶어도 날개가 없네.
찬 종소리는 참으로 더뎌
언제나 동방은 밝아오려나?

公子¹⁾遠行役²⁾　鞍馬光翕蘇³⁾

憔悴玉樓⁴⁾女　忍淚不敎滴⁵⁾

念之不可忘　奮飛⁶⁾無羽翼

寒鍾鳴苦遲　何時東方白

　　　　　　—『동문선』 제4권(『익재난고益齋亂藁』 제3권)

1) 공자(公子): 본래 제후의 아들을 가리키는 말이나 권세가의 지위가 높은 이에 대한 존칭으로도 쓰인다.
2) 행역(行役): 일반적인 여행 혹은 군역이나 노역으로 인해 집을 떠나는 경우를 가리킨다.
3) 흡혁(翕蘇): 광채가 성대한 모양.
4) 옥루(玉樓): 화려한 누대를 가리킨다.
5) 불교적(不敎滴): 눈물을 흘리지 않도록 하다. '敎'는 사역의 뜻으로, ~하게 하다.
6) 분비(奮飛): 훌쩍 날아오르다.

고풍이란 고체시古體詩 형식의 시를 가리킨다. 『익재난고益齋亂藁』에는 고풍이란 제목 아래 일곱 수의 시가 묶여 있다. 동일 제목의 경우 간혹 문집 편찬 과정에서 창작 시기가 다른 시편이 같이 묶이기도 하지만, 일곱 수가 내용상 상호 유관성이 있어 모두 비슷한 시기의 작품으로 추정된다. 익재의 시는 산일된 것이 많아 문집의 구성이 소략하나 대략 창작순으로 편집되었다. 그 점을 감안해 추정하자면 대략 충숙왕忠肅王과 충혜왕忠惠王 부자가 즉위와 퇴위를 반복하던 시기 혹은 반역자 조적曹頔 일파의 견제로 조정을 떠나 두문불출하던 때 지었을 것이다.

　위는 「고풍」의 제3수로서, 집 떠난 낭군을 그리워하는 사부思婦의 정을 노래했다. 부부의 신분은 '공자公子'와 '옥루녀玉樓女'를 통해 상류 계층임을 알 수 있다. 그러나 남편이 왜 멀리 떠났는지는 미상이다. 그런 불명확성은 재회의 기약을 더욱 어둡게 함으로써 독숙공방獨宿空房하는 아내의 고독감을 배가시켜준다. 그런데 이 시의 정감 표현은 애써 눈물을 참는다는 제4구에서 파악되듯 상당히 절제되어 있다. 밤새 잠을 못 이룰 정도로 심정은 애처롭고 절절하지만 결코 격하게 넘쳐흐르는 감정 표출은 없다. 이른바 '애이불상哀而不傷'의 정서적 억제가 있어, 비애는 있으되 격렬한 아픔에 이르지 않았다.

　한시에는 남녀의 연애감정을 노래한 애정시가 극히 희소하다. 민가풍의 악부시樂府詩에서 그런 사례를 발견할 수 있지만 역시 많은 편은 아니다. 애정시의 주류는 남편을 그리워하는 아내의 정을 노래한 것이며, 또한 남성 시인이 여성 화자가 되어 서정을 펼치는 경우가 비일비재하다. 이는 실제적인 남녀 관계에서 비롯된 진정眞情과는 거리가 있으니, 일종의 정서적 조작 과정을 거쳐 나온 산물이다.

　이 시 또한 상상에 의한 설정의 소산인데다 정감이 이지理智에 의해 통제되어 작자의 도덕과 윤리 관념이 시적 주인공인 아내의 내면을 지배하고 있다. 요컨대, 이 시는 일반적인 남녀 간의 이별을 다룬 것이 아니라 소위 '충신연주지사忠臣戀主之詞'로 해석될 만한 소지가 많다. 문학사상 군신君臣 관계를 남녀의 애정 관계로 대치한 사례는 빈번하니, 충선왕忠宣王의 총신寵臣이었던 시인이 '옥루녀'가 되어 '공자'인 충선왕에 대한 그리움을 노래했을 가능성이 높다.

그로부터 창작 시기를 추론하자면 다음과 같다. 첫째, 원나라에서 죄를 얻어 토번吐蕃에 귀양을 간 충선왕을 염려하며 지었을 개연성이 있다. 충선왕은 1320년 참소를 입고 티베트로 귀양을 갔다 이제현의 간절한 소청으로 3년 만에 귀환했다. 시인은 충선왕을 만나기 위해 머나먼 유배지를 방문한 적도 있었다. 둘째, 충선왕이 세상을 뜬 이후 다시 만날 수 없는 왕을 그리워하며 지었을 수도 있다. 충선왕은 1325년 5월에 원나라에서 생을 마쳤다.

고풍古風 제4수

이제현李齊賢

한겨울 천지는 얼어붙어
용과 뱀도 깊은 집에 틀어박혔네.
세도世道는 번복이 많기도 하니
군자는 곤궁을 참고 견딜 뿐.
빈 창 앞으로 멀리 산봉우리 늘어섰고
흰 구름은 갠 하늘 지나간다.
성을 내며 손님도 맞지 않으며
거문고 타며 큰기러기 떠나보낸다.

三冬¹⁾天地閉　龍蛇²⁾蟄幽宮

世道³⁾多反覆⁴⁾　君子有固窮⁵⁾

虛窓列遠岫　白雲⁶⁾度晴空

---

1) 삼동(三冬): 겨울의 석 달. 곧 겨울을 가리킨다.
2) 용사(龍蛇): 은퇴를 비유한 것이다. 『주역周易』「계사하繫辭下」에 "용과 뱀은 칩거해 몸을
   보존한다(龍蛇之蟄, 以存身也)"는 구절이 있다.
3) 세도(世道): 변화하는 사회 상태 혹은 사회의 윤리 도덕 상태를 가리킨다.
4) 반복(反覆): 뒤집어진다는 뜻. 변화가 일정치 않음을 의미한다.
5) 고궁(固窮): 곤궁한 처지를 참고 견딘다는 뜻. 『논어論語』「위영공衛靈公」에 "군자는 궁함을
   고수하나 소인은 궁하면 함부로 한다(君子固窮, 小人窮斯濫矣)"는 구절이 있다.
6) 백운(白雲): 은거를 비유한 것이다. 남조 양(梁)의 도홍경(陶弘景)의 시「조문산중하소유부
   시이답詔問山中何所有賦詩以答」에 "산중에는 무엇이 있나? 봉우리 위에 흰 구름 자욱하다(山
   中何所有, 嶺上多白雲)"라는 구절이 있다.

從嗔⁷⁾不迎客　　揮琴送飛鴻

—『동문선』제4권(『익재난고益齋亂藁』제3권)

---

7) 종진(從嗔): 노여워하다. 대나무가 자라는 것을 감상한다는 숨은 뜻이 있다. 두보(杜甫)의
시「영춘순詠春筍」에 "반드시 첫번째 죽순이 대가 되는 걸 보려, 손님 와서 뭐라 해도 나가
맞이하지 않네(會須上番看成竹, 客至從嗔不出迎)"라는 구절이 있다.

당면한 곤경을 참고 견디며 희망의 미래를 기다리는 마음을 담은 시. 시의 전반부는 고난의 시절을 어떻게 헤쳐나갈 것인가를 성찰했다. 1, 2구의 천지를 얼어붙게 하는 겨울은 실제 계절이자 냉혹한 시련기의 비유이며, 모진 추위를 피해 칩거한 '용과 뱀'은 인고의 세월을 보내야 하는 존재를 가리킨다. 뒤에 언급된 '군자君子'와 일맥상통하는 상징이다. 뒤이어 3, 4구는 사시의 변천이 있어 추운 겨울이 오듯 '세도世道'의 변동으로 고난이 찾아와도 군자는 늘 변함없이 신념을 고수하며 때를 기다려야 한다고 주장했다. 본래 '군자고궁君子固窮'이란 말이 있으니, 군자는 곤궁한 상황에 처해도 절개를 굳게 지킨다는 뜻이다.

후반부는 전반부에서 피력한 바를 실천에 옮겨 은거하며 지내는 정황을 노래했다. 5, 6구는 처소의 창밖에 펼쳐진 풍경을 그렸는데, 맑은 하늘에 떠가는 흰 구름은 고원高遠한 시인의 기개를 표상하는 객관적 상관물이다. 그 가운데에는 자유자재한 구름처럼 유유자적 은거생활을 달갑게 누리고 있다는 뜻이 투영되어 있다. 이른바 '안분安分'의 태도를 보여주는 것이다. 이어 7구에서는 지인의 방문도 마다한 채 한정閒情을 누리며 나날을 보내는 실정을 서술했다. 마지막 8구에서는 거문고를 타며 큰기러기를 보낸다고 했는데, 여기에는 두 가지 함의가 있다. 첫째는 큰기러기가 엄동설한을 무사히 보내고 떠나는 것을 축하하는 뜻이고, 둘째는 겨울새인 큰기러기가 돌아가니 머지않아 봄이 오리라는 점을 말한 것이다. 이는 세도의 회복으로 사회가 안정되고 군자가 곤욕스런 상황을 모면할 날이 도래하리라고 예고한 것이기도 하다.

이 시는 작자가 모종의 정치적 변동으로 정계에서 물러난 뒤 은인자중隱忍自重하던 상황을 풍부한 상징수법을 구사해 노래했다. '삼동三冬'이란 시어는 탄압을 가하는 위해세력을 비유한 것이지만, 구체적인 역사 배경이 모호해 특정인을 지적하기 어렵다. 다만, 고려를 압박하며 횡포를 부린 원나라 세력이나 그들에게 빌붙은 고려의 부원배附元輩들, 혹은 고려의 특권세력이라고 짐작할 수 있다. '용과 뱀'은 그들의 감시와 견제 속에 억압받았던 인물을 가리키며, 시인 자신이 그 부류에 속하는 것은 의심의 여지가 없다.

고풍古風 제6수

이제현李齊賢

산중에 친한 벗 있어
내게 편지를 보내왔다네.
신선 배울 기약 있다면
이 세상 참으로 여관이리라.
초헌軺軒과 관복 사모하진 않아도
나무 돌과 함께 살 수 없으리.
차라리 나의 술을 마시며
사생死生을 자연에 맡기고 말리.

山中有故人　　貽我尺素書[1]

學仙若有契　　此世眞蘧廬[2]

軒裳[3]非所慕　　木石[4]難與居

不如飮我酒　　死生任自如[5]

　　　　　　　　　—『동문선』 제4권(『익재난고益齋亂藁』 제3권)

1) 척소서(尺素書): 편지. 본래 한 자 길이의 흰 비단에 쓴 편지를 가리켰다. 척독(尺牘)이라고
　도 한다.
2) 거려(蘧廬): 여관. 잠시 머물다 가는 곳이란 뜻. 『장자莊子』 「천운天運」에 "인의는 선왕이 만
　들어놓은 여관이다(仁義, 先王之蘧廬也)"라는 구절이 있다.
3) 헌상(軒裳): 거마와 관복. 높은 벼슬자리를 비유한다.
4) 목석(木石): 사회를 떠나 산중에 은거함을 의미한다.
5) 자여(自如): 인위적이지 않은 천연의 상태를 가리킨다.

출처出處에 관한 입장을 밝히고, 어떻게 은거생활에 임할 것인가의 문제를 다룬 시이다.

산중의 벗에게서 온 편지를 발단으로 시의詩意를 펼쳤다. 서신의 내용은 3구의 '학선學仙'으로써 추론할 수 있으니, 입산해 도가적인 수양을 하며 장생술을 배우라는 권유가 담겨 있을 것이다. 이에 시인은 4구에서 정말 신선이 될 수 있다면 세상에 머물 필요가 없으리란 생각에 이른다. 하지만 이는 신선이 된다는 것은 절대 불가능하다는 신념을 반어적으로 말한 것으로, 실상은 조금의 회의도 섞여 있지 않다.

시의 후반부에서는 그런 일을 계기로 처세의 방법을 사색하고 자신의 지향을 밝혀놓았다. 5, 6구는 대유법代喩法을 이용해 상반된 두 가지 삶의 양태에 대한 입장을 드러냈다. 5구의 '헌상軒裳'은 고위 관직의 비유로, 진취적으로 벼슬길에 나가 높은 자리에 오름을 의미한다. 그에 대해 시인은 벼슬살이 자체를 마다하진 않으나 높은 지위를 선망하지 않는다는 뜻을 밝혔다. 이어 6구의 '목석木石'은 제반 사회관계와 절연한 방외인方外人의 삶을 의미한다. 『논어論語』 「미자微子」에서 공자가 "새나 짐승과는 함께할 수 없다鳥獸不可與同"고 한 것과 마찬가지로 시인 역시 도가나 불가의 탈사회적인 지향을 거부하는 뜻을 밝혔다.

마지막 두 구에서는 현재 자기 삶의 지향을 은유적으로 노래하며 마쳤다. 사회를 떠난 삶을 긍정하지 않는 유가는 난세를 만나 은거할지라도 향촌사회에서 삶을 영위하며 독선기신獨善其身하기를 요구한다. 이에 시인은 제세濟世의 이상을 펼치지 못한 채 은거한 실정이지만 유연자득悠然自得한 심정으로 보내길 기약한다. 즐거이 술을 마시며, 자연에 맡겨둔 채 지내겠노라는 뜻을 피력한 그 모습은 「음주飮酒」로 유명한 동진東晉의 은사 도연명陶淵明이 '임진任眞'을 노래한 사실을 연상시키고 있다.

인생 행로를 성찰하며 자기 삶의 지취志趣를 노래한 이 시는 평담한 풍격과 그윽한 흥치가 있다. 그런데 산중에 은둔한 친구의 편지는 허구적인 가설假設로서, 유가적 신념을 강조하면서 자신의 지향志向을 명료하게 드러내기 위한 설정일 가능성이 많다.

고풍古風 제7수

이제현 李齊賢

청신한 아침에 일 없는 것 즐거워
열흘이면 아흐레 장막 내린다.
우연히 한길 나갔다 말을 세우고
분주히 내왕하는 무리 보나니,
공명을 이루려는 자들 바쁘기만 하고
호협한 무리 어수선하구나.
돌아와 책을 마주 대하여
한 번 웃고 또 스스로 유쾌해한다.

清朝樂無事　　十日九下帷[1]
偶然出官道[2]　　立馬看奔馳
草草[3]功名子　　紛紛[4]豪俠兒
歸來對黃卷[5]　　一笑還自怡

—『동문선』 제4권(『익재난고益齋亂藁』 제3권)

---

1) 하유(下帷): 휘장을 내린다는 것은 외출하지 않고 집 안에 머무른다는 뜻이다.
2) 관도(官道): 관에서 관리하는 대로를 가리킨다.
3) 초초(草草): 바쁘고 분주한 모양.
4) 분분(紛紛): 떠들썩하고 어수선한 모양.
5) 황권(黃卷): 책을 가리킨다. 옛날 종이를 만들 때 황벽(黃蘗)나무 수액으로 누렇게 물들여 벌레 먹는 걸 예방한 데에서 유래된 말이다.

시적 정황으로 보아 역시 은거 시기의 작품이다. 한가롭게 지내다 모처럼 외출한 시인의 눈에 분주하게 대로를 싸다니는 자들의 모습이 포착된다. '공명자功名子'와 '호협아豪俠兒'로 지칭된 그들은 불나방처럼 명리名利를 좇아 치달리는 존재이다. 당대의 상황을 고려하자면, 국법을 어지럽히며 사리사욕을 채우는 데 혈안이 된 벼슬아치, 권력의 비호 아래 민간에서 행패를 일삼는 무뢰배, 응방鷹坊 따위를 배경으로 활개치는 무리가 그에 속할 것이다. 이욕에 눈먼 그들의 행각이 분주할수록 현철하고 충직한 이는 설 자리를 잃기 마련이니, 그를 바라보는 작자의 시선은 물론 곱지 않으리라.

그런데 시는 얼핏 의외일 수 있는 장면으로 종결되어, 귀가 후 독서를 하며 웃음 짓는 자기 형상을 그려놓고 마쳤다. 그렇다면 시인은 책을 보며 왜 기뻐했을까? 그것은 안분지족安分知足하며 한가롭게 책을 읽을 수 있는 생활에 만족해 생겨난 즐거움이 아니다. 그보다는 각성으로 말미암은 희열로서, '사필귀정事必歸正'의 역사적 대의大義가 반드시 실현된다는 신념을 재확인한 결과이다. 부정한 욕망에 사로잡혀 부귀권세를 좇던 이들의 말로를 역사라는 거울을 통해 확인하고, 그들이 설쳐대는 작금의 상황이 머잖아 종료되리라는 판단에 이른 것이다. 마지막 두 구는 이치를 말하지 않았지만 다분히 설리적說理的이다.

세상사의 이치에 달통한 고사高士의 기개가 낙관으로 표출된 이 시에는 사회를 좀먹는 세력에 대한 혐오감이나 분노의 감정이 드러나 있지 않다. 개탄의 언사 역시 배제되었다. 그러나 완곡한 표현 속에 의미심장한 언외지미言外之味를 내포하여, 말 없는 가운데 엄정한 비판과 질타의 목소리가 내재해 있다. 표현은 평이하지만 담겨진 뜻은 깊다.

차운하여 정재물에게 답하다 次韻答鄭載物

최해 崔瀣

지금 사람은 옛사람 천히 여기고
아이들은 노인네 업신여긴다.
옛날 선비들과 더욱 멀리 떨어졌으니
누가 다시금 순박한 풍속 돌려놓으랴!
남 헐뜯는 걸 정직이라 여기며
미명美名을 독차지하고 공公된 것을 맘대로 하네.
아득하니 백년 세월 지나간 뒤엔
까마귀 암수 분별하지 못하리.
나 말세에 태어나 사는 것 한스럽거늘
옛것 좋아해 지금 사람 계몽할 생각하여,
사람들 향해 속마음 말해보건만
어찌 다만 초월楚越과 같을 뿐인가!
지금 세태와 너무나 맞지 않아서
가는 곳마다 길이 막혀 울고 만다네.
어찌 권세에 아첨하고 싶지 않으랴만
본래의 뜻을 끝까지 지키려다가,
왕후王侯의 커다란 저택 사이에서
작은 집을 쓸고 있는 신세로구나.
지난해엔 가을바람 부는 시절을 만나

드높은 흥치를 강동江東에 기탁했나니,

수레 타고 홀연히 멀리 떠나갈새

혼과 꿈이 큰기러기를 앞서 날았지.

수려한 호수와 산을 두루 구경하면서

마음속 근심을 풀어낼 만하였네.

이에 아름다운 곳을 찾아나서

신세의 궁통窮通을 맡겨둘까 했으니,

사방으로 노닐 생각 품게 되어서

돌아오자마자 마음이 조급해졌네.

선생이야 옛날의 군자와 같으니

사물을 대하는 가운데 도를 품고 있다네.

가슴속에는 절로 오경五經 상자 지니었으니

가난해 사방 벽이 썰렁함이야 근심 않으리.

今人賤古人	兒子欺老翁
先儒去逾遠	誰復回淳風
訐人以爲直	專美而擅公
悠悠百歲下	莫辨烏雌雄
我生生苦晚	好古思擊蒙[1]
向人說肝膽	奚啻楚越[2]同
所以與時迂	到處哭途窮
豈不欲媚竈[3]	素志庶有終

1) 격몽(擊蒙): 사리에 어두운 이를 깨우친다는 뜻.
2) 초월(楚越): 춘추시대에 남방에 있던 두 나라. 서로 거리가 멀어 상관이 없음을 비유한 것이다.
3) 미조(媚竈): 권력 실세에게 아첨함을 비유적으로 표현한 말. 『논어論語』「팔일八佾」에 "방 아랫목에 아첨하느니 부뚜막에 아첨하는 것이 낫다(與其媚於奧, 寧媚於竈)"는 구절이 있다.

王侯[4]第宅間　却掃一畝宮[5]

去歲遇秋風　高興寄江東[6]

駕焉忽遠適　魂夢先飛鴻

賞遍好湖山　足寫心有忡

卽欲往佳處　便自任窮通[7]

迺抱遊方[8]念　歸來復悤悤

先生[9]古君子　道在接物[10]中

自有五經笥[11]　不憂四壁空

---

4) 왕후(王侯): 왕과 제후(諸侯). 왕은 본래 천자(天子)를 가리키는 말로, 부귀권세를 누리는 고귀한 신분을 비유한다.

5) 일묘궁(一畝宮): 한미한 선비의 거처를 가리킨다. 『예기禮記』「유행儒行」에 "선비에게는 한 묘의 집이 있다(儒有一畝之宮)"는 구절이 있다. 묘는 땅의 면적 단위다.

6) 강동(江東): 본래 중국의 강동 지역을 가리키나, 여기서는 최해의 본관인 경주를 뜻한다. 진(晉)의 장한(張翰)은 강동보병(江東步兵)으로 불렸는데, 낙양에서 벼슬살이하던 중 가을바람이 불자 갑자기 고향이 그리워 벼슬을 그만두고 귀향했다. 이백의 「행로난行路難」 3수에 "그대는 보지 못했나, 통달한 이로 일컬어지던 오중의 장한을, 가을바람에 홀연 강동 그리워 떠나갔다(君不見, 吳中張翰稱達生, 秋風忽憶江東行)"는 구절이 있다.

7) 궁통(窮通): 운수의 곤궁함과 통달함을 가리킨다.

8) 유방(遊方): 사방을 노닐다, 길을 떠나다라는 뜻.

9) 선생(先生): 정재물을 가리킨다.

10) 접물(接物): 외물과 접촉하다. 타인과의 교제를 의미하기도 한다.

11) 오경사(五經笥): 오경을 담은 상자. 경학에 정통한 사람을 비유한다. 『후한서後漢書』「문원전文苑傳」에 변소(邊韶)에 관한 고사가 실려 있다. 변소는 제자 수백 명을 가르쳤는데, 하루는 그가 낮잠을 자는 사이 제자들이 "배가 뚱뚱하여 낮잠만 잔다"고 놀리는 글을 지었다. 변소는 그 글을 보고 글을 짓기를 "뚱뚱한 배는 오경 상자다"라고 했다. 오경은 『시경詩經』『서경書經』『주역周易』『예기禮記』『춘추春秋』를 가리킨다.

교유의 과정에서 차운해 수답酬答한 작품이자 자기 속내를 서술한 영회시詠懷詩. 이 시의 기증 대상인 정재물鄭載物은 이름이 자후子厚, 호는 우곡愚谷이다. 재물은 그의 자字다. 충숙왕忠肅王 때 안부按部를 역임한 사실 외에 자세한 이력은 알 수 없다. 이제현李齊賢, 김륜金倫과 함께 개성의 철동에 거주한데다 모두 문학으로 명성이 있어 '철동삼암鐵洞三菴'이라 불렸다. 『동문선』에 그의 시 세 수가 전한다.

이 시의 1단락(1~18구)은 윤리적 가치가 전복된 자기 시대에 대한 불만, 불우한 자기 신세에서 비롯된 회한으로 채워졌다. 당대를 도덕이 타락한 말세로 간주하는 시인은 상고주의尙古主義에 기대 질박하고 순수한 인간 덕성의 상실을 아쉬워한다. 막연한 과거를 선망하는 것은 문제적 현실을 초탈할 방도가 없는 탓인데, "지금 세태와 너무나 맞지 않아서 가는 곳마다 길이 막혀 울고 만다네所以與時迂, 到處哭途窮"라는 구절은 세계와의 갈등 속에서 자아를 펼칠 기회를 상실한 자의 지독한 좌절감에서 나온 고백이다.

시인은 또한 자기 처지를 남과 비교하는 데 이르러, "어찌 권세에 아첨하고 싶지 않으랴만, 본래의 뜻을 끝까지 지키려다가, 왕후의 커다란 저택 사이에서, 작은 집을 쓸고 있는 신세로구나豈不欲媚竈, 素志庶有終. 王侯第宅間, 却掃一畝宮"라고 하였다. '미조媚竈'는 『논어』에 인용된 "방 아랫목에 아첨하느니 부뚜막에 아첨하는 것이 낫다與其媚於奧, 寧媚於竈"는 속담에서 생겨난 말이다. '부뚜막竈'은 권력을 남용하며 영향력을 떨치는 권문세족에 해당하며, '아랫목奧'은 명목상 최고 통치권자이지만 무능한 왕에 해당될 것이다. 인용구의 전반에서 최해는 유력자에게 아부하며 출세하기보다는 결백한 지조를 고수했다며 자존의식을 과시한다. 그러나 후반에서는 억제할 수 없는 자기연민의 정을 드러낸다. 재능과 덕성이 없지 않음에도 벼슬길에서 도태되어 빈궁하고 한미하게 살고 있다는 피해의식으로 인해 상대적 박탈감이 극심했던 것이다.

이후 2단락(19~28구)은 시상이 전환되어 지난해의 여행을 통해 결심한 바를 진술했다. 세상에 대한 원망으로 무겁고 우울한 1단락의 분위기가 돌연 명랑하고 희망적인 분위기로 바뀌었는데, 이는 2단락의 첫머리에서 "지난해엔 가을바람 부는 시절을 만나, 드높은 흥치를 강동에 기탁했나니去歲遇秋風, 高興寄江東"라고 밝힌 것처럼 산수 유람의 유쾌한 추억이 제공해준 반전이다. 앞의 인용구는 진晉의 문인 장한張翰의 사적에 전고를 두고 있다. 강동의 오군吳郡 출신으로 멀리 북방에서 벼슬살이를 하던 그는 가을바람 부는 어느 날 문득 고향의 순챗국과 농어회가 생각나 "인생이란 제 마음에 맞는 대로 살아야지, 무엇 때문에 고향을 떠나 천리 밖에 나와서 명성과 벼슬에 얽매이겠느냐?" 하고는 귀향했다. 이백李白이 「송장사인지강동送張舍人之江東」에서 "장한은 강동으로 떠나갔나니, 바로 가을바람 불어올 때라네張翰江東去, 正值秋風時"라고 한 것처럼 '추풍'과 '강동'이란 시어는 귀향을 의미한다. 최해는 고향 경주를 찾아갔던 것이다. 그런데 여행 후 최해는 낙향의 유혹을 받아, "이에 아름다운 곳을 찾아나서, 신세의 궁통을 맡겨두려 한다即欲往佳處, 便自任窮通"고 했다. 도달할 수 없는 상고시대 대신 자연으로 돌아가 인생의 고락을 잊은 채 생을 마칠 의향인 것이다. 소극적인 현실 도피인가 적극적인 현실 초탈인가를 막론하고, 시인의 이러한 지향은 자아와 세계가 모순되는 상태를 돌파하기 위한 방안이 아닐 수 없다.

3단락(마지막 4구)에서는 시상을 매듭지어, 시의 기증 대상인 정자후가 가난하지만 남다른 학식과 인품의 소유자임을 지적했다. 그런데 상대의 덕성을 칭송하며 시를 끝맺은 것은 의례적인 인사치레에 그치지 않는다. 세상에 대한 자신의 비판적 관점, 처세에 대한 고뇌와 방황을 온전히 이해하고 호응해주길 은근히 소망한 것이다. 1단락에는 "사람들 향해 속마음 말해보건만, 어찌 다만 초월과 같을 뿐인가!向人說肝膽, 奚啻楚越同"라는 구절이 나온다. 여기에는 아무도 자신을 알아주지 않아 생기는 절망감, 모든 사람이 자신을 거부하는 듯 느껴져 생겨나는 불안감, 세상과 단절되어 홀로 내동댕이쳐진 것 같은 고립감이 내포되어 있다. 이러한 정신적 고독 상태에서는 무조건 자신을 인정해줄 사람, 믿고 의존할 사람을 찾는다. 이에 자신이 신뢰할 수 있는 인격체의 두터운 의식적 동조를 갈망하고 있는 것이다.

이 시는 부조리한 사회와 불공평한 인간사에 대해 강한 불만을 분출했다는 점에서 '불평즉명不平則鳴'의 창작 동기를 지닌다. 그러므로 내면의 표백에 절제를 가하지 않고 일필휘지로 써내려가듯 기탄없이 흉금을 펼쳐냈다. 시의 기세氣勢와 어조는 거침이 없는데, 시어의 조탁을 추구하고 용사用事를 시도하기보다는 사상과 감정을 있는 그대로 힘껏 전달하는 데 치중한 결과다. 이곡李穀은 최해의 묘지명에서 "분연히 시속에 얽매이지 않았고, 미친 척하며 과감하게 말했다奮不牽俗, 陽狂敢言"고 했다. 이 시에서도 작자의 도도한 정신적 기질과 직설적인 표현 방식을 확인할 수 있다.

아울러 이 시는 개인의 신세 한탄에 그치지 않는 시대 의의를 포함하고 있다. 이곡은 「본국의 재상에게 부치는 편지寓本國宰相書」에서 "나라가 나라답지 않다"며 14세기 전반 고려사회의 부패 타락상을 신랄하게 적시한 바 있다. 최해는 운문을 빌려 당대의 병폐를 개괄하고 사회윤리와 기강의 와해를 통탄했는데, 강렬하고 진지한 정감을 바탕으로 하기에 감성적인 호소력이 풍부하다. 또한 내용상 비판적 이성이 염세주의적 비판으로 종착되어, 개인을 좌절시키는 부조리한 사회의 횡포를 효과적으로 부각했다. 거센 탁류가 소용돌이치던 시대와 그로 인한 지성의 고뇌를 농밀하게 담아냈다는 점에서 이 시는 상당한 사회적 특색이 있다.

첩박명, 이백의 시운을 사용해 짓다妾薄命, 用太白韻

이곡李穀

나는 본래 한미한 가문의 딸
나무비녀 꽂고 초가에 살았지.
아름다운 자질을 타고났으며
두 볼은 마치 붉은 옥과 같았으니,
나라를 기울일 만한 미모만 믿고
세상 사람들과 성기게 지냈다네.
오릉五陵의 많은 젊은이들이
지나다 보고 모두 수레 멈추었어도,
한 번 웃음일망정 가볍게 팔겠는가?
천금도 오히려 받지 않겠거늘.
이 때문에 절로 때를 잃어
세월은 강물같이 흘러버렸네.
간밤에 가을바람 건듯 불더니
귀뚜라미 우는 소리 이슬 맺힌 풀에 구슬프다.
고운 얼굴 사라질까 두렵나니
때 지나면 다시는 좋지 않으리.

妾本寒門子　荊釵[1]居白屋[2]

美質天所生　兩臉如頳玉

自倚傾國[3]艶　乃與世人踈

五陵[4]多年少　過者皆停車

一笑肯輕賣　千金且不收

以此自徯期　歲月長江流

西風昨夜至　莎雞[5]鳴露草

紅顔[6]恐消歇　時過不再好

ᅳ『동문선』제4권(『가정집稼亭集』제14권)

1) 형차(荊釵): 나무로 만든 비녀. 가난한 집 여성이 사용했다.
2) 백옥(白屋): 소박한 거처. 본래 채색을 하지 않고 목재의 허연 색깔이 그대로 드러난 집을 가리킨다.
3) 경국(傾國): 경국지색(傾國之色)의 줄임말. 빼어난 미녀를 가리킨다. 한(漢) 무제(武帝) 때 이연년(李延年)의 「가인가佳人歌」에 "북쪽에 어여쁜 사람이 있어 세상에서 떨어져 홀로 서 있네. 한 번 돌아보면 성을 위태롭게 하고 두 번 돌아보면 나라를 위태롭게 한다(北方有佳人, 絶世而獨立. 顧傾人城, 再顧傾人國)"는 구절이 있다.
4) 오릉(五陵): 한나라 다섯 황제의 능묘 혹은 당나라 다섯 황제의 능묘를 가리킨다. 당의 수도 였던 장안(長安) 인근에 있다. 그로 인해 서울에 사는 권문세족의 자제를 가리켜 '오릉연소 (五陵年少)'라는 말이 생겨났다.
5) 사계(莎雞): 귀뚜라미. 울음소리를 본떠 촉직(促織)이라고도 하며 방직랑(紡織娘)이란 별명 으로도 불린다.
6) 홍안(紅顔): 혈색이 좋은 젊은 얼굴. 한창 시절을 비유한 것이다.

본래 '첩박명'은 옛날 악부시樂府詩의 제목으로, 삼국시대에 위魏나라의 조식曹植이 이 제목으로 지은 두 수의 시가 유명하다. 이백李白 또한 한 무제의 사랑을 잃고 폐위된 진황후陳皇后의 불행을 노래한 명작을 남겼는데, 이곡이 제목에 부기해 밝힌 것처럼 이 시는 그 운자韻字를 그대로 가져다 지었다. '태백太白'은 이백의 자字다.

이곡은 두 수의 「첩박명」을 지었으며, 여기 소개한 것은 그 첫째 수다. 어느 노처녀의 이야기를 진술한 이 시는 의미 전개상 4구씩 나뉘어 4단락으로 구성되어 있다. 1단락은 자기소개로서, 한미한 가문 출신이지만 자색이 남달랐음을 말했다. 2단락은 특출한 미모 덕에 뭇 남성의 눈길을 받던 한창 시절을 회상하는 내용이다. 3단락은 지나친 자만심 때문에 혼기를 놓치고 만 사정을 말했다. 4단락은 나이를 먹고 용모가 쇠해 혼인의 기약이 없음을 한탄하며 마쳤다.

인륜지대사인 혼인을 하지 못해 초조하고 불안한 심경으로 나날을 보내는 여성의 불행한 신세를 다룬 시이나 표면적인 이야기에 집착할 필요는 없다. 실제 사건에서 제재를 얻은 것이 아니라 시 전체를 은유적으로 구성하여 우의寓意를 담았기 때문이다. 여성 화자는 작자의 대리인이며, 시적 정황이나 배경은 전적으로 시인의 상상력에 의해 허구로 설정되었다. 시인은 가련한 여인의 처지에 가탁해 자신의 신세를 하소연하고 있는 것이다.

이곡은 본래 한산의 향리 가문 출신이다. 명망 있는 사대부 집안 출신이 아니었기에 오로지 학문에 힘써 과거에 합격했다. 그러나 30세가 되도록 관운이 없어 함께 급제했던 사람에게 인사 청탁의 글을 쓰는 등 마음고생이 적지 않았다. 그러다 34세가 되어 정9품 미관말직을 얻었으며, 이듬해에는 원나라의 과거에 급제해 뒤늦은 출셋길에 올랐다.

이 시는 32세 이전에 쓴 것으로 여겨지는데, 첫 구에서 '한문자寒門子'로 자칭한 아가씨의 신분은 문벌이 좋지 않은 이곡의 출신 성분과 잘 부합된다. 또한 어여쁜 그녀가 쉽게 자신을 허락하지 않음으로써 배필을 만나지 못한 상황은 학문적, 경세적 재능을 자부함에도 처세에 어두워 임용 기회를 얻지 못한 작자의 처지를 의미한다. 그리고 용모가 쇠한 노처녀의 시름을 다룬 마지막 6개 구는 포부를 펴지 못한 채 허송세월한 작자의 번민을 형언한 것과 다를 바 없다.

배우자가 없어 노심초사하는 노처녀의 이야기를 통해 시인은 회재불우懷才不遇의 원망과 임금의 지우知遇를 갈구하는 뜻을 피력했다. 남녀 관계를 빌려 군신 관계를 비유한 셈인데, 이는 굴원屈原의 「이소離騷」에서 유래를 찾을 수 있을 만큼 연원이 깊은 표현 방법이다. 또한 이 시는 이백의 「첩박명」에서 영향을 받았다는 점에서 의고적擬古的 성격이 강한 편이다. 이백은 한 무제의 사랑이 식어 불행해진 진황후를 통해 '이색사인以色事人'의 비극성을 노래했는데, 이 시에서 여성의 운명을 젊고 아름다운 외모와 결부시켰다는 점이 상통한다. 그런데 옛날부터 전하는 시의 내용과 형식을 모방해 짓는 경우, 명작의 풍격을 따르면서 참신성을 겸비해야 하기에 좀처럼 수작을 내기 어렵다. 상투성의 극복이 의고시 창작의 관건이라 하겠는데, 이 시는 여성 심리에 대한 섬세한 이해를 바탕으로 인물의 개성을 선명하게 부각함으로써 그러한 문제를 적잖이 해결했다. 젊음과 미모를 믿고 도도하게 굴기 쉬운 미혼 여성의 지나친 자존심, 적령기를 넘겨 조바심에 애가 타는 노처녀의 심적 중압감이 절실하게 표현되어 강한 설득력을 갖는다. 또한 자신만만하던 과거의 모습과 실의에 빠져 의기소침한 현재의 상황을 절묘한 비유와 과장으로 뚜렷하게 대비함으로써 더욱 독자의 정서적 동조를 얻고 있다.

심양잡시 瀋陽雜詩

정 포 鄭誧

밝은 달 중천을 흘러가니
휘영청 밝아 조금도 어둔 곳 없구나.
숨어 있던 이 기뻐하여 잠 못 이루고
밤이 깊도록 우두커니 앉아 있노라.
밤 깊어가니 뭇 움직임 그쳐가고
마음은 호연히 만리를 달려가네.
이웃에 멀리 온 나그네 있어
달빛 아래 앉아 거문고를 울리네.
처음에는 자지곡紫芝曲을 튕기더니
차츰 남방의 소리로 변해가네.
듣고서 세 번 탄식하고는
양보음梁父吟으로 화답하누나.
배회하던 달도 차츰 기울어가고
먼 숲에는 슬픈 바람 일어난다.
그대는 이제 그만두시고
나로 하여금 옷깃을 적시게 마오.

明月流中天　　晃朗[1]無纖陰

幽人[2]喜無寐　　兀坐[3]到夜深

夜深群動[4]息　　浩然萬里心

比隣有遠客　　席月鳴瑤琴[5]

初彈紫芝曲[6]　　漸變操南音[7]

聞之三嘆息　　和以梁父吟[8]

徘徊月漸側　　悲風生遠林

將子[9]且止之　　毋使我沾襟

—『동문선』 제4권(『설곡집雪谷集』 상권)

---

1) 황랑(晃朗): 달이 휘황하게 밝은 모양.
2) 유인(幽人): 깊숙이 틀어박힌 사람. 보통 은자(隱者)의 뜻으로 쓰인다.
3) 올좌(兀坐): 골똘히 생각에 잠겨 꼼짝하지 않고 바로 앉아 있음.
4) 군동(群動): 세상의 모든 움직임을 가리킨다.
5) 요금(瑤琴): 아름답게 장식한 거문고.
6) 자지곡(紫芝曲): 은일 피세(避世)의 노래를 가리킨다. 진(秦) 말기에 상산(商山)의 사호(四皓)가 산에 숨어 살면서 「자지곡」을 지어 불렀는데, "붉은 영지는 요기할 수 있네(曄曄紫芝, 可以療饑)"라는 구절이 있다. 또한『악부시집樂府詩集』「금곡가사琴曲歌辭」에 「채지조采芝操」라는 곡이 있다.
7) 남음(南音): 남방 초(楚)나라 음악을 가리킨다. 춘추시대 초나라 사람 종의(鍾儀)가 진(晉)에 포로로 갇혔을 때, 초나라의 관을 쓰고 초나라의 음악을 연주했다는 고사가 있다.
8) 양보음(梁父吟): 양보는 태산(泰山) 아래 있는 산언덕으로, 양보(梁甫)라고도 적는다. 여기에 장지(葬地)가 있으며, 양보음은 그곳에서 장례를 치를 때 부르던 장송곡(葬送曲)의 일종이다. 같은 제목의 유명한 작품 가운데 제갈량(諸葛亮)이 은거할 때 지어 부른 것은 공로가 있는 사람이 간계에 의해 박해받는 세태를 탄식하는 것이며, 이백의 「양보음」은 포부를 실현하지 못한 슬픔을 노래하고 있다.
9) 자(子): 남자에 대한 존칭. 여기서는 요금을 타는 원객(遠客)을 가리킨다.

작자가 원나라 사행 도중 지은 시. 총 네 수 가운데 마지막 수다. 심양은 현재 랴오닝 성遼寧省의 성도로 중국 동북지방의 중심지다. 잡시는 요즘의 '무제시無題詩'처럼 제목을 특정하지 않고 어떤 느낌이나 자잘한 일을 노래한 시다.

1~6구는 달 밝은 밤 숙소에서 느끼는 호연한 심정을 묘사하여 자못 분위기가 명랑하다. 여기서 '유인幽人'은 처소 깊숙이 들어앉아 있던 서정적 화자, 즉 정포 자신을 가리킨다.

그런데 금객琴客의 출현을 알린 7구부터 시의 분위기는 바뀌어 우수와 비애가 넘쳐난다. 만리를 달려가던 유장하고 호연한 마음은 달밤의 거문고 소리로 인해 비감에 사로잡히는데, 정서가 침울해진 것은 쓸쓸한 밤의 객수 때문이거나 단지 음악의 곡조가 구슬프고 처량해서만은 아니다. 처연한 은일의 정서를 담은 '자지곡紫芝曲'과 서글프게 향수의 정을 불러일으키는 '남음南音'의 영향을 무시할 수 없으나, 서정적 화자의 심리에는 외부의 자극에 쉽게 동요될 만한 정서적 불평이 이미 잠복해 있기 때문이다. 그러한 추론의 단서는 '유인'이 깊은 탄식 끝에 부른 노래인 '양보음梁父吟'에 있다. 양보음의 일반적인 주제가 회재불우임을 감안하면, 시인이 우울하고 또 불만스러울 것이란 점은 충분히 예상할 수 있다. 그렇기에 이 시의 초반에 보이는 태연자약 밝은 모습은 감정을 억누르며 꾸며낸 모습이 아닐 수 없는데, 그 거짓된 자기위안은 처량한 거문고 소리에 여지없이 분쇄되고 있다. 그리하여 의기소침한 내면에 꽁꽁 감춰둔 애수를 더이상 참지 못하고 눈물로 분출시키는 것이다.

「심양잡시」의 나머지 세 수의 내용을 참조해보면, 작자는 귀국 후 차라리 벼슬에서 물러나 은거할까 하는 심리적 갈등 상태에 있었다. 정포는 몇 차례 연행을 했는데, 이 시는 26세이던 1334년(충숙왕 복위 3)에 전의시직장典儀寺直長으로 재임중 서장관書狀官으로 다녀올 때의 작품으로 추정된다. 당시 스승 최해崔瀣는 「송정중부서장관서送鄭仲浮書狀官序」를 지어 정포가 중국에서 발신發身할 기회를 잡길 격려했고, 본인 또한 기대가 상당했으나 여의치 못했다. 「심양잡시」 전편에는 그로 인한 회의와 좌절 때문인지 도처에 침울한 정조가 스며 있다.

한편 이 시의 언어 표현은 분방하면서도 섬세하고 유려하며, 시청각을 활용한 화면의 변화가 생동적이다. 그리고 감정이 명랑함에서 극단적인 암울함으로 바뀌는 데서 오는 격정이 있다. 그런 가운데 서정적 자아의 심리를 거문고 곡조와 연계시킨 것도 특색 있다. 각각의 고유한 정서와 분위기를 지닌 악곡은 정감을 한층 곡절 있게 전개하여, 복잡다단한 심경의 기복을 효과적으로 보여준다. 이런 점들은 작자의 유미적인 작시作詩 취향과 낭만적인 서정 방식에 기인한다.

울주관사 벽에다 쓰다 題蔚州官舍壁

정 포鄭誧

눈길 끝에도 고향 뵈지를 않고
돌아보니 세월만 침노侵撘해오네.
관산關山에서 천리 밖을 꿈에 그리나니
비바람 치는 오경五更의 괴로운 마음.
세상살이에 몸은 더부살이와 같고
벼슬살이에 힘은 맡아보기 어렵다.
시름 물리치기야 술만한 것 없으니
술잔 들고 마시길 멈추지 말라.

極目丘園¹⁾隔　回頭歲月侵

關山²⁾千里夢　風雨五更³⁾心

處世身如寄　居官力不任

攻愁無過酒　擧酒莫停斟⁴⁾

—『동문선』 제9권(『설곡집雪谷集』 하권)

1) 구원(丘園): 구릉과 정원. 고향 땅을 가리킨다.
2) 관산(關山): 좁고 험한 통로나 산봉우리. 여기서는 울주를 가리켜 말한 것이다.
3) 오경(五更): 하룻밤을 다섯 시간대로 나누었을 때 맨 마지막 부분. 새벽 세시에서 다섯시 사이.
4) 정짐(停斟): 따르기를 멈추다. 술 마시길 그만둔다는 뜻이다.

작자가 현재의 울산 지역에 유배 가서 시름겨운 회포를 노래한 영회시詠懷詩. 정포는 충혜왕忠惠王 때 간관諫官의 직책인 좌사의대부左司議大夫로 재임중 강직하게 간쟁을 일삼다 울주로 좌천되었다. 비록 지방 수령으로 임직하긴 했으나 문책을 받고 조정에서 추방된 것이라 앙앙불락怏怏不樂한 나날을 보냈다.

1연은 유배지에서 느끼는 시공간적 괴리감을 읊어, 고향과 멀리 떨어진 객지에서 세월을 보내는 처지를 진술했다. 개경 출신으로 멀리 남쪽 지방에 귀양을 왔기에 격절감이 강하게 드러나며, 이미 적잖은 세월이 흘렀지만 언제 유배가 풀릴지 모르는 상태여서 막막한 심정이 절실하기만 하다.

2연은 낮 시간의 향수를 노래한 1연을 부연하여, 조속히 개경으로 복귀하고픈 심정을 노래했다. '관산關山'은 궁벽한 울주 땅을, '천리몽千里夢'은 꿈속에서조차 아득한 고향을 그리워하는 정을 의미한다. 뒤이어 '풍우風雨'는 실제의 날씨로도, 혹은 처량한 심리 상태를 빗댄 것으로도 볼 수 있다. '오경심五更心'은 새벽까지 잠을 못 이루며 시름하는 괴로운 마음을 가리킨다.

3연에서는 마뜩잖은 현실로 인해 자신의 인생을 되돌아보는 데 이른다. 5구에는 자신의 인생을 능동적으로 주재主宰하지 못하고 타력의 제어를 받는다는 생각에서 비롯된 무력감이 담겼으며, 6구에서는 관인생활에 대한 유감을 토로했다. '역불임力不任'은 자신의 능력을 낮춰 말한 것인 듯하나 실은 자신을 궁지로 몰아넣은 세력을 염두에 두어 나온 말이다. 특권세력의 견제 때문에 자신의 소임을 관철하기가 곤란했다는 점을 시사하는바, 앞 구절과 마찬가지로 일정하게 원망의 뜻이 깔려 있다.

4연에서는 번민을 해소하느라 술에 의지해 사는 실정을 그리며 결말을 삼았다. 여기서 '수愁'는 곧 가정과 조정으로 돌아갈 길이 막혀 생긴 우울증인데, 스스로에게 술을 권하는 모습에서 현실의 제약을 타개할 방법이 없는 유배객의 허탈한 심리를 읽을 수 있다.

이 시는 실의에 빠진 유배객의 내면적 고충을 호소력 있게 노래했다. 전반적으로 평이한 언어 표현 속에 우수 가득한 정을 곡진하게 담아냈는데, 특히 2연은 유배 환경의 제약성과 강렬한 향수를 잘 융합해냈다. 구성의 측면에서는, 정서적 층차가 자연스럽게 조리를 갖춰 더욱 감성적인 설득력을 얻고 있다. 고독과 향수에 시달리다 인생을 회의하고 체념하는 일련의 과정은 일반적인 감정상의 맥락에 부합되어 감상자의 동조를 얻기 쉽다.

연경의 여관에서 우연히 짓다 大都旅舍偶題

정포 鄭誧

처마에 비가 뿌려 저녁 한기 느껴지는데
작은 집 안에 사람 드물고 방은 고요하다.
젊어 이름 떨치지 못한들 누가 가여워하리?
타향에서 다만 병만 찾아드누나.
근심 어수선해 호기豪氣는 상처를 입고
문장에는 또렷이 괴로운 마음 드러나네.
우스워라, 평소 우활하고 졸렬하더니
스스로를 허망하게 황금에 견주었구나.

虛簷¹⁾雨過晚涼侵　小院人稀一室深

壯歲²⁾誰憐名未立　他鄕只有病相尋

紛紛憂患傷豪氣　了了³⁾文章見苦心

自笑平生迂且拙　許身⁴⁾妄欲比南金⁵⁾

—『동문선』 제16권(『설곡집雪谷集』 하권)

---

1) 허첨(虛簷): 허공으로 높게 뻗친 처마.
2) 장세(壯歲): 장년(壯年)과 같다. 보통 30~40세를 가리킨다.
3) 요요(了了): 명백하게 드러나는 모양.
4) 허신(許身): 스스로를 평가하다.
5) 남금(南金): 남방에서 나는 질 좋은 금. 보통 금보다 두 배의 가치가 나가 쌍금(雙金) 혹은
   쌍남금(雙南金)이라고도 한다.

대도大都는 원元나라의 수도인 연경燕京, 즉 지금의 북경을 가리킨다. 정포는 유배에서 풀려난 직후인 1344년 원나라에 가 이듬해까지 체류했다. 그의 세번째 연행이었던 것이다. 당시 정포는 기회를 노려 원의 조정에 진출하려는 포부를 가졌는데, 다행히도 성사될 듯싶었다. 원의 승상이 그를 천자에게 천거해주려 했던 것이다. 그러나 정포는 돌연 병이 들어 37세의 나이로 절명했다. 이 시는 그가 세상을 뜨기 얼마 전의 작품인데, 자신의 비운을 예고하듯 우울한 분위기와 착잡한 심경이 전편을 지배한다.

시의 1연은 머무르고 있던 작은 여관의 자못 냉랭하고 고적한 풍경을 묘사했다. 숙소 안팎의 차갑고 쓸쓸한 기색은 이역만리에서 홀로 병마에 시달리는 작자의 우수에 찬 심정을 대변한다. 2연에서는 자신의 처지를 한심한 눈길로 돌아보면서 공명은 이루지 못하고 객지에서 앓고 있다 했다. 입신양명의 욕망 앞에 솔직히 번민을 드러낸 것은 병세가 좋지 않기 때문일 것이다.

이에 3연에서는 와병중에 의기소침해진 마음과 고달픈 심경을 곡진히 드러내며 자신감을 상실한 모습을 역력히 보여준다. 우환에 사로잡혀 '호기'를 잃은 시인은 글에도 절로 고뇌가 나타난다 했으니, 이 시에도 그러한 징표가 여실히 드러나 있다.

마지막 연은 자신의 생애에 관한 극히 짧은 한 편의 회고록을 이루었다. 우활하고 졸렬함에도 불구하고 자신의 능력을 과대평가했다는 자조적 진술은 깊은 회한을 감춘 허탈한 웃음과 같다. 그런 한편 욕망의 성패에 대한 강박에서 벗어나 불만스런 자신의 현실을 겸허히 받아들이려는 심리적 흐름에서 체념을 넘어 달관에 도달하려는 마음이 엿보인다. 이곡李穀이 '사림詞林의 옥수玉樹'라 찬미했던 시인 정포는 생의 마지막 나날을 구슬픈 듯 담담하게, 담담한 듯 구슬프게 노래하며 떠나갔던 것이다.

공자는 『논어論語』에서 "새가 장차 죽을 즈음에는 그 울음이 슬프며, 사람이 장차 죽을 즈음에는 그 말이 선하다鳥之將死, 其鳴也哀. 人之將死, 其言也善"고 했다. 죽음의 예감 앞에서 인생을 정리하는 이 시에서는 애달픈 작자의 거짓 없는 속내가 꾸밈없이 다가온다. 그 진정성은 어떤 수사보다도 이 시를 아름답게 만들어주는데, 참되고 슬프기까지 하니 감동이 없을 수 없다.

벽란도 碧瀾渡

유숙 柳淑

오래도록 강호의 기약 저버린 채
풍진세상에서 어느덧 이십 세월.
흰 갈매기는 웃음 지으려 하며
끼룩끼룩 울면서 다락 가까이 오네.

久負江湖約¹⁾   風塵²⁾二十年
白鷗如欲笑   故故³⁾近樓前

—『동문선』제19권

1) 강호약(江湖約): 강호로 물러나 자연과 벗하며 살겠다는 약속.
2) 풍진(風塵): 바람에 흩날리는 흙먼지. 혼탁한 속세를 비유한 것이다.
3) 고고(故故): 의성어. 새 울음소리를 흉내낸 것이다.

예성강禮成江 어귀에 있는 벽란도의 누정樓亭에 올라 감회를 읊은 시. 벽란도는 개경의 문호에 해당하는 해상 교통의 요충지로서, 개경에서 서쪽으로 약 12킬로미터 떨어져 있다. 내륙의 항구지만 수심이 깊어 일찍부터 국제무역항으로 번성했으며, 해로로 중국 사신이 입국하던 곳이라 벽란정碧瀾亭이라는 관사를 세워 접대했다.

시의 전반부는 자연과 사회를 상징하는 '강호江湖'와 '풍진風塵'을 내세워 자신의 모순된 처세 지향을 돌아보았다. 본래 소망하던 소요자연逍遙自然의 탈속적 이상을 실현하지 못한 채 바쁘고 번잡한 벼슬생활에 얽매여 살아온 나날을 아쉬워하고 있는 것이다. 한편 '이십 년'은 벼슬길에 나선 대략의 햇수인데, 이 시는 작자가 34세 되던 1257년에 지었으니 실제로는 17년쯤 된다. 일찍 벼슬길에 나서 정계에서 풍파를 겪었기에 고령이 아닌데도 자연 회귀의 갈망을 지녔던 것이 아닐까.

후반부는 갈매기를 통해 그동안 자신이 얼마나 세속에 오염되었는지를 검증하는 설정이다. 일종의 정신적인 자기검열을 진행한 것으로, 숨은 뜻이 있어 색다른 맛을 느끼게 한다. 『열자列子』에 기록된 고사에 의하면, 어떤 이가 갈매기를 욕심 없는 마음으로 대했더니 갈매기가 가까이 날아와 놀았으나 사로잡을 생각을 품자 더이상 접근하지 않았다고 한다. 그로부터 갈매기는 기심機心을 지닌 자를 멀리하는 새로 여겨져 맑고 깨끗한 천진天眞의 정신 경계를 상징하게 되었다.

시에서 웃음 지으며 가까이 날아오는 갈매기는 얼핏 순수한 마음을 잃지 않는 시인을 반기는 모습 같지만 전반부와 연계해 파악하면 전혀 그렇지 않다. 갈매기의 접근은 탐색을 위한 것이며, 그의 웃음은 비웃음에 가깝다. 시인은 강호의 맹약을 저버린 자신에게 갈매기가 냉소를 던지며 자신이 얼마나 이욕에 물들었나 확인하러 오는 느낌을 받았던 것이다. 아직도 은퇴하지 못한 시인의 자조가 갈매기의 조소로 상상된 것이다.

이 시의 창작 배경에는 사회적 삶의 권태와 피로, 나아가 정치투쟁의 장에 상존하는 위험에서 벗어나 자연으로 회귀하고픈 심리가 자리하고 있다. 유숙은 젊은 나이에 여러 공적을 세워 명망과 지위가 높았지만 성대한 명성이 재앙의 근원이 될까 염려해 일찍부터 정계를 떠나고 싶어 했다. 이에 훗날 남들보다 일찍 은퇴했으나 머잖아 신돈辛旽에게 죽임을 당하고 말았으니, 강호에서 갈매기와 벗하려던 기약은 끝내 물거품이 되고 말았다.

.

.

낙오당감흥樂吾堂感興

이달충李達衷

가려고 하니 강과 바다가 있고
건너려 하니 배가 없구나.
그리운 사람 만나고 싶건만
가려다가 도리어 방황하노라.
재주는 부열傅說과 같지 않은데
세상 운수도 성하지 아니하구나.
빛을 숨긴 채 천명을 기다릴 터
함부로 움직이다 재앙을 만나리.

將行有河海　　將涉無舟航
要見我所思[1]　欲往還彷徨
才非傅說[2]楫　世運亦未昌
潛光[3]且竢命　妄動遭禍殃

—『동문선』제5권(『제정집霽亭集』제1권)

1) 소사(所思): 사모하는 사람.
2) 부열(傅說): 은(殷)나라 고종(高宗)의 어진 재상.『상서尙書』「열명說命」에 고종이 부열을 등용하며 당부했다는 말이 실려 있다. "만약 철이 필요하면 너를 써 숫돌로 갈게 하고, 만약 큰 내를 건너가야 하면 너를 써 배와 노를 만들게 하고, 만약 큰 가뭄이 들면 너를 써 장맛비를 내리게 하리라(若金, 用汝作礪. 若濟巨川, 用汝作舟楫. 若歲大旱, 用汝作霖雨)."
3) 잠광(潛光): 재능을 겉으로 드러내지 않고 숨기다. 아울러 은거한다는 뜻도 있다.

「낙오당감흥」은 전체 여덟 수이며, 여기 실린 시는 그중 일곱째 수다. 창작 시기는 분명하지 않으나, 방황과 고민의 내용이 많아 작자가 파직된 후 은둔생활을 할 때 쓴 것으로 여겨진다. 낙오당은 작자의 거처 이름이며, 감흥은 '감물기흥感物寄興'을 뜻한다. 이는 외부의 사건이나 사물로부터 어떤 느낌을 받아 시를 지어 뜻을 붙이는 것이다. 이달충은 일찍이 팔관회八關會에서 왕의 노여움을 사고, 신돈辛旽을 비판하다 관직에서 물러난 경력이 있다. 정치적 실의가 「낙오당감흥」의 창작 동기라 하겠는데, 대체로 시인의 복잡한 사상, 정감과 인생 문제에 대한 고민을 담고 있다.

1~4구는 '하해河海'와 '주항舟航'이라는 형상적 비유물을 앞세워 그리운 이에게 갈 수 없는 정황을 표현했다. 비흥比興 수법의 활용이다. 대상을 만나보고 싶어도 다가갈 수 없는 시적 상황은 "그리운 이, 큰 바다 남쪽에 있다有所思, 乃在大海南"로 시작하는 한대漢代의 악부 「유소사有所思」와 유사하다. 또한 "내 그리운 이여, 태산에 있네我所思兮在太山"로 시작하는 동한東漢의 시인 장형張衡의 「사수시四愁詩」와도 상통한다. 그러나 이 시는 민가적 상사相思의 정을 노래한 전자보다는 후자와 더 친연성이 있다. 3구의 '아소사我所思'는 이성이 아니기 때문이다.

5, 6구에서는 사모하는 이에게 가지 못하는 이유 두 가지를 구체적으로 밝혔다. 우선 주체적인 측면에서, 자신이 '부열즙傅說楫'이 아니기 때문이라 했다. 부열은 고대의 현철한 재상으로, 은나라 고종은 그를 '주즙舟楫'에 비유해 물을 건널 때 필요한 배처럼 세상 구제를 위해 필요한 인물로 여겼다. 앞서 나온 '주항'은 부열을 이끌어내기 위한 시어인 것이다. 그로써 '아소사'의 정체가 가까이서 보좌하고픈 군주라는 사실이 은미하게 드러난다. 그런데 "세상 운수도 성하지 아니하구나世運亦未昌"라고 한 6구는 임금에게 다가갈 수 있는 객관적인 조건 또한 미비 상태임을 일러준다. 대립 관계에 있는 세력이 정권을 쥐고 임금의 눈과 귀를

가로막고 있다는 판단이다.

이에 마지막 두 구에서는 임금을 보필하고 세상 모든 사람을 구제하려는 포부를 실현할 수 없는 만큼 은인자중隱忍自重, 명철보신明哲保身하겠다는 뜻을 밝히며 마쳤다. 그러나 천명을 기다리겠다는 말에는 일보후퇴, 이보전진을 위한 결의가 있어 완전히 패배주의에 사로잡히지는 않았음을 보여준다.

5언 8구로 이뤄진 이 고시古詩는 기승전결의 짜임새를 갖춰 구조가 정연하며, 언어 표현이 간결하고 명료하여 진실한 느낌을 준다. 시에 담긴 뜻은 중후하며 정조는 침중한 편이다. 그러나 후반부가 반성적 사유에서 비롯된 설리적 진술로 채워짐으로써 시의 운미韻味는 적은 편이다. 정취의 조성보다는 자기번민을 꾸밈없이 표현하는 데 마음을 썼기 때문일 것이다.

발해를 건너며 渡渤海

정몽주鄭夢周

지부산之罘山 밑에 조각 돛을 펼치니
어느덧 순식간에 망망대해에 드누나.
구름 접한 봉래蓬萊의 신선 궁궐 멀어지고
달 밝은 요해遼海의 나그네 옷 서늘해라.
천지간 백 년 사이 몸은 한낱 좁쌀알
공명 두 글자에 살쩍에는 서리가 앉으려 하네.
언제나 귀거래사 노래해볼까?
온종일 선창船窓에서 마음 아프네.

之罘山¹⁾下片帆張　不覺須臾入渺茫²⁾
雲接蓬萊³⁾仙闕遠　月明遼海⁴⁾客衣凉
百年天地身如粟　兩字功名鬢欲霜

---

1) 지부산(之罘山): 중국 산둥 성(山東省) 옌타이(煙臺) 북쪽에 있는 산. 명나라 초에 '芝罘山'으
로 바뀌었다.
2) 묘망(渺茫): 물이 끝없이 펼쳐진 모양.
3) 봉래(蓬萊): 현재 중국 산둥반도 북부 해안에 있는 펑라이를 가리킨다. 옛날 등주(登州)의
치소(治所)가 있던 항구도시로 중국 동북면 해운의 요충지이다. 원래 봉래는 바닷속에 있다
는 전설 속 삼신산(三神山) 가운데 하나다.
4) 요해(遼海): 발해의 요동만(遼東灣) 인근 해역.

何日長歌賦歸去[5] 蓬牕[6]終日寸心傷

—『동문선』제16권(『포은집圃隱集』제1권)

---

5) 부귀거(賦歸去):「귀거래사歸去來辭」같은 작품을 짓고 고향으로 돌아가 은거하겠다는 뜻. 동진(東晉)의 도연명(陶淵明)은 팽택현령(彭宅縣令)을 그만두고 고향으로 돌아오며「귀거래사」를 지었다.
6) 봉창(蓬牕): 짚이나 띠풀, 부들 따위로 엮어놓은 선창(船窓)을 가리킨다.

정몽주는 세 차례 명나라에 다녀왔다. 36세(1372년)에 서장관書狀官으로 한 번, 48세(1384년)에 성절사聖節使로 한 번, 그리고 한 해 지나 다시 다녀온 바 있다. 이 시는 중국에 처음 갔을 때 지은 것으로 추정된다. 제목의 발해渤海는 중국 랴오둥반도 남단의 바다로부터 산둥반도 북단에 이르는 해역을 가리킨다. 『포은집』에는 제목이 「등주과해登州過海」로 되어 있다.

시의 전반부는 항해의 여정을 노래했다. 당시 사절단은 금릉金陵(지금의 난징南京)에서 공식 일정을 마치고 출발한 뒤 산둥의 봉래를 중간 기착지로 삼아 귀환한 듯하다. 2연의 '봉래'는 실제 지명이며, '선궐仙闕' 또한 현전하는 건축물인 봉래각蓬萊閣의 미칭美稱으로 파악된다. 그러나 지명 유래는 삼신산三神山과 무관하지 않다. 진시황은 천하를 통일한 후 '지부산之罘山'에 올라 진秦의 덕을 노래한 비석을 세우고는 서불徐市을 시켜 발해 해상에 있다는 삼신산을 찾게 했다. 그런 역사적인 고사가 전하는데다, 그곳의 해변 풍광이 선경仙境처럼 수려해 봉래라는 지명이 생긴 것이다.

후반부는 배 위에서의 심사를 밝혔다. 시인은 3연에서 자신을 '창해일속滄海一粟'에 비유하며 자기 존재의 미약함을 돌아보았고, 뒤이어 4연에서는 종일 심란한 마음으로 벼슬에서 물러날까 고민하고 있다. 그런데 귀국하는 길인데도 왜 시인의 마음은 밝지 않은가? 6구에서 '공명功名'에 얽매인 채 늙어가는 신세를 한탄하지만, 이는 겉으로 둘러대는 말에 불과해 의미를 두기 어렵다. 1377년, 그가 일본에서 지은 시에는 "사나이는 사방에 뜻을 두나니, 오로지 공명을 위해서가 아니다男兒四方志, 不獨爲功名"라는 구절이 있다. 자신의 일본 사행이 나라에 기여하려는 큰 뜻에서 비롯된 것임을 자부한 것인데, 그와 같은 평소의 지조가 갑자기 사라졌을 리 없을 것이다.

그럼에도 시인의 심리가 위축된 원인은 분명치 않다. 다만, 사명使命을 수행하는 과정에 문제가 있어 심한 내면의 갈등을 겪지 않았을까 추측할 뿐이다. 고려는 원元을 대신해 새로이 동북아의 패자로 부상한 명에 사대 외교를 하며 각별히 주의했지만 명은 고압적인 태도로 일관했다. 심지어 부당하게 사신을 억류하기도 했으니, 척약재惕若齋 김구용金九容은 1384년 남방의 오지로 유배되어 가다 죽었다. 이와 같은 외교 관계를 감안할 때, 정몽주가 은거를 고민하게 된 사정은 난폭한 객관 현실을 마주하여 스스로의 무력함을 절실히 느꼈기 때문 아닐까? 그는 약소국의 사신으로서, 조국을 압박하던 명의 횡포에 커다란 심리적 부담을 느꼈을 공산이 크다.

사실 정몽주를 비롯한 여말의 신흥사대부는 출처出處의 문제를 심사숙고하지 않을 수 없었다. 그들은 대내외적인 모순의 심화 속에서 순탄하게 정치 이상을 펴며 살아갈 가능성이 희박하다는 점을 깊이 지각했다. 목은牧隱(이색李穡)·도은陶隱(이숭인李崇仁)·포은圃隱(정몽주)처럼 '은隱'자 돌림의 호가 지어진 데에는 그런 사회적 배경이 있다. 하지만 그들에게 은거는 막연한 미래의 기약 없는 소망과도 같았다. 1379년, 이색은 정몽주에게 「포은재기圃隱齋記」를 써주며, "지금 달가達可(정몽주의 자字)는 채소밭에 숨었다지만 조정에 서서 유도儒道로 자임하고 엄정한 안색으로 학자의 사표師表가 되고 있으니, 진정 숨은 것이 아님은 명백하다. 장차 목은, 도은과 우위를 다투려 하는가?"라고 했다. 난세의 현실로부터 벗어나고 싶지만 대의大義를 등지지 못한 그들은 결국 '은隱'을 관념의 사생아로 만들어버렸다. 국가와 사회에 대한 막중한 책무 때문에 끝내 선죽교에서 절명한 정몽주에게 은거는 애초 이룰 수 없는 꿈이었으니, 이 시의 마지막 두 연에서 그로 인한 갈등으로 점철된 시인의 침중한 비애를 엿볼 수 있다.

제 4 부

이런저런 인연을 노래하다

대동강 물은 어느 때에나 다하려나?
이별 눈물 해마다 푸른 물결에 더하는 것을

동산재응제시 東山齋應製詩

곽여 郭輿

어느 곳에서 술 잊기 어려웠던가?
임금님 가마 헛되이 돌아가셨네.
부귀가의 작은 잔치 찾아가느라
단약丹藥 아궁이엔 식은 재 떨어지게 놔둔 채,
밤새 고을 선비들과 술 마시고
새벽에 도성 문 열리길 기다렸다네.
지팡이 짚고 봉래 길로 돌아오노라니
나막신엔 경성京城의 이끼 묻어 왔거늘,
나무 아래 청의동자靑衣童子 알리는 말씀
구름 사이로 옥황님 다녀가셨다 하네.
궁궐을 한동안 비워두신 채
타신 수레 오래도록 배회했구나.
생각을 붓 들어 시로 쓰셨나니
사람 없는 대臺에 홀로 오르셨다고.
일월日月을 뵈옵지 못했사오니
속세로 향했던 것 못내 한스러워라.
머리 긁적이며 섬돌 아래 서 있다가
시름 머금은 채 바위굽이에 기대었노라.
이럴 때 한 잔 술이 없으면

어떻게 보잘것없는 내 마음 위로하리오!

何處難忘酒　　虛經寶輦¹⁾迴

朱門²⁾迫小宴　　丹竈³⁾落寒灰

鄕飮⁴⁾通宵罷　　天門⁵⁾待曉開

杖還蓬島⁶⁾徑　　屐惹洛城⁷⁾苔

樹下靑童⁸⁾語　　雲開玉帝來

鼇宮⁹⁾多寂寞　　龍馭¹⁰⁾久徘徊

有意仍抽筆　　無人獨上臺

未能瞻日月¹¹⁾　　却恨向塵埃¹²⁾

搔首立階下　　含愁傍石隈

此時無一盞　　豈慰寸心¹³⁾哉

—『동문선』제11권

1) 보련(寶輦): 보배로 장식한 가마. 임금이 타는 가마나 수레를 가리킨다.
2) 주문(朱門): 고관대작이나 부귀가의 집을 가리킨다.
3) 단조(丹竈): 도가에서 단약을 제조하는 부뚜막을 가리킨다.
4) 향음(鄕飮): 가례(嘉禮)의 일종인 향음주례(鄕飮酒禮)의 줄임말.
5) 천문(天門): 궁성의 문. 즉 도성의 대문을 가리킨다.
6) 봉도(蓬島): 봉래산(蓬萊山)를 가리킨다. 신선이 거처한다는 바닷속 삼신산(三神山) 가운데 하나.
7) 낙성(洛城): 낙양성(洛陽城). 낙양은 옛 중국의 도읍으로, 여기서는 개경을 가리킨다.
8) 청동(靑童): 청의동자(靑衣童子). 신선 혹은 도사의 시중을 드는 아이종을 가리킨다.
9) 오궁(鼇宮): 궁전을 달리 부르는 말. 궁전의 계단에 커다란 거북을 새겨놓아 생긴 말이다.
10) 용어(龍馭): 임금이 탄 수레를 가리킨다.
11) 일월(日月): 임금을 비유한 것이다.
12) 진애(塵埃): 속세를 비유한 것이다.
13) 촌심(寸心): 보잘것없는 마음. 촌지(寸志)와 같다.

예종睿宗의 어제시御製詩에 창화한 응제시. 이인로李仁老의 『파한집破閑集』에 의하면, 예종이 하루는 예고도 없이 곽여의 처소인 동산재東山齋를 찾았으나 마침 길이 엇갈려 곽여는 도성에 들어가고 없었다. 임금은 기다리던 끝에 벽에 시를 써놓고 환궁했고, 후에 곽여는 임금이 헛걸음하신 것을 알고 사죄의 뜻으로 임금의 시에 차운해 이 시를 지어 올렸다고 한다.

총 10운으로 된 이 장률長律은 왕의 시제를 그대로 받아 서두를 삼은 뒤, 순차적으로 임금의 방문과 자신의 뒤늦은 귀가, 그로 인한 애석함을 서사 위주의 필치로 구성했다. 그리고 맨 마지막 연에서는 다시 술을 언급함으로써 첫머리와 서로 대응시켰다. 전체적으로 서술이 매끄럽고 시원스러워 유창하고 또한 유려한 느낌을 준다.

한편 시어를 살펴보면 보연寶輦, 천문天門, 낙성洛城, 오궁鼇宮, 용어龍馭, 일월日月 등 임금의 신상과 신변 사물을 과장과 상징으로 미화한 어휘가 다수 사용되었다. 그로부터 응제시에 필수적으로 요구되는 전아典雅한 품격을 구현했다.

또한 이 시는 신선神仙사상을 적극 차용해 시상을 전개했다는 특징이 있다. 가령 '옥제玉帝'는 왕을 도교적으로 신격화해 부른 존호로, 왕의 행차를 옥황상제의 강림에 비유했다. 아울러 시인은 잠시 속세에 다니러 간 신선으로 자처했다. 단조丹竈, 봉도蓬島, 청동靑童은 모두 신선과 관련된 시어인데, 그로부터 시는 다채롭고 풍부한 도교적 미의식을 띠게 되었다.

군신 간의 아름다운 일화에서 비롯한 이 시는 다분히 당시의 사상적 추세를 반영하고 있다. 고려는 예종 4년에 송나라에서 파견한 도사 2인을 맞아들였으며 처음으로 도교 사원인 복원관福源觀을 세우는 등 도교가 흥했다. 곽여는 특히 노장老莊사상에 경도된 인물이어서 평소 도사처럼 오건烏巾과 학창의鶴氅衣를 입고 궁궐을 출입하여 '금문우객金門羽客'이라는 별명이 있었다. 예종 역시 도교를 숭상한데다 문예를 좋아한 임금이

어서 신하들과 40여 회나 창화할 정도로 시에 일가견이 있었다. 곽여와 예종은 도교와 문학을 매개로 군신 간의 정을 나누었으며, 그 과정에서 이 시가 지어진 것이다. 예종이 지은 원시는 제목이 「하처난망주何處難忘酒」 인데, 이 시제는 원래 당의 백거이白居易가 남긴 일곱 수의 시에서 비롯된 것이다. 참고로 『파한집』에 수록된 예종의 원시를 부기한다.

어느 곳에서 술 잊기 어려웠던가?
진인眞人을 찾아왔다 못 만나고 돌아가네.
서재의 창가에 석양빛은 밝은데
선가仙家의 책은 남은 재에 가리었네.
거실에는 지키는 이 없고
문은 종일 열려 있구나.
동산의 꾀꼬리는 고목에서 울며
마당의 학은 푸른 이끼에서 자네.
도道의 의미를 누구와 함께 이야기하랴?
선생은 가서 오질 아니하는데.

何處難忘酒　尋眞不遇廻
書窓明返照　玉篆掩殘灰
方丈無人守　仙扉盡日開
園鶯啼老樹　庭鶴睡蒼苔
道味誰同話　先生去不來

청평 이거사에게 주다 贈淸平李居士

곽여 郭輿

청평의 산수가 해동에 으뜸인데
오랜만에 상봉해 옛 친구 만나보네.
삼십 년 전 같이 급제한 우리
천리 밖에 각기 떨어져 살았구려.
골짝에 뜬구름 드니 얽매임 없고
시내에 밝은 달 비치니 더러움 없어라.
바라보며 말 잊은 채 한참을 있노라니
해맑게 서로 비치는 우리의 옛 정신.

淸平山水冠東濱　　邂逅相逢見故人
三十年前同擢第　　一千里外各栖身
浮雲入洞曾無累　　明月當溪不染塵
擊目忘言良久處　　淡然相照舊精神

—『동문선』제12권

예종睿宗 대의 명사인 곽여와 이자현李資玄의 우의友誼를 엿볼 수 있는 작품. 이자현은 재상가의 후손으로, 중서령中書令을 지냈으며 감로사甘露寺를 창건한 이자연李子淵의 손자다. 1083년 문과에 급제했으나 대악서승大樂署丞으로 있던 27세에 돌연 벼슬을 버린 뒤 청평산淸平山에 은거했다. 그곳은 현재 춘천시 북산면 청평리 지역인데, 거기에다 문수원文殊院을 짓고 선학禪學을 닦으며 혜조국사慧照國師를 비롯한 고승과 교유했다. 당시 예종은 그를 높이 평가해 예물을 보내며 누차 불렀으나 만나보지 못하다가 1117년 남경南京(서울)에 가서 겨우 만난 적이 있었다. 이 시는 곽여가 청평을 방문해 지어준 것인데, 두 사람은 같은 해에 과거 급제한 동년同年으로서 남다른 인연이 있었다.

시의 1연은 풍광이 수려한 고장에서 옛 친구와 상봉한 정황을 밝혔다. 청평 산수의 찬미는 풍치가 아름다운 곳을 택한 이자현의 혜안에 대한 칭송이기도 하다. 2연은 두 사람의 오래고 두터운 인연을 노래했으니, 30년 전 함께 과거 급제해 친밀한 관계를 유지했으나 아쉽게도 지금은 멀리 떨어져 있는 처지임을 밝혔다. 여기서 '삼십 년 전三十年前'과 '일천 리 외一千里外'는 장구한 시간과 현격한 공간을 뛰어넘어 어렵게 성사된 재회에 대한 감격을 전달하여 묘미가 있다.

3연은 전적으로 이자현을 기리는 말로 채워졌다. '부운浮雲'과 '명월明月'은 이자현의 기질과 덕성을 형상적으로 은유한 것으로, 홍진을 벗어나 산수간에 소요하는 그의 생활을 자유자재한 구름에 빗대었고 그의 고결한 정신은 밝은 달과 동일시했다. 4연은 조금의 허위와 가식도 없는 두 사람의 진실한 교유 관계를 확인하며 결말을 삼았다. 한동안 말없이 서로를 바라보는 것은 이심전심의 방식으로 무언의 대화를 나눌 만큼 서로 이해가 깊다는 것을 말한다. 그리고 마지막 구에서는 '간담상조肝膽相照'라는 성어를 빌려 두 사람의 정의情誼가 예나 지금이나 한결같음을 강조했다.

이 시의 언어는 평이하면서도 천속賤俗하지 않게 정제되어 있으며, 감정은 겉으로 드러나지 않은 채 절제되어 있다. 그럼에도 오랜만에 벗을 만난 기쁨과 여전한 미더움을 절로 느끼게끔 담아냈으니 뛰어난 시재가 아닐 수 없다.

또한 이 시는 당대를 풍미했던 명사인 곽여와 이자현이 그 사귐의 도道에서도 범속함을 초월한 격조가 있었음을 시사해준다. 『보한집補閑集』에 의하면, "태강太康 9년 계해년(1083)에 함께 급제한 사람 중에는 아무도 벼슬에 현달하지 못했다. 이자현과 곽여는 벼슬을 버리고 처사處士가 되었기에 당시 그들을 처사방處士榜이라 불렀다"고 한다. 선종禪宗에 몰입한 이자현과 도가에 침잠한 곽여는 서로 속세를 초탈한 경지에서 교유했던 것이다.

이 시의 창작 시기는 두 사람이 급제 후 정확히 30년이 경과한 시점이라면 1113년에 해당하지만, 30년이 대략의 햇수일 가능성이 높아 연도를 확정하긴 어렵다. 한편 『파한집破閑集』에 의하면, 곽여가 사명을 받고 관동關東으로 나아가 이자현을 방문하고 이 시를 지었다고 한다. 당시 곽여는 벼슬에서 물러난 지 오래였지만 예종의 호의로 궁중에 머물러 있던 중 왕명으로 이자현을 부르기 위해 찾은 것으로 짐작된다. 당시 이자현이 지은 「화동년곽여和同年郭輿」(『파한집』)를 참조하면 그럴 개연성이 높다.

시내와 산이 따스해지며 가만히 봄은 찾아오더니
홀연 신선의 지팡이 돌려 숨어 사는 나를 찾아왔구려.
백이伯夷와 숙제叔齊가 속세를 떠난 건 천성을 보전하려 함이요
후직后稷과 설契이 나랏일에 부지런한 건 제 몸 위해서가 아니었네.
조칙詔勅을 받들고 온 이때에 패옥은 쟁그랑거리는데
어느 날에나 은거하여 옷의 먼지 떨치시려나?

어이해야 이곳에 와 함께 살면서
종래의 불멸의 정신을 길러보리?

暖逼溪山暗換春 　　忽紆仙杖訪幽人
夷齊遁世惟全性 　　稷契勤邦不爲身
奉詔此時鏘玉佩 　　掛冠何日拂衣塵
何當此地同棲隱 　　養得從來不死神

기녀에게 주다 贈妓

정습명鄭襲明

온갖 꽃떨기 속 청초하던 그 모습
홀연 광풍 만나 붉은빛 사라졌구나.
수달의 골수로 뺨을 낫게 할 수 없으니
오릉五陵 공자의 한이 다함없으리.

百花叢裏淡丰容[1]　　忽被狂風減却[2]紅
獺髓[3]未能醫玉頰　　五陵公子[4]恨無窮

——『동문선』 제19권

---

1) 담봉용(淡丰容): 담박하면서도 어여쁜 낯빛.
2) 감각(減却): 줄어들다. 수그러들다.
3) 달수(獺髓): 수달의 골수. 상처를 치유하는 데 효용이 뛰어나다.
4) 오릉공자(五陵公子): 서울에 사는 권문세가의 자제를 비유한 것이다. 오릉은 본래 장안(長安) 인근에 있던 한나라 다섯 황제의 능이다.

이 시의 창작 동기와 관련해 이인로李仁老의 『파한집破閑集』에는 다음의 일화가 전한다. 어느 군수가 임기가 차 떠나기 직전, 미색과 기예가 뛰어난 기녀의 뺨에 고의로 상처를 남겼다. 자신이 떠난 뒤 다른 사람 차지가 될 거라는 생각에 심사가 뒤틀려 술김에 촛불로 화상을 입힌 것이다. 정습명은 그녀의 딱한 사정을 듣고 이 시를 지어주었다 한다.

1구는 수많은 꽃 가운데 제일 돋보이는 아름다운 꽃으로 치켜세우며 기녀의 빼어난 용모를 찬미했다. 2구에서는 그녀의 뺨에 흉터가 생겨 미모가 손상된 사실을 '광풍狂風'에 피해를 입은 꽃에 비유했다. '감각홍減却紅'은 꽃잎의 붉은색이 감소한다는 뜻으로, 꽃이 시든다는 의미다. 이처럼 시의 전반부는 미인을 꽃에 비유했는데, 당唐 현종玄宗이 양귀비를 '해어지화解語之花'라 부른 이래 기녀의 미칭으로 '해어화解語花'라는 말이 쓰였으니 비유가 자연스럽고 타당하다.

뒤이어 3구에서는 고사를 역으로 활용해 기녀의 뺨에 난 흉터를 없앨 방도가 없음을 밝혔다. 수달의 골수에 관한 고사는 삼국三國 오나라 손권孫權의 둘째 아들로 왕위에 오른 손화孫和와 관련이 있다. 그가 하루는 총애하는 손부인孫夫人과 장난을 치다 실수로 그녀의 얼굴을 다치게 했다. 손에 쥐고 있던 옥여의玉如意로 얼굴을 쳐 상처를 낸 것이다. 이에 어의를 시켜 흰 수달의 골수를 구해 치료하려 했으나 골수가 없어 대신 수달 뼛가루에 옥가루와 호박琥珀 가루를 섞어 고약을 만들어 치료했다 한다.

4구는 시상을 거두어 기녀의 뺨에 난 상처를 모두 안타까워한다고 동정을 표하며 마쳤다. '오릉공자五陵公子'는 본래 중국에서 지체 높은 집안의 자제를 가리키는 말이나, 여기서는 일반적인 사대부 계층의 풍류남아風流男兒에 빗댄 것이다.

이제현李齊賢은 『역옹패설櫟翁稗說』에서 전대의 시인 홍간洪侃이 이 시를 매우 좋아했으며 그 이유는 "오래도록 곱씹어도 남은 맛이 있기含咀之久而

有餘味"때문일 것이라 했다. 그렇다면 이 시의 여운미는 어디에서 생겨난 것일까? 그것은 3구와 연계된 고사의 내용과 실제의 사정이 극심한 대비를 이루어 생긴 효과일 것이다. 손화는 실수로 상처를 입히고 극진히 치료해주었지만, 고을 수령은 이제껏 좋아했던 여성에게 일부러 화상을 입히는 야만적인 행위를 저질렀다. 손부인과 기녀에 대한 상대의 조처는 서로 천양지차인데, 바로 그 점이 기녀의 불쌍한 처지를 더욱 부각하여 여운을 남기는 것이다.

그럼에도 불구하고 이 시는 미색을 중시하는 남성 중심적 입장을 벗어나지 못했다. 기녀를 동정했으되 그녀의 치욕과 절망까지 헤아리지는 못했기 때문이다. 그러나 연민의 정을 품고 시를 지어주었으니 허물할 것까지는 없겠다. 다시 『파한집』에 의하면, 기녀는 정습명이 당부한 대로 고을을 지나는 벼슬아치들에게 이 시를 보여주고 많은 재물을 얻었다고 한다. 기녀의 사정도 딱했겠지만 절로 남의 동정심을 유발할 만큼 가작佳作이었던 것이다.

송인送人

정지상鄭知常

뜰 앞에 잎새 하나 떨어지고
침상 아래 온 벌레 슬퍼하누나.
서둘러 떠나가 머물지 못하니
아득히 어디로 가시려는가?
마음은 산 다한 곳에 조각이 되고
달 밝을 때면 외로이 꿈을 꾸리.
남포에 봄 물결이 퍼레지거든
그대여 훗날의 기약 저버리지 마오.

庭前一葉落　　床下百虫悲

忽忽¹⁾不可止　悠悠何所之

片心山盡處　　孤夢月明時

南浦²⁾春波綠　君休³⁾負後期

—『동문선』 제9권

---

1) 홀홀(忽忽): 빠른 모양.
2) 남포(南浦): 대동강 어귀의 진남포(지금의 평안남도 남포)를 가리키는데, 이별하는 물가를 관습적으로 남포라고도 한다. 『초사楚辭』 「구가九歌·하백河伯」에서는 "아름다운 이를 남포에서 보낸다(送美人兮南浦)"고 했으며, 남조(南朝)의 강엄(江淹)은 「별부別賦」에서 "그대를 남포에서 보내노라니, 마음은 얼마나 아픈가!(送君南浦, 傷如之何)"라고 했으며, 왕유(王維)는 「제주송조삼齊州送祖三」에서 "남포에서 그대를 보내노라니 눈물은 실처럼 흐르는데, 그대는 동쪽 고을 향해 떠나 나를 슬프게 하네(送君南浦淚如絲, 君向東州使我悲)"라고 했으며, 백거이는 「남포별南浦別」에서 "남포에서 서글피 헤어지나니, 서풍 하늘하늘 불어올 때(南浦凄凄別, 西風嫋嫋秋)"라고 했다.
3) 휴(休): '~하지 말라' 혹은 '~할 것 없다'는 뜻으로 금지를 의미한다.

정지상의 시는 현전하는 작품이 극소수지만 그 특출한 시재를 확인하기에 부족함이 없다. 특히 남포의 이별을 노래한 서정시 두 수는 그에게 독특한 아우라를 부가하는데, 가을날의 작별을 다룬 이 오언율시가 바로 그중 하나다.

1연은 이별 전야의 심란한 정황을 낙엽과 벌레 소리로써 노래했다. 바람결에 지는 마당의 잎새 하나는 표연히 떠나갈 이를 비유하며, 침상 아래 애처로운 밤벌레의 울음은 정다운 이를 보내야 하는 서정적 자아의 비감悲感을 대신하는 것이다.

이어 2연에서는 떠나가는 이에 대한 아쉬운 정을 애틋하게 드러냈다. 이별은 미리 예고된 것일지라도 늘 갑작스레 닥쳐오는 듯 느껴지기에 '홀홀忽忽'이라 했으며, 떠나는 이의 발걸음은 아득히 먼 곳을 향하는 양 멀게 느껴지기에 '유유悠悠'라 했다. '홀홀'과 '유유' 두 첩어는 세심하게 연자煉字를 해낸 결과로, 이별에 임하는 막막하고 아련한 심정이 밀도 있게 농축되었다.

3연은 이별 뒤의 심리 상태를 예상해 서술한 것으로, 고독감에 휩싸여 상대를 보내게 될 애처로운 심경을 읊었다. 상대를 그리워하며 바라보는 시선의 극한 거리인 '산진처山盡處'는 애절한 심정의 극대화에 일조하며, '편심片心'은 상대의 부재로 고통을 받는 심리적 결손 상태를 지시한다. 6구의 '월명시月明時'는 그리운 정이 밀려들어 가장 감정이 북받치는 때로, 밤하늘 달을 보며 만날 수 없는 이를 추억하는 서정적 자아의 시름을 내포하고 있다. 그러한 때의 '고몽孤夢'은 감당할 수 없는 그리움에 사로잡힌 밤의 외롭고 쓸쓸한 심정을 함축적으로 표현한 것이다.

뒤이어 4연에서는 다시 만날 기약을 두며 시상을 거두었다. 이 연은 3연과 마찬가지로 미래 상황을 설정한 것인데, 내일 송별할 장소인 '남포'에 새봄이 찾아오거든 퍼렇게 넘실거리는 봄물과 함께 돌아오라는 기약을 담았다. 남포는 일찍이 굴원屈原이 『초사』「구가·하백」에서 "그대는 손

맞잡은 뒤 동으로 떠나가리니, 아름다운 이를 남포에서 보낸다^{子交手兮東} 라고 노래한 이래 많은 시인들이 이별의 장소를 지시하는 ^{行, 送美人兮南浦} 대명사로 상용해왔다. 그러나 이 시에서는 대동강 하류 지역의 남포를 지칭한 고유명사로 보더라도 무리가 없다. 그렇게 본다면 남포는 막연한 이별의 지점이 아닌, 떠나는 이와 보내는 이가 애틋한 추억을 공유하는 향토적 서정의 응결처라 하겠다.

작자가 고향인 서경^{西京}에서 친구를 보내며 지은 이 송별시의 정조는 애상이 짙어 우수의 분위기를 띤다. 그러나 조금도 서글픈 감정을 분출하거나 안타까운 심정을 과장하지 않았다. 그럼에도 지극한 석별의 정이 느껴지는 것은 정^情을 경^景에 온전히 융해했기 때문인데, 특히 헤어지기도 전에 벌써부터 생겨나는 애잔한 사모의 정을 빼어난 형상적 언어로 시각화한 3연은 시에 신묘^{神妙}한 운치를 불어넣어준다.

송인 送人

정지상 鄭知常

비 갠 긴 둑에 풀빛 짙푸르거늘
남포에서 그대 보내며 슬픈 노래 솟아나네.
대동강 물은 어느 때에나 다하려나?
이별 눈물 해마다 푸른 물결에 더하는 것을.

雨歇長堤草色多　　送君南浦¹⁾動悲歌
大同江²⁾水何時盡　　別淚年年添綠波

―『동문선』 제19권

시제가 「대동강」으로 전하기도 한다. 남용익南龍翼은 『호곡시화壺谷詩話』에서 이 시를 고려의 칠언절구 가운데 가장 빼어난 작품으로 평가했다. 또한 김만중金萬重은 『서포만필西浦漫筆』에서 "해동의 위성삼첩渭城三疊"이라 극찬하며 송시送詩의 명작으로 평가한 바 있다. 위성삼첩은 당의 시인 왕유王維가 지은 칠언절구 「송원이사안서送元二使安西」를 3절의 노래로 편성한 가곡을 가리키는데, 중국에서 '양관삼첩陽關三疊' '양관곡陽關曲' '위성곡渭城曲'으로 불린다. 한편 이인로李仁老의 『파한집破閑集』에 의하면 정지상이 어릴 적에 이 시를 지었다고 한다.

1구는 강변 풍경을 묘사하며 도입부로 삼았다. 비가 그친 후 풀빛 짙어진 강둑이 청초한 감각으로 다가온다. 그러나 화면 자체에 이미 이별의 단서가 삽입되어 결코 명랑하다고 할 수 없는 분위기다. "왕손은 길 떠나 돌아오지 않는데, 봄풀은 자라나 수북이 우거졌다王孫遊兮不歸, 春草生兮萋萋"고 한 『초사楚辭』 「초은사招隱士」가 나온 이래 봄풀은 상습적으로 이별과 연계되기 때문이다. 그리고 비가 멈춘 것은 지체된 이별을 재촉하기에 산뜻하게 갠 날씨는 도리어 석별의 아쉬움을 증대하는 역설을 낳는다. 긴 강둑 역시 장차 멀리 떨어지게 될 두 사람의 거리를 암시한다. 순연히 경어景語로 이뤄졌지만 1구에는 이렇듯 내밀한 서정성이 숨겨져 있다.

2구는 이별의 장소를 구체화하며 석별의 정을 노래했다. '남포'는 본래 한시에서 송별 장소의 대명사로 사용되던 말이다. 그런데 이 시에서는 실제 지역이기도 하여 이별의 정서에 자연스럽게 향토색이 융해될 소지가 높다. 후반부에서 대동강 물결을 가져다 애상의 정조를 빚어낸 것이 바로 그 증거다. 한편 '동비가動悲歌'는 애절한 감정 상태의 비유적 표현으로, 내면에 응축된 서러움이 울컥 슬픈 노래가 되어 솟구쳐나올 듯한 상황을 가리킨다. 형언하기 어려운 사람의 심리를 공감각적으로 감지할 수 있게끔 원숙하게 조어造語한 점이 돋보인다. 그런데 이처럼 북받쳐오는 격정은 상당한 장력이 있어 후반부에서는 필연적으로 눈물의 분출로 이어지리라 예상된다.

그렇지만 뒤이은 3구에서는 짐짓 설의법設疑法을 사용해 "대동강 물은 어느 때에나 다하려나?"라며 당돌한 질문을 던진다. 이것은 고도의 장심匠心을 발휘해 만들어낸 일종의 능청으로, 감정의 기복을 조절해 단조로움을 피하고 결말에 이르는 과정까지 풍부한 변화감을 주기 위한 장치이다.

4구는 자신의 질문에 답하는 형식을 취했다. 비유적인 과장법을 활용해 우수의 심정을 극화했는데, 강물의 유장한 흐름이 무한한 눈물 때문이라는 기발한 발상은 절로 찬탄할 만하다. 그런데 서정적 자아는 자신의 이별을 특화하지 않고 일반화하여 석별의 정을 전달한다. 우회적 표현이 주는 완곡함이 외려 정감을 곡진하게 전달하는 효과가 있기 때문이다. 직설적으로 심정을 노출할 경우 뜻이 천근淺近해지는데다 감정의 과다 분출로 역효과가 생길 수도 있다. 슬플지라도 심리적 파탄에는 이르지 않는다는 '애이불상哀而不傷'의 중화적中和的 심미 가치를 준수했다 하겠는데, 이 시가 역대로 찬사를 받은 이유 가운데 하나가 바로 여기에 있다.

정지상의 높은 시격詩格을 확인할 수 있는 「송인」은 언어적 측면에서 성음이 유려하고 자연스러워 낭독의 즐거움이 있으며, 수사적 측면에서 내면 심리를 물리적 표상으로 현상화하여 묘미가 있다. 정감과 경치를 서로 완미하게 융합하여 정경교융情景交融의 극치에 이른 절창인 것이다. 한편 이제현李齊賢은 『역옹패설櫟翁稗說』에서 '첨작파添作波'와 '창록파漲綠波'로 유전되던 마지막 구를 비정批正하여 "작作이나 창漲 두 자 모두 적절치 않다. 이는 마땅히 '첨록파添綠波'로 해야 한다"며 현재 상태로 고쳐놓았다.

말 위에서 지어 남에게 주다 馬上寄人

최당崔讜

머리 돌려 해양성 바라보니
성 곁으로 산이 우뚝 솟아 있네.
산도 멀어져 이미 뵈지 않으니
하물며 성안의 그 사람이야.

迴首海陽城¹⁾　傍城山嶙峋²⁾
山遠已不見　況是城中人

—『동문선』제19권

---

1) 해양성(海陽城): 금나라 때의 지명으로, 현재 중국의 랴오닝 성(遼寧省) 서남부에 속한 지역.
   베이징(北京)으로 가는 노선에 속한 요충지다.
2) 인순(嶙峋): 산이 가파르고 깊숙한 모양.

미상의 인물과 작별한 후 길을 가다 지어준 시. 동일 제목으로 묶인 세 수의 시 가운데 제1수다. 『동문선』과 달리 『삼한시귀감三韓詩龜鑑』에는 이 첫째 수의 작자가 임춘林椿의 삼촌인 임종비林宗庇로 되어 있다. 고증을 기다리며 우선 전자를 따른다. 첫째 구의 '해양海陽'은 광주광역시의 옛 지명이기도 하지만 여기서는 중국 땅일 개연성이 높다. 제3수의 "다시 못 만날 줄 알기에, 애 끊어지고 또 애끊어진다情知不再見, 斷腸仍斷腸"라는 구절은 이역만리에서 있었던 작별이기에 재회를 기약할 수 없음을 말한 것인 듯하다. 금나라 사행을 마치고 귀환할 때 지은 작품으로 여겨진다.

　이 시는 이별 후 차츰차츰 시야에서 멀어지는 물상을 통해 아련한 석별의 정을 담았다. 1, 2구는 고개를 돌려 이별 장소인 해양성을 돌아봤으나 성은 뵈지 않고 그 곁의 높은 산봉우리만 보인다고 했다. 3구에서는 거리가 더욱 멀어져 산도 시야에서 소멸되었다고 했다. 그러나 상대와 나 사이의 거리가 멀어질수록 집착은 강렬해져, 마지막 구에서는 여전히 연연해하며 상대를 그리워하는 뜻을 드러냈다. 헤어진 사람에 대한 미련은 시간의 경과와 공간의 이동 속에서 더욱 유장하고 더욱 애절하기만 하다.

　작자는 이 시에서 시구의 조탁에 무관심해 연자鍊字에 주의하지 않은 듯하다. 동일 글자의 반복 사용을 꺼리는 한시에서, 그것도 가장 단형인 오언절구에서 '성城' 자를 3회 반복했고 '산山' 자를 2회 사용했다. 말 위에서 즉흥적으로 지은 마상구호馬上口號의 시는 퇴고 과정이 생략되어 시어의 정련精鍊이 부족할 수 있다. 그러나 이 시의 경우 동일 글자의 반복 사용은 외려 정서의 순정도와 응결도를 높여주는 순기능을 한다. '성'과 '산'의 빈번한 언급은 서정적 자아의 눈길이 시종 상대방이 있는 곳을 향하고 있음을 가리키며, 이는 두터운 사모의 정을 한층 강조해준다. 꾸밈없는 정감의 표현이 틀에 박힌 수사보다 나은 사례라 하겠다.

장난삼아 밀주 원님에게 주다 戲贈密州倅

임춘 林椿

새벽이면 금비녀 꽂고 단장하던 미인이
재촉하는 부름에 화려한 연회석에 올라왔네.
원님의 엄하신 호령을 두려워하지 않고
과객과 나쁜 인연이라며 마구 성질을 부리네.
누대에 올라 퉁소 부는 짝이 되어주지 않고
달로 달아나 약 훔친 선녀가 되었구나.
높은 자리에 계신 분께 말씀드리나니
어진 마음으로 부들 회초리도 꺼내 보이지 마오.

紅粧¹⁾待曉帖金鈿²⁾　　爲被催呼上綺筵³⁾

不怕長官⁴⁾嚴號令　　謾嗔行客⁵⁾惡因緣

乘樓未作吹簫伴⁶⁾　　奔月還爲竊藥仙⁷⁾

---

1) 홍장(紅粧): 울긋불긋 예쁘게 단장하다. 미인의 대명사로도 쓰인다.
2) 금전(金鈿): 금으로 장식한 비녀.
3) 기연(綺筵): 화려하고 아름다운 자리. 연회석을 가리킨다.
4) 장관(長官): 우두머리 벼슬아치. 여기서는 고을의 원님을 가리킨다.
5) 행객(行客): 과객(過客)과 같다. 손님으로 찾아온 작자를 가리킨다.
6) 취소반(吹簫伴): 퉁소를 부는 짝. 농옥(弄玉)에 관한 고사. 춘추시대 진(秦) 목공(穆公)의 딸 농옥이 퉁소를 잘 부는 소사(簫史)를 만나 사랑한 고사가 있다. 그들은 퉁소로 봉황의 소리를 낼 수 있었으며 봉황이 집에 찾아와 깃들였다. 이에 봉대(鳳臺)를 짓고 부부가 함께 거처하다가 봉황을 타고 신선이 되어 날아갔다고 전한다.
7) 절약선(竊藥仙): 약을 훔친 신선. 항아(姮娥)에 관한 고사. 활의 명수인 전설적인 영웅 예(羿)가

寄語靑雲賢學士[8] 仁心不用示蒲鞭[9]

―『동문선』제13권(『서하집西河集』제2권)

곤륜산의 여신 서왕모(西王母)에게서 구해온 불사약을 아내 항아가 훔쳐 달로 달아났다는 전설이 있다.

8) 청운현학사(靑雲賢學士): 현달한 사람을 가리키는 말. 통상 청운학사(靑雲學士)라고 하며, 여기서는 고을의 원님을 가리킨다.

9) 포편(蒲鞭): 부들로 만든 회초리. 때려도 별로 아프지 않기에 관대한 처벌을 의미한다.

이 시는 작자와 어느 관기官妓 사이에 있었던 흥미진진한 일화를 담고 있다. 제목의 밀주密州는 지금의 경상남도 밀양에 해당하며, 쉬倅는 고을의 수령을 뜻한다. 『파한집破閑集』에는 성산星山에서의 일로 기록되어 있으며, 3연과 4연의 순서가 바뀐 채로 4구만 실려 있다.

시의 1연은 원님이 주최한 연회에 어여쁜 기녀가 동석한 사실을 읊었다. 기녀의 대칭代稱으로 쓰인 '홍장紅粧'은 본래 용모가 아리따운 여인을 가리키는 말이다. 2연에서는 기녀가 작자와 동침하길 마다한 정황을 읊었다. 『파한집』에 따르면, 임춘의 명성을 익히 들었던 수령이 귀빈을 접대한다고 기녀에게 수청을 들게 했으나 임춘을 몹시 꺼려해 저녁에 달아나고 말았던 것이다. 이 우스꽝스런 사건에 대해 이수광李睟光은 『지봉유설芝峯類說』에서 과거에 합격하지도 못하고 기생에게도 거부당한 임춘을 참 박복한 운명의 소유자라며 동정하고 있다. 하지만 작자는 퇴짜를 맞는 수모를 당하고도 시인의 본능을 거두지 못한 채 그런 사정을 '악인연惡因緣'이란 말로 잘도 함축했다. 짐작건대 기녀는 임춘을 단지 노추老醜한 서생으로 여겨 그와의 동침을 '몹쓸 연분'이라 했을 것이다. 그런 치욕을 겪었음에도 작자는 자존심을 돌보기는커녕 남의 일인 양 너스레를 치고 있으니 절로 웃음이 나오는 대목이다.

3연은 기녀에게 차여 달콤한 하룻밤의 기대가 무너진 사정을 표현했다. 5구에서는 소사蕭史와 농옥弄玉의 전설을 활용해, 소사는 농옥을 만나 낭만적인 사랑을 이루었지만 자신은 실패했음을 밝혔다. 6구에서는 남편 예羿를 배반한 항아姮娥의 전설을 활용했다. 항아가 예를 속이고 불사약을 훔쳐 달로 달아난 전설로 자신의 버림받은 처지를 비유한 것이다. 이 연은 용사用事가 매우 정밀해 찬탄할 만하다. 마치 시인의 불운을 위해 예비된 고사인 양 전고典故의 활용이 매우 적절하다. 그러나 사실을 적당히 농담으로 버무린 탓에 밑바닥에 깔린 정조는 조금도 심각하지 않다. 단지 해학을 벌려놓았음은 시제의 '희戲'에서 이미 암시되었고, 기녀를 원망하지 않음은 마지막 연에서 확인된다.

　고을 원님에게 전하는 당부를 담은 4연은 기녀를 용서하라는 주지를 담고 있다. 관에 예속된 기녀의 항명은 체제 질서의 수호자인 수령의 권위에 대한 도전이 아닐 수 없다. 관물官物의 일종에 불과한 관기가 원님의 엄한 호령을 어겼으니 문초를 당할 만한 사안인 것이다. 그러므로 시인은 기녀가 징계를 받아 혹 매를 맞진 않을까 염려하고 있다. 원래 '부들 회초리蒲鞭'는 고통을 주기보다는 수치심을 주기 위해 사용하던 형구의 일종이다. 그것조차도 꺼내 보이지 말라고 했으니, 관대하게 처분하여 묵과해달라는 청탁이다.

　기녀에 얽힌 일화를 능청스럽게 담아낸 이 시는 통속적인 소재가 주는 재미가 있다. 다만 어숙권魚叔權은 『패관잡기稗官雜記』에서 "이 시는 참으로 아름답지만 '포편蒲鞭'이라는 말에는 전혀 향규香閨의 풍운風韻이 없다"며 아쉬워했다. 시어에서 느껴지는 폭력성이 여인에게 어울리지 않아 정취를 훼손하고 풍격을 떨어뜨렸다는 입장이다.

소악부小樂府

이제현 李齊賢

바윗돌에 구슬 떨어져 깨진다 해도
그 실이야 진실로 끊어지지 않으리.
낭군과 천년토록 헤어질지언정
일편단심은 어이 변함 있으리!

縱然巖石落珠璣[1]　　纓縷[2]固應無斷時
與郎千載[3]相離別　　一點丹心[4]何改移

―『익재난고 益齋亂藁』 제4권

---

1) 주기(珠璣): 주옥(珠玉). 둥근 구슬과 둥글지 않은 구슬을 총칭한 것이다.
2) 영루(纓縷): 구슬을 알알이 꿰어놓은 끈을 가리킨다.
3) 천재(千載): '載'는 '年'과 같은 뜻이다.
4) 단심(丹心): 지극히 정성스런 마음.

소악부는 민간의 세태 풍속에 대한 관심이 증대되면서 여말에 처음 출현한 양식이다. '관풍觀風'이라는 정교주의적政教主義的 관념을 문학에 적용해 속요俗謠 가사를 한역漢譯하는 방식으로 채록한 것인데, 형식은 전적으로 칠언절구였다. 당의 시인 유우석劉禹錫이 민가를 바탕으로 지은 「죽지사竹枝詞」가 그러한 형식의 선례를 보여준다.

이 시는 동일한 제목으로 묶인 총 아홉 수 가운데 제8수에 해당하며, 이별에 즈음해 어느 여성이 사랑을 다짐하는 내용이다. 『악장가사樂章歌詞』에 전하는 고려가요 「서경별곡西京別曲」의 2연 및 「정석가鄭石歌」의 6연과 내용이 일치하고 있다.

시의 전반부는 은유적인 수법을 구사해 어떤 상황에서도 단절되지 않을 인연의 영속성을 노래했다. 바윗돌은 장구한 이별을 강제하는 현실의 난폭한 힘을, 아름다운 구슬은 서로 소중히 여기며 사랑하는 두 사람을, 구슬이 깨짐은 이별을, 구슬이 깨져도 끊어지지 않는 끈은 영원한 애정과 신뢰를 비유한다. 물론 원 노래의 가사를 답습한 것이지만, 비유수법이 참신하며 직관적으로도 명백해 호소력을 지니고 있다.

후반부는 전반부의 비유를 선명히 구체화하면서 사랑의 맹세를 거듭했다. 동일하게 이별의 상황을 가정하면서, 반복을 통한 강조의 효과를 기대한 것이다.

이 애정시는 이별을 말하면서도 원망과 애상의 정조가 전무한 반면 사랑에 대한 굳은 신념과 곧은 정절貞節의식을 보여준다. 절대적인 믿음, 절대적인 사랑을 노래한 것이다. 하지만 맹목적이고 순수한 사랑은 그 안에 비극성을 품고 있다. 한마디 원망의 말이 없어도 장차 서정적 자아의 불행한 운명을 예감하게 하니, 그것이 바로 이 시가 남겨놓은 여운인 것이다.

소악부6장小樂府六章 제3수

민사평閔思平

흑운교 또한 끊어져 위태롭더니
밀려오던 은하수 물결 잠잠해졌네.
이렇듯 어둡고 깊은 밤중에
길도 질건만 어딜 가시려 하나?

黑雲橋¹⁾亦斷還危　銀漢²⁾潮生浪靜時
如此昏昏深夜裏　街頭泥滑欲何之

—『급암시집及庵詩集』제3권

---

1) 흑운교(黑雲橋): 검은 구름으로 이뤄진 가상의 다리.
2) 은한(銀漢): 은하(銀河)와 같다.

작자가 이제현李齊賢의 권유를 받고 지은 「소악부 6장」 중 제3수. 백제가요 「정읍사 井邑詞」의 내용과 유사점이 있다. 남편의 안위를 염려하는 아내의 노래라는 점에서 모종의 연관이 있는 듯하다.

　전반부에서 아내는 남편의 출타가 마땅치 않은 이유로 날씨와 시간을 들고 있다. 1구의 '흑운교'는 시커멓게 먹구름이 깔린 우천雨天의 날씨에서 연상된 가상의 다리다. 잔뜩 비를 품은 '흑운黑雲'은 마지막 구의 '이활泥滑'과도 서로 호응하는데, 이를 통해 흑운교가 실제 날씨를 보고 상상하여 만들어낸 다리임을 짐작할 수 있다. 아내는 남편을 만류하느라 험악한 날씨 탓에 뜻하지 않은 사고와 위험이 뒤따를 수 있음을 경고한 것이다. 한편 칠언시의 율격과 의미 맥락은 통상 네 자, 세 자씩 끊어지나, 이 구절은 그런 요건에 들어맞지 않는다. 혹 '흑운교'가 필수적인 중요한 시어여서 이를 살리느라 그렇게 되었나 추정해볼 수 있다. 그렇다면 이 소악부의 원가는 「정읍사」가 아닐 확률이 높다.

　한편 2구는 일기 및 시간이 이중으로 관련되어 있다. 은하수가 관측되는 상황이니 비가 그친 뒤다. 그리고 은하에 조수가 밀려오다 잔잔해졌다고 한 것은 밤이 더욱 이슥해졌음을 의미한다.

　후반부는 남편의 발걸음을 끝까지 막아보려는 아내의 끈질긴 시도를 보여준다. 앞의 두 가지 이유 외에 추가로 흙탕길 핑계를 대는데, 진흙탕의 언급이 행상 나간 아내가 남편을 걱정하며 불렀다는 「정읍사」와 유사하다. 그런데 이 소악부에서 진흙탕은 비가 내린 뒤의 실제 도로 사정을 지적한 것으로 여겨지며, 특별한 상징적 의미를 두기 어렵다. 또한 시의 정황 자체가 부부의 이별 상태가 아니라는 점도 「정읍사」와 다르다.

　이 소악부는 당시 유전하던 노래를 한역한 것이나 원 노래의 정체는 알기 어렵다. 제2의 창작을 거쳐 「정읍사」가 환골탈태했을 수도 있겠으나, 역시 가설일 따름이다. 소악부 중에는 이처럼 이해와 감상에 제약이 적지 않은 작품이 여럿 남아 있다.

한양의 정 참군을 보내며 送漢陽鄭參軍

이곡李穀

가을바람에 뜰 나무 스륵스륵 소리 내고
기나긴 밤 은자隱者는 정히도 시름겨워라.
황계黃雞 울음에 춤 마치고 베옷 걸친 채 자노라니
해 높도록 문밖에는 찾아오는 수레 없구나.
오늘 아침 문 두드리는 손이 있어 기뻐했더니
마음에 친한 이 이별을 알리러 찾아왔어라.
인생 백 년에 즐거운 때는 적기만 하고
태반이 정에 얽매인 이별의 시름이로다.
동쪽 교외에 술 싣고 가니 누런 잎 가득한데
한 잔 비기도 전에 노래 먼저 끝나가네.
가는 길에 바로 한양관漢陽關을 가리키리니
눈 비비고 바라보듯 삼봉三峯이 눈에 선명하리라.
양주楊州의 경치는 예부터 일러오거니와
내 익히 지나다녔기에 상세히 말할 수 있네.
남쪽 강 비바람에 고깃배의 불빛 흔들리고
북쪽 고개의 안개 노을 속에 절집이 선명하리나,
한스럽기는 주민들 살아가기 피곤하나니
촌락은 쓸쓸하고 생계 꾸리기 힘이 듦이라.
그대 가거들랑 어루만져 아픔을 그치게 하여

한 지경을 먼저 다시 살아나게 해줘야 하리.
근래의 세상사야 차마 들을 수 없기에
나 또한 남南으로 떠나갈 뜻 결정했다네.
봄물이 상앗대 절반쯤 불어나길 기다려
조각배 타고 한강에서 노를 저으리라.

西風庭樹鳴摵摵[1]　　長夜幽人[2]正愁絕[3]

舞罷黃雞[4]擁褐[5]眠　　日高門外無來轍

今朝剝啄[6]喜有客　　乃是心親來告別

人生百歲少懽樂　　大半離愁緣愛結

載酒東郊黃葉稠　　一杯未盡歌先闋[7]

歸途政指漢陽關　　三峯[8]入眼明如刮

楊州[9]景物古所稱　　我慣經由能細說

南江[10]風雨亂漁火　　北嶺[11]煙霞明佛刹

所恨居民魚尾赤[12]　　籬落蕭條[13]生事拙

---

1) 색색(摵摵): 스륵스륵. 나뭇잎이 부딪치거나 떨어지며 나는 소리.
2) 유인(幽人): 143쪽 주2) 참조. 여기서는 작자 자신을 가리킨다.
3) 수절(愁絕): 시름이 극도로 많음.
4) 황계(黃雞): 누런색 닭. 백거이(白居易)의 「취가醉歌」에 "누런 닭은 새벽을 재촉해 축시에 울고, 백일은 해를 재촉하며 유시에 넘어간다(黃雞催曉丑時鳴, 白日催年酉時沒)"는 구절이 있다.
5) 옹갈(擁褐): 거친 베옷을 입고 있다는 뜻이다.
6) 박탁(剝啄): 똑똑 문 두드리는 소리.
7) 결(闋): 노래를 마친다는 뜻이다.
8) 삼봉(三峯): 북한산을 가리킨다. 백운(白雲)·국망(國望)·인수(仁壽) 세 봉우리.
9) 양주(楊州): 고려의 12목(牧) 가운데 하나. 983년(성종 2)에 전국을 12목으로 나누고 목사(牧使)를 두었으며, 1067년(문종 21)에는 양주를 남경이라 하고 유수관(留守官)을 두었다.
10) 남강(南江): 한강.
11) 북령(北嶺): 북한산 봉우리.
12) 어미적(魚尾赤): 물 밖에 나온 고기가 파닥거려 꼬리가 붉어지듯 백성들이 살기 힘들어 괴로워함을 비유한 것이다.
13) 소조(蕭條): 쓸쓸한 모양.

君歸摩撫已恫瘝¹⁴⁾　　要令一境先再活

年來世事不堪聞　　我亦南遊意已決

待得半篙春水生　　扁舟一扣漢江枻

—『동문선』제7권(『가정집稼亭集』제14권)

---

14) 통환(恫瘝): 병들어 아프다는 뜻.

한양부漢陽府에 임직하러 가는 친구와 헤어지면서 지어준 송별시. 한
양부는 이전에 양주楊州로 불리다 충렬왕忠烈王 때 한양부로 개편되었다.
현재의 서울 일부와 양주, 남양주 일대를 관할했다. 정참군은 미상의 인물
이며, 참군은 지방장관의 막료로 참모 역할을 하는 정7품의 관명이다.

총 24구로 구성된 이 시는 네 단락으로 나뉘며 기승전결의 구성을 갖
추었다.

1단락(1~4구)은 '유인幽人'이라 자칭한 시인이 번민 속에 가을날을 보
내는 모습을 묘사하며 도입부를 삼았다. 3구에서 누런 닭이 울어 날이
밝았음을 알리면 춤추는 것을 그만두고 옷을 입은 채 푹 쓰러져 잔다는
표현은 밤새 억지로 춤을 춰야 할 만큼 시름을 억제할 수 없다는 것을
비유적으로 말한 것이다. 그러나 작자의 고뇌가 무엇으로부터 연유한
것인지는 밝혀져 있지 않다.

2단락(5~12구)은 임지로 부임하는 정참군의 방문을 받고 교외에서
전별하게 된 사정을 서술했다. "인생 백 년에 즐거운 때는 적기만 하고,
태반이 정에 얽매인 이별의 시름이로다人生百歲少懽樂, 大半離愁緣愛結"라고 한
구절은 괴롭게 보내는 나날에 친한 사람과의 이별까지 더하여 극히 마
음이 심란하다는 것을 표현한 것이다.

3단락(13~20구)에는 이 시의 주지主旨를 담았다. 먼저 정참군의 부임
지(양주를 가리킴)의 산수를 묘사하여 "남쪽 강 비바람에 고깃배의 불빛
흔들리고, 북쪽 고개의 안개 노을 속에 절집이 선명하리나南江風雨亂漁火,
北嶺煙霞明佛刹"라고 했다. 한강과 북한산의 풍경을 노래한 이 구절은 아름
다워 감상할 만하다. 그러나 시는 곧바로 수려한 산수경관에 비해 백성
들의 생계는 막연함을 언급하여, "한스럽기는 주민들 살아가기 피곤하
나니, 촌락은 쓸쓸하고 생계 꾸리기 힘이 듦이라所恨居民魚尾赤, 籬落蕭條生事
拙"라고 했다. 이어 시는 정참군이 선정善政에 이바지하길 권면하며, "그
대 가거들랑 어루만져 아픔을 그치게 하여, 한 지경을 먼저 다시 살아

나게 해줘야 하리君歸摩撫已恫癏, 要令一境先再活"라고 했다.

4단락(21~24구)은 시사에 대한 불만을 토로하며 자신도 내년 봄에는 개경을 떠나 남쪽으로 갈 생각임을 밝히고 있다.

이 시는 이곡이 32세인 1329년(충숙왕 16) 무렵이나 그 전에 지은 것으로 추정된다. 둘째 구에서 '유인'이라 자칭한 것으로 미루어, 당시 시인은 관직에서 물러나 있던 것으로 추정된다. 그 동기는 분명치 않으나 미관말직에 시국 또한 불만스러워 우선 사퇴한 뒤 장차 낙향할 작정이었던 것 같다. 그래서인지 시의 전편에는 시인이 마땅치 않은 현실로 인해 실의에 빠져 고뇌하는 모습이 관류하는데, 그런 가운데서도 백성의 딱하고 어려운 실태를 염려하는 애민주의 정신이 돋보인다.

본래 송별시는 사교의 산물로서 의례성이 강한 만큼 석별의 정을 표현하는 데 중점을 두기 마련이다. 그런데 이곡을 비롯한 여말의 신흥사대부는 지방관으로 부임하는 이들에게 적극 송별시를 지어주면서 이별의 정을 나누는 데 머물지 않고 정치 현실과 민생 실태에 대한 문제의식을 담아낸 사례가 많다. 개혁 지향적인 신흥사대부 서로 간의 유대 관계를 돈독히 하고 동료들과 정치의식을 공유하려는 의도에서 비롯된 것이다. 그렇기에 민생 회복을 최우선 과제로 삼아야 한다는 관인으로서의 책무의식이 송별시에 강하게 반영되어 있다.

사암 유숙을 보내며 送柳思庵

이인복 李仁復

인간세상은 기름불로 서로 끓여대는데
공 같은 명철한 분은 역사에 전할 만하다.
위태로운 시국에 사직을 안정시키더니
다시 평안해지자 신선처럼 되시는구려.
꿈 깬 오호五湖에는 안개 물결 푸른데
가을 깊은 삼경三徑에는 들국화 아름답네.
나는 벼슬 버리고 못 가 부끄럽나니
요사이 두 귀밑머리에 눈발이 나부끼네.

人間膏火自相煎　　明哲如公史可傳
已向危時安社稷1)　更從平地作神仙
五湖2)夢斷煙波綠　　三徑3)秋深野菊鮮
媿我未能投紱4)去　邇來雙鬢雪飄然

—『동문선』제15권

---

1) 사직(社稷): 토지의 신과 곡신의 신. 종묘(宗廟)와 함께 국가의 대칭(代稱)으로 쓰인다.
2) 오호(五湖): 시대마다 일정치 않으나 옛날 오(吳)와 월(越)이 있던 중국 남부 지역의 호수를 가리킨다. 태호(太湖)만을 가리키거나 태호 부근의 호수까지 포함해 지칭하기도 한다.
3) 삼경(三徑): 세 갈래의 오솔길. 은자가 사는 집의 정원을 가리킨다.
4) 투발(投紱): 관인(官印)을 차기 위해 묶어놓은 인끈을 풀어 던지다. 벼슬에서 물러남을 비유한 것이다.

벼슬을 그만두고 낙향하는 유숙柳淑을 기리며 지어준 시. 유숙은 공민왕恭愍王의 충직한 신하였으나 신돈辛旽의 무고로 죽임을 당했다. 사암은 그의 호다.

1연은 유숙이 시비와 분쟁이 끊이지 않는 혼탁한 사회에서 지혜롭고 현명하게 일생을 보냈다는 점을 칭송했다. 1구는 서로 못 잡아먹어 안달하며 만인 대 만인萬人對萬人의 투쟁을 전개하는 사회상을 형상적으로 묘사했으며, 2구는 유숙의 행적이 역사에 기록될 만하다는 것으로써 그의 특출한 처신과 업적을 기렸다.

2연에서는 그의 명철함을 사실에 근거해 밝혔다. 첫째는 위기로부터 국가를 안정시키는 공훈을 세웠다는 점이다. 유숙은 공민왕이 즉위 전 북경에 있을 때 4년을 모셨으며, 후에는 친원파 기철奇轍 일당을 제거했고, 홍건적의 침입 때에는 공민왕의 몽진蒙塵을 권하고 호종扈從했으며, 친원파가 왕을 시해하려 한 홍왕사興王寺의 변이 발생했을 때도 공을 세웠다. 둘째는 많은 공훈을 세운 뒤 벼슬에 집착하지 않고 물러날 줄 아는 지혜를 실천했다는 것이다.

3연은 유숙이 은퇴한 뒤 전개될 생활상을 고사를 빌려 노래했다. '오호五湖'는 춘추시대 월越의 명재상 범려范蠡가 임금 구천句踐을 보좌해 오吳를 멸망시킨 뒤 벼슬을 버리고 은거한 곳이다. '삼경三徑'은 전한 말엽의 장후蔣詡와 관련된 고사다. 그는 왕망王莽이 국권을 찬탈하자 사직하고 향리에 돌아와 은거하며 교유를 끊었으나 구중求仲과 양중羊仲 두 사람이 찾아오면 집으로 난 세 갈래 길로 인도해 만나 교유했다고 한다. 이 고사는 국화를 애호했던 동진東晉의 도연명陶淵明과도 관련이 있어 '야국野菊'까지 언급했다.

마지막 4연은 늙어가면서도 벼슬을 버리고 은거하지 못하는 작자 자신의 처지를 노래하며 유숙에 대한 선망을 노래했다. 작자는 유숙보다 16년 연장자였다.

전별연에서 지어졌을 이 송시送詩는 당시에 걸작으로 평가되었지만 한편으로는 기구한 사연을 남기고 있다. 유숙을 질시한 신돈이 그를 제 거하기 위한 참언의 근거를 이 시에서 얻었기 때문이다. 서거정徐居正의 『동인시화東人詩話』는 '명철明哲'이란 말이 임금이 듣기에 거북한 표현인데 다 '오호'가 결정적으로 공민왕의 화를 돋워 유숙이 죽음에 이르렀다는 의견을 소개하고 있다. 실상 범려가 물러난 이유는 월왕 구천이 덕이 없 는데다 토사구팽의 우려가 있었기 때문이다. 그러므로 이 시는 의도와 달 리 공민왕을 폄하한 셈이 되어 모함의 빌미를 제공했다.

한편 유숙이 전별연에서 지은 시구도 전해오는데, 다음과 같다. "충성 이 쇠하고 성의가 없어진 게 아니라, 성대한 명성 아래 오래 있기 어렵 기 때문이네不是忠衰誠意薄, 大名之下難久居." 뒤 구절은 공성신퇴功成身退의 뜻을 담고 있지만, 이는 본래 『사기史記』 「월왕구천세가越王句踐世家」의 "범려는 성대한 명성 아래 오래 있기 어렵다고 생각했다范蠡以爲大名之下難以久居"는 구절을 원용한 것이다. 그런 점에서 보자면 유숙의 시 역시 신돈의 간교 한 꾀에 악용될 소지가 충분했다.

황산강의 노래黃山歌

정포鄭誧

지나는 비 주룩주룩 강가 나무 적시더니
얇은 구름 서서히 퍼지며 날이 개네.
황산강 깊어 건너갈 수 없거늘
백리를 돌아보니 구름만 아득아득.
강변의 여인 무척이나 아리따운데
건너가려 물가에서 두리번거리네.
우는 비둘기 새끼 먹이는 제비에 봄날은 저무는데
지는 꽃잎 날리는 버들개지에 봄바람은 향기롭다.
소리쳐 부르는 사공은 어디에서 왔는가?
돛 올리고는 어산장魚山莊으로 내려가노라.
물어보니 나와 가는 길이 같다 하길래
드디어 함께 배 한가운데 앉게 되었네.
미인에게 남편 있는 줄 알게 됐는데
웃으며 하는 말은 어찌 그리 경솔하더냐.
하찮게 여겨져 황금 선물할 생각 없으니
강 언덕 쌍원앙에게나 눈길 보내네.
그대는 배 대어라, 내 어찌 지체하랴.
내 친구 바로 띠풀 우거진 언덕에서 기다린다네.

過雨霏霏[1]濕江樹　　薄雲洩洩[2]凝晴光[3]

黃山江深不可渡　　回望百里雲茫茫[4]

江頭兒女美無度[5]　　臨流欲濟行彷徨[6]

鳴鳩乳燕[7]春日暮　　落花飛絮[8]春風香

招招舟子[9]來何所　　掛帆却下魚山莊[10]

問之[11]與我同去路　　遂與共坐船中央

也知羅敷[12]自有夫　　怪底[13]笑語何輕狂

藐然[14]不願黃金贈[15]　　目送江岸雙鴛鴦

君乎[16]艤舟我豈留　　我友政待黃茅岡[17]

—『동문선』제7권(『설곡집雪谷集』하권)

---

1) 비비(霏霏): 많은 비가 주룩주룩 내리는 모양.
2) 설설(洩洩): 천천히 퍼지는 모양.
3) 응청광(凝晴光): 비가 그치고 날이 개 햇빛이 밝아짐을 의미한다.
4) 망망(茫茫): 아득한 모양.
5) 미무도(美無度): 비교할 수 없을 정도로 아름답다는 뜻.
6) 방황(彷徨): 배회와 같은 뜻. 어쩌지 못해 오락가락하는 모습을 형용한 것이다.
7) 유연(乳燕): 새끼를 먹여 기르는 제비를 가리킨다.
8) 비서(飛絮): 버드나무의 꽃이 바람에 날리는 것을 가리킨다.
9) 초초주자(招招舟子): '초초'는 소리쳐 부르는 모습, '주자'는 사공을 가리킨다. 『시경詩經』「패풍邶風·포유고엽匏有苦葉」에 "소리쳐 부르는 뱃사공아, 남들은 건너도 나는 아니 그렇네(招招舟子, 人涉卬否)"라는 구절이 있다.
10) 어산장(魚山莊): 동네 이름인 것 같으나 확실하지 않다.
11) 문지(問之): '之'는 지시대명사로 앞의 '江頭兒女'를 가리킨다.
12) 나부(羅敷): 미녀를 가리킨다. 본래 중국의 악부시「맥상상陌上桑」과 「공작동남비孔雀東南飛」에 나오는 여인의 이름이다.
13) 괴저(怪底): 놀랍고 괴이하다는 뜻.
14) 묘연(藐然): 경시하는 모양.
15) 황금증(黃金贈): 여인의 환심을 사기 위해 선물한다는 뜻.
16) 군호(君乎): '君'은 뱃사공을 가리키며, '乎'는 호격조사에 해당한다.
17) 황모강(黃茅岡): 누런 띠풀이 자라는 산등성이를 가리킨다.

어느 봄날 황산강黃山江에서의 에피소드를 다룬 시. 황산강은 경남 양산 서쪽을 흐르는 강으로, 낙동강 하류에 해당한다. 이 시는 경쾌하고 생동감 넘치는 봄의 풍광 속을 달리는 나룻배에 올라탄 서정적 자아의 야릇하고 미묘한 춘정春情을 발랄한 어조로 그려내 이곡李穀에게 그 호기가 '청광淸狂'하다는 평을 받은 바 있다.

이 시의 구법은 상당히 공교롭게 짜여 있다. 우선 시의 처음부터 4구까지는 뱃길 주변의 풍광을 묘사하다가 5, 6구에서 빼어난 미모의 여인이 출현했음을 알린다. 그러나 7, 8구에서 서정적 자아는 짐짓 미인에게 무관심한 양 시선을 살며시 새와 꽃으로 옮겨 생기발랄한 봄날의 풍경을 바라보고 있다. 여기서의 풍경 묘사는 은근한 정을 표현한 것으로, 서정적 자아가 몰래 춘심春心을 느끼고 있음을 간파할 수 있다. 그녀와의 동행을 내심 기대한 것이다.

그런데 미녀에게 먼저 말을 걸며 함께 앉아 가던 서정적 자아는 돌연 심경의 변화를 보인다. 13, 14구에서 느닷없이 그녀의 경박한 언행을 문제시하는 것이다. 미모의 그녀가 유부녀라는 사실을 알고 나자 거리감을 느낀 까닭이다. 13구는 한대의 악부「맥상상陌上桑」의 "사군에게는 아내가 있고, 나부에게는 남편이 있다使君自有婦, 羅敷自有夫"는 구절 중에서 뒷부분을 차용한 것이다. 그런데 「맥상상」에서는 나부에게 반한 사군이 유혹하려 접근하지만 「황산가」의 경우 외려 나부가 스스럼없이 웃으며 작자에게 접근하는 형국이다. 전거典據를 아는 독자라면 한번 웃을 만한 대목이다.

또한 재미난 것은 15, 16구에서 엿보이는 심리 상태. 황금을 선사할 생각이 없다는 것은 미녀의 환심을 살 마음이 없다는 뜻이다. 그러나 우리는 여전히 서정적 자아의 마음 한구석에 남은 미련을 간파할 수 있다. 그의 시선이 남녀 간의 애정을 상징하는 원앙을 향하고 있기 때문이다. 그런데 심리적 동요는 또다시 반전되어 서정적 자아는 잠시의 방황을 마감하려는 듯 앞길을 재촉하는 것으로 시가 마무리된다.

　전체적으로 이 시는 시상의 전개가 자연스럽고 유려한 느낌을 준다. 그러나 짜임새가 치밀하고 정감의 함축적 발로를 위한 풍부한 비유와 상징이 숨어 있다. 환경의 묘사와 심리의 변전을 고도의 언어적 기교를 통해 엮어놓음으로써 시적 효과를 극대화한 것이다.

　한편, 봄날의 여행 도중 살며시 찾아온 바람기를 다소의 해학을 섞어 노래한 이 시는 보기 드물게 낭만적인 색채를 띤다. 비록 살며시 도덕의 외피를 씌우긴 했으되, '남녀칠세부동석'의 완고한 윤리 관념이 지배했던 조선시대에는 이런 부류의 한시를 찾아보기 어렵다는 점에서 이색적이다. 봉건 예교의 구속력이 상대적으로 약했던 여말의 시대 기풍에서나 나올 수 있는 작품이다.

9월 15일, 목은 선생을 맞이해 누대에 올라 달을 완상하며
九月十五日, 邀牧隱先生, 登樓翫月

한수韓脩

긴 하늘에 구름 걷히고 이슬 내리는 가을
소리 없이 은하수는 사람 가까이 흘러가네.
맑은 경치 구경하기에 탁주로도 족하며
노란 국화는 어찌 흰머리에 꽂히길 부끄러워하리.
땅 위로 금빛 물결 솟아 손님 자리 맑게 하고
하늘은 옥거울 닦아 내 다락에 걸어주었다.
공께서는 밤새도록 머물기 꺼리지 마오
옛 현인도 촛불 잡고 논 것을 아니 보았소.

雲捲長空露洗秋　　無聲河漢近人流
濁醪亦足償淸景　　黃菊寧羞1)上白頭
地湧金波2)澄客位　　天修玉鏡3)掛吾樓
請公莫厭留連4)夜　　不見前賢秉燭5)遊

　　　　　　　　　　　　　—『동문선』제16권(『유항시집柳巷詩集』)

1) 영수(寧羞): '어찌 ~하겠는가?' 반어적으로 의문을 표한 것이다.
2) 금파(金波): 금빛 물결. 환한 달빛을 비유한 것이며, 달의 별칭이기도 하다.
3) 옥경(玉鏡): 옥으로 만든 거울. 밝은 달을 비유한 것이며, 달의 별칭이기도 하다.
4) 유연(留連): 한 곳에 머물며 시간을 지체함.
5) 병촉(秉燭): 촛불을 가지고 밝히다.

한수는 원재圓齋 정추鄭樞와 더불어 목은牧隱 이색李穡과 친밀하게 벗한 문인이다. 두 사람은 다섯 살 연상인 이색을 추종하며 교유했고, 그 과정에서 서로 창화한 시가 다수 전한다. 이 시는 휘황한 보름달을 완상하면서 목은의 시에 차운해 지은 것이다.

시의 1연은 서늘하면서도 맑고 깨끗한 가을 밤하늘을 묘사했다. '이슬이 가을을 씻는다'거나 은하수가 '사람 가까이 흐른다'는 표현은 미감이 참신해 작자의 섬세한 감성을 엿볼 만하다. 2연은 그렇듯 청량한 분위기 속에 마련된 술자리의 흥취를 노래했다. 청정한 밤의 느낌이 좋아 걸쭉한 막걸리도 맛이 좋고, 주흥에 도취되어 국화를 따 허연 머리에 꽂아보기도 한다. 막걸리와 국화는 모두 동진東晉의 은사隱士 도연명陶淵明과 관련 있는 시어이기 때문에 술자리의 탈속적인 분위기를 간접적으로 드러낸 것이기도 하다.

3연은 '완월翫月'이란 시제에 부합되게 달을 본격적으로 노래했다. 땅 위로 번지는 달빛인 '금파金波'와 하늘에 밝게 떠 있는 달인 '옥경玉鏡'이라는 시어는 달의 아름다움을 낭만적으로 시각화했다. 또한 이 연은 누대에 자리한 주객의 모습까지 상상할 수 있도록 그려내 정취를 더한다. 4연은 손님과 오래도록 즐거움을 나누고픈 소원을 드러냈다. 마지막 구에서는 촛불을 밝히고 놀던 옛사람을 언급하며 목은이 떠나는 것을 만류했는데, 그 심정에는 자리를 파해야 하는 아쉬움이 자리한다.

이 시는 보름달 훤한 달밤의 인상을 감각적으로 묘사했다. 특히 갖가지 자연현상을 동태적으로 묘사한 것이 돋보이는데, 동작을 나타내는 서술어를 사용해 정중동靜中動이 있는 달밤의 유동적인 분위기를 효과적으로 살렸다. 또한 서경에만 치중하지 않고 주객 간의 도타운 정을 담는 데에도 주력했다. 국화를 머리에 꽂는 행위나 손님을 만류하는 언사를 통해 마음을 드러내며 풍부한 정운미情韻美를 담고 있다. 자연을 완상하면서 정분을 나누는 모습이 아우러져 한결 정치情致를 더하는 것이다.

한편 구성에서, 이 시는 자연과 인간을 한 연씩 교차시키는 방식을 택하여 단조로움을 피하고 변화감을 주었다. 1연은 이슬 내리고 은하수 흐르는 가을밤, 2연은 일흥逸興이 넘치는 오붓한 술자리의 정경, 3연은 지상을 훤히 비춰주는 밝은 달빛, 4연은 밤이 깊어가는 것을 아쉬워하는 사람을 중심에 놓고 서술했다. 이런 단속적斷續的인 구성은 작자의 섬세한 의장意匠에서 비롯된 것인데, 번갈아가며 대상을 묘사함으로써 화면에 경쾌함과 신선한 느낌을 더하고 있다.

숙소에서 旅寓

정몽주 鄭夢周

평생 남북으로 돌아다니니
생각에 차질이 생겨나누나.
고국은 바다 서쪽에 자리했거늘
외로운 배는 하늘 한끝에 있네.
매화 핀 창가에 봄빛은 때 이른데
판잣집에 빗발치는 소리 세차구나.
홀로 앉아 긴 하루를 보내노라니
집 생각의 괴로움 어이 견디랴?

平生南與北　　心事轉蹉跌[1]
故國海西岸　　孤舟[2]天一涯
梅愡春色早　　板屋[3]雨聲多
獨坐消長日　　那堪[4]苦憶家

—『동문선』제10권(『포은집圃隱集』제1권)

---

1) 차질(蹉跌): 실족해 넘어지다. '어긋나다'라는 뜻.
2) 고주(孤舟): 쓸쓸해 보이는 배. 작자가 타고 온 배를 가리킨다.
3) 판옥(板屋): 널판으로 외부를 덮어 지은 집.
4) 나감(那堪): '어떻게 감당하겠는가'라는 뜻. '那'는 의문사.

1377년, 작자가 왜구의 단속 및 포로 송환 교섭을 위해 일본에 보빙사報聘使로 파견되었을 때 지은 시. 『포은집』에는 「홍무정사 봉사일본작십일수洪武丁巳奉使日本作十一首」에 속해 있다.

1연은 자신의 벼슬살이를 회상하여, 사명을 받고 국내외 각지를 분주하게 돌아다닌 것을 언급했다. "생각에 차질이 생겨나누나心事轉蹉跎"는 마음속 기대와 실제 사정에 괴리가 있음을 말한 것으로, 장기간 가족과 헤어짐이 유감스러워 벼슬길에 대한 일말의 권태를 느끼고 있음을 함축적으로 표현한 것이다. 정몽주는 종사관從事官으로 동북면의 여진족 토벌에 종군한 경력이 있고, 1372년에는 서장관書狀官으로 명나라에 다녀오다 배가 난파되어 극적으로 구조되었으며, 친원파 집권세력의 탄압으로 한동안 유배되었다가 해배 직후 일본에 파견되었다.

이어 2연에서는 현재의 위치를 밝혀 섬나라에 머물고 있는 정황을 묘사했다. 당시 작자는 규슈九州 지방의 패가대覇家臺, 현재 일본의 후쿠오카현 하카타博多를 방문해 지방장관과 침구侵寇 행위의 단속을 협상했다. 위험한 뱃길로 고국을 떠나와 이역에 머물고 있기에 격절감과 함께 고단한 심정이 느껴진다.

3연은 숙소에서 맞는 봄날의 분위기를 청신하게 그리며 시제詩題에 부응했다. 일본 열도의 남방에 속하는 규슈는 기후가 온난한 편이다. 그러므로 창밖에는 때 이른 매화가 피어나 봄빛이 완연하고, 봄비는 판잣집 지붕에 부딪히며 소리를 과장하고 있다. 해외의 색다른 기후와 풍물을 실감적으로 전달하여 참신한 느낌을 주는데다, 천연스러운 언어 조직 속에 묘한 정취를 담아내 경책警策이라 일컬을 만하다. 그런데 이러한 풍경 묘사 속에는 고국을 그리는 정이 숨겨져 있다. 타향의 봄빛을 그린 이면에는 고향의 봄을 노래하고픈 마음이 복선으로 깔려 있고, 판옥을 때리는 요란한 빗소리는 시인의 심정을 격동하여 향수를 자극하는 음향으로 작용하는 것이다.

4연은 수미상관首尾相關을 이루어, 첫머리에 암시된 착잡한 감회를 되받아 시의 주지를 드러냈다. "집 생각의 괴로움 어이 견디랴?邪堪苦憶家"는 객창감客窓感으로 촉발된 향수를 주체하기 어려움을 반어적으로 밝힌 것으로 '독獨'은 외떨어져 있는 몸을, '고苦'는 그로 인한 고달픈 심정을 의미한다. 이방에서 고독감에 사로잡혀 가족이 그립고 가정의 평안함이 절실히 요구되어 조속히 임무를 마치고 귀환하고 싶어하는 뜻이 간절하다.

정몽주의 규슈 사행 당시 일본은 분열과 혼돈의 남북조시대에 처해 정상적인 외교 관계의 수립이 곤란했다. 상호 신뢰가 훼손되어 신변 안전도 보장할 수 없었다. 앞서 3년 전에 파견된 나흥유羅興儒는 장기간 억류되었다가 겨우 생환했다. 이렇듯 위험 부담이 큰 걸음이었지만, 작자는 국내외로 분주한 신세를 아쉬워하며 애틋하게 향수의 정을 노래했을 뿐 조금도 불안감을 드러내지 않았다. 그런 점에서 이 시는 담대한 정신을 지닌 정치인의 면모와 감수성 풍부한 시인의 모습을 동시에 확인시켜준다. 호방하면서도 섬세한 정몽주의 개성을 잘 보여주는 사례인 것이다.

제 5 부 ◉

세상사를 풍자하며 바라보다

|

요순의 시대는 나와 거리가 멀고
공자의 도는 세상에 머무를 방도 없구나

어옹漁翁

김극기金克己

하느님은 여전히 어옹을 봐주지 않아
짐짓 강호에 순풍이 적게 하였네.
세상 험하다 그대 웃지를 마오.
자신이 외려 급류에 처해 있으니.

天翁[1]尙未賈漁翁　　故遺[2]江湖少順風
人世嶮巇[3]君莫笑　　自家[4]還在急流中

—『동문선』제19권

---

1) 천옹(天翁): 하늘을 의인화한 것으로, 조물주를 뜻한다.
2) 고견(故遺): 짐짓 ~하도록 하다. 견(遺)은 사역형의 문장을 만들어 '~에게 ~하게끔 시키
   다'라는 뜻이다.
3) 험희(嶮巇): 험하다, 위태롭다.
4) 자가(自家): 자기 자신을 가리킨다.

자연의 한가로운 정취를 그리기에 적합한 소재인 어부는 한시에서 자주 출현하는 인물 형상 중 하나다. 그런데 이 시는 일반성을 벗어난 특이점이 있다.

시의 전반부는 강호에 순풍이 적다는 것을 지적했는데, 그 이유를 하느님인 '천옹天翁'의 농간 탓으로 설정해 야릇한 재미를 준다. '여전히'의 뜻이 담긴 '상尚' 자를 쓴 것은 예나 지금이나 기후 현상이 본래 변덕스럽다는 인식을 보여준다. 천옹은 어옹에게 자연조건에 적응하도록 강제하고 시험하는 얄궂고 심술스런 존재인 것이다.

시의 후반부는 늙은 어부를 타이르며 경고하는 말로 채워졌다. 한적한 강호에 사는 어옹은 서로 지지고 볶는 삶의 현장인 '인세人世'를 위험하게 여긴다. 이에 세상 사람들의 우매함을 비웃고 자신의 삶을 평안하게 여기며 만족해한다. 하지만 시인은 자만하는 어옹에게 그 자신이 탄 배가 언제고 급류에 뒤집힐 수 있다며 일침을 가한다.

홍만종洪萬宗은 『소화시평小華詩評』에서 이 시를 '반안법反案法'을 적용한 사례로 소개했다. 반안은 번안翻案과 같은 의미인데, 일종의 창의적인 '뒤집기'에 해당한다. 인습적으로 고착화된 시상을 반전시켜 참신한 효과를 내는 작시법이다.

어부가 등장하지만 이 시의 주제는 세상살이의 어려움을 길 가는 곤란에 비유한 「행로난行路難」과 유사하다. 노련한 늙은 어부도 희생자로 만드는 '강호江湖' 역시 '인세'와 다를 바 없이 위험을 안고 있는 탓이다. 시의 주인공인 어옹은 꼭 고기잡이를 생계로 삼는 어부만 의미하는 것은 아니다. 굴원屈原의 「어부사漁父辭」가 그러하듯 사회를 등진 은자의 형상성은 그림자처럼 늘 어부를 따라다닌다. 그런 관점에서 보면 '급류急流'라는 말 속에는 비유적 의미가 들어 있어, 은거생활이 반드시 화禍를 모면케 해주는 것은 아님을 암시한다. 작자는 어부의 경우를 통해 세상 어디에도 순탄한 인생은 없다는 점을 역설적으로 증명하고 싶었던 것은 아닐까?

남쪽 제방의 버들, 최교감의 시에 차운하다 南堤柳, 崔校勘韻

최자 崔滋

남쪽 제방에 한 그루 버들
청초하니 그 모습 빼어나구나.
빈 배엔 독사가 숨어 있으며
가는 허리엔 꾀꼬리 놀고 있구나.
추운 겨울이면 굳센 절개 없으며
따뜻한 봄날에나 긴 가지 드리우네.
다만 묻노니 그 재목 어디에 쓸까?
백 척 교목일지라도 말할 것 없네.

南堤一株柳　　濯濯[1]秀風標
毒虺藏空腹[2]　嬌鸎弄細腰[3]
歲寒無勁節　　春暖有長條
但問材何用　　休論[4]百尺喬[5]

—『동문선』제9권

---

1) 탁탁(濯濯): 맑고 깨끗한 모양.
2) 공복(空腹): 버드나무 줄기의 비어 있는 부분을 가리킨다.
3) 세요(細腰): 버드나무 줄기의 중간 부위를 가리킨다.
4) 휴론(休論): 논할 필요가 없다. '休'는 '～하지 말라'의 뜻이다.
5) 백척교(百尺喬): 백 자나 되는 커다란 나무. 버드나무를 빗대 말한 것이다.

겉보기에만 아름다운 버드나무에 우의寓意를 붙여 절개 없는 부류를 풍자한 영물시詠物詩. 최교감은 미상의 인물이다. 교감은 관직명으로, 청연각淸讌閣, 보문각寶文閣과 비서성祕書省, 전교시典校寺에 두었던 9품 벼슬이다. 주로 도서를 수집, 교감하고, 경사經史를 연구했다.

1연은 물가 둑에 자라는 수려한 버드나무를 소개하며 시작했다. 사람으로 치자면 준수한 풍채의 소유자인 그는 내면 역시 그에 상응하는 덕성을 지녔으리라 기대되는 인물이다. 그러나 그 허위적인 이미지는 곧바로 여지없이 격파되고 만다. 뒤이어 2, 3연은 앞의 내용을 극단적으로 반전시켰으니, 본질에 접근하여 이면에 숨겨진 부정적 성격을 선명하게 드러냈다.

우선 2연에서는 두 동물을 통해 버드나무의 심성을 은유적으로 폭로했다. 버드나무 몸통에 독사가 숨었다는 것은 그 마음이 음흉하고 표독스러움을 의미하며, 잘 우는 꾀꼬리가 나뭇가지에서 논다는 것은 교언영색巧言令色에 뛰어나 가식적이며 진실하지 않다는 것을 의미한다. 만약 꾀꼬리가 첩이나 기녀를 비유한 경우라면 음탕함을 꼬집은 것이다. 독사와 꾀꼬리를 버드나무와 친한 부류로 해석할지라도 결국 유유상종이어서 버드나무의 본성을 지적한 것과 진배없다.

3연은 도덕적 견지에서 버드나무의 본질적 속성을 평가했다. 『논어論語』「자한子罕」에는 "날이 추워진 뒤에야 소나무 잣나무가 뒤늦게 시듦을 알게 된다歲寒然後, 知松柏之後凋也"는 구절이 있다. 여기에서 전고를 취해 상록 침엽수와 달리 날이 추워지면 조락하는 버들을 절개 없는 존재로 폄하했다. 소나무와 잣나무가 시련과 고통을 견디며 충직하게 절조를 지키는 인물이라면, 버드나무는 지조 없이 시류에 편승하며 변절을 일삼는 자의 형상이다. 그렇기에 4연에서는 버드나무와 같은 인물은 비록 거대하더라도 결코 국가사회의 기둥이 될 수 없음을 힘주어 말하며 마무리했다.

버드나무는 그 외형적 특색으로 인해 종종 미녀를 비유하기도 한다. 흐드러진 가지가 바람결에 한들거리는 모습이 날씬한 자태를 연상시키는 탓이다. 그런데 이 시는 사물의 속성을 창의적으로 재해석하여 기존의 통속적인 관점을 벗어났다. 작자는 버드나무를 통해 표리부동한 인물 전형을 창조해내 외양보다는 품덕과 자질이 중요하다는 주지를 펼치며 인재 등용에 관한 문제를 사유했다. 시는 또한 독사와 꾀꼬리를 등장시켜 버드나무의 사특한 본색을 잘 부각했다. 상징성 풍부한 보조 제재를 가져다 생동적인 비유를 전개함으로써 추상적 개념인 '악덕'을 효과적으로 구체화했다.

이 시의 언어 표현은 수사가 간결하고 명료하지만 치밀하고, 어세에 직선적인 힘과 단호함이 있어 시원스럽고 통쾌한 느낌을 준다. 또한 허위와 가식으로 위장된 자의 본색을 밝혀내는 사리 분변이 명쾌하여 강한 논리적인 설득력을 지닌다.

매가 달아나다 鷂逸

곽예 郭預

여름엔 시원히 겨울엔 따뜻이 잘 먹여 길러줬거늘
무슨 일로 구름 뚫고 떠나가 돌아오질 않는가?
제비는 한 톨 먹이조차 준 적 없어도
해마다 곁에 돌아와 들보로 날아든다네.

夏涼冬煖飼鮮肥[1]   底事[2]穿雲去不歸
海燕不曾資一粒   年年還傍畫梁[3]飛

—『동문선』제20권

---

1) 선비(鮮肥): 생선과 고기. 맛 좋은 먹이를 가리킨다.
2) 저사(底事): 저(底)는 의문대명사로 '어찌' '어떻게'라는 뜻이다.
3) 화량(畫梁): 단청으로 아름답게 장식한 대들보.

요鷂는 맹금류의 일종인 새매를 가리킨다. 『역옹패설櫟翁稗說』에 의하면, 이 시는 수강궁壽康宮에서 기르던 새매가 달아난 사건을 두고 지은 것이다.

시의 전반부는 사냥을 위해 갖은 정성을 쏟아 기르던 새매가 홀연 도망간 사실을 노래했다. '천운穿雲'이란 시어가 허망하게 하늘 높이 사라진 매의 자취를 잘 표현했다. 이어 후반부는 돌봐주는 이 없어도 해마다 봄이면 옛집을 찾아오는 제비를 등장시켜 배은망덕한 새매와 대조했다. 3구에서 제비에게는 '한 톨一粒'의 곡식조차 먹이지 않았다고 했는데, 이는 1구에서 '생선과 고기鮮肥'로 새매를 기른 것과 극단적으로 대비된다. 두 새에 대한 처우가 천양지차임을 밝힘으로써 새매의 괘씸한 행태와 제비의 착한 심성이 더욱 뚜렷하게 부각되었다.

그런데 사냥중 매가 야생으로 달아나는 사고는 종종 발생하는 일인데도 새삼 작자의 주의를 끌었던 이유는 무엇일까? 여기서 새매가 수강궁 소유라는 점에 주의할 필요가 있다. 수강궁은 충렬왕忠烈王이 개경 인근 마제산馬堤山에 지은 이궁離宮이다. 왕은 그곳에 머물며 사냥을 하거나 측근들과 군신君臣의 법도마저 잃은 채 음탕하고 난잡한 유흥을 즐겼다. 그 점을 고려하면 이 시가 모종의 알레고리를 담고 있음을 짐작할 만하다. 새매는 임금의 총애를 받으며 방자한 짓을 일삼는 간신배를 비유하며, 제비는 임금의 지우知遇를 입지 못했어도 충성을 다하는 헌신적인 신하에 해당하는 것이다.

충렬왕의 총애를 받으며 왕을 그릇된 길로 이끌던 간신배를 풍자한 이 우화시에는 간신들이 언제고 임금을 배반하리라는 암시가 담겨 있다. 그런 점에서 이 시에는 간신배와 황음무치荒淫無恥한 행위를 일삼는 임금의 몽매함을 풍간諷諫하려는 의도가 숨어 있다. 「모시서毛詩序」에는 "글을 수식해 완곡하게 간하므로, 말하는 사람은 죄가 없고, 이를 듣는 자가 경계로 삼기에 족하다主文而譎諫, 言之者無罪, 聞之者足以戒"고 했다. 정면으로 권력자의 비리를 직언하는 경우 의견이 수용되기는커녕 필화^{筆禍}를 자초할 우려가 있기 때문이다. 이 시 역시 그러한 풍유^{諷諭}의 원칙을 충실히 준수했으니, 1차적으로 간신을 야유하는 한편 2차적으로는 임금이 불충한 자들을 배격하고 충신을 우대해야 한다는 뜻을 은미하게 붙였다.

　임금을 권계^{勸戒}하기 위해 날짐승에 기탁해 지은 이 우언^{寓言}의 시는 이야기가 간단하지만 언어 표현이 생동적인데다 잘 정련되어 함축미가 높다. 또한 선명한 상징을 내세워 명쾌하게 풍자하여 독자의 사고를 깨우치는 이지적인 힘을 지니고 있다.

실제 失題

안향 安珦

곳곳에 향불 등불 켜고 부처에게 기도하며
집집마다 피리 불며 귀신에게 제사 지내네.
홀로 한 칸의 공부자孔夫子 사당 있으나
온 뜰에 봄풀 우거졌고 적막하니 인적 없구나.

香燈¹⁾處處皆祈佛　　簫管²⁾家家盡祀神
獨有一間夫子廟³⁾　　滿庭春草寂無人

—『소문쇄록諛聞鎖錄』

1) 향등(香燈): 향(香)과 등명(燈明). 부처를 공양하는 데 사용된다.
2) 소관(簫管): 통소와 피리. 악기를 가리킨다.
3) 부자묘(夫子廟): 공부자(孔夫子), 즉 공자를 모신 사당인 문묘(文廟)를 가리킨다.

출전은 『소문쇄록』. 국학^{國學}에서 지은 것으로, 시의 제목은 전하지 않는다. 고려의 최고 교육기관인 국자감^{國子監}은 1275년(충렬왕 1) 국학으로 개칭되었고 1298년 충선왕^{忠宣王} 즉위 후 성균감^{成均監}으로 바뀌었다가 다시 성균관^{成均館}으로 이름을 정했다.

시의 전반부는 당시 민간의 신앙 실태를 지적했다. 1구는 향을 사르고 등불을 켜 부처를 공양하는 장면으로써 불교의 융성을 읊었다. 2구에서는 새신^{賽神}, 즉 굿을 하는 장면으로써 전통적인 무속신앙이 널리 행해지고 있는 실정을 그렸다. 전반부에서 특히 눈여겨볼 것은 '처처^{處處}'와 '가가^{家家}'다. 도처에 만연한 이단 숭배 풍조를 부각하기 위해 중복을 통해 강조 효과를 내는 첩어를 효율적으로 활용한 것이다.

후반부는 전반부와 대비하여, 국학 내의 초라한 공자 사당을 묘사, 유교의 위상 추락을 반영했다. 3구의 '일간^{一間}'은 옛날 건축물의 최소 공간 단위로서, 대략 6제곱미터(1.8평)에 해당한다. 이처럼 협소한 건물 규모는 유교 괄시 풍조의 결과인데, 마지막 구에서는 잡초 무성한 사당 마당을 그려 거듭 유교 침체의 실태를 주지시켰다.

유교의 쇠퇴를 개탄한 이 시는 한국 성리학의 시조로 일컬어지는 안향이 국자사업^{國子司業} 혹은 유학제거^{儒學提擧}로 있을 때 지은 것으로 추정된다. 시는 당대인의 생활과 의식을 지배했던 종교의 양상을 간명하지만 구체성 풍부한 형상적 언어로 보여준다. 여말에 이르러 주자 성리학이 토착화되기 이전 고려의 사상계는 다분히 유·불·도 3교 융합적인 성격을 띠었으며, 또한 민간에서는 뿌리 깊은 무속신앙이 정신 영역을 지배했다. 유교는 비록 치국^{治國}의 원리로 간주되기는 했으나 일상을 지배하는 확고한 사유 체계로 수용되지는 않았다. 그러므로 유교 합리주의에 기반한 안향은 불교와 무속신앙의 흥성으로 인해 유교가 위축된 상황을 반성하며 이 시를 지은 것이다. 그가 개탄해 마지않았던 '일간부자묘^{一間夫子廟}'가 번듯한 사당으로 거듭난 것은 그가 세상을 뜨기 두 해 전인 1304년의 일이다.

구름雲

이승휴李承休

진흙 위로 한 조각 구름 생겨나더니
동서남북 문득 이리저리 돌아다니네.
장맛비 되어 메마른 사물 되살리나 했더니
공연히 하늘의 밝은 해와 달 가리는구나.

一片¹⁾纔從²⁾泥上生　　東西南北便縱橫
謂³⁾爲霖雨蘇群槁⁴⁾　　空掩中天日月明

—『동문선』 제20권

1) 일편(一片): 땅 위에서 피어오르는 작은 조각구름을 가리킨다.
2) 재종(纔從): 재(纔)는 '겨우 ～하자마자', 종(從)은 '～로부터'라는 뜻이다.
3) 위(謂): '～라고 생각하다'라는 뜻이다.
4) 군고(群槁): 가뭄으로 메마른 초목을 가리킨다. 고(槁)는 고(枯)와 통해 쓴다.

우의寓意를 담은 풍자시. 「하운夏雲」이란 제목으로도 전한다. 본래 『동문선』에는 작자가 정가신鄭可臣으로 되어 있으나 『역옹패설櫟翁稗說』을 따라 이승휴의 작품으로 간주한다.

전반부는 구름 자체의 천연의 성격을 노래했다. 구름은 물이 변해 만들어진 것이기에 수분을 함유한 진흙과 연관시켰으며, 또한 마음대로 하늘을 떠다니는 구름의 자유자재한 특성을 지적했다. 후반부의 내용은 구름과 다른 사물의 관계를 위주로 구성했다. 3구는 구름의 존재 이유를 비로 변해 초목을 적셔주는 데서 찾는데, 4구는 그러한 필요를 저버린 채 외려 광명을 차단하는 구름의 폐해를 야유한다.

구름이란 물체는 시에서 다양한 상징성을 지닌다. 때로는 떠도는 나그네의 신세를, 때로는 정처 없는 행적에서 무심한 마음을 나타낸다. 그런데 특히 빛과 함께 언급된 경우에는 대개 권모술수로 사리사욕을 채우는 간신배를 비유한다. 4구의 '일월日月'은 임금에 해당하며, 구름은 임금의 총명을 가리는 측근을 암시한 것이다.

이승휴는 내정 개혁에 힘써 국정의 폐단을 지적해 두 차례 상소한 바 있다. 감찰어사監察御史, 우정언右正言이 되어 15개 항목에 걸쳐 시정時政의 문제를 상소했으며, 전중시사殿中侍史에 임명되어서는 10개 조목별로 극심한 비판을 담은 상소를 올렸다 파면되었다. 충렬왕忠烈王의 실정을 지적하고 측근을 성토한 내용이 있어 왕의 격분을 샀던 것이다. 충렬왕은 오잠吳潛, 김원상金元祥, 석천보石天輔, 석천경石天卿 같은 간신배에 휩싸여 방탕한 생활을 했고, 이승휴는 강직하게 비판을 하다 파직된 것이다. 이 시에서 제시된 정황은 그런 정치적 상황과 무관해 보이지 않는다.

빗속의 연雨荷

최해崔瀣

후추 팔백 가마를 쌓아놓더니
천년토록 그 어리석음 비웃는구나.
어떠하리? 한 말斗들이 푸른 옥으로
하루종일 밝은 구슬 헤아린다면.

貯椒[1]八百斛　　千載笑其愚
何如綠玉斗[2]　　竟日量明珠[3]

—『동문선』제19권

---

1) 저초(貯椒): 당(唐) 대종(代宗) 때 재상을 지낸 원재(元載)가 권세를 부리며 부정 축재를 일
　삼다 죽임을 당한 뒤 가산을 몰수하니 후추(胡椒)가 800가마니나 되었고 그 밖에 다른 재물
　이 산더미처럼 쌓였다고 한다.
2) 녹옥두(綠玉斗): 한 말을 담을 수 있는 녹색의 옥으로 만든 기물. 초록색 연잎을 비유한 것
　이다.
3) 명주(明珠): 연잎에 맺힌 물방울을 구슬에 비유한 것이다.

물질적 탐욕에 사로잡힌 이들을 깨우치는 우언寓言을 담은 시. 참신하고 재치 있는 착상이 돋보이는 작품이다.

작자는 초록의 연잎 위를 또르르 구르는 빗방울을 바라보다 시상이 떠올라 이 시를 지었다. 그러나 전반부에는 일언반구 연蓮이나 비와 관련된 내용이 없다. 후추 800가마니와 관련된 이야기는 당나라 때 원재元載라는 사람의 고사다. 그는 재상의 지위까지 올랐지만 지독한 수전노여서 부정 축재를 일삼다 처형되었다. 그런데 재산을 몰수하는 과정에서 800가마니의 후추가 곳간에서 발견되었으니, 고가의 향신료를 치부의 수단으로 삼아 산더미같이 쌓아놓았던 것이다. 이렇듯 전반부는 인간의 탐욕에 관한 일화를 다루었을 뿐인데, 시제와 연관이 없는 이 고사를 작자가 어떻게 변주하여 시를 완결하는지가 감상의 관건이다.

그러나 시인은 후반부에서도 연이나 비를 드러내놓고 말하지 않았다. 그 대신 공교한 솜씨로 비유의 연금술을 펼치고 있다. 비가 내리면 연잎 위에 빗방울이 모였다 나중에는 저절로 한쪽으로 쏠리며 주르륵 흘러내린다. 이렇듯 반복적으로 빗물이 채워졌다 비는 현상을 '녹옥두綠玉斗'에 '명주明珠'를 채웠다 붓는 행위에 비유했다. 옥색의 한 말들이 용기는 연잎을, 밝게 빛나는 구슬은 빗방울을 가리키는 것이다. 평범한 사물을 남달리 바라보는 시인의 비범한 안목이 감탄할 만하다.

이 작품은 시의 제목에 유의하지 않으면 감상이 곤란할 만큼 깊고 두터운 연의煉意를 발휘해 풍자를 진행했다.『동문선』에는 "이것은 청렴하지 못한 방법으로 부유해진 자를 책망한 것이다"라는 이색李穡의 평이 부기되어 있다. 그러나 시는 재물을 탐하는 자들을 야유하는 데 그치지 않는다. 소유욕에 사로잡힌 자들을 조롱하는 한편 넌지시 맑고 아름다운 자연에 탐닉할 것을 제안하는 것이다. 이는 고궁절固窮節의 지조를 견지하고 자연미를 향유하며 살려 했던 시인이 자신의 아취雅趣를 자긍한 것이 아닐까? 그런 점에서 이 시에는 재산 축적과 신분 상승을 위한 치열한 경쟁이 전개되던 여말의 사회 기풍에서 정신적, 도덕적 우월감을 잃지 않으려는 가난한 선비의 청빈한 의식이 담겨 있다.

금강산 金剛山

안축 安軸

뼈처럼 솟은 봉우리들 창검처럼 밝은데
중들은 재를 마치고 일 없이 앉았구나.
어찌하여 산 아래 백성들은
바라보며 수시로 눈살 찌푸리며 가는가?

骨立峯巒劍戟明　　居僧齋罷坐無營
如何山下生民類　　瞻望時時蹙頞行

—『근재집謹齋集』 제1권

천하의 명산을 두고 읊은 시치고는 운치도 없고 각박하게만 느껴진다. 사회의식의 과잉 양상을 보여 과연 산수시山水詩에 속할지 의심이 들 정도다. 시인 묵객들이 장관을 표현하기 위해 고심했던 절경을 작자는 심미안이 결여된 듯 오로지 처음 한 구절을 빌려 그렸다. 그조차도 수풀이 우거지지 않고 암석만 솟아오른 산의 형세를 창칼처럼 차갑고 날카로운 이미지에 빗대었다. 그러나 육산肉山이 아닌 '개골산皆骨山'의 본색을 이처럼 명료하게 담아낸 시인도 없을 것이다. 뒤이은 2구에서는 금강산의 사찰에 있는 승려를 묘사했는데, '좌무영坐無營'에는 무위도식하는 승려들에 대한 혐오감이 숨어 있다. 여말 불교의 극심한 타락에 신유학을 사상적 기반으로 수용한 신흥사대부는 더욱 반불교적인 성향을 가졌던바, 작자 역시 비판적 입장을 보이는 것이다.

이처럼 금강산의 산수미에 집중하지 못하는 태도는 이후 마지막 구까지 일관된다. 3, 4구에서는 금강산을 불만스럽게 바라보는 지역민을 통해 명산이 있어 발생한 사회적 문제를 환기하고 있다. 동년배의 시인 최해崔瀣는 금강산 유람의 성행으로 "산 근처에 사는 백성들이 응접하기에 지쳐 심지어 성내며 말하길 '이 산은 어째서 다른 데 있지 않은가!'라고 하는 자까지 있다"고 했다. 안축 역시 갖가지 부담으로 힘겨운 지역민의 실정을 외면하지 못한 채 그들의 불만을 대변하는 것이다. 시인이 유람의 흥취를 억제하고 자연미에 냉담한 태도를 보인 이유는 절박한 사회의식 때문이라 할 수 있는데, 이는 안축이 지방관 신분으로 관동關東을 두루 돌아다니며 관풍觀風의 태도를 관철하고자 노력한 결과이다. 이 시가 실린 시집 『관동와주關東瓦注』는 민생의 질고를 살피려는 정치의식의 결정체다.

강성현 관사에 쓰다 書江城縣舍

정윤의 鄭允宜

이른 새벽 말달려 고적한 성에 들어가니
무너진 울타리에 인적 없고 살구만 익어가네.
뻐꾸기는 나랏일 급한 줄 알지 못한 채
숲 가에서 종일 봄 밭갈이하라 채근을 하네.

凌晨走馬入孤城　　籬落無人杏子[1]成
布穀[2]不知王事[3]急 傍林終日勸春耕

—『동문선』 제20권

---

1) 행자(杏子): 살구나무 열매를 가리킨다.
2) 포곡(布穀): 뻐꾸기. 울음소리를 음차(音借)한 이름으로, '곡식을 파종하다'라는 뜻이 담겨
   있다.
3) 왕사(王事): 왕이 사람을 파견해 처리하도록 명한 공적인 사무.

유망流亡으로 황폐해진 농촌의 쇠락한 풍경을 노래한 시. 『역옹패설櫟翁稗說』은 작자가 어느 안렴사按廉使에게 준 시로 소개했다. 강성현江城縣은 지금 경상남도 산청 단성면 지역. 현사縣舍는 현의 관아에 부속된 객관을 가리킨다.

1구는 작자가 긴급하게 공사公事를 처리하기 위해 새벽같이 강성현 경내에 들어간 것을 밝히며 도입부로 삼았다. '고성孤城'이란 시어가 그곳이 지리적으로 외지고 분위기 또한 쓸쓸함을 직감하게 한다. 2구는 촌락의 몰락 실태를 부각시켰다. 살던 이는 보금자리를 떠나고, 빈집의 울타리는 쓰러졌으니 퍽 스산한 정경이다. 그런데 인적 없는 폐허의 산촌에 살구만 저 홀로 익어간다니 정조情調가 한층 고적하다. 동요 〈고향의 봄〉이 노래한 것처럼 살구꽃 피는 마을은 한국인의 원초적 고향이다. 그런데 무슨 사연이 있어 마을 사람들은 정든 고향을 떠나야 했을까? 시는 독자의 궁금증을 짐짓 외면하듯 꾀꼬리를 등장시켜 전환을 꾀한다.

3구에서 뻐꾸기를 지칭한 '포곡布穀'은 본래 '뻐꾹'이란 소리를 음차해 적은 것이다. 뻐꾸기 울음소리를 표현하기도 하고, 한자어 의미 그대로 '곡식의 씨를 뿌린다'는 뜻으로 사용하기도 한다. 그런데 시의 후반부에서 뻐꾸기는 아이러니를 조성하는 역할을 한다. 농사지어 먹고살던 이들이 떠나갔기에 급히 '왕사王事'를 처리해야 하는 작자가 그들 대신 밭을 갈라는 소리를 듣고 있는 것이다. 여기에는 또하나의 역설이 숨어 있다. 나라의 근본인 백성이 삶의 터전에서 유리되었는데, 그보다 시급한 나랏일이 어디 있겠는가!

공무 수행중 목도한 고을 실태를 노래한 이 시에는 작자의 우민정신憂民精神이 배어 있다. 그러나 강성현의 퇴락 원인에 대해서는 암시조차 하지 않았고 은근한 염려만을 담았을 뿐이다. 그 어조는 침착하고 어법은 완곡한 편인데, 외려 종일토록 우는 뻐꾸기의 울음이 작자의 우환을 대변하는 듯 느껴진다. 그러나 실정을 아랑곳하지 않고 우는 무심한 뻐꾸기와 달리 작자는 자세히 말하지 않았어도 농촌의 파탄에 관해 잘 알고 있을 것이다. 이제현李齊賢은 이 시가 미묘하고 완곡하게 풍자를 담았다고 평했다.

도중에 비를 피하다 느낀 바 있어 途中避雨有感

이곡李穀

대로변 홰나무 그늘 우거진 곳의 저택
높다란 대문은 응당 자손을 위해 지었으리.
근래 주인은 바뀌고 거마車馬도 안 오더니
오로지 행인만 비를 피해 찾아오네.

甲第當街蔭綠槐[1]　高門應爲子孫開
年來易主無車馬　唯有行人避雨來

―『가정집稼亭集』제16권

---

1) 괴(槐): 홰나무. 콩과에 속하는 낙엽교목. 궁정에서 삼공(三公)이 서는 자리에 이 나무를 심
   어 삼공을 상징하기도 한다.

부귀 권세가의 몰락을 풍자한 시.

시의 전반부는 비를 피하느라 우연히 멈춰 선 대저택을 형용하며 그 집안에서 후손이 잘되길 갈망한 자취를 포착했다. 1구의 담 너머로 보이는 홰나무는 고사故事의 증험을 믿고 의도적으로 심어 기른 것이다. 송宋나라 때 사람 왕호王祜는 재상감이었으나 강직한 신념으로 직언하다 그 지위에 오르지 못했다. 이에 삼공을 상징하는 홰나무 세 그루를 심고 "내 자손 중에 삼공이 될 자가 꼭 나올 것이다" 했는데, 아들인 왕단王旦이 과연 명재상이 되었다고 전한다. 그런데 이 대저택의 홰나무가 울창하다는 것은 수령이 적지 않음을 의미하며, 이는 또한 저택이 오랜 세월 복락을 누려온 권세가의 거주처란 사실을 암시한다. 뒤이어 2구에서는 위로 솟은 대문을 올려다보다 떠오른 생각을 읊었다. 작자는 높다란 대문을 세운 것 역시 후손의 성공을 염원한 까닭이라 미루어 판단하는데, 부귀영화를 대물림하려는 욕망을 간파한 데서 나온 짐작이다.

후반부는 오래 복락을 누리려던 권세가의 소망이 좌절됐음을 밝히며 변화무상한 현실을 노래했다. 3구에서 작자가 곧바로 주인이 바뀌었음을 지적한 것으로 보아 그 집안의 내력에 대한 사전 정보가 있었음을 확인할 수 있다. '무거마無車馬'는 한창 가세가 왕성했던 때에는 방문객으로 문전성시를 이루었으나 지금은 적막한 정황을 언급한 것이다. 마지막 구에서는 자신과 같은 행인이나 그 앞을 지날 뿐이라며 영고성쇠榮枯盛衰의 세태를 지적하며 마무리했다.

이 시는 작자가 원나라에서 벼슬하던 시기의 작품으로, 권력투쟁의 와중에 쇠망한 어느 집안의 사례를 통해 부귀권세의 욕망에 대한 풍자의식을 담아냈다. 제목을 '유감有感'이라 했으나 감정 표출은 자제한 대신 냉소적인 시선과 냉랭한 음성으로 허망한 욕망의 끝을 지적하고 있는 것이다.

무진 객사에 쓰다 題茂珍客舍

최원우 崔元祐

집집마다 긴 대 자라며 물총새 울고
비는 한식寒食을 재촉해 시냇물 불어나네.
푸른 이끼 어린 풀 관교官橋의 길가에 자라는데
말발굽에 밟히는 남은 꽃을 어찌 볼까나.

脩竹[1]家家翡翠啼　　雨催寒食[2]水生溪
蒼苔小草官橋[3]路　　怕見殘紅入馬蹄

―『동문선』제21권

---

1) 수죽(脩竹): 높게 자라는 큰 대나무의 일종.
2) 한식(寒食): 동지에서 105일째 되는 날. 절기상 청명(淸明)과 같거나 그 이튿날이다. 양력으로는 4월 5일이나 6일에 해당한다.
3) 관교(官橋): 관에서 시설하고 관리하는 교량.

관아의 객사에서 섬세한 시각으로 봄날의 전망을 노래한 시. 무진茂珍은 광주광역시의 옛 행정구역으로, 광주목으로 있다가 공민왕 11년 무진부가 되었고 23년에 다시 광주목으로 승격했다.

1구에서는 인접한 촌락 풍경을 묘사하며 이방의 향토성을 드러냈다. 기후가 온난한 남쪽 지방이어서 큰 대나무가 집집마다 우거졌고, 여름새인 물총새도 타지에 비해 먼저 도래해 물가에서 노래하고 있는 한가한 풍경이다. 남도의 지방색이 물씬 풍겨나는 구절이다. 2구에서는 절기상 한식이 임박한 봄철임을 밝히면서 비가 내려 시냇물이 불어난다고 말했다. 한편 1구에서 '수죽脩竹'을 말한 뒤 2구에서 '한식寒食'을 앞두고 내리는 비를 언급함으로써, 이제 우후죽순처럼 생의生意 넘치는 초목이 신록으로 우거지리라는 기대를 담았다.

뒤이은 3구에서는 시선을 옮겨, 길가에 자라는 '창태蒼苔'와 '소초小草'를 포착했다. '관교로官橋路'는 관에서 세운 다리와 연결되는 길인데, 대로를 의미한다. 대로변에 자라는 식물 역시 활발한 생장의 기회를 누려야 할 사물인데, 마지막 4구에서 시인은 이들 초록의 생명이 말발굽에 유린당하지 않을까 근심 어린 눈길을 보내고 있다. '잔홍殘紅'은 본래 시들어가는 꽃을 가리키나, 앞의 이끼와 풀을 포괄한 것으로 봐도 무방하다.

시인의 다정다감한 눈길에서 나온 이 시는 하찮은 풀꽃의 안위까지 염려하는 생명 존중의식을 담고 있다. 그런데 시의 창작 장소가 관청의 부속 건물이라는 점을 새삼 고려한다면 풀꽃이 갖는 함의는 매우 사회적이다. 그것은 바로 민초民草를 상징하기 때문이다. 시인은 관의 부당한 간섭에 시달려 온전한 삶을 구가하지 못하는 백성의 실태를 암시적으로 은유하는 것이다.

늙은 기녀老妓

정 추鄭樞

찬 등불 외로운 베개에 눈물은 끝이 없어
비단 휘장에 은 병풍은 어젯밤 꿈이었나?
미색美色으로 남 섬기면 끝내는 버림받거니
비단부채 쥐고 가을바람 원망하지 마라.

寒燈孤枕淚無窮　　錦帳銀屏1)昨夢中
以色事人終見棄　　莫將紈扇2)怨西風3)

—『동문선』 제21권(『원재집圓齋集』 상권)

늙은 기녀의 가련한 신세를 노래한 시. 자신의 운명을 주도할 수 없었던 봉건시대 여성의 삶에 관심을 표명했다는 점에서 의미를 찾을 수 있는 작품이다.

전반부는 방 안의 여러 기물을 통해 세월이 흐르면서 판이하게 달라진 기녀의 삶을 말했다. 냉랭하고 고적한 이미지를 지닌 '한등寒燈'과 '고침孤枕'은 나이 들어 영락한 신세를 상징하는 상관물이다. 반면 '금장錦帳'과 '은병銀屛'은 화려하게 장식된 규방에서 사랑을 받으며 행복하게 보냈던 젊은 시절을 상징한다. 과거와 현재의 변화된 처지를 대비해주는 시어를 효율적으로 사용해 굴곡진 인생의 비애를 선명하게 부각하고 있다.

후반부에서는 두 가지 전고를 사용해 불행을 피하기 어려운 기녀의 운명을 애처로워했다. 3구의 '이색사인以色事人'은 『한서漢書』 「효무이부인전孝武李夫人傳」의 "나는 용모가 고와 미천한 처지에서 임금에게 사랑을 받았다. 무릇 자색으로 남을 섬기는 사람은 자색이 쇠하면 사랑도 느슨해지고, 사랑이 느슨해지면 은총도 끊어지기 마련이다我以容貌之好, 得於微賤愛幸於上. 夫以色事人者, 色衰而愛弛, 愛弛則恩絕"라는 구절에 전거를 둔다. 미색이 시든 후 사랑을 잃은 신세를 부채에 비유한 4구는 한나라 때 성제成帝의 후궁이었던 반첩여班婕妤와 관련된 고사다. 반첩여는 재색이 뛰어나 총애를 독차지했으나 조비연趙飛燕에게 사랑을 뺏긴 후 자신을 더이상 쓸모없는 가을날의 부채에 비유하며 「원가행怨歌行」이란 노래를 남겼다. 그런데 "비단부채 쥐고 가을바람 원망하지 마라莫將紈扇怨西風"라는 말은 후회하지 말라는 권고도, 원망해도 소용없다는 훈계도 아니다. 그것은 외려 돌이킬 수 없는 운명의 비극성을 지적한 것이다. 측은지심에서 나온 역설적 표현으로, 거기에는 늙은 기녀에 대한 무한한 동정심이 담겨 있다.

전근대적인 남성 중심 사회에서 기녀나 궁녀처럼 예속 신분으로 향락을 제공하던 부류는 숙명적으로 불행을 피하기 어려웠다. 일반 여성에 비해 삶의 제약이 극도로 많았고 존재 가치를 유지하는 일 또한 쉽지 않았으며, 애정생활에서도 자기 결정권이 거의 없었음은 주지의 사실이다. 불쌍한 늙은 기녀를 다룬 이 시는 그런 통속적인 문제에 대한 관심을 보여준다. 단형시여서 깊고 풍부한 맛은 없으나 보편적인 인간애에 바탕해 기녀의 삶에 눈을 돌린 점은 주목할 만하다. 마지막 구에서는 개인이 감당하기 어려운 불가항력적 요인 때문에 원망이 무의미하다는 인식이 엿보이지만, 제한적이나마 기녀의 삶을 사회제도적 차원에서 접근해 조명한 시라 의의가 없지 않다.

탐욕스런 아전, 『진간재집』의 운을 쓴 박헌납의 시에 차운하다 汚吏, 同朴獻納用陳簡齋集中韻

정 추 鄭樞

성안에 까마귀 어수선히 울어대고
성 밑에 탐욕스런 아전 모여 있구나.
관官의 통첩이 밤중에 내려왔으니
어이 갈 길에 이슬 젖는다 마다하리.
궁한 백성 서로 소리쳐 울부짖는데
한밤중 가렴주구 급하기도 하구나.
옛날 천 명의 장정이 살던 고을이
오늘 아침 열 집의 마을 되고 말았네.
궁문에는 범과 표범이 지키고 있으니
이런 말이 어찌 들어갈 수 있으랴.
흰색의 준마 빈 골짝에 있건만
어떻게 붙들어 잡아맬 수 있으랴.

城中烏亂啼　　城下汚吏集

府牒[1]暮夜下　　豈辭行露濕

窮民相歌哭　　子夜[2]誅求急

---

1) 부첩(府牒): 관청에서 보내는 공문서 혹은 서찰.
2) 자야(子夜): 한밤중을 가리킨다. 밤 열한시에서 오전 한시에 해당한다.

舊時千丁縣　　今朝十室邑

君閽3)虎豹守　　此言無自入

白駒4)在空谷　　何以得維縶5)

—『동문선』제5권(『원재집圓齋集』상권)

3) 군혼(君閽): 임금이 계신 궁궐의 문.
4) 백구(白駒): 백마와 같다. 숨어 사는 현철한 선비를 비유한 것이다. 『시경詩經』「소아小雅·
　백구白駒」에 "희고 흰 말, 저 빈 골짝에 있다(皎皎白駒, 在彼空谷)"는 구절이 있다.
5) 유집(維縶): 밧줄로 묶다.

가렴주구苛斂誅求의 폐해를 묘사하고 문제 해결 방안을 고민한 시. 시제의 '동同'은 '화和'와 같은 뜻으로, 남이 지은 시의 제재나 체재, 운에 맞춰 짓는 것을 말한다. 박헌납朴獻納은 이름이 진록晉祿이며, 호는 국간菊澗이다. 정추 및 이색李穡과 함께 같은 해에 급제했다. 공민왕 때 헌납으로 재임했으며, 정추와 함께 신돈辛旽에 반대하는 노선을 걸었다. 헌납은 5품의 관직명으로 간언諫言을 올리는 직책이다. 한편 '진간재'는 송나라 시인 진여의陳與義를 가리킨다. 간재는 그의 호다.

시의 1단락(1~4구)은 무시로 발생하는 아전의 착취 행태를 묘사했다. 1, 2구는 불길하게 우는 까마귀와 모여든 아전을 나란히 언급함으로써, 흉조凶鳥로 기피하는 까마귀처럼 아전 또한 불길한 흉물임을 암시했다. 3, 4구는 때를 가리지 않고 자행되는 토색질을 그렸다. "어이 갈 길에 이슬 젖는다 마다하리豈辭行露濕"라는 구절은 아전의 탐욕을 신랄하게 꼬집고 있는데, 백성이 달아날 틈을 주지 않고 자기 몫과 상납할 몫까지 챙기려는 아전의 속셈을 잘 드러냈다.

2단락(5~8구)은 극심한 수탈이 야기한 향촌의 몰락 실태를 표현했다. "옛날 천 명의 장정이 살던 고을이, 오늘 아침 열 집의 마을 되고 말았네舊時千丁縣, 今朝十室邑"라는 구절은 과거와 현재의 상황을 극명하게 대비하며 농민들의 유랑 현실을 주지시킨다.

3단락(9~12구)은 곤고한 백성들의 삶을 회복시킬 방안을 고민하며 끝맺었다. 시인은 조정에서 대책을 내놓지 않는 실태를 개탄하여, "궁문에는 범과 표범이 지키고 있으니, 이런 말이 어찌 들어갈 수 있으랴君閤虎豹守, 此言無自入"라고 했다. '범과 표범'은 민생이 도탄에 빠진 줄 알면서도 수수방관하는 무능하고 타락한 고위층을 상징한다. 지방의 탐관오리를 비호하며 부정 축재를 일삼던 특권세력을 잔인하고 난폭한 맹수에 비유한 것이다. 이에 마지막 두 구에서는 『시경』의 「소아·백구」를 원용해 빈 골짝에 있는 '흰색의 준마白駒'가 기용되길 갈구하며 마쳤다. 백구는 부패한 구세력을 대체할 신진 개혁세력을 의미한다. 사회 개혁에 적극적이었던 여말 신흥사대부 집단을 염두에 둔 지칭인 것이다.

이 시에는 당시 사회의 정치적 역학 관계가 함축되어 있다. 착취를 일삼는 탐관오리와 그 배후의 특권세력, 곤궁한 백성과 그들의 옹호자인 개혁세력의 대립적 구도가 담겨 있다. 사회에 대한 구조적 인식과 논리적 사유를 바탕으로 하는 것이다. 그러나 산문적인 생경함이나 의론의 구기口氣를 찾을 수 없는 것은 의상意象을 효과적으로 활용한 덕분이다. 상징성이 풍부한 동물인 까마귀나 범과 표범, 흰색의 준마를 내세움으로써 우언시가 아님에도 형상이 선명하고 개별 집단의 특징 또한 뚜렷하게 드러냈다. 그로써 시는 간단치 않은 사회문제를 명료하게 부각했으며 설득력 있게 주지主旨를 펴냈다.

길 가는 어려움 行路難

이숭인 李崇仁

길 가기 어려워, 길 가기 어려워!
나 지금 한번 울어볼 테니 그대 한번 돌아보오.
평시에 평탄했던 길도 가시덤불 천지요
대낮 큰 도회지에 승냥이와 범 욱실득실.
만 가지 생각에 가슴 타고 창자가 문드러지는데
닭 울음 듣고 한밤중 일어나 춤출 수밖에.
날 밝아 문을 나서면 어디로 갈까?
물은 배를 뒤집고 산은 수레를 부숴놓거늘.
그대 못 보았나, 서울 거리의 부귀아 富貴兒들을.
한평생 한 권의 책조차 읽지 않는다네.

行路難行路難	我今一鳴君一顧
平時坦途盡荊棘	白日大都見豺虎1)
萬慮燒胸腸欲爛	聽雞未禁中夜舞
明朝出門將安如2)	水能覆舟山摧車
君不見長安陌上富貴兒	終然不讀一卷書

—『동문선』 제8권(『도은집陶隱集』 제1권)

1) 시호(豺虎): 승냥이와 범. 난폭한 무뢰배를 비유한 것이다.
2) 안여(安如): '安'은 의문사로 '어디', '如'는 동사로 쓰여 '가다'의 뜻이다.

행로난行路難은 본래 악부樂府의 잡곡가사雜曲歌辭 편명으로, 역대로 많은 시인이 이를 모방해 지었다. 세상살이의 힘겨움과 이별의 서글픔이 주로 그 내용인데, 세 수로 된 이백李白의 작품이 특히 유명하다. 인생행로의 고난을 한탄하는 것은 이숭인의 경우도 예외가 아니지만, 이 시는 명작을 모방하려는 의고적擬古的 취미가 아니라 2구에서 "나 지금 한번 울어볼 테니 그대 한번 돌아보오我今一鳴君一顧"라 한 것처럼 '불평즉명不平則鳴'의 진실한 항변을 담고 있다.

시는 당시 사회를 위험으로 가득하며 앞날의 희망 또한 없는 암담한 세상으로 표현한다. 3, 4구는 행로를 방해하며 길에 가득 자라난 가시덤불과 밤낮을 가리지 않고 출몰하며 생명을 위협하는 맹수로써 세상살이의 험난함을 비유했다. 이에 5, 6구에서는 암흑의 밤에 현실을 고뇌하느라 창자가 타들어가고, 간절히 새벽을 고대하느라 닭 소리만 들려도 기뻐 춤출 지경이라 했다. 그러나 7, 8구에서는 날이 밝아 폭력과 협박을 벗어나 다른 세상을 찾아 떠나려 하지만 거친 물살과 험한 산길이 발걸음을 좌절시키고 있다. 어딘가에 있을 이상향에 접근할 방도가 봉쇄된 셈이니 절망이 극대화된 상황이다. 마지막 두 구절에 이르러서야 장애의 원인이 밝혀진다. 여기서 불학무식해 도리를 알지 못하지만 방탕한 삶을 영위하는 '부귀아富貴兒'는 흉포하게 날뛰는 짐승처럼 특권을 이용해 남을 가해하며 부귀권세를 탐하는 혐오스러운 세력을 의미한다.

여말의 혼탁한 사회상을 감안해볼 때, 이 시는 사회질서의 재건을 꾀했던 신흥사대부의 정치 이상을 가로막고 방해하던 정치적 대립자에 대한 분노와 혐오의 정서를 담고 있다. 탐욕스런 권문세족과 횡포한 부원배附元輩가 판치는 세상에서 느낀 깊은 절망감을 노래한 것이다.

태사 허렴의 시운에 차운하다 次許濂太史韻

윤소종 尹紹宗

요순의 시대는 나와 거리가 멀고
공자의 도는 세상에 머무를 방도 없구나.
서쪽 오랑캐의 종교 하늘에 닿을 듯하니
성인의 학문을 어디에서 구하랴!
몇 나라를 좀먹게 하였던가?
뻔뻔하여 조금도 부끄러워하지 않네.
나는 태아검太阿劍을 손에 쥐고서
세상 밖으로 몰아내리라.
이에 온 세상 백성들로 하여금
눈 비비고 주周나라 세상 보게 하리라.
바깥사람에게는 말하기 어려우나
다행히 그대도 같은 근심 지녔구나.

堯舜¹⁾去我遠　　宣尼²⁾留未由

西胡敎³⁾彌天　　聖學⁴⁾於何求

---

1) 요순(堯舜): 중국 상고(上古)시대의 두 임금. 유가에서 성인으로 추존하는 인물로 요가 순에게 왕위를 양위했다.
2) 선니(宣尼): 공자를 가리킨다.
3) 서호교(西胡敎): 서역의 종교라는 뜻으로, 인도에서 전래된 불교를 가리킨다.
4) 성학(聖學): 성인으로 숭상하는 공자의 학문, 즉 유학을 가리킨다.

蠹敗幾人國　靦然不少羞

我欲秉大阿[5]　驅除出九幽[6]

坐[7]令四海民　刮目見虞周[8]

難以語外人　幸有君同憂

—『동문선』제5권

---

5) 대아(大阿): 태아(太阿)와 같다. 옛날의 보검 이름으로, 춘추시대 구야자(歐冶子)와 간장(干
將)이 주조했다고 전한다.
6) 구유(九幽): 극도로 깊숙해 어두운 곳. 지하를 가리킨다.
7) 좌(坐): '그로 인하여'의 뜻이다.
8) 우주(虞周): 유우씨(有虞氏)와 주나라. 본래 유우씨는 성읍(城邑) 국가의 이름으로 요순시대
를 가리킨다. 주나라는 기원전 11세기 무왕(武王)이 상(商)나라를 멸망시키고 세운 왕조. 요
순시대를 이어받아 이상적으로 잘 다스려진 시대로 일컬어진다.

일생을 꼬장꼬장하게 살아 '평생항장平生航髒'이라 불리던 작자의 불교 배척 의지를 담은 시. 허렴은 미상의 인물로, 시에서 '외인外人'으로 지칭된 것으로 보아 명에서 파견된 사신으로 추정된다. 태사太史는 본래 국가의 전적과 천문역법을 담당하던 관직명으로, 한림翰林의 별칭으로도 사용되었다.

이 시는 시종일관 불교를 유교와 양립할 수 없는 종교로 규정하며 시의를 펼쳤다.

시의 1~4구에서는 이단인 불교의 창성으로 유교가 위축되어 쇠퇴함을 통탄했다. 불교와 유교를 각기 '서호교西胡敎'와 '성학聖學'으로 지칭한 데서 유교사상의 세례를 받은 작자의 중국 본위적인 문명의식을 엿볼 수 있다. '서호교'는 새롭게 만들어낸 말인데, 거기에는 문명에 대한 종족적, 지리적 차별성과 편파성이 개재되어 있다.

이후 5~10구는 불교를 척결하고 유교적인 이상사회를 건설하겠다는 의지를 표방했다. 불교의 해악을 상징적으로 표현한 '두패蠹敗'는 좀벌레가 야금야금 갉아먹듯 사회를 점차적으로 패퇴시키는 것을 의미한다. 세속화된 여말의 불교계는 스스로 종교신앙의 가치를 저해했음은 물론 큰 단위의 물적 소유를 기반으로 심각한 사회경제적 폐단을 빚어냈다. 그러므로 여말 급진개혁파의 일원인 작자는 서슴없이 불교를 국가와 사회의 건전성을 파괴하는 공적公敵으로 규정했던 것이다. 이에 7, 8구에서는 불교에 대한 결연한 투쟁 의지를 표방했다. 전설적인 보검인 '대아大阿'를 손에 쥐고 불교세력을 암흑의 지하세계로 추방하겠다는 표현에서는 단호하다 못해 살벌한 기운이 느껴진다. 실제 역사에서 피의 학살이 있었던 것은 아니나, 유교와 불교를 적대적 모순 관계로 인식하며 공존을 거부하는 태도에서 여말 급진개혁파의 반불反佛의식이 얼마나 심각했는지 살필 수 있겠다.

마지막 두 구는 허렴과 의기투합해 기쁘다는 뜻을 밝히며 마쳤다. 허렴이 앞서 지은 시에 불교의 폐단을 우려하는 내용이 있었음을 짐작할 수 있는 대목이다.

윤소종은 공양왕恭讓王이 승려 찬영粲英을 왕사王師로 삼으려던 계획을 극구 반대해 중지시킨 이력이 있다. 이 시 역시 불교에 대한 그의 혐오를 일러주는 증표인데, 특히 불교 배척 의지를 시로써 천명했다는 점이 흥미롭다. 당시 정도전鄭道傳이 불교 배척의 당위성을 주장하느라 『불씨잡변佛氏雜辨』이라는 논문을 지어 불교 교리를 비판한 적이 있지만, 시와 산문의 경계가 비교적 분명했던 근대 이전의 문학전통에서 종교이념에 대한 사상투쟁의 과정에 시문학이 동원된 사례는 찾아보기 어렵다. 시로 이데올로기 문제를 다뤘다는 점에서 희소하며, 여말 사상계의 흐름을 엿볼 수 있는 자료로서도 의미 있는 작품이다.

한편, 이 시는 허심탄회하게 사상과 감정을 드러내느라 시상의 전개가 직선적이며 우여곡절이 없다. 의경意境의 조성에도 크게 주의하지 않았다. 다만 비판적 기백을 드날리는 데 치중하여 명쾌하고 유창한 어조와 날카롭고 굳센 기세가 볼만하다. 오로지 작자 자신의 생각을 힘차게 주장하며 진정성을 확보한 시에 해당할 것이다.

제6부 ⊙

시국과 백성의 삶을 생각하다

|

쇠잔한 나라의 근본을 누가 돌아보는가?
진작 무릉도원에 들지 못함을 탄식하리라

전가사시 田家四時

김극기 金克己

대숲길은 시냇가 따라 열려 있으며
초가집은 산언덕 의지해 들어서 있네.
한겨울 북쪽 봉창을 흙으로 메워놓음은
바람과 눈발을 막아내기 위함이라오.
그래도 추위와 맞설 줄을 알기에
매와 개 데리고 사냥을 나가,
여우 토끼 노는 곳 내달렸더니
짧은 옷에 흐르는 피 묻어 있구나.
집에 돌아오자 온 이웃 기뻐하며
다가앉아 다툴 듯 먹고 마시네.
털 달린 짐승 먹는 게 뭐 이상하리오?
사는 곳도 커다란 둥지나 동굴 같은데.
마른 밑동에 불붙여 밝혔더니
온 방 안이 어두웠다 밝았다 하네.
두 다리 사이에 붉은 팥 널려 있어
옷깃과 옷자락이 그에 따라 찢어지네.
베이불로 아이들 덮어주노라니
궁하기 마치 새끼 거느린 오리 같구나.
밤새도록 잠이 오지 않으니

날 밝도록 농사 이야기 하네.

竹徑¹⁾趁溪開　茅廬²⁾依崦結

窮冬墐北戶　意欲防風雪

尙能知傲寒　鷹犬出遊獵

馳騁狐兔場　短衣涴流血

還家四隣喜　促坐³⁾爭哺啜

茹毛⁴⁾何足怪　居處壯巢穴⁵⁾

晶熒⁶⁾枯栟火　滿室互明滅

兩股亂穊豆⁷⁾　襟裾⁸⁾從破裂

布衾⁹⁾擁衆兒　窮若將雛鴨

竟夜眠不得　農談逮明發

―『동문선』 제4권

---

1) 죽경(竹徑): 대숲 사이로 난 오솔길.
2) 모려(茅廬): 띠풀을 엮어 지붕을 씌운 집.
3) 촉좌(促坐): 가까이 다가와 앉는다는 뜻이다.
4) 여모(茹毛): 여모음혈(茹毛飮血). 털 달린 짐승을 먹고 피를 마시다. 원시적인 생활을 비유한 것이다.
5) 소혈(巢穴): 거처가 나무 위에 엮어 만든 둥지나 들판에 땅을 파고 만든 굴처럼 보잘것없음을 말한 것이다.
6) 정형(晶熒): 밝은 빛을 가리킨다.
7) 정두(穊豆): 팥을 가리킨다. 콩과의 한해살이식물.
8) 금거(襟裾): 옷깃과 옷자락.
9) 포금(布衾): 베로 만든 이불. 가난한 집에서 사용하던 침구로 보온력이 약하다.

산수·전원시는 동진東晉의 도연명陶淵明이 개창開創한 이래 성당盛唐의 왕유王維, 맹호연孟浩然 같은 산수시파를 거치면서 한시문학의 큰 줄기를 형성해왔다. 한국의 경우 전원시 분야에서 괄목할 만한 창작 성과를 낸 시인이 바로 김극기인데, 그는 비교적 이른 시기에 다수의 수작을 남겼다.

「전가사시」는 농촌의 사계절을 다룬 네 수의 연작시다. 그중 겨울철을 다룬 이 시는 혹한기 농가의 생활 단면을 서사 위주로 구성해 총 20구에 담아냈다.

1단락인 1~4구는 산골의 자연환경과 촌락 풍경을 간략히 소개하며 도입부를 삼았다. 차가운 북풍이 스며드는 창을 아예 찰흙으로 메운 것은 생활의 지혜이지만, 난방에 어려움을 겪는 농가의 군색스런 형편 또한 잘 드러내고 있다.

2단락인 5~12구는 사냥에 관한 이야기를 중심으로 다루었다. 궁핍한 농가의 겨울 사냥은 무료한 농한기의 일상을 벗어난 유희이자 부족한 양식을 보충하기 위한 생존활동의 일환이기도 하다. 어렵게 구한 고기를 이웃과 나누는 모습에서 농촌 공동체의 결속과 인정이 느껴진다.

3단락인 13~20구는 한밤중 방 안의 정경을 그렸다. 방구석에 팥을 말리다 옷이 찢어진다는 구절은 옹색한 주거환경을 곡진하게 묘사했으며, 새끼 거느린 오리처럼 궁하다는 구절은 자식 많은 농가의 빠듯한 형편을 형상적으로 비유했다. 마지막 구절에서는 해마다 생계를 걱정해야 하는 농부의 깊은 시름을 표현했다. 다가오는 새봄의 농사 계획이 새삼 거창할 리 없으나 화자는 근심이 앞서 불면의 밤을 보내고 있다.

「전가사시」는 시인이 과거 급제 후에도 장기간 임용되지 못해 몸소 농사를 짓고 살던 시기에 지은 것으로 여겨진다. 그렇지 않더라도 농민과 격의 없이 일상적으로 어울린 결과임은 명백하다. 창을 흙으로 메우거나, 사냥감을 대충 손질해 먹고, 방 안에 팥을 말리는 행위 등은 평소 농가 실태를 유념해서 보지 않았다면 간취看取하기 어려운 면면이기 때문이다.

한편 이 시는 생동적인 화면 구성과 사실적인 장면 묘사가 돋보인다. 겨울철 농가의 표정을 밀착 취재한 영상처럼, 특징적 국면을 잘 포착했을 뿐만 아니라 효과적인 시각적 배열을 통해 한 편의 짤막한 다큐멘터리를 만들어냈다. 야외의 사냥은 활발한 움직임 속에 긴박감이 있으며, 마을 사람들이 둘러앉아 사냥한 짐승을 먹는 모습에서는 떠들썩하게 고조된 분위기가 절로 감지된다. 또한 비좁은 실내의 어수선한 광경은 매우 핍진하여 생생하게 체감된다.

어느 농가의 겨울날을 통해 전원생활의 애환을 담아낸 이 시는 특히 농민의 낙후된 생활 조건을 힘껏 들춰냄으로써 예술 창작의 사회적 의미를 제고했다. 시에는 의식주에 관한 내용이 산재하여 농민의 열악한 삶을 비춰주는데, 그중 "털 달린 짐승 먹는 게 뭐 이상하리오? 사는 곳도 커다란 둥지나 동굴 같은데"라고 한 구절은 의미심장하다. 이 진술은 농민의 원망을 끄집어낸 것으로, 사람으로 태어나 사람답게 살지 못하는 상황에 대한 비관이자 항변이다. 신분 차별과 빈부 차별에 억눌린 민초의 숨겨진 반항심까지 엿보이는데, 이는 피지배층의 고단한 삶을 이해하고 그들과 의식적인 동조를 취한 작자의 진보적인 사상에서 나온 항의가 아닐 수 없다. 김극기는 각지에서 민란이 자주 일어났던 시대를 살았지만, 농민에 대한 그의 입장은 이 시가 대변해주듯 상당히 옹호적이었던 것으로 짐작된다.

사신으로 금나라에 들어가奉使入金

진화陳澕

서쪽의 중국 이미 쓸쓸해졌고
북쪽 진영 아직도 어둑하구나.
문명의 아침을 기다리나니
하늘 동쪽에 해가 붉으려 하네.

西華1)已蕭索　北寨2)尙昏夢
坐待文明旦　天東日欲紅

—『매호유고梅湖遺稿』

---

1) 서화(西華): 서쪽의 중국을 가리킨다. 고대의 중국을 화하(華夏)라 칭한 데서 비롯된 것이다. 여기서는 중국의 남송을 가리킨다. 여진족의 금(金)이 거란족의 요(遼)를 멸망시키고 1126년 송(宋)의 수도 개봉(開封)을 점령했으며 휘종(徽宗)과 흠종(欽宗)을 포로로 잡아갔다. 이에 남쪽으로 도망한 흠종의 동생 고종(高宗)이 1127년 임안(臨安, 지금의 항저우)에 도읍해 남송을 세웠다. 이후 몽골이 1234년에 금을 멸망시켰고, 1279년에는 남송을 멸망시켰다. 남송은 아홉 명의 황제가 152년간 통치했다.
2) 북채(北寨): 북쪽의 울타리. 채는 방어를 위해 사면에 쳐놓은 목책으로 성을 의미하기도 한다. 최자(崔滋)는『보한집補閑集』에서 금(金)을 비유한 것으로 판단했다. 금은 거란의 지배를 받던 여진의 아구다(阿骨打)가 1115년에 세웠으며 이후 1234년까지 존속했다.

작자가 서장관書狀官 신분으로 금에 사절로 가서 지은 시. 변화하는 동아시아 정세를 관찰하면서 향후 고려의 위상과 역할을 낙관적으로 전망한 작품이다.

시의 전반부는 당시 중국 본토를 점유하고 있던 두 정권의 상황을 요약했다. 1구는 우선 한족漢族이 수립한 정권의 현 실태를 언급했으니, 여진족에 의한 '정강靖康의 변'으로 북송이 망한 뒤 수립된 남송이 겨우 명맥을 유지하는 상태임을 지적했다. 여기서 '서화西華'는 중화中華를 변용한 것인데, 중원을 상실한 채 지방정권으로 몰락한 실정과 부합한다. 뒤이어 2구에서는 중원을 차지한 여진족의 정복 왕조 금나라에 대해 다루었다. '북채北寨'는 장성 이북이 근거지인 북방 여러 민족의 대칭代稱으로 볼 수 있지만, 여기서는 특히 남송과 대치중인 금나라를 지칭한 것이다. '혼몽昏夢'은 금의 혼란스런 통치 상황을 표현한 것이자 그 문물제도가 후진적임을 의미한 것인데, 그 앞에 '아직도'의 뜻이 담긴 '상尙' 자를 덧붙인 데서 여진족의 본래적 낙후성이 금나라의 한계라는 생각을 읽을 수 있다.

시의 후반부는 전반부에서 파악된 정세를 토대로 내려진 미래 전망을 담고 있다. 3구의 '좌대坐待'는 고려가 동북아의 미래를 주도할 날이 도래하리라는 희망의 표현이다. '문명文明'의 의미는 다중적인데, 그 어원은 찬란한 아침햇살을 의미하는 '문채광명文彩光明'에 있다. 문명은 또한 몽매함과 반대되는 '문치교화文治敎化'를 의미하기도 한다. 그렇기에 동녘에 떠오르는 붉은 해를 노래한 마지막 구 역시 표층적 의미에 국한되지 않는 해석이 가능하다. 앞의 1, 2구에서 방위를 적시해 두 나라를 지칭한 것에 비춰볼 때 '천동天東'이 고려라는 것에는 의심의 여지가 없다. 그런데 『매호유고』의 서발문序跋文에서 황경원黃景源과 오재순吳載純은 작자가 한족 정권인 명明의 건국을 예언한 것으로 간주하는 우를 범하고 말았다. 화이華夷 관념에 사로잡혀 내용을 견강부회한 것으로, 명의 개국은 작자의 활동 시기와 100년 이상의 차이가 있어 시간적으로도 괴리가 크다.

이 시는 비유와 상징을 적절히 활용해 국제 정세라는 이성적 인식의 문제를 감각적 이미지로 전환했다. 해 지는 서쪽은 소삭蕭索한 분위기이고, 해 들지 않는 북녘은 혼몽昏夢에 휩싸였으며, 해 뜨는 동쪽은 밝은 문명文明의 기운이 솟아오르고 있다. 방위方位에 따른 명암의 차이로써 각 민족의 성쇠를 구체화한 것인데, 그로 말미암아 시는 국제 정세의 변전에 따른 신질서의 수립이라는 거대담론을 불과 스무 자에 밀도 있게 담아냈다.

한편 사상적 측면에서, 이 시는 국제 관계의 발전에 대한 심화된 인식을 보여준다. 최자는 『보한집』에서 이 시의 둘째 구를 지적하며 '예가 아니다非禮'라고 했으나 외교사절로서 상대국을 폄하해선 곤란하다는 최자의 생각은 고루한 사대주의를 드러낸 것일 뿐이다. 진화가 역내의 강자로 군림했던 금의 와해 조짐을 간파하고 고려가 동아시아의 미래를 담당하길 바란 것은 국제 정세에 대한 깊은 통찰에서 도출된 판단이다. 특히 그가 '문명'이라는 고도의 정치철학적 관점에 입각해 사유한 점은 중대한 의의가 있다. 군사적 힘의 논리에 의한 국제 관계를 청산하고 여러 민족이 평화적인 공존의 길로 나아가야 한다는 고명한 사상을 함유하고 있기 때문이다. 진화가 희구한 미래는 편협적 종족주의와 자국 이기주의를 초월한 보편적 이해에 기반하는 것이다.

그러나 역사를 바꿔놓을 작자의 숭고한 구상과 담대한 기개는 폭력의 현실 앞에서 허망한 꿈에 머물고 말았다. 이 시의 창작 시기는 몽골의 대금對金 정벌이 본격화된 1211년 이전으로 추정된다. 조금 늦다 해도 금의 수도 연경이 함락된 1214년 이전의 작품일 것이다. 한민족이 새로운 문명을 선도하리라는 전망은 강포한 몽골 기병의 말밥굽이 세상을 유린하기 전이었기에 가능한 예측이었다.

도톨밤의 노래 橡栗歌

윤여형 尹汝衡

도톨밤 도톨밤 밤이라지만 밤은 아닌데
누가 도톨밤이라 이름 지었나?
맛은 씀바귀보다 쓰며 색은 숯과도 같은데
요기하는 데는 반드시 황정黃精에 지지 않는구나.
촌집 늙은이 마른밥 싸가지고
새벽에 수탉 소리 듣고 도톨밤 주우러 가네.
저 높다란 만 길 벼랑에 올라
덩굴 헤치며 매일 원숭이와 경쟁한다.
아침 내내 주웠어도 광주리에 차지 않는데
두 다리는 동여놓은 듯 주린 창자 쪼르륵.
날 차고 해 저물어 빈 골짝에 자며
솔가지 지펴서 시내 나물 삶는다.
밤 깊어지자 온몸이 서리에 덮이고 이슬에 젖어
남자고 여자고 신음하며 괴로워 목이 메네.
내 촌집에 들러 늙은 농부에게 물으니
늙은 농부 자세히 나에게 얘기해주네.
"근래 권세 있는 놈들이 백성의 토지를 뺏어
산천으로 표를 하고 공문서를 꾸민다오.
혹은 한 밭에 주인이 여럿이어서

걷고 또 걸어가 끝이 없다오.

혹은 물난리와 가뭄으로 흉년이 들어서

밭에는 해마다 잡초만 무성하지요.

살가죽을 벗기고 뼛골을 치며 땅을 쓸듯 뺏어가니

관가의 조세는 어디에서 나오겠습니까?

몇천 명이나 되는 장정은 흩어져 나가고

노약자만 빈집을 홀로 지키고 있는데,

차마 몸을 이끌고 시궁창에 구를 수 없어

마을을 비우고 산에 올라 도톨밤을 줍습니다."

그 말이 처량하고 간략하나 자세해

듣고 나니 가슴이 미어질 것 같아라.

그대 못 보았나? 고관 집에선 하루 만 전어치를 먹어

진수성찬이 별처럼 벌여져 있고 다섯 솥이 널려 있지.

마부도 술 취하여 비단 깔개에 토하고

살진 말은 곡식에 배불러 화려한 마구간에서 소리치네.

어찌 알리오, 저 아름다운 쟁반 위의 음식들이

모두 다 촌 늙은이 눈 밑의 피눈물인 줄을.

橡栗橡栗栗非栗　　誰以橡栗爲之名

味苦於荼色如炭　　療飢未必輸黃精[1]

村家父老裹糇糧[2]　　曉起趁取雄雞聲

陟彼崔嵬[3]一萬仞　　捫蘿日與猿狖爭

---

1) 황정(黃精): 둥굴레의 뿌리를 한방에서 이르는 말. 봄철에 어린잎과 뿌리줄기를 식용하며, 뿌리줄기는 약재로 사용한다.
2) 후량(糇糧): 쪄서 말려두었다 먹는 간이 식량. 변질되지 않고 휴대하기가 좋아 주로 길을 나서서 먹는다.
3) 최외(崔嵬): 산언덕이 높은 모양.

崇朝⁴⁾掇拾不盈筐　　兩股束縛飢腸鳴

天寒日暮宿空谷　　燒桂燃松煮溪蔌

夜深霜露滿皎肌⁵⁾　　男呻女吟苦悽咽

試向村家問老農　　老農丁寧⁶⁾爲予說

近來權勢奪民田　　標以山川作公案⁷⁾

或於一田田主多　　徵後還徵無閒斷

或罹水旱年不登⁸⁾　　場圃年深草蕭索⁹⁾

剝膚槌髓掃地空　　官家租稅奚由出

壯者散之知幾千　　老弱獨守懸磬室¹⁰⁾

未忍將身轉溝壑　　空巷登山拾橡栗

其言悽惋略而盡　　聽終辭絕心如噎

君不見侯家一日食萬錢　珍羞星羅五鼎¹¹⁾列

馭吏¹²⁾沉酒吐錦茵¹³⁾　　肥馬厭穀鳴金埒¹⁴⁾

焉知彼美盤上餐　　盡是村翁眼底血

　　　　　　　　—『동문선』 제7권

---

4) 숭조(崇朝): 아침 내내. 날이 밝은 후로부터 아침밥을 먹을 때까지의 시간.
5) 교기(皎肌): 서리 이슬에 덮여 살갗이 허옇게 되었음을 나타낸 것이다.
6) 정녕(丁寧): 말투가 간절함을 가리킨다.
7) 공안(公案): 관청에서 안건을 다루어 만든 공문서.
8) 연부등(年不登): 곡식이 자라나지 않아 흉년이 듦을 가리킨다.
9) 소삭(蕭索): 잡초가 우거져 황폐해진 모양.
10) 현경실(懸磬室): 몹시 가난해 아무것도 없는 방 안을 가리킨다.
11) 오정(五鼎): 다섯 개의 솥에 진수성찬을 요리해 먹는 것을 가리킨다.
12) 어리(馭吏): 수레를 모는 하인배를 가리킨다.
13) 금인(錦茵): 비단으로 만든 깔개.
14) 금랄(金埒): 아름답게 장식한 울타리나 벽을 가리킨다.

사회 비판적인 서사한시의 효시적인 작품. 편폭이 크지 않고 서사의 골격이 미약한 편이지만 산골 노인을 화자로 내세워 참담한 지경에 이른 농촌 현실을 부각한 수법이 돋보인다. 제목의 '상률橡栗'은 도토리를 가리키며, '가歌'는 악부시체의 일종이다. 이 시는 총 36개 구에 도입부와 서사부, 종결부의 3부 구성을 취하고 있다.

전편의 발단에 해당하는 1단락(1~14구)은 굶주린 백성이 산속에 들어가 힘겹게 도토리를 줍는 애달픈 모습을 곡진히 그려냈다. 처음 4구까지는 흥興의 수법을 이용해 문제 제기적인 발화를 던져 독자의 관심을 유도했고, 이후 10개 구는 촉발된 관심을 더욱 심화할 수 있도록 산골 노인이 험한 산속을 헤매며 노숙도 마다하지 않고 도토리를 줍는 과정을 세부적으로 묘사했다. 그 가운데 진행된 서사는 장황하지 않지만 행위와 동작의 곡절 있는 묘사를 통해 고달프고 힘든 상황을 인식하도록 도와준다.

2단락(15~28구)은 갖은 고생을 하며 도토리를 채집하는 이유를 본격적으로 밀착 취재했다. 여기서 시인은 곤경에 처한 농민의 절박한 사정을 직접 설명하는 대신 늙은 농부를 내세워 그의 생생한 육성을 통해 전달하는 방식을 취했다. 그럼으로써 시는 상황의 객관성과 진실성을 증대하는 효과를 얻고 있다.

늙은 농부의 진술은 "그 말이 처량하고 간략하나 자세해其言悽惋略而盡"라는 지적처럼 서러움에 휩싸였지만 농촌의 몰락상을 개괄적으로 잘 설명하고 있다. 특히 "근래 권세 있는 놈들이 백성의 토지를 뺏어, 산천으로 표를 하고 공문서를 꾸민다오近來權勢奪民田, 標以山川作公案"라는 구절은 탈법적인 대토지 겸병이 자행되면서 자영농이 소작농으로 전락하던 당시의 정황을 명확히 지적했다. 이는 "공주를 모시는 겁령구怯怜口와 궁내의 관료들이 좋은 전답을 널리 차지하여 산천으로 경계를 표시할 정도였다"는 『고려사절요高麗史節要』의 기록과 정확히 일치하는 것이다. 그리고 "혹은 한 밭에 주인이 여럿이어서, 걷고 또 걷어가 끝이 없다오或於一田田主多, 徵後還徵無間斷"라는 구절은 문란한 토지 소유 관계를 고발한 것으로, 경작지 소유권을 주장하는 다수에 의해 토지 생산물의 강탈이 빈번한 실정을 밝혔다. 당시 농민 중에는 이러한 수탈을 견디지 못해 권세가의 노비가 되길 자원한 경우도 비일비재했는데, 조정에서는 이런 문제들을 해결하려 전민변정도감田民辨整都監을 설치했으나 권문세족의 반대로 성과를 거두지 못했다.

마지막 단락(29~36구)은 늙은 농부로부터 간고艱苦한 농촌 실정에 관한 이야기를 듣고 비분강개한 작자가 무도한 지배층을 신랄하게 질타하는 내용으로 채워졌다. 그 가운데 묘사된 부귀권세가의 극심한 사치와 낭비 행태는 비참한 농민의 처지와 선명하게 대비되어 절로 사회적 공분을 자극한다. 특히 "어찌 알리오, 저 아름다운 쟁반 위의 음식들이, 모두 다 촌 늙은이 눈 밑의 피눈물인 줄을焉知彼美盤上餐, 盡是村翁眼底血"이라한 마지막 구는 심각한 사회 모순을 의미심장하게 지적했다. 정의가 상실된 사회에 대한 비분과 항의가 그 가운데 담겨 있는데, 단지 사회적 약자인 농민을 동정하는 데 그치지 않고 그들의 생존권을 짓밟으며 호의호식하는 지배층을 향해 분노 가득한 항변을 쏟아냈다는 점에서 진보적 의의가 있다.

이 시는 철저히 객관적 현실에 근거하여 생활의 진실을 예술적으로 재창조한 작품으로, 시대상을 사실적으로 반영한데다 역사적 의의 또한 풍부해 '시사詩史'라 일컬을 만하다. 사회의 병폐를 고발하기 위해 농민의 참담한 삶을 그대로 재현하는 한편 그들의 삶이 비참해진 원인을 폭로했는데, 곡진하게 진행된 묘사와 당사자의 입을 빌려 진술하는 수법으로써 강한 진실성을 획득하고 있다.

한편 이 시는 시사 문제에서 제재를 얻어 악부시의 현실주의 정신을 체현했으며, 형식적인 면에서는 중국 신악부 창작 방법론으로부터 영향을 받았다. 시작 부분에서 "도톨밤 도톨밤 밤이라지만 밤은 아닌데橡栗橡栗栗非栗"라 한 것과 끝 부분에 의론을 배치한 것은 신악부 운동을 창도한 당唐의 백거이白居易가 「신악부서新樂府序」에서 "첫 구에서 그 제목을 표시하고 마지막 장에서 그 뜻을 드러낸다首句標其目, 卒章顯其志"고 한 창작 방침과도 일치한다.

「수부도의사」를 모방하여 짓다 擬成婦擣衣詞

설손 偰遜

밝디밝은 하늘 위의 달
이렇듯 기나긴 가을밤 비추어주네.
슬픈 바람은 서북西北에서 불어오는데
귀뚜라미는 나의 침상에 울고 있구나.
그대는 멀리 수자리하러 나갔으며
나는 텅 빈 방을 지키고 있소.
빈방에 있음이야 한스럽지 않아도
그대 추운데도 옷이 없어 걱정이라오.

皎皎1)天上月　照此秋夜長

悲風西北2)來　蟋蟀3)鳴我床

君子4)遠行役　賤妾5)守空房

空房不足恨　感子6)寒無裳

—『동문선』제5권

1) 교교(皎皎): 밝은 모양을 가리킨다.
2) 서북(西北): 수자리하는 남편이 있는 곳의 방위를 가리킨다.
3) 실솔(蟋蟀): 귀뚜라미를 가리킨다.
4) 군자(君子): 낭군을 가리킨다. 본래는 귀족 계층의 남자를 가리키던 말이나 후대에는 주로 학식과 덕망을 지닌 남성을 의미한다.
5) 천첩(賤妾): 아내가 스스로를 낮춰 부르는 말이다.
6) 자(子): 남자에 대한 존칭으로 남편을 가리킨다.

다섯 수의 연작 중 첫째 수. 시제에서 '의擬'는 의작擬作, 즉 모방해서 짓는다는 뜻이다. '수부도의사成婦擣衣詞'는 아내가 변경에서 군복무중인 남편의 겨울 방한복을 짓느라 다듬이질하는 모습에서 모티프를 취해 지은 시의 통칭으로, 특정 작품명은 아니다. 이런 시는 통상 '도의시擣衣詩'라 불리며, 남조南朝시대 양梁의 유운柳惲이 5언 8구로 지은 「도의시」가 저명하다. 또한 이백李白의 「자야오가子夜吳歌」 중 "장안에는 한 조각달, 집 집마다 다듬이질 소리長安一片月, 萬戶擣衣聲"로 시작하는 「추가秋歌」나 두보杜甫의 「도의」 등이 이에 해당한다. 대개 민간의 정조를 담아 노래한 악부시樂府詩 계통에 속하는 작품이다.

이 시의 1, 2구는 '천상월天上月'과 '추야장秋夜長'으로 시간 배경을 밝혔다. 밝은 달이 그리움을 매개하여 긴 밤의 고독을 조장하는 것이다. 다음 3, 4구는 부부가 서로 멀리 떨어져 있는 실정을 밝혔다. 서북 변경에서 고향 집을 그리는 남편의 서글픈 정은 바람처럼 불어오고, 잠 못 이루는 아내의 침상 옆에서 귀뚜라미가 운다는 표현은 무척 묘미가 있다. 부는 바람과 우는 귀뚜라미 사이에 인과 작용이 있는 듯 설정되어 부부 사이의 그리운 정과 고독감을 절실히 전달해준다. '비풍悲風'은 수자리에서 귀환하지 못하는 남편을, '실솔蟋蟀'은 변새邊塞의 남편을 걱정하는 아내를 대신하는 것이다.

서경敍景을 위주로 고독한 가을밤의 분위기를 조성하는 데 치중한 전반부에 뒤이어 후반부는 아내가 겪는 이별의 고통과 남편을 염려하는 정을 노래했다. 5, 6구는 남편이 수자리하러 가 독숙공방하는 실정을 고백했고, 마지막 두 구에서는 그리운 정을 애써 참으며 남편의 안위를 염려하는 두터운 정을 표현했다. 여기에서 '무상無裳'이란 시어는 시제의 '도의'와 자연스럽게 연결되고 있다.

아내를 화자로 내세워 부부 이별의 고통을 노래한 이 작품은 의고시擬古詩 일반이 그렇듯 기존의 명시로부터 시상에 영향을 받았다. 그러나 이 시를 단지 의고적 취미의 소산으로 파악해선 곤란하다. 원명元明 교체기 고려의 서북면이 수차 이민족의 침입으로 전장이 되었음을 감안한다면, 시적 설정을 허구로 간주하기 어렵다. 설손 자신이 홍건적의 난을 피해 고려에 귀화한 점까지 고려하면, 이 시에는 전란으로 어지러운 시대 현실을 염려하는 우환의식이 근저에 깔려 있다고 볼 수 있다. 의고시라고 반드시 역사적이지 않은 것은 아니다.

경상도에 안찰하러 가는 부령 정우를 보내며
送鄭副令寓按于慶尙

전녹생田祿生

그대 「종수곽탁타전種樹郭橐駝傳」을 보았으니
관官의 다스림에 옮긴다면 백성을 기를 수 있으리.
일 만들지 않아야 백성이 편안한 줄 알겠나니
목은牧隱의 시어가 순일하고도 참되다네.
옛사람이나 지금 사람 생각은 멀지 않아
세상의 법을 새로 많이 정함에 상심한다네.
하물며 지금의 사정 실을 정리하는 것 같아
급히 하려다 도리어 어지러워지기만 할 것이네.
일을 하려거든 힘써 간략함을 따르기 바라니
한 터럭이라도 백성에게 더해서는 아니 될 걸세.
정군鄭君은 강개한 선비라 다들 일컬으니
세상에 정군이 아니면 내 누구와 가까우리.
가슴 아파함은 어찌 유독 이별이 아쉬워서일까
남쪽을 바라보며 나도 몰래 옷을 적신다오.

君看種樹橐駝傳[1]　　移之官理可養人

---

1) 종수탁타전(種樹橐駝傳): 당의 고문가(古文家) 유종원(柳宗元)이 지은 「종수곽탁타전種樹郭
   橐駝傳」을 가리킨다. 나무를 잘 기르던 곽성(郭姓)의 원예가를 소개한 전기이자, 나무의 본
   성을 거스르지 않고 잘 재배하던 곽탁타를 통해 정치의 올바른 방도를 논한 우언 산문이다.

解道²⁾安民在無事　牧隱³⁾詩語醇且眞

古人今人⁴⁾意不遠　盖傷世法多立新

況今時勢如理絲⁵⁾　欲速還自成紛繽⁶⁾

願言⁷⁾爲事務從簡　勿使一毫加諸民⁸⁾

鄭君共稱慷慨士　世微⁹⁾鄭君吾誰親

傷心豈獨惜離別　南望不覺沾衣巾

―『야은일고埜隱逸稿』 제1권

탁타는 낙타와 동의어로서, 그가 꼽추여서 붙은 별명이다.
2) 해도(解道): 이해하다. '道'에도 '알다'라는 뜻이 있다.
3) 목은(牧隱): 이색(李穡)의 호.
4) 고인금인(古人今人): 유종원과 이색을 가리켜 말한 것이다.
5) 이사(理絲): 누에고치에서 실을 뽑아낸다는 뜻.
6) 분빈(紛繽): 어수선하고 어지러운 모양.
7) 원언(願言): 간절히 생각하는 모양. '言'은 어조사로 쓰여 뜻이 없다.
8) 가저민(加諸民): 백성에게 부가하다. '諸'는 '之於'의 축약형으로 쓰인 것이다.
9) 미(微): 없다. '無'와 같은 뜻이다.

1367년, 부령副令으로 있다가 경상도 안찰사按察使로 파견된 정우鄭寓에게 지어준 송별시. 정우는 본관이 진주이며, 생애 이력은 자세하지 않다. 이숭인李崇仁, 정몽주鄭夢周, 김구용金九容과 교유가 있었다. 부령은 전교시典敎寺 등의 차관에 해당하는 4품의 관직명으로, 고려 후기에는 그 외에도 소감少監 등의 벼슬이나 5부의 부사副使를 부령이라 고쳐 불렀다. 한편, 안찰사는 안렴사按廉使라고도 한다. 주현州縣을 순시하며 수령을 감찰하고, 민생의 질고를 살피며 옥사를 다스리는 역할 외에 조세租稅의 수납과 군사 업무도 맡아보았다. 조선시대의 관찰사와는 달리 전임관이 아니며 임기는 6개월에 불과했다. 관품도 낮아 5, 6품이 임명되기도 했으며 별도의 행정기구도 갖추지 않았다.

이 시는 '개문견산開門見山' 격으로 시의 주지를 곧바로 드러내는 방식을 취했다. 안찰사로 부임하거든 유종원柳宗元의 「종수곽탁타전種樹郭橐駝傳」에 담긴 교훈을 직무에 적용하라고 단도직입적으로 충고했으니, 나무의 본성을 저해하지 않아 수목을 잘 키울 수 있었던 곽탁타의 지혜를 본받아 무리한 시책으로 피지배층을 동요시키지 말라는 뜻이다. 뒤이어 3, 4구에서는 이색李穡이 정우에게 지어준 시구의 견해를 인용해 공연히 일을 만들어 백성들에게 폐해가 돌아가지 않게 하기를 재삼 부탁했다. 이는 언뜻 소극적인 대민 관계를 요구한 것으로 이해되기 쉬우나 '무사無事'를 강조한 의도는 졸속 행정의 폐단을 경계하는 데 있다.

5~10구는 앞의 내용을 부연 설명하며 시인 자신의 견해를 피력했다. 우선 1, 2구에서 언급한 고인古人 유종원의 산문에 담긴 내용과 3, 4구에서 언급한 금인今人 이색의 시에 반영된 정견이 일치한다는 점을 강조하며 정치의 요체가 백성을 속박하지 않고 편안히 살게 해주는 데 있음을 주장했다. 뒤이어 "하물며 지금의 사정 실을 정리하는 것 같아, 급히 하려다 도리어 어지러워지기만 할 것이네況今時勢如理絲, 欲速還自成紛纈"라고 한 7, 8구는 '무사'가 왜 필요한지를 힘껏 해명했다. 난마처럼 뒤엉켜 극히

복잡다단한 당대의 민생 문제를 섣불리 해결하려다가는 외려 또다른 문제가 파생될까 우려한 것이다. 이러한 현실 인식을 기반으로 작자는 9, 10구에서 나름의 해법을 제시한다. 그것은 '종간從簡'이란 말로 요약되니, 간략함을 따라 대민 행정을 집행하는 것이 최선이라는 태도다. 이색의 정치 성향과 마찬가지로 전녹생은 점진적인 사회 개량을 추구하는 입장에 섰던 것이다.

시의 종결부인 마지막 4개 구는 송시送詩 본래의 격식과 취지에 맞게 정우에게 석별의 정을 표함은 물론, 가련한 백성을 염려하며 격정 속에 우는 모습까지 묘사하여 시적 분위기를 한결 애처롭고 숙연하게 만들며 마무리했다.

이 시는 신흥사대부의 송시 일반이 그러하듯 함께 시국을 염려하며 동지적 결속을 다지는 데 목적을 두고 지어졌다. 그렇기에 백성을 어떻게 다스려야 좋을지를 논하는 데 시의 상당 부분을 할애했다. 이에 산문적인 논리와 사유를 바탕으로 정론政論을 전개하여, 시는 자연스럽게 서술 위주의 송시풍宋詩風을 띠고 있다. 그러나 간곡하고 심각한 언사言辭 가운데 시정詩情은 충일하여 건조한 느낌을 주지 않는다. 간난한 민생 실태를 염려하는 곡진한 정이 전편을 관통하는 탓이다.

『논어論語』「양화陽貨」에 "시는 감흥을 갖도록 하고, 살펴보도록 하며, 무리를 짓게끔 하고, 원망할 수 있도록 한다詩, 可以興, 可以觀, 可以群, 可以怨"는 구절이 있다. 공자가 시가예술의 사회 작용을 '흥관군원興觀群怨'이라는 말로 개괄한 것인데, 이 시는 그러한 네 가지 요소를 골고루 갖추었다. 시 전편에 우국우민憂國憂民의 정념을 격동 흥기시키고, 사회의 병리 현상을 유심히 관찰하며, 서로 정치의식을 공유하며 단결하고, 가여운 백성의 처지를 슬퍼하고 아파하는 심정이 담겨 있는 것이다.

변경을 지키는 군인의 말을 기록하다 錄鎭邊軍人語 제1수

이인복李仁復

저는 본시 농삿집 자식으로
이젠 바닷가에 와 수자리 살지요.
매양 바람 기색 나빠 보이면
병선에 오르기가 두렵답니다.

我本農家子 　今來戍海壖[1]
每見風色[2]惡　怕上耀兵船[3]

—『동문선』제19권

---

1) 해연(海壖): 해변과 같다.
2) 풍색(風色): 바람의 세기나 방향을 가리킨다. 혹은 형세와 동정을 가리키기도 한다.
3) 요병선(耀兵船): 병선을 가리킨다. 본뜻은 무력시위를 행하는 군선.

병사를 화자로 내세워 군생활의 체험을 진술하게 하는 형식을 취한 다섯 수의 연작시 중 첫째 수. 진변鎭邊은 변방의 외적을 방비한다는 뜻이다.

시의 전반부는 어느 병사의 자기소개에 할애되었다. 자칭 '농가자農家子'인 그는 부모를 도와 농사를 짓던 미혼의 장정이었으나 해안 방비 수병水兵으로 징병되었다. 열 자에 불과해 비록 진술의 구체성은 떨어지나, 그의 신분 변화가 어떤 생활상의 변동을 초래했을지는 충분히 짐작된다. 그의 처지가 정다운 고향에서 낯선 변경으로, 단란한 가정에서 삭막한 군영으로, 평온한 일상에서 고달픈 나날로 바뀌었음은 자명하다.

군생활의 가장 큰 애로사항을 고백한 후반부는 병사의 개성을 한층 선명하게 드러내면서 그의 곤욕스런 병영 체험을 극화했다. 그는 전투 훈련의 중압감을 토로하여, '풍색風色'이 나쁠 때면 전선戰船에 올라타기가 무섭다고 털어놓는다. 풍랑에 익숙하지 않은 내지 출신이라 바다의 풍랑은 그를 극심한 긴장과 불안으로 몰아넣었던 것이다. 그는 심약한 겁쟁이처럼 조금의 용기도 과시하지 못하는데, 이렇듯 솔직한 태도는 병사의 고백에 진실성을 더하여 독자의 동정심을 자극한다.

이 시는 바다가 두려운 수병을 통해 평범한 청년의 삶에 드리운 전란의 그림자를 보여준다. 시인은 인물 성격에 주의하여 농촌 출신 총각의 순박하고 소심한 내면을 잘 부각했으며, 그 자신의 목소리로 호소하게끔 하여 상황의 객관성을 제고했다. 언어 표현에서도 병사의 개성을 고려해 전체적으로 구어적인 느낌이 나도록 질박하고 평이한 언어를 선택했다. 이런 점들은 시의 예술적 감염력을 극대화하는 데 이바지하고 있다.

변경을 지키는 군인의 말을 기록하다 錄鎭邊軍人語 제3수

이인복李仁復

멀리서 봉화가 경보를 전해오자
활과 칼 들고 곧장 출발을 하네.
"이번 도적은 쉽다고 말하지 말게
왜놈 풍속 본래 삶을 가벼이 여기나니."

烽火遙傳警[1]　　弓刀卽啓行[2]
休言[3]今賊易　　倭俗本輕生[4]

—『동문선』 제19권

---

1) 전경(傳警): 경보(警報)를 잇달아서 전달하다.
2) 계행(啓行): 길을 나서다. 출발하다.
3) 휴언(休言): '休'는 서술어 앞에 붙어 '~하지 말라'는 금지의 뜻으로 사용된다. '막(莫)'과 쓰임이 같다.
4) 경생(輕生): 자기 목숨을 아까워하지 않음.

다섯 수 중 셋째 수. 왜구 토벌 작전에 투입된 군인의 생사를 기약할 수 없는 가련한 운명을 노래했다.

시의 전반부는 전란을 상징하는 시어를 활용해 전시의 다급하고 긴장감 넘치는 상황을 묘사했다. 1구는 원격지로부터 적의 출현을 전파하는 '봉화烽火'로써 왜구의 돌연한 침략으로 말미암은 위기를, 2구는 '궁도弓刀'로써 병사들이 무비武備를 갖추고 긴급 출동하는 상황을 묘사했다. 여기서 '궁도'와 더불어 '계행啓行'이란 시어는 『시경詩經』「대아大雅·공류公劉」편의 "활과 화살을 마련하고, 방패와 창과 도끼를 들고, 이에 길을 나서 출발한다弓矢斯張, 干戈戚揚, 爰方啓行"는 구절에서 원용한 것이다.

후반부는 어느 병사의 동료에 대한 당부의 말을 옮겨놓았다. 그는 왜구의 호전성을 지적하며 적을 얕잡아 보지 말라고 충고하는데, 그 까닭은 단지 전투의 패배를 우려해서가 아니다. 이 언표에는 자신의 생환은 물론 전우의 무사귀환을 바라는 뜻이 담겼으니, 생사고락을 함께해온 병사들의 두터운 전우애를 함축하고 있다.

이 시는 전장에 투입되어 사선을 넘나들며 싸워야 하는 병사들의 가혹한 운명을 묵시적으로 담아냈다. '왜놈들은 자기 목숨을 가볍게 여긴다'는 취지의 마지막 구는 잔학한 무리와 처절한 혈투를 벌여야 하는 병사들의 생에 대한 강렬한 애착을 내포하고 있다. 그러나 장차 그들의 생사 여부는 아무도 예측할 수 없기에 가슴 저린 여운을 길이 남겨준다.

강릉 동루에서 달을 마주하여 느낀 바 있어 江陵東樓對月有感

정 추 鄭樞

대관령 동쪽은 천하에 드문 곳이라.
명주漢州의 고목엔 꾀꼬리 어지러이 나는구나.
청신한 새벽에 말을 타고 절을 찾았다
객관에 돌아오니 해 이미 기울었도다.
누대에 오르니 달빛은 눈처럼 희기만 한데
쇠피리 한번 부니 산이 마치 갈라지려는 듯.
난간에 기대었노라니 정히 몹시도 시름겹거늘
달에 묻노니 천년에 몇 번 둥글었다 이지러졌나?
밤은 깊어 사방 둘러봐도 인적이 적막하거늘
성 까마귀는 까악까악 티끌은 자욱하구나.
작은 별들은 반짝이며 달과 빛을 다투는데
은하수는 만고萬古에 밝게도 빛을 발하는구나.
밝게 빛을 발하며 만방萬方에 임하였으나,
뜬구름이 가리려 하니 가슴이 아파진다네
어이해야 명검을 얻어 창공에 휘둘러볼까?
고래 물결 하늘 닿아 아득하니 끝이 없는데
화부산花浮山 구불구불 아름다운 산색 넉넉하구나.
김유신 장군은 진실로 영웅이시었도다!
천년토록 우뚝하니 기이한 공적 일컫는구나.

大關1)以東天下稀　溟州2)樹老鶯亂飛

淸晨騎馬訪招提3)　歸來賓館4)日已西

登樓月色白如雪　鐵笛5)一弄山欲裂

闌干6)倚遍正愁絕　問月千年幾圓缺

夜深四顧人寂寞　城烏啞啞7)塵漠漠8)

小星耿耿9)月爭光　雲漢10)終古昭文章

昭文章　　　　　臨萬方

浮雲11)欲蔽爲可傷　安得良劒倚穹蒼12)

鯨濤13)接天渺無極　花浮14)邐迤15)藹佳色

庾信將軍16)信英雄　千載卓犖17)稱奇功

—『동문선』제7권(『원재집圓齋集』상권)

---

1) 대관(大關): 대관령을 가리킨다. 강원도 평창과 강릉의 경계에 있는 고개 이름. 정상의 높이
   는 832미터, 고개의 총연장은 13킬로미터, 굽이진 곳이 99개소에 달한다고 전한다.
2) 명주(溟州): 강원도 강릉 지방의 옛 지명.
3) 초제(招提): 절을 가리킨다.
4) 빈관(賓館): 객관(客館)과 같다. 공무로 출장중인 관원을 위해 관아 곁에 마련한 숙소.
5) 철적(鐵笛): 쇠피리. 은사(隱士)나 고사(高士)가 불던 피리로 알려졌으며 음색이 비범하다고
   한다.
6) 난간(闌干): 난간(欄干)과 같다.
7) 아아(啞啞): 까마귀 울음소리를 흉내낸 의성어.
8) 막막(漠漠): 빽빽하게 퍼져 있는 모양.
9) 경경(耿耿): 반짝반짝 빛나는 모양.
10) 운한(雲漢): 은하수를 가리킨다.
11) 부운(浮雲): 광명을 가리는 구름은 간신이나 외적을 비유한 것이다.
12) 의궁창(倚穹蒼): 검을 하늘까지 뻗어 휘두른다는 뜻. '穹蒼'은 창천(蒼天)과 같다.
13) 경도(鯨濤): 거대한 파도를 비유한 것이다.
14) 화부(花浮): 산 이름. 강릉 교2동에 있다. 김유신 장군이 말갈족을 격퇴하기 위해 출정해 주
    둔했던 곳으로, 후대에 김유신 장군의 사당을 여기에 세웠다.
15) 이이(邐迤): 굽이지며 이어진 모양.
16) 유신장군(庾信將軍): 김유신(595~673)을 가리킨다. 멸망한 가야의 왕손으로 아버지 김서현
    (金舒鉉)과 어머니 만명부인(萬明夫人) 사이에서 태어났다. 태종무열왕(太宗武烈王) 김춘추
    (金春秋)를 도와 삼국 통일에 공을 세운 명장.
17) 탁락(卓犖): 출중하게 뛰어나다.

278 │ 고려 한시 선집

1364년, 시인이 관동關東 지역에 사신으로 나가 있던 때 지은 작품. 충일한 애국주의 정서가 돋보이는 시다.

시의 도입부(1~4구)는 아침에 관동의 어느 사찰을 탐방했다가 저녁에 강릉 객사로 돌아온 일을 서술했다. 이어 2단락(5~12구)은 야간에 객사 인근의 동루에 올라 조망한 풍경과 감회를 노래했다. 그런데 천하에 드물게 빼어난 관동 산수의 탐방임에도 불구하고 시인의 심정은 시름겹다. 우선 "달에 묻노니 천년에 몇 번 둥글었다 이지러졌나?問月千年幾圓缺"라는 구절을 통해 그 까닭을 짐작할 수 있다. 무한한 시간 속에서 유한한 인간 존재의 덧없음이 뇌리에 자리하고 있으니, 흥망성쇠의 인간사는 역사의 이면으로 소멸되고 마는 것이다. 그러나 밤의 침울한 시적 정조가 어디에서 연유했는지는 2단락이 끝나도록 가시화되지 않고 있다.

이 시의 주제는 마지막 단락(13~20구)의 "밝게 빛을 발하며 만방에 임하였으나, 뜬구름이 가리려 하니 가슴이 아파진다네. 어이해야 명검을 얻어 창공에 휘둘러볼까?昭文章, 臨萬方. 浮雲欲蔽爲可傷, 安得良劍倚穹蒼"라고 한 데에 이르러서야 비로소 구체화된다. 여기서 '문장文章'은 세상을 비추는 은하수의 광채를, '부운浮雲'은 그 빛을 가려 암흑을 부르는 존재를 의미한다. 그러므로 명검을 들고 구름을 제거하겠노라는 비유는 평온한 세상을 위협하는 세력을 척결하겠다는 의지를 밝힌 것이다. 뒤이은 "고래 물결 하늘 닿아 아득하니 끝이 없는데, 화부산 구불구불 아름다운 산색 넉넉하구나鯨濤接天渺無極, 花浮邐迤藹佳色"라는 구절은 위기를 극복해낼 영웅이 출현하리라는 신념을 노래했다. 동해의 '경도鯨濤'와 강릉의 '화부花浮'는 상징성을 내포하니, 고래처럼 큰 파도는 거대한 위험을 암유暗喩한 것이며 아름다운 산색의 화부산은 김유신 장군을 암시한다. 김유신은 강릉과 적잖은 연고가 있다. 동해안을 따라 남침한 말갈족 토벌을 위해 화부산에 주둔했으며, 후대에 그의 무공을 기려 세운 사당 또한 화부산에 자리한다. 이에 시의 마지막 두 구에서는 영웅 김유신 장군을 칭송하면서,

자기 시대에도 이민족의 침입을 격퇴할 걸출한 인물이 출현하길 소망하는 뜻을 간접적으로 드러내며 마쳤다.

외세의 침략을 배격하고 왕조 중흥의 기회가 오길 갈망하는 뜻을 담은 이 시는 여진족 삼선三善·삼개三介의 함경도 화주和州 침입 사건을 염두에 두고 지어졌다. 고려는 온 국력을 기울여 홍건적의 2차 침입을 물리친 지 불과 2년이 지나지 않아 이번에는 동북면에서 이민족의 침탈을 받은 것이다. 이에 시인은 전란이 끊이지 않는 시대를 깊이 염려하며 충일한 애국주의 정서를 노래한 것인데, 특히 김유신 장군을 회고한 까닭은 그가 여진족의 선조인 말갈족을 토벌한 공이 있기 때문이다.

이 시는 우국충정을 격정적으로 풀어놓는 대신 요소마다 서경적敍景的 묘사를 배치하고 비유적 표현을 사용하며 점진적으로 시상을 전개하다 결말에 이르러 선명하게 주제사상을 드러내는 표현 방식을 택했다. 그리고 하나의 운韻을 끝까지 사용하는 대신 빈번히 운자를 교체했는데, 이렇듯 변화가 많은 운법은 서정적 자아의 복잡다단한 심리 상태와 보조를 같이한다. 전반적으로 시의 기세는 분방하고 웅건한 편이며, 장중하면서도 강개한 풍격을 지니고 있다.

정주 가는 도중에 定州途中

정 추 鄭樞

정주관定州關 밖으로 잡초는 수북이 우거졌고
모래밭엔 인적 없고 해는 서로 기우네.
바다 지난 비린 바람 전몰자戰歿者의 뼈에 부는데
느릅나무 많은 곳에 말은 자꾸만 울고 있구나.

定州關外草萋萋[1]   沙磧無人日向西
過海腥風[2]吹戰骨   白楡多處馬頻嘶

—『동문선』 제21권(『원재집圓齋集』 상권)

---

1) 처처(萋萋): 잡초가 수북하게 우거진 모양.
2) 성풍(腥風): 비릿한 바람. 잔혹한 분위기를 비유하기도 한다.

전쟁을 겪은 변새邊塞의 풍경을 노래한 시. 1107년(예종 2)에 윤관尹瓘이 동북면에서 여진족을 토벌하고 9성을 쌓은 적이 있지만 여말에 이르도록 여진족은 빈번히 함경도 지역을 침략해 소요를 일으켰다. 1364년 정월에는 삼선三善과 삼개三介가 여진족을 이끌고 화주和州 이북을 모두 함락하며 위세를 떨쳤는데, 2월에 이성계李成桂 장군의 토벌 작전 지원으로 실지를 회복할 수 있었다. 작자는 그로부터 얼마 지나지 않아 정주를 향해 가는 도중 이 시를 지었다. 정주는 지금의 함경남도 정평군 지역으로, 화주와 북쪽으로 인접한 요충지다.

1, 2구는 행로와 계절, 시간을 개략적으로 밝히며 변경 지대의 황량한 풍광을 묘사했다. 산야에 잡초가 우거지고 물가에 모래와 자갈이 널린 풍경이 쓸쓸한 감을 자아내는데, 인적조차 없는 저물녘이어서 삭막한 느낌을 더한다.

3구는 앞의 '무인無人'을 '전골戰骨'로 이어받으며 정주 일대가 근래 전쟁의 참화를 겪은 사실을 강렬하게 환기했다. 여기서 소속을 알 수 없는 전몰자의 해골에 부는 '성풍腥風'의 함의는 복합적이다. 바다를 지나온 비릿한 바람이라 했으니 일차적으로 해풍임은 자명하다. 그런데 전사자의 유골에 비린 바람이 불어옴으로 인해, 그 바람은 자연스럽게 전장의 피비린내를 떠올리도록 유도하는 자극제가 된다. 묘사는 간결하지만 전쟁의 참상을 풍부하게 상상하도록 상황이 설정되어 있는 것이다.

4구는 숲속에서 우는 말을 형용하며 마쳤는데, 언뜻 보기에는 전란이 끝난 뒤의 평온한 풍경을 그린 것처럼 보인다. 그러나 느릅나무 숲에도 '성풍'은 예외 없이 불어올 터, 수많은 잎사귀가 바람에 흔들리는 장면은 부들부들 떨며 전율하는 모습을 연상시킨다. 말이 자주 운다는 표현 역시 그와 밀접한 관련이 있다. 예민해 잘 놀라는 동물인 말은 시청각을 자극하는 느릅나무 숲의 움직임에 신경이 곤두서 연거푸 우는 것으로, 두렵고 살벌한 기운이 은연중 말에게 전달되고 있는 것이다. 해질녘의 고적한 분위기를 깨뜨리는 말의 울음소리는 전쟁의 공포를 상징한다.

　이 한 수의 변새시는 작자가 32세에 강원도 일대에 사자使者로 파견되었을 때 지었다. 한국 한시의 경우 여러 요인으로 인해 변새시 창작이 드문 편이나, 이 시는 같은 시기에 정몽주鄭夢周가 동북면에서 종군하며 남긴 몇 수의 시와 더불어 예술적 성취가 높다. 적막한 변경의 풍물 속에 비참한 전란의 자취를 융해한 수법이 뛰어나 격조 높은 풍격을 구현했다. 슬픔도 격분도 없지만 전란이 휩쓸고 간 땅의 처절한 분위기를 밀도 있게 그려놓은 것이다. 마지막 구가 끝난 뒤에도 여전히 강한 긴장감을 느끼게 하여 여운 또한 오래도록 지속된다.

기해년의 홍건적 己亥年紅賊

김구용金九容

강개한 심정으로 호탕하게 담소하노라니
그윽한 서재에 맑은 밤은 깊어가네.
구슬픈 바람은 썩은 나무에 울부짖는데
차가운 달은 성긴 수풀에 떠올랐구나.
칼을 만지며 세 번 길게 탄식하고
술잔을 멈춘 채 한번 크게 읊어보노라.
압록강에 짐승들 가득 들어찼거늘
용사勇士들의 마음은 그 무엇과 같으랴?

慷慨豪談笑　　幽齋淸夜深
悲風1)嘶朽木　　苦月2)上疏林
撫劍三長嘆　　停杯一浩吟
鴨江豺虎3)滿　　何似健兒4)心

—『동문선』제10권(『척약재집惕若齋集』상권)

1) 비풍(悲風): 거세게 부는 찬 바람.
2) 고월(苦月): 차갑게 빛을 발하는 달.
3) 시호(豺虎): 승냥이와 범. 홍건적을 사나운 짐승에 비유한 것이다.
4) 건아(健兒): 용사, 장사, 병졸 등의 뜻이다.

기해년己亥年은 1359년으로, 공민왕 8년에 해당한다. 그해 음력 12월 한족漢族 반란군인 홍건적의 1차 침입이 있었다. 당시 만주에 진출했던 홍건적은 원의 공세에 몰리자 고려를 퇴로로 삼아 쳐들어왔다. 모거경毛居敬이 통솔한 4만의 병력은 얼어붙은 압록강을 넘어와 의주를 거쳐 남하하면서 서경(평양)을 함락했다. 이에 고려는 이듬해 1월 2만의 군사로 반격 작전을 펼쳐 서경을 탈환했으며, 2월에는 남은 적을 섬멸하여 압록강 이북으로 몰아냈다. 이 시는 홍건적 침입 직전에 지은 두 수의 연작시 중 하나다.

1연은 서재에서 주인과 손님이 밤늦도록 시국을 담론하는 정경을 그렸다. '강개慷慨'라는 시어로써 적개심으로 격앙된 심정을 표현했지만, '호담소豪談笑'는 방 안의 분위기가 결코 침통함에 휩싸여 암담하지 않았음을 일러준다. 적의 도발을 물리칠 수 있다는 낙관주의 정서가 깔려 있기 때문이다.

2연은 그 시각 바깥의 삭막한 겨울 풍경을 노래했다. 거센 바람이 고목에 부딪혀 소리를 내고 헐벗은 숲 위로 달빛이 차갑다는 실감나는 묘사가 돋보인다. 황량하고 냉혹한 계절감을 부각하여 살벌한 전쟁의 조짐을 은유했는데, 전란의 위기감이 경물에 투사되어 참담한 의상意象을 이루었다.

3연에서는 장면이 다시 실내 공간으로 바뀌었다. 앞서 전란의 기미를 예고한 데 뒤이어 여기서는 그에 대비하는 마음을 우회적으로 노래했다. 검을 어루만지고 술을 마시며 호탕하게 시를 읊는 모습은 결연한 항쟁 의지를 과시한 것으로, 굳센 기개와 단호한 투지가 시에 장미壯美를 더해준다.

마지막 4연은 적의 동태를 구체적으로 밝혀 지금이 일촉즉발의 긴장 상황임을 지적하고, 조만간 그들과 대적할지 모를 병사들의 정신 무장 상태가 어떠한지를 물으며 마쳤다. 전투에 임할 장병들의 사기를 의문으로 남겨둔 채 마무리하여 여운이 감도는데, 병사들이 사기를 드높여 두려움 없이 외적을 격퇴하길 소망하는 뜻이 질문에 담겨 있다.

이 시에는 충일한 우국충정이 관류할뿐더러, 예상되는 도발 앞에서 조금도 위축되지 않는 패기가 도도하다. 당시 작자는 22세의 청년으로서, 패배를 상정할 줄 모르는 젊은이다운 강건한 정신 기백을 시에 담아 호방한 풍격을 보여주었다. 한편 국난을 시로 기록하려는 창작 태도를 견지하여 2년 후에는 홍건적의 2차 침입을 다룬 「신축년홍적辛丑年紅賊」 두 수를 따로 남겨놓았다.

한양 가는 도중에 漢陽途中

이집李集

병든 나머지 몸은 이미 늙었거늘
나그넷길에서 한 해가 다해가네.
파리한 말은 석양길에 울고 있는데
여윈 종은 북풍을 등지고 걸어간다.
임진강에 얼음은 얼어붙었고
북악에는 눈이 공중으로 연이었네.
송악산松嶽山 아래를 고개 돌려 보나니
궁문宮門이 흐릿한 가운데 자리하였네.

病餘身已老　　客裏歲將窮

瘦馬鳴斜日　　羸僮背朔風

臨津1)冰合凍　　華岳2)雪連空

回首松山3)下　　君門4)縹緲中

—『동문선』제10권(『둔촌잡영遁村雜詠』)

1) 임진(臨津): 임진강. 강원도 법동군 용포리의 두류산에서 발원해 개성시 판문군과 경기도 파주시 사이에서 한강으로 흘러드는 강.
2) 화악(華岳): 북한산을 가리킨다. 삼각산(三角山), 삼봉산(三峯山), 화산(華山)으로도 불리며, 서울 북부와 고양시의 경계에 위치한다.
3) 송산(松山): 송악산. 개경을 둘러싼 여러 산 가운데 하나.
4) 군문(君門): 임금이 계신 궁궐의 문. 곧 궁성을 의미한다.

한겨울에 개경을 방문했다가 은거지로 돌아오는 도중 지은 시. 빼어난 서경 묘사에 은근한 정을 기탁한 솜씨가 일품인 작품이다.

시의 전반부는 추운 겨울날 길을 가는 모습을 표현했다. 1연에는 시인 자신의 늙고 병든 모습을, 2연에서는 시인이 탄 비쩍 마른 말과 그 말을 끌고 가는 야윈 종을 그려놓았다. 주인과 하인, 그리고 말까지 궁상의 삼위일체를 이루어 힘겹고 고생스럽기만 하다. 게다가 '사일斜日'과 '삭풍朔風'은 스산하고 을씨년스러워 그들의 행색을 더욱 초췌하게 각인시켜준다.

후반부는 여로에서 바라본 일련의 풍경을 묘사했다. 3연은 시제에 맞추어 한양 도중의 겨울 산수를 그려놓았는데, 꽁꽁 얼어붙은 임진강을 건너 눈발 휘날리는 삼각산을 바라보면서 길을 가고 있음을 알 수 있다. 그런데 고개 돌려 개성을 바라보는 4연에는 한 줄기 미묘한 정이 담겨 있다. 실제 거리를 감안하면 '군문君門'은 육안肉眼이 아닌 심안心眼으로 본 것인데, 시인은 무슨 생각에 개성 쪽을 뒤돌아보았을까? 이는 『장자莊子』 「양왕讓王」 편의 "몸은 강과 바다의 위에 있으나, 마음은 위나라 궁궐 아래에 있다身在江海之上, 心居乎魏闕之下"는 구절과 관련이 있다. 임금과 조정을 염려하는 마음을 행위적으로 표현한 것이다. 서정적 자아의 노쇠한 몸은 추위에 위축되어 괴롭게 길을 가는 중이지만, 마음은 여전한 우국충정에 사로잡혀 연연하고 있는 것이다.

세심한 구상이 돋보이는 이 시는 이미저리imagery의 창출에 특별한 성취를 이루었다. 저 멀리 도성을 뒤로한 채 표표히 떠나가는 은자의 처연한 형상과 그를 둘러싼 엄동설한의 강산은 한 폭의 수묵화처럼 인상 깊다. 게다가 경景 속에 시인의 그윽한 정情을 표 나지 않게 융해한 솜씨가 절묘하기만 하다. 시종일관 서경 묘사 일색이지만 뒤를 돌아보는 서정적 자아의 시선에는 애틋한 미련이 엉겨 있음을 확연히 알 수 있다.

시골집村舍

원천석元天錫

모래 쌓아 디딤돌 삼고 멍석이 문이러니
가난한 초가집 대낮에도 컴컴하구나.
쇠잔한 나라의 근본을 누가 돌아보는가?
진작 무릉도원에 들지 못함을 탄식하리라.

聚沙爲砌席爲門　　懸磬[1]茅簷晝亦昏
邦本旣殘誰顧念　　却嗟曾未入桃源

——『운곡행록耘谷行錄』제3권

---

1) 현경(懸磬): 텅 비어 아무것도 없는 모양. 극도로 가난함을 형용한다. 『국어國語』「노어상魯
語上」에 "집은 매달아놓은 경쇠와 같고, 들에는 푸른 풀이 없는데, 뭘 믿고 염려하지 않는
가?(室如懸磬, 野無靑草, 何恃而不恐)"라는 구절이 있다.

고려 멸망 5년 전인 1387년, 작자가 우연히 궁핍하기 이를 데 없는 백성의 집을 보고 상념에 잠겨 지은 시.

　전반부는 초라하기 이를 데 없는 시골집을 표현했다. 1구에서 모래를 모아놓았다는 것은 마루에 오르기 편하도록 댓돌 하나 놓을 형편이 못 되어 땅바닥을 높여놓았음을 의미한다. 게다가 방에는 문짝을 달지 못해 거적자리를 걸어 비바람을 막고 있으니, 살림살이가 극도로 어려운 줄 알겠다. 2구에서는 빛이 들지 않아 대낮에도 컴컴한 초가를 통해 백성의 궁색한 삶을 체감하고 있다. '현경懸磬'은 집 안에 세간 하나 없어 텅 빈 듯 썰렁한 모양을 표현한 것이며, '모첨茅簷'은 처마를 통해 초가집 자체를 가리킨 것이다.

　시의 후반부는 격렬한 우민憂民의 정을 토로했다. '방본邦本'은 『서경書經』의 "백성은 나라의 근본이니, 근본이 굳건하면 나라가 편안하다民惟邦本, 本固邦寧"라는 구절에서 유래한 말이다. 3구에서 반어적인 수사를 써 민본주의적 정치 이념이 무책임하고 무능력한 위정자 때문에 구현되지 못함을 개탄하는 것이다. 이어 마지막 구에서는 깊은 슬픔을 불러일으키는 백성의 암담한 현실에 좌절해 무릉도원의 이상향을 상상하며 시상을 결속했다. 일찌감치 낙원을 찾아 떠나갔더라면 삶이 지금처럼 고달프지 않으리라는 생각은 미래를 꿈꿀 수 없는 상황에서 나온 절망의 표현이다. 돌파구 없는 간고한 민생 실태를 바라보는 시인의 시각이 극히 암울하기만 하다.

익위군의 말을 적다 錄翊衛軍語

권근 權近

나 들판 한가운데 지나가다가
사방을 돌아보니 가을풀만 거칠구나.
시냇가에서 병졸들을 만났더니
도롱이 펼쳐 움막을 지었구나.
햇볕과 이슬 오래도록 견딜 수 없어
비 올 때나 갠 날에도 대비한다네.
스스로 말하기를, "도성을 지키기 위해
고향 떠나 멀리 왔다오.
고향 땅은 바닷가인데
버려져 도적놈들 세상 되었소.
우리 집에도 사람이 없어
부녀자가 농사일을 하고 있다오.
근자에 듣자니 도적이 또 쳐들어왔다는데
살았는지 죽었는지 알 수가 없소.
예전에 내가 고향에 있을 때에는
뜻도 굳세고 힘도 세어서,
도적놈들 때려눕혀 막아냈으니
어느 놈도 함부로 얼씬 못하였소.
어찌 내 집만 지키었겠소?

온 경내가 무사히 지내었다오.
한데 지금은 병적에 매여 있어
재갈 물린 말처럼 묶여 있으니,
도성으로 몰려온 그날부터
억센 날개 꺾이고 말았다오.
중요한 진터엔 방비가 없고
변방은 텅 비어 병란이 일고 있다오.
그 누가 우리에게 비용이나 줍디까?
메고 있는 전대는 텅 빈 것이라오.
아침저녁 나무를 해다 팔아서
쌀되나 겨우 얻어 연명을 하오.
노둔한 말을 앞 언덕에 놔먹이는데
지치고 병이 들어 쓰러질 것만 같소.
우리 대장이야 무예를 즐겨
천 길 높은 뫼에서 짐승을 쫓아다니오.
치달리기를 멈추지 않으니
빠르기야 참말로 성화 같다오.
때때로 짐승을 잡아오지만
남은 고기인들 어찌 맛이나 보겠소.
내 몸뚱이야 그럭저럭 견딘다지만
내 말은 벌써 누렇게 떠버렸다오.
도망을 치자니 차마 하지 못하고
죽기를 기다리자니 그도 도리가 아니겠지요."
이 말을 듣고 발걸음 머뭇거렸으니
서글퍼져 가슴속이 아파왔다네.
부귀빈천은 하늘의 운명에 달렸고

궁한 절개 지키는 건 성인이 마음에 두었다네.
하루아침에 공업을 세운다면
집안이 훤히 빛을 내리라.
그대 보게나, 저 현달한 사람도
본시 군대에서 몸을 일으켜세웠다네.
힘써 노력해 충절을 지켜야 하나니
이 말을 끝내 잊지 말게나.

我行原野中　　四顧秋草荒

溪邊見卒伍[1]　　張養成屋梁

不堪久曝露　　所以備雨暘[2]

自言衛京闕　　遠來別家鄉

家鄉是海畔　　棄爲盜賊場

我屋更無人　　婦女營農桑

近聞寇又逼　　不知存與亡

昔者我在邑　　志力壯且強

奮身捍偸狗[3]　　折噬[4]不敢狂

豈唯保家室　　郡境亦以康

今我隷兵籍　　受制如銜韁[5]

驅迫到畿甸[6]　　鎩翮[7]困低翔

1) 졸오(卒伍): 군졸의 대오. 곧 병졸을 가리킨다.
2) 우양(雨暘): 비 오는 날과 갠 날.
3) 투구(偸狗): 음식을 훔쳐 먹는 개. 도둑을 비유한 것이다.
4) 절서(折噬): 부러뜨리고 깨물다. 제압한다는 뜻이다.
5) 함강(銜韁): 재갈을 물고 고삐에 묶이다. 속박을 당한다는 뜻이다.
6) 기전(畿甸): 왕성을 둘러싼 경기 지역.
7) 쇄핵(鎩翮): 깃촉이 잘리다. 날개가 손상되었다는 뜻이다.

固圉[8]旣無備　清塞[9]風塵揚

阿誰[10]送供費　所携唯空囊

新蒭[11]給朝夕　貿致升斗[12]糧

駑馬放前壟　疲病行欲僵

主將好講武　逐獸千仞崗

馳驅不自已　奔若星火[13]忙

往往雖有獲　殘膏[14]焉得嘗[15]

我身尙可勉　我馬已玄黃[16]

亡命所不忍　待死安分常

聞此爲踟躕[17]　惻惻[18]心內傷

榮枯有賦命　固窮[19]聖所臧

一朝樹功業　門戶生輝光

君看列戟者[20]　本自起戎行[21]

勉旃[22]保忠節　此言終不忘

—『양촌집陽村集』 제4권

8) 고어(固圉): 견고한 변경의 진지를 가리킨다.
9) 청새(清塞): 외침으로 분란이 없는 평화로운 변새를 가리킨다.
10) 아수(阿誰): 의문대명사. '누구'의 뜻.
11) 신추(新蒭): 땔감으로 쓸 나무를 자르고 풀을 벤다는 뜻이다.
12) 승두(升斗): 한 말과 한 되. 작은 분량의 곡식을 가리킨다.
13) 성화(星火): 유성을 가리킨다. 별똥별.
14) 잔고(殘膏): 남은 살코기.
15) 언득상(焉得嘗): '焉'은 '어찌'의 뜻. '嘗'은 '맛보다'라는 뜻.
16) 현황(玄黃): 말이 비루먹어 살갗의 색이 변했음을 나타낸 것이다.
17) 지저(踟躕): 발길을 머뭇거린다는 뜻.
18) 측측(惻惻): 슬픈 모양.
19) 고궁(固窮): 곤궁한 상황을 편안히 여기다. 안빈낙도(安貧樂道)의 뜻.
20) 열극자(列戟者): 열극은 대문 앞에 의장용 창을 줄지어 세운다는 뜻. 공을 세워 현달한 자를 가리킨다.
21) 융행(戎行): 군대의 행렬, 즉 군대를 가리킨다.
22) 면전(勉旃): 노력하다. '전'은 어조사로 뜻이 없다.

우연히 만난 어느 병사의 이야기를 전해 듣고 지은 시. 익위군翊衛軍은 여말에 삼남三南 지방 등에서 징집한 장병으로 편성한 군대의 명칭이다. 개경 인근의 동강과 서강에 주둔해 도성을 방비하다 우왕禑王 1375년(우왕 1) 9월에 요동 정벌을 위한 주력으로 서북면으로 옮겨갔다.

총 52구로 이뤄진 이 시는 발단, 전개, 결말의 3부 구성을 갖추어 견문을 보고하는 형식을 취했다. 1단락(1∼6구)은 도성 인근의 들길을 가다 시냇가에 누추한 움막을 짓고 병영생활을 하는 병사와 조우하는 내용으로 도입부를 삼았다. 그들의 허름한 숙소를 목도하고 자연스럽게 병사들의 고충에 접근하는 단서를 이룬다.

2단락(7∼42구)은 시적 주인공인 익위군 병졸이 들려준 이야기를 옮겨놓았다. 전반부(7∼26구)는 병사의 과거 회상으로 채워졌으니, 바닷가 출신인 그는 용감하고 완력도 좋아 고향 땅에서 노략질을 하던 왜구를 때려눕힌 적도 있다고 한다. 그런데 도성 방비를 위해 해안 지역의 장정들을 차출한 이래 고향 땅은 무방비 상태에 놓여 도적놈 세상이 되었다고 진술한다. 후반부(27∼42구)는 현재의 병영생활이 얼마나 괴로운지를 하소연하는 데 할애되었다. 그는 병사들의 군량이 공급되지 않아 산에서 나무를 해다 팔아 연명하고 있으며 군대의 말 또한 제대로 먹지 못해 쓰러질 지경이라고 폭로한다. 그 가운데 특히 배불리 고기를 먹는 주장主將과 굶주리는 자신의 처지를 비교한 대목은 신분 차별의 실상을 곡진하게 풀어놓았다.

3단락(43∼52구)은 병졸의 안타까운 사정을 듣고 위로하는 말로 마무리했다. 그런데 그 내용은 얼핏 병사의 고충과 불만을 무마하기 위해 체제 순응의 논리를 편 것처럼 보인다. 그러나 실상 병사에게 아무 도움도 줄 수 없는 상황에서 참고 견디라는 발언은 결코 몰인정하거나 사리에 어긋나지 않는다. "이 말을 듣고 발걸음 머뭇거렸으니, 서글퍼져 가슴속이 아파왔다네"라는 작자의 고백처럼 그것은 병사의 딱한 처지를 동정해 나온 말인 것이다.

이 시는 일련의 사건을 중심으로 이야기가 전개되는 장편서사시는 아니지만 서사적인 표현수법을 적절히 활용했다. 시에서 병사의 진술 부분은 액자 구성을 이루는데, 그 이야기 속에는 미약하나마 서사적인 뼈대가 갖춰져 한층 실감나게 병영생활의 고충을 전달한다. 인물의 형상성도 뛰어나 병사의 모습이 생생하게 부각되었으니, 고향에 있을 때 그의 기세등등한 모습과 징집 이후 기백을 잃고 쇠잔한 모습이 극명한 대비를 이룬다.

한편, 익위군은 우왕을 옹립하고 집권한 이인임李仁任 일파가 친원 정책의 연장에서 명의 지배에 들어간 요동을 타격하기 위해 활용하고자 했던 군대. 그런데 작자 권근이 친명파였음을 감안하면, 이 시의 창작 의도는 다분히 정파적이다. 즉, 이인임 정권의 군사적 책동에 반대하는 입장을 펴기 위해 지어진 것이다. 그러므로 이 시는 익위군 병사의 진술을 통해 두 가지 군사적인 문제를 중점적으로 거론한다. 첫째는 무리한 징병으로 병사들이 극도로 열악한 병영생활을 하고 있다는 점이다. 대책 없이 장정을 동원해 기본적인 의식주조차 해결해주지 못하는 상황을 폭로함으로써 당국의 무능함을 고발하려는 의도가 있다. 둘째, 현실을 도외시한 국방 정책의 허점을 지적했다. 해안 지역의 장정을 징집해 개성 인근에 주둔시킴으로써 외려 지방은 방비가 허술해져 왜구의 침탈로 인한 피해가 크다는 점이다.

무풍현 벽 위의 시운에 차운하여 次茂豐縣壁上韻

정이오 鄭以吾

송곳 꽂을 만한 땅도 죄다 권세가 차지이니
속현에는 다만 시내와 산이 많을 뿐일세.
어린아이들은 나랏일을 알지 못한 채
구름 뚫고 나무하며 서로 노래 부르네.

立錐[1]地盡入侯家[2]　只有溪山屬縣多
童稚不知軍國事　穿雲互答採樵歌[3]

—『동문선』제22권

---

1) 입추(立錐): 송곳을 꽂아 세우다. 매우 좁아 여유가 없는 땅을 입추지지(立錐之地)라고 한다.
2) 후가(侯家): 부귀하고 현달한 집안. 권세가를 가리킨다.
3) 채초가(採樵歌): 나무꾼이 땔나무를 하며 부르는 노래.

무풍현茂豐縣은 지금의 전라북도 무주 무풍면 일대에 해당한다. 산세가 험하고 외진 내륙 지역으로, 여말에 최영崔瑩 장군이 난리에 대비해 산성을 축조하고 군대 창고를 세우길 요청한 곳이기도 하다.

이 시의 작시 배경은 '속현屬縣'과 '군국軍國'을 통해 추정할 수 있다. '속현'은 본래 지방관을 파견하지 못해 인접한 주현主縣의 관장이 관할하던 고을을 가리킨다. 고려 중기 이래 속현에도 따로 감무監務를 파견한 지역이 늘어났는데, 주현의 침해를 막고 유망민을 정착시키며 조세, 부역을 효과적으로 집행하기 위한 조처였다. 한편 '군국'은 군사 행위와 통치 행위를 포괄적으로 가리킨다. 이런 점을 감안하면, 이 시는 작자가 무풍에 지방관의 사명을 띠고 부임했거나 혹은 별도로 군무가 있어 종군할 때 지은 것이다.

시의 전반부는 '계산溪山'을 제외한 무풍의 온 농경지가 권세가 수중에 들어갔음을 밝혔다. 자연환경을 천연 그대로 바라보며 나타내는 대신 사회경제적 시각에서 파악하여, 궁벽한 오지까지 파급된 대토지 소유 현상을 고발한 것이다. 당시 권문세족과 사찰에 의해 자행된 대토지 겸병과 대농장 경영은 농민층의 토지 이탈을 조장해 그들을 몰락의 길로 내몰았다. 자영농은 소작농이 되거나 고향을 등진 채 유망민이 되었으며, 그도 아니면 권세가의 노비로 전락했다. 백성의 삶이 피폐해지면서 관에서는 조세와 부역의 정상적인 집행이 곤란해졌고, 이는 다시 국가경제의 황폐화로 이어졌다. 작자가 전혀 산수 심미의 흥취를 느끼지 못한 까닭은 이러한 폐단을 뇌리 가득 의식했기 때문이다.

시의 후반부는 아이들이 땔감을 채취하는 장면을 그렸다. 앞의 '계산'은 뒤이어 산에서 나무하는 '동치童稚'로, '동치'는 다시 그들의 '채초가採樵歌'와 자연스럽게 연결되었다. 그런데 이 부분은 전원적이고 목가적인 평온한 일상을 묘사했음에도 화면 아래 잠복된 불안 때문에 심각한 인상을 남기고 있다. 3구의 '군국사軍國事'는 전반부에서 풍자한 대토지 소유 문제와 왜구 방비를 위한 군사활동을 가리킨다. 기록에 의하면 1384년 왜구가 내륙 깊숙이 쳐들어와 영동, 무풍 지역까지 횡행했다고 한다. '군국사'와 관련되어 현지에 온 작자는 나무하는 아이들의 평화로운 모습을 지켜보지만, 그 시선이 애처롭고 애틋하리라는 점은 충분히 짐작된다. 언제 닥쳐올지 모를 살육과 약탈의 공포가 초동樵童의 노랫소리 메아리치는 산 너머 어딘가에 매복되어 있음을 인지하기 때문이다. 시는 말없이 천진난만한 아이들의 미래에 드리운 어두운 그림자를 보여주는데, 그 묵시적인 효과 때문에 아련하면서도 처연한 여운미가 지속되고 있다.

이 시는 무풍이라는 한 지역을 통해 내우외환에 휩싸여 파탄 직전인 사회상을 깊이 있게 함축했다. 토지제도의 붕괴와 왜구의 침탈로 신음하던 여말의 착잡한 현실 앞에서 작자는 무한한 감개에 사로잡혀 이 시를 지었다. 그러나 담담히 견문을 형언했을 뿐 시국을 염려하는 격정이나 비통함은 표면화하지 않았다. 그럼에도 곤경에서 헤어날 길 없는 가련한 백성의 운명과 쇠망을 피할 수 없는 낡은 왕조의 숙명을 깊이 통찰하여 예술적 감염력이 풍부한 편이다. 시는 일상에 내포된 망국의 조짐을 그려내 구슬픈 느낌이 가시지 않는데, 그런 점에서 만당晚唐의 시인 두목杜牧이 남긴 「박진회泊秦淮」에 비견될 만한 작품이다.

제 7 부

역사 사건과 인물을 회고하다

빈 성에는 한 조각 달이요
해묵은 돌에는 천년 구름이로다

오자서의 사당伍子胥廟

박인량朴寅亮

동문東門에 눈 걸린들 분은 수그러들지 않아
천년토록 푸른 강물엔 파도가 일렁인다.
지금 사람들 옛 현인의 마음 알지 못한 채
다만 조수가 얼마나 높은지 묻고 있구나.

掛眼東門憤未消　　碧江千古起波濤
今人不識前賢志　　但問潮頭¹⁾幾尺高

—『동문선』제19권

---

1) 조두(潮頭): 조수의 높은 부위를 가리킨다. 전당강(錢唐江, 현재는 첸탕 강錢塘江)에 조수가
밀려드는 광경은 장관을 이룬다.

1080년 박인량이 송나라에 사신으로 가서 지은 작품. 오자서伍子胥는 이름이 원員이며, 자서는 그의 자字다. 춘추시대 초나라 출신의 정치인으로, 군사작전에 능한 풍부한 지략의 소유자였다. 아버지와 형이 초평왕楚平王에게 무고한 죽임을 당한 뒤 오나라를 섬겨 조국에 보복했으나, 후에 오왕 부차夫差에게 자살을 강요받고 죽었다. 오자서의 사당은 그를 동정한 오나라 사람들이 시신이 버려진 강기슭에 세웠다고 전한다.

1구는 역사 실화를 함축했다. 오왕 부차에게 패배한 월왕 구천句踐이 강화를 요청했을 때 오자서는 거절하라고 간언했다. 그러나 부차는 외려 오자서를 중상모략하는 간신의 말에 넘어가 자살을 명했다. 이에 오자서는 분노하며 "내 눈을 도려내 도읍 고소성姑蘇城 동문에 걸어두라! 월나라 군대가 입성하는 꼴을 똑똑히 봐주겠다" 하고는 자결했다. 2구에서는 서경에다 충일한 역사적인 정감을 융해했다. 시인은 사당 아래를 흐르는 '벽강碧江', 즉 전당강을 바라본다. 그 강물 속에 오자서의 시신이 있으니, 부차가 그의 시신을 찢어 말가죽 부대에 담아 수장해버린 것이다. 그렇기에 '천고기파도千古起波濤'에는 풍경 묘사 이상의 의미가 담겨 있다. 끊임없이 일렁이는 물결은 영원히 소멸되지 않는 오자서의 원한을 상징하며, 거기에는 그를 바라보는 작자의 무한한 동정심이 함께 들어 있다.

후반부는 회고의 감회를 표출했다. 오자서는 걸출한 인물이지만, 당대인은 그의 파란만장한 삶과 비극적인 죽음에 무심하다. 오자서의 시신을 품은 강물을 앞에 두고서도 아무런 감흥도 없이 어떻게 강을 건널까 염려할 따름이다. 기록에 의하면 당시 사절단은 절강浙江에서 태풍을 만나 상당 분량의 방물方物을 잃었다고 한다. 많은 비를 동반한 태풍에 강물의 기세가 사나웠겠지만, 시인은 고난의 운명에 맞서 싸운 '전현前賢'을 애도하느라 험한 물결에는 짐짓 마음을 두지 않았던 것이다.

이 시는 영사詠史와 조문弔問을 아우른 가운데 역사 인물에 대한 평가를 반영했다. 오자서는 불굴의 의지를 지닌 인물이지만 성격이 단순치 않아 후대의 평가도 일정치 않다. 조국을 침공하고 초평왕의 시신을 무덤에서 꺼내 수백 대의 매질을 한 행위는 논란을 남겼으며, 비장한 유언 역시 복수의 화신과 같은 이미지를 덧칠해주었다. 그러나 오자서가 강직하게 군신지간의 의리를 지켰다고 인식하는 박인량은 그가 열렬한 충성을 바쳤음에도 비참한 최후를 맞은 사실을 애통해한다. 게다가 현철한 신하가 우매한 군주에게 희생된 사건은 역사의 수레바퀴 속에서 되풀이될 수 있는 사안이기에 남다른 감회를 갖지 않을 수 없었을 것이다.

시는 또한 범인凡人들의 몰역사성을 풍자했으니, 유서 깊은 고적지에서 의미를 찾지 못하는 행태를 개탄한다. 사절의 부대표 격인 박인량은 실상 도강渡江 문제를 등한시하며 태연히 시를 읊을 처지가 아니었다. 그러나 역사적 각성을 이룬 존재인 그는 목전의 현실을 고민하기보다는 위인의 치열했던 삶을 회고하는 데 열중이다. 『보한집補閑集』에 의하면 박인량이 이 시를 지어 오자서를 조문하자 이내 바람이 멎고 파도가 잠잠해 순조롭게 배를 타고 건널 수 있었다고 한다. 오자서는 죽어 도신濤神이 되었다고 전하거니와 진실한 시는 귀신마저 감동시킨다는 점을 상기시켜준다.

결기궁 結綺宮

김부식 金富軾

요堯임금 궁궐 섬돌은 낮아 석 자였어도
천년토록 그 덕은 남음이 있건만,
진秦나라 장성은 길어 만리나 되었어도
두 대代 만에 나라를 잃고 말았네.
예와 지금의 역사 속에서
본보기 삼을 수도 있으련마는,
수隋나라 황제는 어찌하여 생각 못하고
토목공사로 인민의 힘을 고갈시켰나!

堯階¹⁾三尺卑　　千載²⁾餘其德
秦城³⁾萬里長　　二世⁴⁾失其國

---

1) 요계(堯階): 요임금이 거처하던 궁전의 섬돌. 궁전이 매우 작고 소박하여 흙으로 쌓은 세 계
   단 위에 자리하고 있었다고 전한다. 요임금은 고대 중국의 전설적인 제왕으로, 그가 왕위를
   물려준 순(舜)과 함께 성군(聖君)으로 추앙된다.
2) 천재(千載): 천년과 같다. 재(載)는 연(年)과 같은 뜻.
3) 진성(秦城): 본래 전국시대에 흉노 등 북방 이민족의 침략을 막기 위해 수축한 성을 진시황
   이 중국을 통일한 후 연결하여 장성(長城)으로 만든 것이다.
4) 이세(二世): 두 세대를 의미하며 이세황제(二世皇帝)의 약칭이기도 하다. 진시황은 자신이
   삼황오제(三皇五帝)의 덕을 아울렀다고 하며 황제의 시원(始原)으로 자처하고, 이후 황위
   계승자를 이세황제, 삼세황제 식으로 명명하여 만대에 이르고자 했다.

古今靑史[5]中　　可以爲觀式[6]
隋皇[7]何不思　　土木竭人力

—『동문선』 제4권

5) 청사(靑史): 역사(歷史)와 같다. 종이가 발명되기 이전에는 대나무 조각에 기록을 남겨 전했는데, 대나무가 푸르기에 역사를 청사라고 일컫게 되었다.
6) 관식(觀式): 본보기. 보고 따를 만한 격식을 의미한다.
7) 수황(隋皇): 수양제(隋煬帝) 양광(楊廣)을 가리킨다. 남북조시대를 끝내고 중국을 통일한 수문제(隋文帝) 양견(楊堅)의 둘째 아들로 604년에 부친을 시해하고 제2대 황제에 올랐다. 성격이 포악하고 무자비한 폭군으로, 수백만의 백성을 징발해 낙양(洛陽)에 궁궐을 세우고, 대운하를 굴착했으며, 장성을 수축했다. 또 주변 민족과 빈번하게 전쟁을 벌여 고구려를 세 차례에 걸쳐 침입했다. 무거운 요역과 병역의 부담을 참지 못한 농민들이 각지에서 반란을 일으켜 머잖아 나라가 멸망했으며, 자신은 친위대의 장수에게 살해되었다.

수양제의 실정失政을 회고한 영사시詠史詩. 극도로 토목공사에 열을 올린 수양제는 즉위 직후부터 각지에 거대한 공사판을 벌였다. 낙양에는 도성을 축조하느라 매달 200만 명을 동원해 궁성을 세웠으며, 둘레가 약 80킬로미터에 달하는 대정원인 서원西苑을 만들고 궁실을 꾸미느라 각지의 희귀한 석재와 목재를 낙양으로 옮겨왔다. 그 과정에서 노역에 동원된 수십만 인부들이 죽어갔는데, 결기궁은 그렇게 백성의 고혈을 짜서 세운 열여섯 개의 호화 궁실 가운데 하나다.

시의 전반 네 구는 역사상 평가를 달리하는 두 임금을 뚜렷이 대비하며 암암리에 수양제의 폭정을 상기시켰다. 검약했던 요임금은 소박한 거처에 살며 덕으로 백성을 감화한 덕치주의의 표본이지만, 냉혹한 통치자 진시황은 백성을 괴롭히며 장성을 쌓다가 농민 봉기로 제국의 멸망을 재촉했다. 수양제가 성군聖君을 본받기는커녕 폭군을 반면교사로 삼지도 못했음을 증거하기 위해 사실史實을 적절히 원용한 것이다.

이어 후반 네 구는 역사의 교훈을 얻지 못한 수양제의 무지몽매함을 지적했다. 주목할 것은 마지막 구의 '갈인력竭人力'에 담긴 함의다. 백성들은 조세 외에도 국가에 노동력을 제공할 의무가 있지만 과도한 토목공사는 필연적으로 민생의 파탄과 민심의 이반을 불러일으킨다. 비록 나라의 멸망까지는 언급하지 않았으나, 나라의 근본인 백성의 생업을 저해하는 무리한 토목공사가 왕조의 존속에까지 영향을 준다는 점을 명료히 주지시키고 있다.

이 시는 전적으로 논리적 사유에 기초해 시상을 전개하여 궁전에 관한 묘사나 기술은 전무하다. 비판적 역사의식이 넘쳐나는 의론 위주의 시다. 그런데도 수양제가 벌인 여러 토목공사 중 하필 결기궁을 택해 제목으로 삼은 데는 은미한 의도가 있다. 바로 앞서 남조南朝의 마지막 왕인 진후주陳後主는 결기각結綺閣이란 호사스런 궁전을 세우고 환락을 누리다 수문제에게 패망했다. 역사의 아이러니를 환기하려는 의도에서 이런 제목을 선택한 것인데, 그런 점에서 작시의 목적은 단지 역사 회고에 있지 않다. 과거를 통해 현재를 성찰하도록 경고하려는 풍유諷諭·풍간諷諫의 의도가 담겨, 우매한 임금의 전철을 따라서는 곤란하다는 정론적政論的 시의식에서 지어진 것이다.

기록에 의하면, 당시 묘청妙淸 일파의 서경천도설을 따라 평양에 대화궁大花宮을 짓게 되었는데 동절기에 백성을 동원한 탓에 원성이 많았다 한다. 왕에게 역사役事의 부당성을 강변하여 서경천도를 견제하려는 정략적 입장에서 이 시가 구상된 것임을 알 수 있다.

『동인시화東人詩話』에서는 김부식의 시에 대해 '사의詞意가 엄정嚴正하고 전실典實하다'고 평했다. 엄연한 역사적 사실을 근거로 삼아 설득력 있게 주장을 편 이 시는 그런 평가와 잘 부합된다. 정연한 구성과 간명한 논법, 근엄한 어조와 정련된 언어, 자연스런 용사用事가 작자의 엄밀한 성격과 중후한 기상을 짐작게 한다.

바다 건너 동정에 나선 것에 유감스러워 感渡海

곽예 郭預

부상扶桑의 바다는 멀어 끝이 없나니
만리에 푸르러 하늘빛에 닿아 있도다.
바다 가운데 오랑캐들 붙어사는데
물길 겨우 통하나 변괴를 헤아리기 어렵네.
성명聖明이야 본래 관심 두지 않았으나
변방 장수가 공을 탐하여 얻기를 꾀하였나니,
명命을 받잡고 작년부터 동정東征을 꾀하여
동남방에 군사 집결 기한은 유월이었다.
천 척 배가 물결 타고 일기도一岐島에 모였건만
열 발의 돛대는 바람에 부러지려 하였다.
서로 관망하며 여름 지나도록 싸우지 않았거니
그 매운 고생이야 어찌 그대에게 말할 것 있으리.
뜨거운 기운에 장기瘴氣 낀 안개는 사람 몸에 스며들고
바다 가득 떠 있는 시체엔 원기가 맺히었다.
달은 찼다 기울고 조수는 밀려왔다 나가고
어느새 구월 하고도 삼십일이 되었다.
그때 팔방에서 미친바람이 불어오더니
어찌 그리도 날래게 전선을 부숴버리던가!
급박한 그때에 누가 천금호千金壺 빌리려나?

부질없이 장사를 시켜 이무기 집을 들쑤셨구나.

슬프도다! 십만 강남의 사람들

외딴섬에 의지하여 맨몸으로 서 있었네.

이제 원한에 사무친 뼈가 산처럼 드높은데

밤새도록 떠도는 혼은 하늘 향해 울부짖네.

옛날의 장수들 살아 돌아온다면

이를 생각하며 울분을 더하지 않을 수 있으랴!

장하도다! 만고의 오강烏江 위에서

강동으로 돌아가기 부끄러워 공업을 버렸구나.

扶桑¹⁾之海遠不極　　　萬里蒼蒼接天色

有夷²⁾生寄海中央　　　水道³⁾繚通變難測

聖明⁴⁾本自置度外　　　邊將貪功謀欲得

受命東征⁵⁾自往年　　　東南⁶⁾師期⁷⁾在六月

千艘駕浪會一歧⁸⁾　　　十丈風帆檣欲折

相望涉夏不交鋒　　　辛苦何須爲君說

炎氛⁹⁾瘴霧¹⁰⁾熏着人　　　滿海浮屍寃氣結

---

1) 부상(扶桑): 해가 뜨는 동쪽 바다에 있다는 신목(神木). 해 뜨는 동쪽 바다, 일본을 가리키기도 한다.
2) 이(夷): 왜인(倭人), 즉 일본인을 가리켜 말한 것이다.
3) 수도(水道): 뱃길을 가리킨다. 『동문선』 원문에 '木道'로 되어 있으나 바로잡는다.
4) 성명(聖明): 제왕(帝)을 가리킨다. 여기서는 원의 황제를 일컬은 것이다.
5) 동정(東征): 여원연합군의 일본 정벌.
6) 동남(東南): 고려의 동남쪽을 가리킨다. 구체적으로는 다음 구에 나오는 일본의 일기도를 가리킨다.
7) 사기(師期): 군대의 작전 계획 일정을 가리킨다.
8) 일기(一歧): 일기도(一歧島)를 가리킨다. 쓰시마 섬과 규슈(九州) 사이에 있는 섬으로, 일본 명으로는 '이키'라고 부른다.
9) 염분(炎氛): 불에 타는 듯 뜨거운 기운.
10) 장무(瘴霧): 습하고 더운 땅에서 생기는 독기를 가리키는 장기와 안개.

望舒虧盈¹¹⁾潮落生　　九月¹²⁾已當三十日

是時八極¹³⁾顚風¹⁴⁾來　　擊碎蒙衝¹⁵⁾何大疾

蒼皇誰借千金壺¹⁶⁾　　枉敎壯士探蛟室¹⁷⁾

哀哉十萬江南人¹⁸⁾　　攀依絶嶼赤身立

如今恨骨與山高　　永夜驅魂向天泣

當時將帥若生還　　念此能無增欝悒

壯哉萬古烏江¹⁹⁾上　　恥復東歸棄功業

―『동문선』 제6권

11) 휴영(虧盈): 달이 이지러지고 찬다는 뜻. 초승달로부터 보름달, 그믐달에 이르는 과정을 비유한 것이다.
12) 구월(九月): '九'는 '七'의 오류로 여겨진다.
13) 팔극(八極): 팔방의 머나먼 땅.
14) 전풍(顚風): 폭풍, 광풍의 뜻. 여기서는 태풍(颱風)을 가리킨 것이다.
15) 몽충(蒙衝): 전선(戰船)의 이름. 방호 시설이 잘되어 있는 빠른 공격선.
16) 천금호(千金壺): '壺'는 '瓠'와 통한다. 배를 타고 가다가 난파되면 뒤웅박 하나가 천금의 가치가 있다는 뜻으로, 평소 쓸모없던 것도 요긴하게 쓰일 수 있음을 비유하는 말이다.
17) 교실(蛟室): 이무기의 집. 본래 바닷속을 가리키는 말이나 여기서는 일본 땅을 비유한 것이다.
18) 강남인(江南人): 중국의 강남에서 출병한 군사를 가리킨다.
19) 오강(烏江): 중국의 안후이 성(安徽省) 허 현(和縣)을 흐르는 강. 항우가 해하(垓下)에서 한나라 군대에 포위되어 패주하다 이곳에 이르러 자살했다. 『사기史記』 「항우본기項羽本紀」에 의하면 항우는 오강을 건너 재기하라는 권유를 물리치고 자살하기 직전 "내가 강동의 자제 8000명과 함께 강을 건너 서쪽으로 왔는데, 지금은 한 사람도 생환하지 못했다. 강동의 부형들이 가엾게 여겨 나를 왕으로 삼을지라도 내가 무슨 면목으로 그들을 보겠는가!"라고 말했다.

제목의 '도해渡海'는 원나라가 일본 정벌에 나서 바다를 건넌 사건을 가리킨다. 시에서 이른바 '동정東征'이다. 1274년(원종 15), 고려는 원의 강압에 못 이겨 군수와 병력을 지원하며 1차 동정에 나섰으나 실패했다. 그러나 원은 1281년(충렬왕 7) 다시 대대적인 2차 출정을 감행했으니, 이 시는 바로 그때의 전사戰史를 개괄하면서 감회를 피력한 작품이다.

시의 도입부(1~6구)는 일본의 지리적 특성과 일본 정벌의 추진 배경을 밝혔다. 그 가운데 "성명이야 본래 관심 두지 않았으나, 변방 장수가 공을 탐하여 얻기를 꾀하였나니聖明本自置度外, 邊將貪功謀欲得"라고 한 5, 6구의 내용은 실상과 차이가 있다. 동정의 감행이 변장邊將의 획책 때문이며 황제의 의지와는 무관하다는 표현은 수사적 표현에 불과한 것으로, 작자의 진실한 생각이 아니다. 변장이란 여원연합군의 사령관 흔도忻都와 부사령관 홍다구洪茶丘, 남송南宋 출신의 항장降將으로 원에 중용된 범문호范文虎 등을 가리키나, 일본 정벌의 1차적인 요인이 세계제국을 구축하려는 원元 세조世祖 쿠빌라이 칸의 정복욕에 있었음은 부인할 수 없다. 작자역시 그런 내막을 모르지 않으나, 전쟁의 책임을 황제에게 돌릴 수 없기에 변장에게 화살을 돌린 것이다.

이어 2단락(7~20구)에서는 동정의 개시부터 종말에 이르는 과정을 개괄하고, 풍부한 상상력을 발휘해 전장의 처참한 상황을 묘사했다. 세부적인 전황을 다루며 서사를 진행하지 않아 구체성은 약하지만, 동정군의 비극적인 최후는 더할 나위 없이 강렬한 비장미를 지닌다.

역사 기록에 의하면, 당시 경상도 합포(지금의 창원 마산합포구)에서 출발한 여원연합군은 원의 장수 흔도가 통솔했으며 4만의 전투병과 900척의 전선으로 편성되었다. 이 군대는 동로군東路軍이라 불렸으며, 그중 고려가 지원한 1만 병사는 김방경金方慶 장군의 휘하에 있었다. 그 외 10만의 강남군江南軍은 범문호가 통솔했으며, 병사들도 대개 몽골에 투항하거나 포로로 잡힌 남송 출신의 한인으로 편성되었다. 그들은 지금의 중국 저장 성浙江省 닝보寧波(당시는 명주明州)에서 3500척의 전선에 나눠 타고 출정했는데, 본래 6월에 일본에서 합류하기로 했으나 뒤늦게 7월에 도착해 동로군과 합류했다.

초기에 동정군은 몇몇 일본 부속 도서를 점령하며 공세를 펼쳤다. 그러나 무더위와 전염병으로 사기가 저하되었고, 일본의 방어 태세 또한 공고해 본토 깊숙이 공략하려던 전략에 차질이 생겼다. 그러다 동정군은 훗날 일본에서 '가미카제神風'라 부르게 된 대형 태풍에 결정적인 타격을 입는다. "그때 팔방에서 미친바람이 불어오더니, 어찌 그리도 날래게 전선을 부숴버리던가!是時八極顛風來, 擊碎蒙衝何大疾"라는 묘사처럼 졸지에 함대가 궤멸되었다. 이에 수많은 병사들이 수장된 사실을 비유적 표현을 빌려 함축하기를 "급박한 그때에 누가 천금호 빌리려나? 부질없이 장사를 시켜 이무기 집을 들쑤셨구나蒼皇誰借千金壺, 枉敎壯士探蛟室"라고 했다. 여기서 '왕枉' 자에는 '헛되이' '쓸데없이'의 뜻이 담겨 있으니 동정에 대한 작자의 부정적 시각을 짐작할 만하다.

시의 3단락(21~24구)은 이역異域에서 무참하게 생을 마감한 10만 강남군의 비극적 운명을 조명했다. "이제 원한에 사무친 뼈가 산처럼 드높은데, 밤새도록 떠도는 혼은 하늘 향해 울부짖네如今恨骨與山高, 永夜羈魂向天泣"라는 구절은 생생한 비유와 선명한 과장을 빌려 지극히 처절하고 참담하게 죽음을 형상화했다.

4단락(25~28구)은 시상을 결속하며 마쳤다. "옛날의 장수들 살아 돌아온다면, 이를 생각하며 울분을 더하지 않을 수 있으랴!當時將帥若生還, 念此能無增蔚悒"라는 구절에서 '당시장수當時將帥'는 동정에 나선 장수를 지칭한 것이 아니라, 전장에서 사졸士卒과 운명을 같이해 절명한 과거의 불특정한 장수를 가리킨다. 그들이 만약 살아 있다면 동정의 장수가 휘하의 대군을 사지로 몰아넣고 자신은 죽음을 모면한 사실 앞에 크게 분노할 것이라는 뜻이다. 그렇기에 작자는 군사를 잃고 장렬하게 자결한 항우의 행적을 숭고한 결단으로 찬미하여 "장하도다! 만고의 오강 위에서, 강동으로 돌아가기 부끄러워 공업을 버리었구나壯哉萬古烏江上, 恥復東歸棄功業"라고 했다. 이는 역으로 동정의 장수를 만고의 죄인으로 규정한 것이어서 매우 의미심장한데, 바로 앞에서 강남군을 언급했으므로 1차적으로는 범문호를 지탄한 것이다.

한편, 『고려사』에 의하면 "동정에 나선 군사가 9960명이며 뱃사람이 1만 7029명인데 생환한 자는 1만 9397명"이라 한다. 7500여 명의 인명 손실에도 불구하고 고려의 피해를 일언반구 언급하지 않은 점은 의외다. 작자가 의도적으로 고려 관련 내용을 배제했다고 볼 수밖에 없으니, 그 이유는 무엇인가?

동정은 13세기 후반 동북아 여러 민족의 특수한 역학 관계에서 돌출된 사건이다. 고려는 장기간의 대몽 항쟁으로 기력이 쇠잔했으나 원의 겁박에 못 이겨 막대한 인적, 물적 희생을 감수해야 했다. 그런데 조정의 관료로서 작자가 동정으로 야기된 고려의 수난을 있는 그대로 시화詩化하기는 실로 곤란했을 것이다. 이에 이 시는 동병상련의 처지에 있던 한족漢族 출신의 강남군을 전면에 내세워 은밀하게 원에 대한 항의와 반감을 담아냈다. 강남군에 대한 조의의 표명에는 고려군에 대한 애도가 함께하고 있는 것이다. 변방 장수의 획책으로 동정이 이루어졌다고 한 서두와 그들이 수많은 생명을 죽음으로 내몰고 뻔뻔히 살아왔다고 한 결말 역시 심층적인 의미가 있다. '성명'으로 지칭된 원 세조는 성역에 속한 존재이므로 그를 대신해 장수에게 혐오의 화살을 날린 것이기 때문이다. '치도외置度外'해도 될 일본을 공략하려다 대단위 인명 피해를 당한 책임은 결코 장수에게만 있지 않으니, 궁극적으로 모든 원망은 원세조를 향한다 해도 과언이 아니다.

곽예는 동정이 원의 패권주의 야욕에서 비롯되었으며, 그로 인해 주변 여러 민족이 재앙을 당했다는 점을 명료히 인식했다. 그러므로 일본에 대한 적개심도 없고, 상세한 전황이나 전투의 승패 자체에 관심을 두지 않았다. 대신 불필요한 정복전쟁의 혹독한 대가를 두드러지게 표현하여, 도대체 무엇을 위한 전쟁이었는지 회의하도록 자극했다. 결론적으로, 이 시는 자기 시대의 중대한 국제 사건을 깊이 있게 조명하려는 작가정신의 결정체다. 강포한 원을 의식해 조심스럽게 원인과 책임 문제에 접근하고 있지만, 무력을 앞세워 아시아를 남김없이 제패하려는 원의 야욕을 대의라는 측면에서 통찰하려는 의식이 엿보인다. 또한 부질없는 전쟁이 초래한 비극을 통렬하게 노래했다는 점에서 반전주의적 주제사상을 고취했다 하겠다.

등주 옛 성에서의 회고登州古城懷古

안축安軸

저문 날 성 머리에 서서 옛일을 생각하나니
단풍과 국화, 눈에 가득 가을이로다.
제 집 담 안에 화禍 감춰진 줄 모르고서
바다섬만 믿고 깊은 꾀를 삼았구나.
백년 언덕엔 무정한 풀만 더부룩
십 리 바람 부는 안개 속에 미더운 갈매기뿐.
멀리 북방 바라보며 부질없이 탄식하노라니
어디서 피리 소리는 사람을 시름겹게 하는가?

暮天懷古立城頭　　赤葉黃花滿眼秋
不覺蕭墻[1]藏近禍　　唯憑海島作深謀[2]
百年丘隴無情草　　十里風煙有信鷗
遙望朔方[3]空嘆息　　一聲羌笛[4]使人愁

　　　　　　　　—『동문선』제15권(『근재집謹齋集』제1권)

1) 소장(蕭墻): 숙장(肅墻)과 같다. 담장 안쪽, 내부를 가리킨다. 이 구절은 조휘(趙暉)와 탁청(卓靑)이 내부에서 반란을 일으켜 몽골에 투항한 사실을 말한 것이다.
2) 심모(深謀): 몽골이 침입하자 최우(崔瑀)가 수도를 개경에서 강화도로 옮긴 사실을 말한 것이다.
3) 삭방(朔方): 북쪽. 여기서는 쌍성총관부가 들어선 화주(和州) 이북의 강토를 가리킨다.
4) 강적(羌笛): 피리를 가리킨다. 본래 중국 변경의 소수민족인 강족(羌族)이 불던 목관악기의 이름이다.

이 시는 작자가 충혜왕^{忠惠王} 때 강릉도존무사^{江陵道存撫使}로 나갔다가 등주 성에 올라 잃어버린 북녘의 강토를 바라보며 지은 것이다. 등주는 함경도 안변^{安邊} 지역에 해당한다. 무신집권기인 1258년(고종 45)에 함경도 지역에서는 조휘와 탁청이란 자가 반역을 일으켜 화주, 함경도 영흥군 지역 이북의 땅을 몽골에 내주고 투항한 사건이 발생했다. 이후 그 지역 은 쌍성총관부가 설치되어 원의 직속령이 되었다가 공민왕 대에 이르 러 수복되었다.

안축은 이민족의 수중에 넘어간 북방 고토를 지켜보며 서글픈 감개 속에 이 회고시를 지었다. 그렇기에 1연부터 무거운 분위기 속에 해 저 무는 고성^{古城}의 쓸쓸한 가을 풍경으로 첫머리를 삼았다. 음양오행설에 따르면 가을은 금^金에 속하고 방위로는 서쪽에 해당하며 전쟁과 살기를 상징하기도 한다. 이에 눈 가득한 '추색^{秋色}'은 심미적 완상 대상이 되지 못하고 외려 과거의 전쟁을 상기시키는 단서가 되어, 자연스럽게 2연의 대몽항쟁기 회고와 연결되도록 유도하고 있다.

2연에는 역사 현상의 이면을 짚어보는 작자의 예리하고 냉철한 의식 이 개재되어 있다. 시인은 조휘와 탁청의 모반이 대몽항쟁의 전략적 실 패에서 기인했다고 판단한다. 전 국토가 이민족의 말발굽 아래 유린당 하는데도 몽골이 수전^{水戰}에 약하다고 판단한 무신정권은 자신의 권력 유지에 급급해 강화로 천도했다. 그것은 국토와 백성을 포기한 것과 다 를 바 없었으니, 시인은 지방에 대한 중앙의 장악력이 해이해진 결과 반 역 행위가 발생한 것으로 판단한다.

뒤이어 3연은 쌍성총관부가 들어선 지 근 100년이 되어가는 현재의 시점으로 되돌아와 이북에 펼쳐진 경물로써 상실감을 노래했다. 풀과 갈매기야 역사의 내력을 아랑곳할 리 없다. 다만 이 땅의 사람으로서 치 욕과 울분이 없을 수 있겠는가! 짐짓 경물에 시선을 돌리면서 쓸쓸한 회고의 정을 은근히 조성해낸 수법이 특출하다. 마지막 연에 이르러서는 잃어버린 북쪽 땅을 바라보며 국토 상실의 안타까운 심정을 직접적으로 노래했는데, 앞 연에서 조성된 처연한 분위기에 더하여 강렬한 비장감을 안겨준다.

이 시는 이지理智와 정감이 잘 융합되었으며 반성적인 역사적 사유가 심도 깊고, 정서적인 감응력 또한 풍부하다. 원의 정치적 간섭이 한창이던 때 그들에게 귀속된 우리 영토를 애통한 마음으로 바라보며 시를 지은 점도 예사롭지 않다. 함경도 지역은 본래 고려 전기에 윤관尹瓘 장군이 여진족을 정벌하고 9성을 쌓으면서 어렵게 획득한 영토다. 많은 피를 대가로 지불하고 획득한 땅을 어이없이 상실했기에 더욱 울분의 정서가 충일하다. 깊은 국토애는 물론 민족적 저항의식까지 엿볼 수 있는 작품이다.

정중승이 달 아래 거문고를 타다 鄭中丞月下撫琴

민사평 閔思平

달빛은 이슬 젖은 계수桂樹 가지에 흐르고
밤 깊어 마음 조금 개운함을 느끼네.
세상 사람 그 누가 헤아려줄까?
광릉廣陵 한 곡조를 부질없이 홀로만 아네.

蟾影1)圓流露桂枝　　夜深斗覺2)爽襟期3)
世人誰是知音耳　　一曲廣陵4)空自知

——『동문선』 제21권(『급암시집及庵詩集』 제2권)

1) 섬영(蟾影): 달빛을 가리킨다. 달에 두꺼비가 산다는 전설이 있어 생겨난 말이다.
2) 두각(斗覺): 조금 느끼다. '두(斗)'는 미소한 상태를 의미한다.
3) 금기(襟期): 마음. 금회(襟懷)와 같다.
4) 광릉(廣陵): 광릉산(廣陵散)을 가리킨다. 위(魏)의 혜강(嵇康)이 형장에서 죽기 직전 연주했
　다는 거문고 곡조의 이름이다.

지금은 전하지 않지만, 이제현李齊賢은 전대의 명사 네 명에 관한 고사를 엮어 소위 「동국사영東國四詠」을 지은 바 있다. 이 시는 민사평이 그에 차운해 지은 시 가운데 한 수인데, 나머지 세 수는 김부식金富軾을 다룬 「김시중승로방강서혜소상인金侍中乘驢訪江西惠素上人」, 최당崔讜을 다룬 「최대위모설유성북추암崔大尉冒雪遊城北皺巖」, 곽예郭預를 다룬 「곽한림우중상련郭翰林雨中賞蓮」이다. 한편 시제의 정중승鄭中丞은 정서鄭敍를 가리키며, 중승은 어사대御史臺의 관직명이다.

이 시는 정서가 유배지에서 지어 부른 유명한 고려가요 「정과정곡鄭瓜亭曲」에서 모티프를 취했다. 정서는 의종毅宗 5년인 1151년 역모 혐의로 참소를 입고 장류형杖流刑에 처해졌다. 왕은 동래東萊로 귀양 가는 그에게 머잖아 소환하리라 약속했으나 정서는 정중부鄭仲夫의 난으로 의종이 폐위되고 명종이 즉위하던 1170년이 되어서야 복권되었다. 「정과정곡」은 긴 유배생활의 고통 속에서 자신의 결백을 호소하고 조속히 임금 곁으로 불려가길 기대하며 지은 노래인 것이다.

시는 '월하무금月下撫琴'이란 제목에 맞춰 전반부는 달밤의 정취를, 후반부는 거문고를 타면서의 심정을 위주로 노래했다. 1구는 달빛이 함초롬 이슬에 젖은 계수나무에 비치는 정경을 묘사했다. '섬영蟾影'과 '계지桂枝'는 달에 두꺼비와 계수나무가 있다는 전설을 활용한 시어다. 2구는 아름다운 달밤이 유배객의 억울한 심정을 조금이나마 위로해주리라는 상상을 말했다. 이는 「정과정곡」의 "잔월효성殘月曉星이 아르시리이다"라는 구절의 함의와 간접적으로 맥락이 닿아 있으니, 달빛이 모함에 빠진 유배객의 결백을 조명해준다는 설정이다.

3구는 거문고와 관련된 백아伯牙와 종자기鍾子期의 '지음知音' 고사를 원용해 충정衷情을 알아주는 이 없는 정서의 고독한 정한情恨을 부각했다. 자신의 거문고 연주를 듣고 심중까지 헤아렸던 종자기가 죽자 백아는 거문고를 부수고 다시는 연주를 하지 않았다. 이 구절은 의문의 형식으로 정서에게 지음이 없음을 밝힌 것인데, 의종의 무심함에 대한 은근한 힐난 또한 개재해 있다. 4구의 '광릉'도 거문고와 연관이 있는 시어다. 죽림칠현^{竹林七賢}의 한 명인 혜강은 권력층의 미움을 받다 친구가 일으킨 사건에 연루되어 처형될 때 울분과 통한의 정을 담아 거문고를 연주했다. 그것이 바로 유일하게 혜강만 알고 있었다는 〈광릉산〉이란 금곡^{琴曲}이다. 전하는 바에 따르면, 혜강은 한^韓나라의 간신을 죽인 전국시대의 자객 섭정^{聶政}에게 감명을 받았다고 한다. 그러나 자신은 간신을 제거하지 못한 채 그들의 술책에 걸려 죽음에 이르게 되었음에 비분강개하며 이 곡을 탔다고 한다. 그런즉 마지막 구절은 정서가 간신의 모함으로 곤경에 처했다는 점을 드러내고, 아울러 그의 거문고 소리 역시 혜강의 그 것처럼 비장미가 가득했으리란 점을 시사하고 있다.

이제현의 「동국사영」은 민사평 외에 정추^{鄭樞}와 한수^{韓脩}가 차운했으며 조선 초에 김시습^{金時習}도 작품을 남겼다. 여기서 특별히 '동국'이란 호칭을 쓴 까닭은 우리의 역사와 문화전통을 중국과 변별하려는 의도 때문으로, 창작의 계기가 자국의 문화에 대한 자긍심과 애착심에서 비롯되었음을 헤아릴 수 있다. 그로 인해 한시의 형식에 민족적 내용을 더하는 긍정적 결과를 남겨놓았다.

정관의 노래, 유림관에서 짓다貞觀吟, 榆林關作

이색李穡

진양공자晉陽公子가 호걸들과 교유를 맺어
풍운의 장대한 기상 우주에 가득했었네.
우뚝하니 한 번 일어나 천과天戈를 휘두르니
수제隋堤의 버들이 빛을 잃고 말았네.
은주殷周를 뒤좇아 무공을 이미 세웠거니
우하虞夏를 따라 문덕文德을 펼침이 마땅하다.
찬 것을 지니고 이룬 것 지킴엔 안정安靖함이 귀하니
과시하기 좋아하고 공을 즐기면 뒤집히기 일쑤라.
기자箕子 봉해준 삼한三韓은 신하 삼지 않았던 땅
마음에 두지 않음이 좋은 계책이 되었으리라.
어이하여 군병을 움직이는 데 이르렀던가!
재갈 물리고 몸소 동토東土에 왔단 말인가!
사나운 병사들 밤에 요동遼東의 달을 손에 쥐려다
그 깃발이 새벽녘 계림鷄林의 비에 젖고 말았다.
주머니에 든 물건인 줄로만 생각했건만
어찌 알았으랴? 화살에 눈동자 떨어질 줄을.
정공鄭公이 이미 죽어 언로도 막혔거늘
우스워라! 큰 비석이 넘어졌다 다시 세워졌구나.
고개 돌려 세 번 '정관貞觀'을 소리치노라니

하늘 끝에서 슬픈 바람 횡 하고 불어온다.

晉陽公子[1]結豪客　　風雲壯懷滿八極[2]

赫然一起揮天戈[3]　　隋堤[4]楊柳無顏色

已踵殷周[5]成武功　　宜追虞夏[6]敷文德

持盈守成貴安靖　　好大喜功多反側

三韓[7]箕子[8]不臣地　　置之度外疑亦得

胡爲至動金玉武　　啣枚[9]自將臨東土

貔貅[10]夜擁鶴野[11]月　　旌旗曉濕雞林[12]雨

謂是囊中一物耳　　那知玄花[13]落白羽[14]

---

1) 진양공자(晉陽公子): 당태종 이세민(李世民)을 가리킨다. 부친인 고조(高祖) 이연(李淵)이 황제가 되기 전에 진양공을 지낸 까닭에 이세민을 진양공자라고 한다.

2) 팔극(八極): 팔방(八方)의 극히 먼 곳. 곧 세상을 가리킨다.

3) 천과(天戈): 제왕의 군대를 비유한 것이다.

4) 수제(隋堤): 수양제 때 만들어진 운하의 제방. 여기에 버드나무를 심었다.

5) 은주(殷周): 고대 중국의 국가. 은나라는 탕(湯)이 세웠으며, 주나라는 그 뒤를 이어 무왕(武王)에 의해 건국되었다.

6) 우하(虞夏): 유우씨(有虞氏)의 시대와 하(夏)나라. 순임금은 제순유우씨(帝舜有虞氏)로 불렸으며, 하나라는 순임금의 신하로서 제위를 선양받은 우임금이 세운 나라이다.

7) 삼한(三韓): 본래 마한, 진한, 변한을 가리키나 후대에 뜻이 확장되어 우리나라를 가리키는 말로 사용되었다.

8) 기자(箕子): 은나라 마지막 임금인 폭군 주(紂)임금의 숙부. 주무왕이 은을 멸한 후 그를 현인이라 하여 조선 왕으로 봉했다는 기록이 중국의 사서에 전한다.

9) 함매(啣枚): 행군할 때 떠들지 않도록 병사들의 입에 물리던 막대기. 양 끝에 줄을 매달아 목에다 걸었다.

10) 비휴(貔貅): 사나운 짐승의 이름으로 용맹한 군대를 비유한 것이다.

11) 학야(鶴野): 요동 지역의 평야 지대를 가리킨다. 요동의 정령위(丁令威)가 신선이 되어 학의 모습으로 돌아와 화표주(華表柱)에 앉아 울었다는 전설로 인해 요동을 학야라고 부른다.

12) 계림(雞林): 경주의 별칭으로 통상 신라를 가리킨다. 여기서는 삼한, 즉 우리나라를 가리키는 뜻으로 사용되었다.

13) 현화(玄花): 눈동자를 가리킨다. 중국에는 기록이 없으나 우리나라에 전하는 바에 의하면 안시성주(安市城主) 양만춘(楊萬春)이 쏜 화살이 태종의 눈을 맞혔다고 한다.

14) 백우(白羽): 흰 깃털이 달린 화살을 가리킨다.

鄭公¹⁵⁾已死言路澁　　可笑豐碑¹⁶⁾蹶復立

回頭三叫貞觀年　　天末悲風吹颯颯¹⁷⁾

─『동문선』 제8권(『목은집牧隱集』 제2권)

---

15) 정공(鄭公): 당태종 이세민의 신하 위징(魏徵)을 가리킨다. 봉호(封號)가 정국공(鄭國公)으로, 강직하게 간쟁한 것으로 유명하다.
16) 풍비(豐碑): 커다란 비석을 가리킨다. 당태종은 위징 사후에 공훈을 기려 비석을 세워주었으나 후에 그가 직간(直諫)한 글을 보고 격노해 비석을 넘어뜨리라 명했다. 그러다 고구려에 패한 뒤 후회하고 다시 세우게 했다.
17) 삽삽(颯颯): 바람 소리를 나타내는 의성어.

당태종의 고구려 침략 사건을 회고한 영사시詠史詩. 청년기 이색의 대표작으로, 23세(1350)에 원에서 유학하다 일시 귀국 도중 지었다. 제목의 '정관'은 당태종 이세민 때의 연호로서, 627년부터 649년에 해당한다. 그 기간에 중국은 정치 안정과 사회경제 발전에 힘입어 괄목할 국력 신장을 이루어 소위 '정관지치貞觀之治'라 일컫는다. '음吟'은 고체시 악부의 시제에 붙이는 명칭 가운데 하나다. 한편 '유림관楡林關'은 유관楡關의 별칭이다. 현재 중국 허베이 성河北省 친황다오秦皇島에 속한 산해관山海關의 전신에 해당한다. 만리장성의 동쪽 기점에 위치한 교통의 요충지로서, 중국 본토를 벗어나 동북 방면으로 진출할 때 이용하던 주요 통로다.

시의 1단락(1~4구)은 당태종 이세민을 드높여 그의 걸출함을 칭송하며 시작했다. 처음 두 구는 즉위 전 '진양공자'로 불린 이세민의 원대한 기상을 찬미했으며, 다음 두 구는 출중한 무공으로 수나라를 멸하고 당 왕조 건국을 주도한 사실을 상징적 언어를 통해 상기시켰다. "우뚝하니 한 번 일어나 천과를 휘두르니, 수제의 버들이 빛을 잃고 말았네赫然一起揮天戈, 隋堤楊柳無顏色"라는 구절은 이세민의 탁월한 전략가적 면모를 부각한 것인데, 여기서 '수제양류隋堤楊柳'는 비유의 형상성이 뛰어나다. '수제'는 수대隋代에 축조한 운하의 제방으로 수나라를 은유한 것이며, 거기에 심긴 '양류'는 수양제 양광楊廣을 가리킨다.

뒤이은 2단락(5~10구)은 간략하지만 예리한 의논을 펼쳐 건국 이후 당태종의 통치 행태에서 나타난 문제를 거론했다. 작자는 이세민이 황제에 즉위한 뒤에도 전과 다름없이 무공武功을 중시하고 문덕文德을 경시한 점을 논박하고, 구체적인 사례로 고구려 침공을 들어 그의 무모함을 넌지시 비꼬며 성토했다. "기자 봉해준 삼한은 신하 삼지 않았던 땅, 마음에 두지 않음이 좋은 계책이 되었으리라三韓箕子不臣地, 置之度外疑亦得"라는 구절은 당태종의 고구려 침공이 한중의 역사 관계에 대한 몰지각에서 비롯된 그릇된 시도임을 명백히 밝혀놓았다. 여기서 작자는 중국 역사

기록의 기자동래설箕子東來說을 역이용하는 기지를 발휘해 우리나라가 중국 지배권 밖의 독립국가임을 강조했다. 중세 한국 지식계층의 기자동래설에 대한 비판적 인식 결여는 실증적 역사 지식의 부족과 선진 문명에 대한 선망에서 말미암은 것이다. 다만, 이 시에서 한국의 독자성을 압살하려는 중국의 폭력적 외교 정책을 공박하는 논거를 상대방의 주장에서 가져와 활용한 것은 고차원적인 대응 방식이 아닐 수 없다.

3단락(11~16구)은 2단락에서 제기한 당태종의 실책을 구체적으로 다루어 644년(정관 18)에 자행한 고구려 침략전쟁의 시말을 형상화했다. "사나운 병사들 밤에 요동의 달을 손에 쥐려다, 그 깃발이 새벽녘 계림의 비에 젖고 말았다貔貅夜擁鶴野月, 旌旗曉濕雞林雨"는 구절은 당의 대군이 요동의 안시성을 방비하던 고구려 군병의 저항에 막혀 패배한 전황을 고도의 개괄성을 발휘해 노래했다. 적군의 드센 공세를 아군이 끈질긴 반격으로 물리친 사실을 상징성 풍부한 언어로 실감나게 묘사해낸 경구警句인 것이다. 그다음의 "주머니에 든 물건인 줄로만 생각했건만, 어찌 알았으랴? 화살에 눈동자 떨어질 줄을謂是囊中一物耳, 那知玄花落白羽"이라는 시구는 수월하게 고구려를 정복하리라 자신한 당태종이 도리어 눈에 화살을 맞고 퇴각한 사실을 지적했다. 그런데 중국의 사서에는 이에 관한 기록이 전하지 않으니, 치욕스런 역사의 한 장면이라 고의로 누락했을 개연성이 크다. 아마도 작자는 구전되어오던 고사에서 제재를 얻은 것으로 짐작되는데, 그로써 통쾌한 역사의 한 페이지를 보충할 수 있게 되었다.

4단락은 마지막 네 구로서, 앞의 두 구는 공신으로 '정공鄭公'이라는 봉호를 받은 위징魏徵 관련 고사를 원용해 당태종의 어리석음을 지적했다. 평소 직간을 일삼던 위징은 당태종의 고구려 정벌을 완강히 반대했으나 그의 사후 독단으로 고구려를 침공한 당태종은 참패를 당하고 말았다. 충직한 신하의 충성스런 간언을 무시해 화를 자초한 그의 좁은 도량을 은밀히 드러낸 대목이다. 뒤이어 시는 위징의 비석에 관한 이야기로 당태종의 변덕스러움을 조소했다. 당태종은 위징이 죽자 커다란 비석을 세워주었으나 뒤늦게 그가 생전에 작성한 글을 보고 진노하여 비석을 쓰러뜨리게 했다. 그런데 고구려에 패전한 뒤 뒤늦게 후회하며 다시 비석을 세우게 한 것이다. 시의 마지막 두 구는 역사 회고 뒤의 쓸쓸한 감회와 유림관의 처량한 분위기를 묘사하며 결말을 지었다. 세 번을 반복해 '정관'을 불러봄은 당태종과 그의 치세에 대한 회의를 드러낸 것으로, 깊은 역사 회고의 감개를 담고 있다. 작자는 충신의 간언을 용납하지 않은 채 불의한 전쟁을 도발한 당태종이 과연 영명한 군주의 자격을 갖췄는지 사유하며 시를 결속한 것인데, 무겁게 가라앉은 서경 묘사와 더불어 장중한 여운미를 남기고 있다.

당태종은 강성強盛제국을 열망하는 중국인에게 제왕의 모범으로 높이 추앙되는 인물이지만 그의 대외 정책은 주변의 이민족에게 굴욕을 강요했다. 그는 팽창주의 야욕에 사로잡혀 돌궐突厥, 토번吐蕃, 토욕혼吐谷渾을 제압했으며 고구려를 침공했던 것이다. 그러나 시인은 오로지 당태종을 공박하며 해묵은 민족감정을 분출하고자 이 시를 짓지 않았다. 과거를 회고하며 현재를 사유하는 영사시의 특성상, 창작 의도 가운데는 당대의 국제 역학 관계를 돌아보려는 뜻이 반영되었다. "기자 봉해준 삼한은 신하 삼지 않았던 땅, 마음에 두지 않음이 좋은 계책이 되었으리라"라는 시구에는 실로 우리 민족의 자주성은 항구적 진리라는 확신이 내포되어 있으니, 이는 곧 부단히 고려를 억누르려던 원의 정치권력을 향한 무언의 항의로도 해석된다. 그러므로 이 시에는 무력을 앞세워 이민족을 압제해온 원에 대한 반항의식과 고려가 외세를 극복하고 본래의 독립을 회복하리라는 신념이 들어 있다. 요컨대 이색은 이 시에서 민족사의 통쾌한 한 장면을 회고하며 고려의 국권 회복을 갈망하는 원대한 뜻을 붙였던 것이다. 『동인시화東人詩話』에서는 이 시에 대해 '호건쾌장豪健快壯'하다는 평을 내린 바 있다.

부벽루浮碧樓

이색 李穡

어제 영명사永明寺에 찾아가서는
잠시 부벽루에 올라갔어라.
빈 성에는 한 조각 달이요
해묵은 돌에는 천년 구름이로다.
기린마麒麟馬 떠나고 돌아오지 않으니
천손天孫은 어느 곳에서 노니시는가?
길게 휘파람 불며 바람 부는 언덕에 서니
산은 푸르고 강은 저대로 흘러가누나.

昨過永明寺[1]　暫登浮碧樓[2]

城空月一片　石老雲千秋

麟馬[3]去不返　天孫[4]何處遊

1) 영명사(永明寺): 평양 대동강가 금수산(錦繡山)에 있는 절의 이름. 고구려 광개토왕이 지은
아홉 절 가운데 하나라고 전한다.
2) 부벽루(浮碧樓): 금수산 모란봉 동쪽의 청류벽(淸流壁) 위에 있다. 본래 영명사의 부속 건물
로 영명루(永明樓)라 불렸다. 후에 고려 예종이 물 위에 떠 있는 듯한 누정이란 뜻으로 부벽
루라 개명했다.
3) 인마(麟馬): 기린마(麒麟馬). 고구려 동명성왕(東明聖王)이 타고 하늘로 올라갔다고 전하는
상상의 말.
4) 천손(天孫): 동명성왕을 가리킨다. 고구려의 시조로 성은 고(高), 이름은 주몽(朱蒙). 『삼국
사기三國史記』에 의하면, 하백(河伯)의 딸 유화(柳花)가 낳은 알에서 출생했으며, 어려서부
터 활을 잘 쏘았고 영특했다 한다.

長嘯倚風磴　　山靑江自流

—『동문선』제10권(『목은집牧隱集』제2권)

고려 후기 한시를 대표하는 절창. 대동강변 부벽루에 올라 무한한 감개 속에 동명성왕東明聖王을 그리며 지은 작품으로, 원대하고 호연한 기상이 돋보이며 서경과 역사 회고를 완미하게 결합해놓은 명작이다.

　1연에서는 작자가 여정중에 잠시 평양의 명승고적을 찾아 영명사와 부벽루를 방문했음을 밝혔다. 2연에서는 부벽루에서 포착한 원근遠近 고저高低의 사물을 소묘했는데, 여기서 '월月'과 '운雲'은 단지 부벽루 상공의 서경적 구성물에 그치지 않는다. 그것은 장구한 시간의 흐름을 시각적으로 의상화意象化한 것으로, 과거와 현재의 소통을 매개하는 초시간성을 지닌 자연물이다. 찼다 기울지만 달은 고금古今에 걸쳐 비추고, 흘러왔다 흘러가지만 구름은 '천추千秋'의 시간을 넘나든다. 그런즉 달과 구름은 시인에게 역사의 숨결을 느끼게 하고, 다음 연에서는 그의 상상을 먼 옛날 고구려시대로 인도하는 매체 역할을 하고 있다.

　3연에서는 동명성왕이 탔다는 전설 속의 '인마麟馬'를 통해 '천손千孫'인 동명성왕의 회고에 이르렀는데, 이 연을 영웅이 사라진 현실을 애석해한 것으로 오해해선 곤란하다. 생사를 초월한 신격神格으로 추앙받는 천손을 지금 여기서 만날 수는 없지만 그가 분명 어디선가 노닐고 있으리라는 신념을 말한 것이기 때문이다. 민족사적 영웅의 서거를 아쉬워한 것이 아니라 외려 영원한 본질적 존재로 확인하고 추숭하고 있는 것이다.

　마지막 4연의 7구는 바람 부는 비탈진 돌길에 서서 휘파람을 불며 위대한 왕을 추념하던 끝에 절로 생겨난 굳세고 호방한 기개를 표현했다. 이어 8구에서는 시인이 찾아낸 천손의 자취를 노래하며 결말을 삼았는데, 여기서 산과 강은 서경 대상으로서의 국지성을 초월하는 심층적 의미가 있다. 그것은 곧 '국토산하'의 개념으로 파악되는바, 푸른 산과 쉬지 않고 흐르는 강은 천손의 영령英靈이 깃든 표상인 동시에 유구한 민족의 역사와 정기를 담은 영토를 의미한다.

이 시는 시인이 23세에 지은 작품이다. 원에서 유학하다 잠시 귀국하던 도중에 지은 것으로, 이 시에 내재된 작가정신은 직전에 유림관을 지나며 남긴 「정관의 노래, 유림관에서 짓다貞觀吟, 楡林關作」와 일맥상통한다. 강성했던 고구려를 추억하며 민족적 자긍심을 고취하려는 데 창작 의도가 있으니, 세계제국 원에서 체류하며 고려인으로서 주체적 자각을 이룬 청년 이색의 역사의식과 민족적 기백이 도저하다.

신돈辛旽

이달충李達衷

맘대로 요괴한 짓 부려대는 늙은 여우야
앞다퉈 활시위 당길 자 있을 줄 어이 알았으리!
범의 위세 빌릴 줄 아니 곰들도 두려워 떨고
남자로 변해 홀리니 부녀자 뒤따른다네.
누렁개와 보라매는 참으로 꺼려하던 것
오골계와 백마야 무슨 죄 있었던가?
너 죽으면 꼭 머리를 언덕 향한다더니
성동城東의 대로변에서 이미 보이는구나.

騁怪馳妖[1]老野狐　　那知[2]有手競張弧[3]
威能假虎熊羆懾　　媚惑爲男婦女趨
黃狗蒼鷹眞所忌　　烏鷄白馬是何辜
嘗聞汝死必丘首　　已見城東官道隅

—『동문선』제16권(『제정집霽亭集』제1권)

---

1) 빙괴치요(騁怪馳妖): 마음 내키는 대로 괴이한 짓을 하고, 제멋대로 요사스런 짓을 한다는 뜻이다.
2) 나지(那知): '어찌 ~를 알겠는가?'
3) 장호(張弧): 활시위를 당기다.

1371년 신돈이 처형된 후 작자가 지은 두 수의 시 가운데 하나. 신돈은 초기에 공민왕恭愍王의 전폭적인 신임 아래 사회경제 개혁의 일익을 담당했다. 그러나 차츰 국정을 농단하고 권력을 남용하여 반발을 불러일으켰고, 그에게 비판적인 사대부 중에는 중상모략으로 피해를 당한 자가 속출했다. 작자 역시 신돈의 전횡에 반대하다 파면을 당했으니, 이 시는 공적公敵에 대한 적개심은 물론 사적인 악감정까지 더하여 지어졌다 하겠다.

1연은 요망한 짓을 자행하는 신돈의 징치懲治는 사리에 당연한 것임을 엄중히 밝히며 도입부로 삼았다. 여기서 신돈을 요사스런 여우의 화신으로 간주한 것은 비단 개인적인 혐오 때문은 아니며, 당시 세간에 광범위하게 퍼져 있던 인식을 차용한 것이다. 『고려사』 「열전列傳」 반역 조에서도 신돈을 늙은 여우의 요정妖精으로 지칭하고 있다.

이어 2연에서는 두 가지 방면에서 신돈의 죄를 성토했다. 먼저 '호가호위狐假虎威'라는 성어를 차용해, 왕권을 농락하고 그 위세를 빌려 조정 신료를 탄압한 사실을 논죄했다. 둘째, 여우의 술수를 부려 남자로 둔갑해서는 부녀자를 희롱하고 음행을 일삼은 점을 힐책했다. 전자는 신돈이 무소불위의 권력으로 조정의 기강을 무너뜨리고 국정 혼란을 초래한 죄가 있음을, 후자는 겉으로 고승 행세를 하면서 여색을 탐하고 문란한 행위를 일삼아 풍속을 타락시킨 죄가 있음을 공박한 것이다.

3연은 신돈의 추악한 행태를 폭로하는 데 할애했다. 작자는 민간에 유포된 괴담에서 제재를 얻어 요사스런 여우이자 음흉한 색마인 신돈의 행각을 적나라하게 고발했다. '황구黃狗'와 '창응蒼鷹'을 기피했다는 것은 그의 존재 본질이 늙은 여우임을 지적한 것이며, '오계烏鷄'와 '백마白馬'를 언급한 것은 양기 보충을 위해 그 고기를 즐겼음을 지적한 것이다.

4연에서는 역시 여우와 관련된 '수구초심首丘初心' 고사를 원용해 신돈이 처형되어 죽은 사실을 다루었다. 시의 첫머리에서 원한을 품고 처단하려는 자가 있다고 했는데, 끝머리에서 이를 되받아 통쾌하게 척결된 사실을 고하며 결말을 삼은 것이다. 그로써 시인이 갈망하던 사필귀정事必歸正의 정의가 구현되었음을 분명히 했다.

이 시는 간략히 운문으로 간추린 반역자의 평전이라 부를 만한데, 징악懲惡의 계세적戒世的 의도 아래 창작되어 첨예하다 못해 극렬한 풍자정신을 유감없이 발휘했다. 특히 시종일관 신돈을 사악한 요괴로 설정하고 시상을 전개하면서 신랄하게 증오의 미학을 관철했다. 내용 중에는 괴기스러운 점도 있지만 이는 가담항설街談巷說을 수용한 결과이며, 작자가 지어낸 우언寓言은 아니다. 조선 전기에 조신曺伸이 『소문쇄록謏聞鎖錄』에서 이 시를 한 편의 '실록實錄'이라 칭한 이유는 당대인이 간파한 신돈의 작태를 충실히 반영했기 때문이다.

해설

고려 문학예술의 금자탑

🌀 고려 한시 자료 개황

500년 고려왕조의 유구한 역사무대 위에는 숱한 문인들의 발자취가 남아 있으며, 그들이 높이 쌓아올린 문학예술의 금자탑은 오랜 세월의 더께 속에서도 빛을 잃지 않고 있다. 고려가 남긴 아름답고도 정교하며 웅장하면서도 화려한 문학유산은 후대의 찬사를 받기에 부족함이 없었으니, 조선 초에 서거정徐居正은 『동인시화東人詩話』에서 다음과 같은 칭송을 남긴 바 있다. "고려 광종光宗·현종顯宗 이래로 문사들이 줄줄이 쏟아져나왔는데, 사부詞賦와 사륙四六의 농섬穠纖함과 부려富麗함은 후세 사람이 미칠 바가 아니다." 운율과 격식의 형식미를 갖춘 운문에서 고려의 문인들은 후대의 추종을 불허하는 성과를 이뤘던 것이다.

그런데 많은 문인들이 배출되어 우수한 창작 성과를 이뤘다고는 하지만, 고려 한시는 창작 성과가 문집으로 편집되지 못하거나 간행되어도 전란 등으로 유실되어 현존 자료가 매우 영성한 편이다. 무신집권기에 최자崔滋는 국초부터 당대에 이르기까지 대표적인 문인을 장황히 열거하고, "고금의 여러 명현名賢 가운데 문집을 편성한 자는 오직 수십

명에 그쳤으니, 그 외의 이름난 글이나 빼어난 시구는 모두 인멸되어 들을 수 없게 되었다"며 유감을 표했다. 그래도 당시에는 김부식金富軾의 문집을 비롯한 전대의 문헌 상당수가 남았던 모양이나, 그마저도 거의 사라지고 없는 실정이다. 현재 고려 전기와 중기를 통틀어 온전한 양태로 전하는 문집은 이규보李奎報의 『동국이상국집東國李相國集』뿐이다. 이후 14세기 작가의 문집은 상대적으로 다수 전하나 문단의 영수 이제현李齊賢의 시문 역시 '난고亂藁'라는 이름으로 일부만 전한다. 그러니 앞 시대야 길게 논할 일이 없을 것이다. 군소 작가는 둘째 치더라도 김부식·정지상鄭知常·김극기金克己·이인로李仁老처럼 한 시대를 대표하는 걸출한 작가의 총체적인 문학세계를 접할 수 없다는 사실은 분명 우리 문학사의 큰 손실이다.

현존하는 사대부나 승려의 문집을 제외하면, 지금 접할 수 있는 고려 한시는 시선집과 시화집에 산재되어 내려오던 것이다. 13세기 후반기에 활동한 김태현金台鉉의 『동국문감東國文鑑』은 최고最古의 시문선집이나 실체를 알 수 없고, 뒤이어 최해崔瀣가 편성한 『동인지문오칠東人之文五七』은 신라 최치원崔致遠으로부터 고려 충렬왕忠烈王 대까지의 시인을 대상으로 삼아 수작을 가려 뽑았다. 시인의 소전小傳과 비점批點을 덧붙여놓는 등 갖은 정성과 공력을 기울인 흔적이 역력하나 총 9권 가운데 7~9권만 잔질로 전한다. 그 뒤로 조운흘趙云仡이 『삼한시귀감三韓詩龜鑑』을 엮었으나, 이는 『동인지문오칠』을 근간으로 다시 선별해 엮은 것이므로 중요도가 덜한 편이다. 두 선집에 실린 시편은 이후 조선 초에 국책 사업으로 완수된 『동문선東文選』에 대부분 수렴, 귀속되었다. 그 외에 중요한 자료로 관찬 지리지인 『신증동국여지승람新增東國輿地勝覽』이 있다. 이 책의 제영題詠 조에는 각지의 경승을 노래한 여러 시인의 작품이 채록되어 있는데, 그 가운데 김극기의 시가 100편 넘게 실려 있어 이채를 띤다.

한편, 이인로가 말년에 지은 한국 최초의 시화집 『파한집破閑集』과 이를 보충하려는 뜻에서 최자가 편찬하여 1254년에 간행된『보한집補閑集』, 그리고 1342년에 저술된 이제현의『역옹패설櫟翁稗說』에도 다소의 시가 인용되어 있다. 그러나 간결한 시화 서술의 특성상 절구나 율시 같은 단형 위주로 소개되어 장편 거작은 드문 편이다. 한시문학의 성숙한 발전이 낳은 이들 시화집의 본래적 가치는 역시 시인에 관한 일화와 창작과 비평에 관한 언급에서 찾을 수 있다. 비록 단편적인 방식으로 시론이 개진되었으나 부분을 종합해보면 고전시학의 주요 문제를 충분히 추론해낼 수 있으며, 또한 우연찮게 3종의 시화집이 일정한 간격을 두고 나와 매 시기 문단 상황을 파악하는 데 요긴한 정보를 준다.

▨ 고려 한시의 주제 양상

이 책에서는 고려 한시의 제재와 내용을 감안해 주제를 총 7개 영역으로 나누었다. 분류의 기준과 해당 주제 영역에 속한 시편 일부를 살펴 개략적인 특징을 알아본다.

1부는 '산수와 경치를 그리다'라는 제목으로 엮었다. 여기에는 자연 풍경의 묘사에 시인의 생각이나 감정이 녹아 있는 정경교융情景交融의 시가 많이 속해 있다. 우선 눈에 뜨이는 작품은 절집을 찾아 지은 시다. 산중 사찰은 우미優美한 전망과 그윽한 환경을 지녀 일찍부터 산수시의 요람이 되었는데, 김부식의 「감로사에서 혜원의 시에 차운하다甘露寺, 次惠遠韻」와 정지상의 「변산 소래사에 쓰다題邊山蘇來寺」는 경물의 묘사와 더불어 불교적 이치나 이미지를 담아낸 전형적인 사찰제영시에 속한다. 그런 반면 김부식의 「대흥사에서 자규가 우는 소리를 듣고大興寺聞子規」는 고적한 절에서 느끼는 감수를 노래했고, 이제현의 「산중의 눈 내리는 밤山中雪夜」은 자연과 합일된 정신 경계를 다뤄 또다른 특색이 있다.

여행 도중에 짓거나 명승지를 유람하고 지은 시로는 정포鄭誧의 「강구江口」와 「혜음원 가는 도중惠陰院途中」, 정도전鄭道傳의 「산속 김거사의 거처를 방문하고訪金居士野居」, 이인로의 「지리산에 노닐고遊智異山」, 채홍철蔡洪哲의 「복주 영호루福州映湖樓」 등이 있다. 경물을 바라보는 시각과 묘사 방식은 상이하나, 풍부한 자연미와 산뜻한 정취를 담아낸 작품이 많다. 그리고 개경 교외의 명승에서 제재를 얻은 시 중에 오세재의 「창바위戟巖」와 이제현의 「곡령의 갠 봄날鵠嶺春晴」은 산수에 풍부한 상상력을 가미해 윤색했고, 정포의 「서강 잡흥西江雜興」은 예성강禮成江에 구슬픈 애상의 정조를 불어넣어 향토적 풍미를 더해준다.

지점을 특정하지 않은 고조기高兆基의 「산장의 비 내리는 밤山莊雨夜」과 정몽주鄭夢周의 「춘흥春興」은 밤새 내린 비를 소재로 삼았다. 전자는 빗기운에 차분히 가라앉은 아침 분위기를 풍경화로 그려낸 반면 후자는 봄비를 맞고 자라나는 어린 풀을 통해 생명 자연을 찬미하고 있다.

2부에는 시골에서 자연과 어울려 살아가는 풍경을 노래한 시를 모았다. 산수자연은 유람과 완상의 심미 대상이기 이전에 일상의 삶이 펼쳐지는 생활 공간이다. 그러므로 초야에 묻혀 처사적인 삶을 사는 시인이라면 그 입에서 절로 자연풍광과 시골생활이 어우러진 시가 흘러나오기 마련이다.

한종유韓宗愈의 「한양의 시골집漢陽村莊」, 길재吉再의 「즉사卽事」와 「한가롭게 살며閑居」는 평온한 은일의 삶이 주는 여유를 시골 풍경과 배합하여 한가롭고 상쾌한 느낌을 준다. 윤여형尹汝衡의 「촌에 살다村居」와 이첨李詹의 「자적自適」은 농촌생활의 숨결이 상대적으로 강하여 전원시의 풍격이 선명하다. 그런데 김구용金九容의 「산에 살다山居」나 길재의 「금오산 대혈사의 광한루金鰲山大穴寺廣寒樓」는 산수를 수기修己의 공간으로 삼아 자연에서 배우려는 전에 없던 경향을 보여준다. 산수자연을 인격 함양의 교장으로 삼아 배우려는 태도가 생겨난 것은 성리학의 확산으로 도덕

수양의 문제가 중시된 결과다.

그 외에 일반 백성들이 산수자연을 삶의 터전으로 살아가는 모습을 포착한 시로 안축安軸의 「물 위로 놓인 나무다리臥水木橋」, 설장수偰長壽의 「작은 고기잡이배漁艇」, 이색李穡의 「교동喬桐」 등이 있다. 자연과 어우러진 촌민의 질박한 형상이나 활기 넘치는 어로활동, 석양 무렵의 어촌 풍경을 그려낸 이들 시편은 풍부한 향토성과 건강한 생활미를 지녀 매력이 있다.

이상 1부와 2부는 각각 산수시와 전원시를 중심으로 편성했다. 그러나 양자의 경계에 위치한 시도 다수이고 영물시처럼 귀속이 애매한 경우도 있어 분류가 다소 임의적으로 이뤄졌음을 감안할 필요가 있겠다.

3부는 '나의 처지를 돌아보다'라는 제목 아래 시인이 자신의 삶을 돌아보며 감회를 노래한 시를 모아 편성했다. 일반적인 영회시詠懷詩 중에서도 문제적인 삶의 시기에 고뇌를 풀어놓은 작품이 적지 않다.

봉건시대 문인지식층은 정치 이상의 실현은 물론 신분과 생계의 유지를 위해 관직 진출에 온 힘을 기울이지 않을 수 없었다. 그런데 임춘林椿은 과거 응시 기회조차 얻지 못했으니 불행을 면할 길이 없었다. 무신의 난으로 집안이 풍비박산된 그가 유랑의 길에서 지은 「친구에게 부치다, 진퇴격寄友人. 進退格」에서는 깊은 상실감에 자포자기의 심태마저 엿보인다. 늙도록 과거에 합격하지 못한 신세를 한탄한 오세재의 「병든 눈病目」과 합격하고도 임용되지 못한 원망을 담은 이곡李穀의 「첩박명, 이백의 시운을 사용해 짓다妾薄命. 用太白韻」 역시 막막한 인생 진로를 번민하고 있어 침울한 정조가 물씬 피어나기는 매한가지다.

임용 뒤에는 승진과 출세에 대한 기대가 또다른 갈등을 불러일으키기 마련이다. 김극기의 「고원역高原驛」이나 곽예郭預의 「동교마상東郊馬上」은 미관말직의 우울한 처지를 노래하고 있으며, 정포의 「심양잡시潯陽雜詩」는 원元에서 벼슬할 포부를 못 이룬 비탄의 눈물을 보여준다. 그러나

설혹 지위가 올라간들 환해宦海의 거친 파도에 벼슬길이 순조로울 수 있 겠는가. 홍간洪侃의 「외기러기의 노래孤雁行」, 백원항白元恒의 「흰 실의 노 래」, 이달충李達衷의 「낙오당감흥樂吾堂感興」, 정포의 「울주관사 벽에다 쓰 다題蔚州官舍壁」은 탄핵을 당한 뒤 유배 공간에서 지어져 모두 좌절감을 내 포하고 있다.

정치적인 탄압이 아니더라도 사회생활에서 체험하는 현실과 이상의 괴리는 항구적으로 해소하기 어려운 고뇌를 안겨준다. 이제현은 정치 상황의 악화로 신변 불안을 느끼자 부득이 정계에서 물러나 「고풍古風」 네 수를 지은 바 있고, 최해는 타락한 시대의 더러운 물결을 못 견뎌하 며 「차운하여 정재물에게 답하다次韻答鄭載物」에서 낙향을 꿈꾼다. 유숙柳淑 의 「벽란도碧瀾渡」와 정몽주의 「발해를 건너며渡渤海」 역시 관인생활을 청 산하고 자연으로 회귀하고 싶어하는 작자의 심리를 또렷이 보여준다. 분주하고 골치 아프고 때로는 위태롭기도 한 관료생활의 피로감이 인 생의 회의를 불러일으킨 때문이리라. 공명의 길을 추구하던 끝에 찾아 든 삶의 회한을 극명하게 보여주기로는 정포의 절필絶筆 「연경의 여관에 서 우연히 짓다大都旅舍偶題」를 빼놓을 수 없다. 원나라 조정에 서려는 뜻 을 못 이룬 채 북경 여관에서 37년의 생을 마감한 시인의 자조 섞인 인 생 회고는 가슴 저미는 슬픔을 지니고 있다.

이상의 시들은 체재와 품격, 표현수법이 제각각이지만 실의와 좌절 의 원인은 대부분 벼슬살이와 연계된다. 출사와 은거 외에는 진로 선택 의 여지가 없던 시대의 산물이기 때문이다. 과거 합격, 관직 진출, 정치 활동은 인생의 향배와 승패가 걸린 문제여서 시인들이 감내한 우환의 무게는 버겁기만 한데, 그런 만큼 농도 짙은 한탄과 원망은 강한 호소력 을 더해준다.

4부에는 '이런저런 인연을 노래하다'라는 제목으로 여러 양상의 인간 관계에서 비롯된 사정이나 정감을 노래한 시를 편성했다. 사람은 가족과 친구로부터 길 위의 행인에 이르기까지 평생 이런저런 인연의 망을 벗어나기 어렵다. 인연이 있는 곳에 또 인정은 뒤따라 희로애락의 심정을 자극하기 마련인데, 이는 다시 문학예술의 좋은 자료가 되어 참되고 애틋한 시로 거듭나기도 한다.

인간관계의 여러 국면 가운데 이별은 시의 진부한 제재가 되었으나 여전히 가장 감격을 주는 주제이기도 하다. 정지상이 남긴 두 수의 「송인送人」은 애절한 석별의 정을 극진히 풀어놓은 수법이 특출한데, 특히 "우헐장제초색다雨歇長堤草色多"로 시작하는 칠언절구는 표현수법이 지극히 정묘하면서도 천연스러워 절창으로 이름이 높다. 반면에 최당崔讜의 「말 위에서 지어 남에게 주다馬上寄人」는 이별 대상과의 거리가 멀어질수록 절박해지는 심정을 점층적인 묘사를 빌려 단순하게 표현했는데도 여운이 절절하기만 하다. 그리고 이인복李仁復이 치사致仕하는 유숙柳淑에게 지어준 「사암 유숙을 보내며送柳思庵」의 경우는 의례적으로 짓는 송시의 전형이지만, 잘 갖춰진 격식에 진솔한 정감 토로가 설득력이 있어 작품성이 낮지 않다.

곽여郭興의 「청평 이거사에게 주다贈淸平李居士」와 한수韓脩의 「9월 15일, 목은 선생을 맞이해 누대에 올라 달을 완상하며九月十五日, 邀牧隱先生, 登樓翫月」는 사대부 사이의 우의友誼를 노래한 시다. 전자는 오랜만의 해후에도 변함이 없는 고아한 정신의 교류를, 후자는 막역한 유대 관계에 기댄 풍류를 다뤄 내용의 차이는 있지만 사대부의 격조 있는 사귐을 보여준다.

사대부의 가깝고도 먼 인연에 속하는 기녀를 제재로 삼은 시도 있으나 연모의 정을 노래한 것은 아니며 애정행각에서 생겨난 문제를 다루고 있다. 정습명鄭襲明의 「기녀에게 주다贈妓」는 미모의 기녀가 왜곡된 애정심리의 소유자인 사또에게 폭력을 당한 내용이고, 임춘의 「장난삼아 밀주 원님에게 주다戲贈密州倅」는 동침을 거부하고 달아난 기녀를 벌주지 말라는 해학 섞인 당부를 담았다. 정포의 「황산강의 노래黃山歌」는 배에 동승한 미모의 유부녀가 등장해 별난 점이 있으나, 들뜬 마음에 찾아든 일시적인 바람기의 희화된 표현을 넘어서지 않는다.

본래 한시는 전통적으로 청춘 남녀의 사랑이나 부부지간의 애정을 노래한 경우가 극히 희소하지만 이제현과 민사평閔思平이 속요를 한역漢譯해 지은 「소악부小樂府」 각 한 수는 예외적이다. 소악부가 본래 풍속세태를 살피려는 목적에서 민간에 유포된 가요를 채집해 한역한 것이기에, 통속적인 사랑 노래가 한시의 외피를 걸친 채 전해지게 되었다.

5부에는 '세상사를 풍자하며 바라보다'라는 제목 아래 날카로운 풍자 정신을 발휘해 지은 시를 모았다. 세상의 부정적인 사물이나 행위, 현상을 예의 주시하는 시인은 부조리한 대상을 향한 정문일침頂門一鍼의 따끔한 훈계를 주저하지 않는다. 문제를 일부러 과장하거나 완곡한 비유를 쓰기도 하며 해학을 섞어 조소하는 등 수법은 일정치 않으나 주지는 언제나 분명하고 엄중한 편이다.

권력에 의지해 패악을 일삼으며 사회를 어지럽히는 무리를 풍자한 시로 이숭인李崇仁의 「길 가는 어려움行路難」과 정추鄭樞의 「탐욕스런 아전, 『진간재집』의 운을 쓴 박헌납의 시에 차운하다汚吏. 同朴獻納用陳簡齋集中韻」가 있다. 전자는 갖은 횡포를 일삼는 타락한 특권세력에 대한 불만의식을 표출했고, 후자는 가난한 백성을 착취하며 가렴주구를 자행하는 아전을 질타한 것이다. 그리고 곽예의 「매가 달아나다鶻逸」, 최자의 「남쪽 제방의 버들, 최교감의 시에 차운하다南堤柳. 崔校勘韻」, 이승휴李承休의 「구름雲」은 정치적으로 간사하고 교활한 인물에게 던지는 야유를 담고 있다. 새매와 버드나무, 구름을 부정한 인물의 상징으로 삼고 시의를 전개하여 우화적 성격을 띠는 것도 특징이다.

일반적인 세상사에 대한 교훈을 담은 풍자시도 몇 수 있다. 김극기의 「어옹漁翁」은 번복이 무상해 일정치 않은 세태를 일깨우고, 정추의 「늙은 기녀老妓」는 미색이 쇠하면 결국 외면당하는 실정을 꼬집고 있다. 부귀권세가 오래갈 수 없음을 은유한 이곡의 「도중에 비를 피하다 느낀 바 있어途中避雨有感」나 재물에 대한 탐욕을 경계한 최해의 「빗속의 연雨荷」은 세속적 욕망의 부질없음을 충고한다.

한편 신유학新儒學의 도입으로 사상계에 변화가 찾아오면서 불교에 냉담한 시선을 던진 시들이 눈에 뜨인다. 안향安珦의 「실제失題」에서는 유학의 쇠퇴를 한탄하는 가운데 불교의 흥성을 질시하는 심태가 엿보이며, 안축의 「금강산金剛山」은 사찰에서 무위도식하는 중들에 대한 혐오감을 드러내고 있다. 윤소종尹紹宗의 「태사 허렴의 시에 차운하다次許濂太史韻」는 살벌한 기운이 감돌 정도로 극단적인 불교 배척 의지를 드높였는데, 풍자가 격렬할뿐더러 보기 드물게 시를 사상투쟁의 도구로 삼았다는 점에서 기념비적인 작품이다.

6부에는 '시국과 백성의 삶을 생각하다'라는 제목으로 사회시·전란시·애민시·농민시라 불릴 만한 시편을 모았다. 대부분 우국우민憂國憂民의 정신을 담고 있어 주제사상이 한결같이 심각한 편이다.

고려는 건국 초부터 빈번한 전란을 겪었으나 전란에서 제재를 얻은 시가 많이 전하지 않는다. 정추의 「강릉 동루에서 달을 마주하여 느낀 바 있어江陵東樓對月有感」와 「정주 가는 도중에定州途中」는 여진족의 침입에 시국을 염려하며 지은 것으로, 전자는 비분강개한 어조로 충일한 애국주의 정서를 분출하며 후자는 황량하고 구슬픈 변새시邊塞詩의 풍격을 이루어 각별한 맛이 있다. 또한 김구용의 「기해년의 홍건적己亥年紅賊」은 홍건적의 1차 침입을 다뤘는데, 위기에 굴복하지 않는 패기를 담아내 담대하고 굳센 미감을 준다.

몇몇 서경시에서도 우국상시憂國傷時의 충정을 담아놓은 시를 찾을 수 있다. 이집李集의 「한양 가는 도중에漢陽途中」는 조정을 떠난 뒤에도 여전히 나라를 염려하는 작자의 우환의식을 한 폭의 그림으로 그려놓았다. 정이오鄭以吾의 「무풍현 벽 위의 시운에 차운하여次茂豐縣壁上韻」나 원천석

元天錫의 「시골집村舍」은 망국의 조짐을 간파했는데, 몰락해가는 향촌사회의 단면을 통해 쇠망 일로를 걷던 고려 말의 현실을 애처롭게 그려내 쓸쓸한 감흥을 준다.

민생을 염려하고 열악한 삶의 실태를 폭로한 시편들은 다양한 체재와 표현수법을 보여준다. 전녹생田祿生의 「경상도에 안찰하러 가는 부령 정우를 보내며送鄭副令寓按于慶尙」는 송시送詩의 형식을 빌려 민생 문제에 대한 고민을 담았으며, 김극기의 「전가사시田家四時」는 전원시지만 애민주의 정신을 근간으로 농민의 힘겨운 삶을 사실적으로 노래하고 있다. 윤여형의 경우는 장편 서사양식을 빌려 도토리를 주워 연명하는 농민의 참담한 실상을 「도톨밤의 노래橡栗歌」에 담았다. 시는 현실주의적인 창작 방법을 적용해 농민 자신의 목소리로 만연한 사회 모순이 안겨준 고통을 구체적으로 폭로하게 하는 한편 지배층을 향해 거센 항변을 쏟아내 사상성이 높다.

백성의 곤고한 삶을 다룬 시에는 병역과 전란이 야기한 고난을 표현한 작품도 포함되어 있다. 변경에서 수자리 사는 남편을 그리워하는 사부思婦의 노래인 설손偰遜의 「「수부도의사」를 모방하여 짓다擬戍婦擣衣詞」, 징집되어 왜구 방비에 투입된 청년의 고달픈 병영생활을 다룬 이인복의 「변경을 지키는 군인의 말을 기록하다錄鎭邊軍人語」는 전란으로 가중된 백성의 고초를 반영하고 있다. 특히 권근權近의 서사한시 「익위군의 말을 적다錄翊衛軍語」는 힘겨운 복무 상황과 국방 정책의 허실을 병졸의 입으로 자세히 진술하는 형식을 취해 현실 반영도가 높은 편이다.

7부에는 '역사 사건과 인물을 회고하다'라는 제목으로 영사시詠史詩 내지 회고시에 해당하는 작품을 모았다.

김부식의 「결기궁結綺宮」은 현재의 시국을 풍유諷諭하기 위한 의도에서 역사를 성찰한 경우에 속한다. 시는 서경천도의 불가함을 주장하기 위해 대규모 토목공사로 나라를 잃은 수양제隋煬帝의 실정失政을 지적하며 역사의 교훈을 망각해선 곤란하다는 주지를 펼치고 있다. 곽예의 「바다 건너 동정에 나선 것에 유감스러워感渡海」와 이달충의 「신돈辛旽」은 먼 과거가 아닌 자기 시대에 발생한 중대 사건과 중요 인물을 다뤘다. 「바다 건너 동정에 나선 것에 유감스러워」는 여원연합군에 의해 전개된 동정의 시말을 살피며 막심한 인명 피해를 부른 비극의 원인과 책임 소재를 따져 물었고, 「신돈」은 간교하고 악독한 신돈의 죄과를 적나라하게 폭로하여 후대의 감계鑑戒로 삼으려는 의도를 분명히 했다. 그런 반면 민사평의 「정중승이 달 아래 거문고를 타다鄭中丞月下撫琴」는 「신돈」처럼 인물을 다뤘으나 시비를 가리려는 비판적인 역사의식이 없다. 단순히 명사의 불우한 처지를 가엾게 여겨 동정하며 지은 인물 회고시여서 애상의 서정 색채가 짙을 뿐이다.

역사 제재의 시 가운데에는 고적지 방문이 계기가 되어 창작된 회고시가 여러 수 있다. 박인량朴寅亮의 「오자서의 사당伍子胥廟」은 춘추시대의 걸출한 정치가 오자서의 사당을 지나며 그를 조문하기 위해 지어졌다. 이색의 「정관의 노래, 유림관에서 짓다貞觀吟. 楡林關作」는 유림관을 지나며 당태종唐太宗의 정치적 득실을 생각하며 지은 것이고, 그의 절창 「부벽루浮碧樓」는 대동강변 부벽루를 탐방하고 고구려의 동명성왕을 회고하며 민족적 기개를 노래했다. 안축은 등주 옛 성에 올라 반역자의 모반으로 북방 지역을 잃게 된 사건을 돌이키며 「등주 옛 성에서의 회고登州古城懷古」를 지었다. 「정관의 노래, 유림관에서 짓다」는 당태종 비판에 중심을 두어 서경 묘사가 희박하지만, 다른 시편은 눈앞에 펼쳐진 고적을 접하고 생겨난 상상이나 연상을 바탕으로 정회情懷를 펼쳐 서경과 영사가 결합되는 양상을 보여준다.

🦓 시기별 시풍의 특징

고려 한시는 장구한 세월에 걸쳐 전개되어 창작 경향에 몇 차례 변화가 있었다. 김종직金宗直은 『청구풍아靑丘風雅』 서문에서 지적하기를, "격조가 무려 세 번을 변했으니, 나말여초는 오로지 만당晩唐을 익혔고, 중엽에는 오로지 소동파蘇東坡를 배웠으며, 여말에 이르러서는 익재益齋 이제현과 여러 명망 있는 분들이 차츰 구습을 변화시켜 아정雅正으로써 절제하게 되었다"고 했다. 이 주장은 자세한 논증을 결여해 일부 의문점이 있지만, 고려 한시사의 대강을 벗어나지 않으므로 이에 준하여 시풍의 전변을 살펴본다.

고려 건국 초기는 시기적으로 중국의 당나라 말기 및 오대五代와 가깝다. 그러므로 나말여초의 도당渡唐 유학생 출신인 최치원·최승우崔承祐·최언위崔彦撝 등에 의해 유입된 만당풍이 유행했으리라 추정된다. 만당풍은 화려하고 곱고 섬세하고 정교한 것이 특징이며, 대표적인 시인으로 이상은李商隱·두목杜牧·온정균溫庭筠이 있다. 그중에 이상은의 시는 송나라 초기에 '서곤체西崑體'의 형성에 큰 영향을 끼쳤다. 양억楊億과 유균劉筠 등이 『서곤수창집西崑酬唱集』이란 시집을 펴내면서 하나의 유파를 이루었던 것이다. 그들은 이상은의 시를 모방하여 전고를 많이 사용하고 대장을 정밀하게 했으며, 곱고 아름다운 시어를 즐겨 쓰고 낭랑한 음절을 선호했다.

한편, 1123년(인종 1) 북송北宋에서 파견된 사신 서긍徐兢이 남긴 『고려도경高麗圖經』의 기록은 고려에서 오래도록 만당풍이 풍미했음을 시사해준다. 서긍은 고려의 문예와 학술 경향을 지적하며, "대체로 성률聲律을 숭상했고 경학經學에는 정치하지 못했다. 그 글을 보자면 당나라의 여폐와 흡사하다"고 했다. 경학보다는 성운聲韻과 격률을 앞세운 시문 창작에 우세를 보였던 것으로, 이는 만당 시풍의 연속을 의미한다. 이처럼 줄곧 시단을 지배해오던 만당풍은 정지상이란 걸출한 시인의 출현으로 최고 절정기에 이른다. 그는 화려하고 섬세하며 맑고 시원스런 시풍의 소유자로서 낭만적인 아름다움을 지닌 시를 지었다.

그런데 정지상과 쌍벽을 이룬 김부식의 시풍은 대조적이다. 『용재총화補齋叢話』에서는 "김부식은 풍부하나 화려하지 않고, 정지상은 화려하나 힘차지 못하다"고 했다. 김부식의 시는 학식을 바탕으로 하여 내용은 풍부했지만 언어적 측면에서는 화려하지 않은 반면 정지상은 언어적 측면에서는 화려하지만 시의 기세에서 씩씩하고 활발함이 부족하다는 평이다. 『동인시화』는 또한 "김부식의 시는 엄정하고 전실典實하여 정말 덕 있는 사람의 말 같고, 정지상의 시는 말과 운韻이 깨끗하고 아름다우며 격조가 호탕하고 빼어나서 만당의 시체詩體를 깊이 터득했으니 두 사람은 기상이 다르다"고 적고 있다. 김부식의 시풍이 어떤 연유로 그런 특징을 띠게 되었는지는 실증하기 어려우나 서곤파를 비판하며 새로운 시풍 진작에 공헌한 구양수歐陽脩·매요신梅堯臣·소순흠蘇舜欽·왕안석王安石·소식蘇軾과 같은 북송 시인으로부터 계도된 바 있지 않나 추정된다. 특히 김부식 형제가 소식 형제의 이름을 딴 사실을 밝힌 『고려도경』의 기록은 김부식의 시풍 형성에 소동파 학습이 영향을 주었으리라는 강한 추정을 갖게 한다. 그보다 19년 후배인 권적權適이 "소식의 문장이 해외까지 알려졌건만, 송나라 천자는 그의 글을 불살랐다蘇子文章海外聞, 宋朝天子火其文"는 시구를 남긴 것을 보면 고려에 이미 소식의 시문이 전파되었을 개연성이 높다.

고려 중기에 이르러 소동파의 시문학은 광범위하게 수용되어 실로 심대한 영향력을 발휘했다. 이인로는 고백하기를, "문을 닫아걸고 황정견黃庭堅과 소식의 문집을 읽은 뒤에야 말이 굳세어지고 운이 맑게 울리게 되어 작시의 비결을 얻었다"고 자부했다. 소동파와 '소문사학사蘇門四學士'의 일원인 황정견의 시를 학습함으로써 시어의 선택과 운율의 조화

문제에서 커다란 진척을 보았고, 그로부터 창작의 요체를 터득했다는 것이다.

그러나 소동파 학습이 시단에 긍정적인 효과만 준 것은 아니다. 전이지全履之는 신의新意를 추구하며 독창적인 창작활동을 전개한 이규보를 높이 평가하면서 다음과 같이 시단의 문제를 지적하고 있다. "이런저런 서너 사람처럼 시로 이름난 자일지라도 모두 동파를 본받기를 면치 못하고 있는데, 그 말을 도둑질할 뿐만 아니라 그 뜻을 훔치면서도 스스로 솜씨가 좋다고 여긴다." 최자 역시 소동파 학습이 표절로 이어진 실정을 개탄하여 "지금의 후진들은 『동파집』을 읽지만 본받아서 풍골風骨을 얻으려 하지 않고, 단지 증거로 삼아서 용사用事의 도구로나 쓰려 한다"고 꼬집었다. 풍골이란 언어적 표현과 내포된 정감·의지를 총체적으로 지칭한 말로 풍격과 유사한데, 소동파의 시는 기상이 광대하고 호방한 것으로 정평이 나 있다. 기氣 위주의 문학을 주장한 최자에게 소동파는 훌륭한 문학적 전범이었지만, 후배들은 그 특장점을 취하지 않고 전고나 취하는 말단적인 작태를 보였던 것이다.

결과적으로 고려 중기의 소동파 숭상은 창조성의 약화와 용사의 집착이라는 뜻하지 않은 방향으로 귀착되었다. 『보한집』에서 진지하게 '신의'와 '용사'의 문제를 다룬 배경은 그 때문인데, 비록 이규보나 최자에 의해 배격된 바이지만 시단의 분위기는 언어 기교를 앞세우며 장구章句의 조탁에 힘쓰는 풍조로 흘러갔다. 이런 분위기 속에서 일각에서는 황정견의 문학을 계승한 강서시파江西詩派와 유사한 창작 경향이 나타나기도 했다. 『역옹패설』에 따르면, 무신집권기 말에 이담이란 사람은 말이 엄격하고 뜻이 참신했지만 황정견의 시를 익혀 답습한 까닭에 인용하는 고사故事가 험벽險僻하여 당시의 숭상하는 바에 배치되어 현달하지 못했다고 한다. 현상적으로 봤을 때, 그러한 난삽하고 생경한 시풍은 소동파 학습의 폐단이 황정견에 대한 학습으로 연장되어 도출된 것으로 파악된다.

마지막으로 김종직은 고려 후기 한시를 언급하며 "아정으로써 절제하게 되었다"고 했다. '아정'이란 말은 일반적으로 전아典雅하고 순정純正하여 규범에 잘 들어맞는다는 뜻으로 쓰인다. 아정한 시풍의 형성은 시가 창작의 기본 준칙이 도덕적 가치의 규제를 받음으로써 생겨난 변화이며, 이는 전적으로 신유학의 도입과 확산에 따른 문학관의 전환에서 기인한다. 성명의리性命義理를 탐구하는 주자 성리학의 전파는 문학의 쇄신을 유도했으니, 서거정은 『동인시화』에서 당시 상황을 다음과 같이 설명한다. "충렬왕 이후 주자의 집주集註가 비로소 행해지면서 학자들이 차츰 성리性理의 영역에 들어가게 되었다. 익재 이제현 밑으로 가정 이곡·목은 이색·포은 정몽주·삼봉 정도전·양촌 권근 등 여러 선생이 잇달아 일어나 도학道學을 제창하고 천명하여, 문장의 풍격이 근고近古에 가까워졌으며 시부詩賦와 사륙문四六文에도 절로 우열이 생겼다."

도학, 즉 성리학의 수용은 종래 전도되어왔던 도道와 문文의 관계를 재정립하여 도학 아래 문학을 종속시켜야 합당하다는 생각을 갖게 했다. 그에 따라 복고적인 문이재도文以載道의 문학관이 강조되어, 당송고문唐宋古文의 창작정신을 되살려 유가의 도를 선양하려는 노력이 수반되었다. 앞의 인용문에서 "문장의 풍격이 근고에 가까워졌다"는 비평은 이를 의미한다. 그런 한편 문학은 도를 실현하기 위한 수단이라는 발상은 필연적으로 시의 위상을 추락시켜 시를 소기小技·여기餘技·말기末技로 지칭하는 사례가 빈번해졌다. 그런데 이런 문예 비하 현상은 외려 시의 건강한 발전을 격려했다. 별다른 주제의식 없이 짓는 공허한 음풍농월吟風弄月이나 언어 기교에 얽매여 시어와 시구를 다듬는 태도를 배격하면서 시의 내용이 한결 충실해지는 효과를 본 것이다. 인용문의 "시부와 사륙문에도 절로 우열이 생겼다"는 논평은 바로 그 점을 지적한 것으로, 성리학의 영향으로 실속 없이 부화浮華한 경향이 강했던 운문에도 질적인 변화가 생겼음을 밝혀준다.

그런데 도학 존숭의 분위기 속에서 이뤄진 시문 혁신은 실천 원리를 과거에서 모색한 까닭에 변화의 실질은 상당 부분 복고적인 성격을 띠었다. 김종직의 "아정으로써 절제하게 되었다"는 평가 역시 전통 유가의 시교詩教인 '온유돈후溫柔敦厚'와 어울리는 풍격을 이루었다는 의미로 해석해도 크게 틀리지 않는다. 온유돈후한 풍격은 정서의 과도한 분출을 지양하여 예의도덕에 위배되지 않는 선상에서 적당하게 그쳐야 하며 첨예하고 노골적인 비판보다는 완곡하게 비유적인 수법으로 풍자해야 한다는 원칙을 지니고 있다. 그리고 이런 원칙은 희로애락의 표현이 올바른 도리를 벗어나서는 곤란하다고 주장하는 '성정지정性情之正'의 시론과도 일맥상통한다.

이제현이 선도적인 창작 실천으로 아정한 시풍의 모범을 세웠다면, 이색은 성정지정을 표방한 시론으로 아정한 시풍의 확산에 기여했다. 본래 성리학의 영향 아래 생성된 성정지정의 시론은 있는 그대로 성정을 드러내는 '음영성정吟詠性情'을 지양하고 윤리적 이성에 의한 절제와 여과 과정을 거친 성정지정의 표현을 요구했다. 시를 짓는 과정에서 작자의 마음이 올바름을 얻어 자기수양에 보탬이 될 뿐만 아니라 그런 시만이 감상자를 바른길로 인도하고 건전한 사회발전을 도모하는 데 일조한다고 믿었던 것이다. 그러므로 성정지정의 시론은 '사무사思無邪'를 강조하여 개인 욕망이나 지나친 감정의 분출을 반대하고 평온한 심정을 담박하면서도 깊이 있게 표현한 시를 귀하게 여겼다. 또한 난삽한 전고를 사용하며 시구를 조탁하는 등의 수사적인 천착을 병폐로 여겼는데, 그런 노력은 성정의 올바름을 구한다는 목표와 무관하며 외려 진정성을 왜곡할 우려가 있다고 간주되었다. 그러므로 고려 말 한시의 풍격은 차츰 질박하고 평담한 양상을 띠게 되었고, 이런 흐름은 면면히 이어져 조선 전기 사림파 한시문학에 계승되었다.

한편 고려 말의 시는 송풍宋風이 여전한 우세를 보였으나, 이색이 "지금 사람들 당시唐詩를 배운다고 죄다 말하지만, 묘한 곳을 누가 애써 생각해보았던가"라고 읊은 것처럼 당시에 대한 관심이 증대되었다. 고려 중기 이래 장기간 성행해온 송시풍에 대한 염증, 그리고 성정지정을 추구하던 시단의 상황은 당시 존숭의 환경을 조성했다. 주리적主理的이며 의론적인 경향이 강한 송시보다 주정적主情的이며 정운미가 풍부한 당시의 풍모를 따르는 것이 성정을 드러내기에 더욱 효과적이었기 때문이다. 그러나 성정지정의 시학이 도학의 영향 아래에서 성립된 것이었기에 이취理趣를 담아내기에 적합한 송시의 창작 방법을 결코 포기하지 않았다. 이숭인처럼 당시풍의 작품을 내놓는 시인도 있었으나 시단의 전반적인 창작 경향은 송시풍을 벗어나지 못한 실정이었다.

【 형식별 작품 분류 】

오언고시五言古詩

권근(權近)「익위군의 말을 적다錄翊衛軍語」
김극기(金克己)「전가사시田家四時」
김부식(金富軾)「결기궁結綺宮」
설손(偰遜)「『수부도의사』를 모방하여 짓다擬戍婦搗衣詞」
윤소종(尹紹宗)「태사 허렴의 시운에 차운하다次許濂太史韻」
이곡(李穀)「첩박명, 이백의 시운을 사용해 짓다妾薄命, 用太白韻」
이달충(李達衷)「낙오당감흥樂吾堂感興」
이숭인(李崇仁)「가을밤의 감흥秋夜感興」
이제현(李齊賢)「고풍古風」제3수, 제4수, 제6수, 제7수
정추(鄭樞)「탐욕스런 아전,『진간재집』의 운을 쓴 박헌납의 시에 차운하다汚吏, 同朴獻納用陳簡齋集中韻」
정포(鄭誧)「심양잡시瀋陽雜詩」
최해(崔瀣)「차운하여 정재물에게 답하다次韻答鄭載物」

칠언고시七言古詩

곽예(郭預)「바다 건너 동정에 나선 것에 유감스러워感渡海」

백원항(白元恒)「흰 실의 노래白絲吟」

윤여형(尹汝衡)「도톨밤의 노래橡栗歌」

이곡(李穀)「한양의 정참군을 보내며送漢陽鄭參軍」

이색(李穡)「정관의 노래, 유림관에서 짓다貞觀吟, 楡林關作」

이숭인(李崇仁)「길 가는 어려움行路難」

전녹생(田祿生)「경상도에 안찰하러 가는 부령 정우를 보내며送鄭副令寓按于慶尙」

정추(鄭樞)「강릉 동루에서 달을 마주하여 느낀 바 있어江陵東樓對月有感」

정포(鄭誧)「황산강의 노래黃山歌」

홍간(洪侃)「외기러기의 노래孤雁行」

오언율시五言律詩

곽예(郭預)「동교마상東郊馬上」

김구용(金九容)「기해년의 홍건적己亥年紅賊」

김부식(金富軾)「감로사에서 혜원의 시에 차운하다甘露寺次惠遠韻」

오세재(吳世才)「병든 눈病目」

오세재「창바위戟巖」

윤여형(尹汝衡)「촌에 살다村居」

이색(李穡)「부벽루浮碧樓」

이집(李集)「한양 가는 도중에漢陽途中」

정몽주(鄭夢周)「숙소에서旅寓」

정습명(鄭襲明)「석죽화石竹花」

정지상(鄭知常)「송인送人」

정포(鄭誧)「울주관사 벽에다 쓰다題蔚州官舍壁」

최자(崔滋)「남쪽 제방의 버들, 최교감의 시에 차운하다南堤柳, 崔校勘韻」

오언배율五言排律

곽여(郭興)「동산재응제시東山齋應製詩」

칠언율시七言律詩

곽여(郭興)「청평 이거사에게 주다贈淸平李居士」
김극기(金克己)「고원역高原驛」
안축(安軸)「등주 옛 성에서의 회고登州古城懷古」
이달충(李達衷)「신돈辛旽」
이인로(李仁老)「지리산에 노닐고遊智異山」
이인복(李仁復)「사암 유숙을 보내며送柳思庵」
임춘(林椿)「장난삼아 밀주 원님에게 주다戱贈密州倅」
임춘(林椿)「친구에게 부치다, 진퇴격寄友人, 進退格」
정몽주(鄭夢周)「발해를 건너며渡渤海」
정지상(鄭知常)「변산 소래사에 쓰다題邊山蘇來寺」
정포(鄭誧)「연경의 여관에서 우연히 짓다大都旅舍偶題」
채홍철(蔡洪哲)「복주 영호루福州暎湖樓」
한수(韓脩)「9월 15일, 목은 선생을 맞이해 누대에 올라 달을 완상하며九月十五日, 邀
牧隱先生, 登樓翫月」

오언절구五言絕句

고조기(高兆基)「산장의 비 내리는 밤山莊雨夜」
길재(吉再)「즉사卽事」
김부식(金富軾)「대흥사에서 자규가 우는 소리를 듣고大興寺聞子規」
설장수(偰長壽)「작은 고기잡이배漁艇」
유숙(柳淑)「벽란도碧瀾渡」

356

이색(李穡)「진포의 돌아오는 돛단배鎭浦歸帆」

이인로(李仁老)「산에 살다山居」

이인복(李仁復)「변경을 지키는 군인의 말을 기록하다錄鎭邊軍人語」 제1수, 제2수

이첨(李詹)「자적自適」

장연우(張延祐)「한송정곡寒松亭曲」

정도전(鄭道傳)「매화나무를 노래함詠梅」

정몽주(鄭夢周)「춘흥春興」

정서(鄭敍)「묵죽 그림 뒤에 쓰다題墨竹後」

정포(鄭誧)「강구江口」

진화(陳澕)「사신으로 금나라에 들어가奉使入金」

최당(崔讜)「말 위에서 지어 남에게 주다馬上寄人」

최해(崔瀣)「빗속의 연雨荷」

칠언절구七言絕句

곽예(郭預)「매가 달아나다鶴逸」

길재(吉再)「금오산 대혈사의 광한루金鰲山大穴寺廣寒樓」

길재「한가롭게 살며閑居」

김구용(金九容)「산에 살다山居」

김극기(金克己)「어옹漁翁」

민사평(閔思平)「소악부6장小樂府六章」

민사평「정중승이 달 아래 거문고를 타다鄭中丞月下撫琴」

박인량(朴寅亮)「오자서의 사당伍子胥廟」

안축(安軸)「금강산金剛山」

안축「물 위로 놓인 나무다리臥水木橋」

안향(安珦)「실제失題」

원천석(元天錫)「시골집村舍」

이곡(李穀)「도중에 비를 피하다 느낀 바 있어途中避雨有感」

이색(李穡)「교동喬桐」

고조기(高兆基, ?~1157)

본관은 제주濟州, 초명은 당유唐愈, 호는 계림鷄林. 우복야右僕射를 지낸 고유高維의 아들이다. 예종 초 과거에 급제했으며 남방 고을의 수령으로 나가 선정을 베풀었다. 인조 때 시어사侍御史가 되었으며, 이자겸李資謙이 실각한 뒤 그 일당을 척결하라는 상소를 했으나 임금의 뜻을 거슬러 공부원외랑工部員外郞으로 좌천되었다. 이후 대관臺官이 되어 재차 이자겸 추종 세력의 파직을 상소하다 대관직에서 물러나게 되었다.

1148년(의종 2)에는 정당문학판호부사政堂文學判戶部事로 있으며 지공거知貢擧로 과거를 주관해 25인의 급제자를 선발했다. 1151년 중군병마판사中軍兵馬判事 겸 서북면병마판사西北面兵馬判事를 역임했으나 폐신嬖臣 김존중金存中에게 아부한 일로 탄핵을 받아 상서좌복야尚書左僕射로 옮기고 수개월 뒤 중서시랑평장사中書侍郞平章事로 벼슬에서 물러났다. 성품이 강개하고 경사經史에 해박했으며 시에도 뛰어났다.

곽여(郭輿, 1058~1130)

본관은 청주淸州, 자는 몽득夢得. 문과에 급제하여 내시부內侍府에 있다가 합문지후閤門祇侯를 거쳐 홍주洪州의 수령이 되었으며 예부원외랑禮部員外郞을 역임했다. 그후 금주金州(지금의 경상남도 김해)의 초당으로 돌아가 은거했다. 그러다 1105년에는 예종이 세자로 있던 시절 보좌한 공으로 궁중의 순복전純福殿에 들어가 우대를 받았다. 뒤에 물러날 때에는 왕이 개성 동쪽의 약두산若頭山에 동산재東山齋를 지어주고 허정재虛靜齋라는 편액을 내려주었다. 사후에는 또 정지상鄭知常에게 「산재기山齋

記」를 짓게 하고, 비碑를 세워주었다. 『고려사高麗史』에 의하면 곽여는 젊어서 힘써 공부하여 문장에 뛰어났으며 도교, 불교, 의약, 음양술陰陽術, 승마, 활쏘기, 거문고, 바둑 등 못하는 것이 없는 다재다능한 인물이었다.

곽예(郭預, 1232~1286)

본관은 청주淸州, 자는 선갑先甲, 호는 연담蓮潭. 1255년(고종 42)에 급제하여 전주사록全州司錄에 임명되었다. 1263년(원종 4) 왜구가 지금의 창원 지역에 침입해 공물 운반선을 약탈하고 사람들을 잡아가자 첨사부녹사僉事府錄事로서 일본에 가서 도둑질을 금할 것과 포로를 돌려보내기를 청했다. 1270년 마지막 무신정권 집권자인 임유무林惟茂가 주살되자 왕에게 하례하고 강화에서 개경으로 환도하도록 했다. 재능이 있었으나 후원자가 없어 승진하지 못하다가, 사관史館의 추천으로 예빈주부禮賓注簿와 직한림원直翰林院을 겸했다. 충렬왕 즉위 후에 발탁되어 판도정랑보문서대제지제고判圖正郎寶文署待制知制誥로서 필도치必闍赤에 임명되자 적합한 인물을 얻었다는 평이 있었다. 이후 국자사업國子司業, 전법총랑典法摠郎, 위위윤尉衛尹, 춘궁시강학사春宮侍講學士를 역임했으며, 우부승지右副承旨에 이르렀다. 1282년(충렬왕 8)에는 동지공거同知貢擧에 제수되어 과거고시를 주관했다. 좌승지左承旨, 국자감대사성國子監大司成, 문한학사文翰學士를 거쳐 1286년(충렬왕 12)에 지밀직사사감찰대부知密直司事監察大夫가 더해졌다. 55세에 원나라에 사절로 다녀오던 도중 세상을 마쳤다. 문장과 서법에 뛰어났으며, 한원翰院에 있을 때에 비 오는 날 맨발로 우산을 쓰고 용화지龍化池에서 연꽃을 감상하여, 후대 사람들이 그 풍치를 높이 사 「동국사영東國四詠」의 주인공이 되었다.

권근(權近, 1352~1409)

본관은 안동安東, 호는 양촌陽村. 1367년(공민왕 16) 성균시를 거쳐 이듬해 문과에 급제했다. 우왕 때 예문관응교藝文館應敎, 좌사의대부左司議大夫, 성균관대사성成均館大司成, 예의판서禮儀判書 등을 역임했다. 창왕昌王 때 좌대언左代言, 지신사知申事를 지냈고 밀직사첨서사密直司僉書事로 명나라에 다녀왔다. 1375년(우왕 1) 박상충朴尚衷, 정도전鄭道傳, 정몽주鄭夢周와 같이 친명정책을 주장해 북원의 사절을 반대했으며, 1389년(창왕 1) 윤승순尹承順의 부사로 명나라에 사신으로 갔다가 가져온 예부禮部의 자문咨文이 문제가 되어 유배되었다. 1390년(공양왕 2)에는 이초李初의 옥사에 연루되어 다시 청주로 이배되었다가 석방되었다.

조선 건국 후에도 여러 관직을 역임했으나 정도전 일파의 견제를 받다 1398년 정도전 일파가 숙청된 뒤 정당문학政堂文學, 문하부참찬사門下府參贊事를 거쳐 대사헌大司憲에 이르렀다. 1401년(태종 1)에는 공신으로 길창부원군吉昌府院君에 봉해졌으며, 예문관대제학藝文館大提學, 대사성大司成, 의정부찬성사議政府贊成事 등 요직을 역임했다.

이색李穡의 문인으로 문장에 뛰어났으며, 경학에도 능통했다. 문집으로 『양촌집陽村集』이 있으며 그 외에 여러 저작을 남겼다.

길재(吉再, 1353~1419)

본관은 해평海平, 자는 재보再父, 호는 야은冶隱 또는 금오산인金烏山人. 구미 출생. 1363년 도리사桃李寺에서 처음 글을 배웠으며, 관료로 있던 아버지를 만나러 개경에 갔다가 이색李穡, 정몽주鄭夢周, 권근權近 등의 문하에서 학문을 익혔다. 1386년 진사시에 합격했고, 후에 성균박사成均博士로 승진했다. 조선이 건국된 뒤 1400년(정종 2)에 이방원李芳遠이 태상박사太常博士에 임명했으나 두 임금을 섬기지 않겠다는 뜻을 말하며 거절했다. 세상의 영달에 뜻을 두지 않고 성리학을 연구했기 때문에 그를 본받고 가르침을 얻으려는 학자가 줄을 이었으며, 김종직金宗直, 김굉필金宏弼, 정여창鄭汝昌, 조광조趙光祖 등이 학맥을 이었다. 문집에 『야은집冶隱集』『야은속집冶隱續集』, 언행록인 『야은언행습유록冶隱言行拾遺錄』이 있다.

김구용(金九容, 1338~1384)

본관은 안동安東, 초명은 제민齊閔, 자는 경지敬之, 호는 척약재惕若齋, 육우당六友堂. 민사평閔思平의 외손자다. 공민왕 때 16세로 진사에 합격했다. 덕녕부주부德寧府注簿를 지낸 뒤 1367년(공민왕 16)에 성균관이 중건되자 정몽주鄭夢周, 박상충朴尙衷, 이숭인李崇仁 등과 학관으로 성리학을 지도했다. 1375년(우왕 1) 삼사좌윤三司左尹으로 있으며 북원北元의 사신을 맞으려는 친원파 권신 이인임李仁任에게 맞서다 유배되었다. 후에 여흥에서 노닐며 거처를 육우당이라 하고 시주로 소일했다. 1382년에 성균관대사성成均館大司成, 판전교시사判典校寺事가 되었다. 1384년에 사신으로 명나라에 갔다가 외교상의 문제로 요동에서 체포되어 중국의 변방 대리위大理衛에 유배되어 가던 도중 병사했다. 문집으로 『척약재집惕若齋集』이 전한다.

김극기(金克己, ?~?)

명종 때의 문신. 본관은 경주慶州, 호는 노봉老峯. 어릴 때부터 문명이 있었으며, 진사가 된 뒤에도 벼슬에 오르지 못한 채 초야에서 시작詩作으로 소일하다가, 40대에 이르러 명종의 부름을 받고 의주방어판관義州防禦判官이 되었으며, 직한림원直翰林院을 거쳐 예부원외랑禮部員外郞일 때 금나라에 사신으로 다녀왔다. 유승단이 지은 『김거사집서金居士集序』에서 6품의 낭관직으로 관 속에 들어갔다고 한 것으로 보아, 귀국한 뒤에 다시 전원생활을 하다가 사망했을 가능성이 크다. 여말 진정국사眞靜國師의 『호산록湖山錄』에 의하면 1209년에 사망했다고 전하는데, 대략 1150년경에 출생하여 60세 정도 살았을 것으로 추정된다. 오세재吳世才, 임춘林椿 등과 교유했으며, 초야에 은거할 때 전원생활을 노래한 시를 많이 지었다. 문집으로 135권으로 이뤄진 『김거사집金居士集』을 남겨 최우崔瑀의 명으로 1220년경에 편찬했다고 하나 전하지 않는다. 조운흘趙云仡의 『삼한시귀감三韓詩龜鑑』에는 문집 권수가 150권으로 소개되어 있다. 현재는 『동문선東文選』 『신증동국여지승람新增東國輿地勝覽』 등에 260여 수의 시가 전한다. 그의 시에 대해 최자崔滋는 "시문이 맑고 시원스러우며, 말이 많아질수록 내용이 풍부하다屬辭淸曠, 言多益富"고 했으며, 허균許筠은 "시상의 운용이 지극히 교묘하다運思極妙"고 평했다.

김부식(金富軾, 1075~1151)

본관은 경주慶州, 호는 뇌천雷川이다. 좌간의대부左諫議大夫 등을 역임한 김근金覲의 아들이며, 형제 넷이 과거로 진출해 문한文翰으로 명망이 있었다. 1096년(숙종1)에 급제했으며, 인종 초에는 권신 이자겸李資謙에 반대했고 그가 제거된 후 고위직에 올랐다. 묘청妙淸이 평양에서 반란을 기도하자 원수에 임명되어 난을 진압하고 공신이 되었다. 1142년 사직한 뒤에는 왕명으로 『삼국사기三國史記』를 편찬했다. 고문古文과 시에 뛰어났으며 문집 20여 권이 있었으나 전하지 않는다. 정지상鄭知常과 함께 시문으로 이름을 날렸으며, 서로 시재詩才를 다툰 일화가 『백운소설白雲小說』에 수록되어 있다. 그의 시풍은 대체로 굳세고 힘차 '교건矯健'하다는 평을 받는다.

민사평(閔思平, 1295~1359)

본관은 여흥驪興, 자는 탄부坦夫, 호는 급암及庵. 충숙왕 때 급제했으며 성균관대사성成均館大司成, 감찰대부監察大夫, 찬성사贊成事, 상의회의도감사商議會議都監事를 역임했다. 저술로『급암집及庵集』이 있다.

박인량(朴寅亮, ?~1096)

본관은 평산平山, 자는 대천代天. 문종 때 과거에 급제하여 문한文翰의 직을 거쳤다. 1075년에는 거란이 점령한 압록강 동쪽 지역의 반환을 요청하는 진정표陳情表를 지어 환수받았다. 우부승선右副承宣을 역임한 후 1080년에 예부시랑禮部侍郎으로서 송나라에 사신으로 다녀왔다. 당시 그와 김부식의 부친인 김근金覲이 지은 시문은 『소화집小華集』이란 제목으로 송나라에서 간행되었다. 이후 1089년에는 동지중추원사同知中樞院事가 되었으며, 우복야右僕射를 거쳐 참지정사參知政事에 이르렀다. 저술로『고금록古今錄』10권,『수이전殊異傳』을 남겼으나 전하지 않는다.

백원항(白元恒, ?~?)

본관은 수원水原. 1279년(충렬왕 5)에 국자감시에 수석으로 합격했다. 1311년(충선왕 3)에 지언부사知讞部事로 있으며 사복영사司僕令史를 치죄하여 매를 쳤는데 그가 사망하자 평소 원한이 있던 전영보全英甫의 참소를 입고 영흥도에 유배되었다. 해배된 뒤 1317년에는 총부전서摠部典書로 동고시관同考試官이 되어 홍의손 등을 급제시켰다. 1321년에 밀직사密直使, 첨의평리僉議評理로 임명되었다. 그때 박효수朴孝修와 함께 상왕으로 있던 충선왕의 환국 요청서를 원나라 중서성에 보냈으며, 충선왕을 믿고 권세를 부리며 부정 축재한 권한공과 채홍철 등을 귀양보냈다.『동문선東文選』에 17수의 시가 전한다.

설손(偰遜, ?~1360)

경주 설씨의 시조. 본래 위구르인으로, 고조부가 원나라에 귀화한 후 대대로 집안이 벼슬했다. 원나라 순제順帝 때 진사에 급제해 한림응봉문자翰林應奉文字, 선정원단사관宣政院斷事官 등을 역임했다. 단본당정자端本堂正字가 되어서는 황태자에게 경전을 가르쳤으나 후에 지방관으로 좌천되었다. 공민왕이 즉위하기 전 원나라에서 알게 되었으며, 1358년(공민왕 7) 홍건적의 난을 피해 고려에 귀화해 왕의 우대를 받았다. 그의 아들 설장수偰長壽 역시 문명이 높았다. 저서로는『근사재일고近思齋逸藁』가 있다.

설장수(偰長壽, 1341~1399)

본관은 경주慶州, 자는 천민天民, 호는 운재蕓齋. 위구르 출신으로 귀화한 설손偰遜의 아들. 1362년 문과에 급제하고 판전농시사判典農寺事가 되었다. 이어 밀직제학密直提學을 거쳐 1387년에 지문하부사知門下府事로 명나라에 다녀왔고, 1388년(창왕 즉위)에는 정당문학政堂文學으로 우왕의 손위遜位를 알리는 표문을 가지고 다시 명나라에 다녀왔다. 공양왕을 옹립한 공으로 1390년(공양왕 2) 충의군忠義君에 봉해졌고 문하찬성사門下贊成事로 승진했다. 1392년에는 판삼사사判三司事로서 지공거知貢擧를 겸했다. 정몽주鄭夢周가 살해된 뒤 일당으로 몰려 유배되었으나 조선 건국 후 태조의 특명으로 1396년(태조 5) 검교문하시중檢校門下侍中에 복직되었다. 1398년 정종이 즉위한 뒤 다시 사명을 받고 명나라에 다녀왔다. 시와 글씨에 뛰어났다.

안축(安軸, 1287~1348)

본관은 순흥順興, 자는 당지當之, 호는 근재謹齋. 문과에 급제한 뒤 금주사록金州司錄에 임명되었다. 1324년(충숙왕 11) 원나라 과거에 급제하여 벼슬을 받았으나 부임하지 않았다. 이후 성균학정成均學正, 우사간대부右司諫大夫를 역임했다. 충혜왕 때는 강릉도존무사江陵道存撫使로 파견되어 『관동와주關東瓦注』를 남겼다. 이후 벼슬길이 순탄치 않아 파면과 복직을 거듭하다 충혜왕 복위 후 전법판서典法判書, 감찰대부監察大夫 등을 거쳐 교검교평리校檢校評理로서 상주목사를 지냈다. 1344년(충목왕 즉위)에는 지밀직사사知密直司事와 첨의찬성사僉議贊成事를 차례로 지냈으며, 1347년에는 판정치도감사判整治都監事가 되어, 양전량田 행정에 참여했다. 그후 감춘추관사監春秋館事가 되어 이제현李齊賢 등과 『편년강목編年綱目』을 고쳐 지었으며, 충렬왕, 충선왕, 충숙왕 세 임금의 실록 편찬에 참여했다. 문집으로 『근재집謹齋集』이 있으며, 경기체가인 「관동별곡關東別曲」과 「죽계별곡竹溪別曲」을 짓기도 했다.

안향(安珦, 1243~1306)

본관은 순흥順興, 자는 사온士蘊, 호는 회헌晦軒. 1260년(원종 1) 문과에 급제하여 교서랑校書郞, 직한림원直翰林院을 지냈다. 1275년(충렬왕 1)에는 상주판관으로 부임해 미신 타파에 힘썼다. 이후 판도좌랑版圖佐郞을 거쳐 전중시사殿中侍史가 되고 독로화禿魯花로 선발되었다. 또 국자사업國子司業, 좌부승지左副承旨를 거쳐 정동행성征東行省의 원외랑과 낭중으로 승진했다. 그리고 곧 고려의 유학제거儒學提擧가 되었다. 1289년(충렬왕 15)에는 왕을 수행하고 원나라에 다녀왔는데, 이때 『주자전서朱子全書』를 손수 필사해 들여와 주자 성리학을 연구했다고 한다. 이후 교육 진흥에 힘써 국학國學의 대성전大成殿을 지었으며, 원나라에서 공자의 초상화와 제기, 악기를 비롯해 육경六經 등의 서적을 구입하여 유학 진흥에 크게 기여했다. 1304년(충렬왕 30)에 판밀직사사判密直司事, 도첨의중찬都僉議中贊으로 벼슬에서 물러났으며, 1306년(충렬왕 32)에 세상을 마쳤다.

오세재(吳世才, 1133~?)

본관은 고창高敞, 자는 덕전德全. 한림학사 오학린吳學麟의 손자. 명종 때 나이 51세가 되어 과거에 붙었으나 이인로李仁老가 세 번을 천거했음에도 끝내 벼슬에 오르지 못한 채 경주에 머물다 세상을 마쳤다. 죽림고회竹林高會의 일원이며, 30여 세 아래인 이규보李奎報와 나이를 잊고 교제했다. 그의 형 오세공吳世功과 오세문吳世文도 문장이 뛰어났지만 그가 제일 훌륭했다고 전한다. 그러나 벼슬길이 잘 풀린 형들과 달리 늙도록 뜻을 펴지 못했다. 이규보는 그의 시문은 한유韓愈와 두보杜甫의 체를 본받았고, 시가 씩씩하고 굳세어 '준매경준遒邁勁俊'하다고 평했다. 최자崔滋는 『보한집補閑集』에 그가 평생 지은 시고가 산더미 같았으나 모두 흩어졌다고 적고 있다. 『동문선東文選』에 몇 수의 시가 전한다.

원천석(元天錫, 1330~?)

본관은 원주原州, 자는 자정子正, 호는 운곡耘谷. 종부시령宗簿寺令을 지낸 원윤적元允迪의 아들로, 원주 원씨의 중시조다. 진사가 되었으나 고려 말 정치의 문란함을 보고 개탄하여 치악산에 들어가 은사隱士로 마쳤다. 일찍이 태종이 왕이 되기 전에 가르친 바 있어 태종이 즉위 후 그를 기용하려 불렀으나 응하지 않아 집으로 찾아갔지만 만나지 못했다. 이에 태종은 계석溪石에 올라 집 지키는 할머니에게 선물을 주고 그의 아들을 현감에 임명했는데, 이 계석을 태종대라고 한다. 저서로 『운곡시사耘谷詩史』를 남겼다.

유숙(柳淑, 1324~1368)

본관은 서산瑞山, 자는 순부純夫, 호는 사암思庵. 17세에 과거에 급제해 1340년 안동 사록安東司錄으로 있다가 훗날의 공민왕인 강릉대군을 모시고 4년 동안 원나라에

체류하다 1351년 공민왕이 즉위할 때 귀국했다. 좌부대언左副代言을 거쳐 좌사의대
부左司議大夫로 있을 때 조일신趙日新의 무고로 파직되었다. 조일신이 처단된 뒤 복
직되어 1356년에 부원배附元輩 기철奇轍 일당의 제거에 공을 세웠다. 이어 동경유수
東京留守 등을 역임하고 홍건적의 난이 발생했을 때는 공민왕의 몽진을 주도하여
공훈을 받았다. 이어 첨의평리僉議評理에 올랐으나 사직한 뒤 서령군瑞寧君에 봉해
졌다. 1363년 홍왕사興王寺의 변이 생겼을 때 세운 공으로 1등공신이 되고, 정당문
학政堂文學 겸 감찰대부監察大夫가 되었다. 그후 첨의찬성사상의회의도감사예문관
대제학춘추관지사僉議贊成事商議會議都監事藝文館大提學春秋館知事가 되었으나, 공민왕의
신임을 질시하던 신돈辛旽의 모함을 받고 낙향한 뒤 그 하수인에게 살해되었다.

윤소종(尹紹宗, 1345~1393)

본관은 무송茂松, 호는 동정桐亭. 이색李穡의 문인으로 1365년(공민왕 14) 문과에 급
제했다. 수찬修撰, 정언正言을 거쳐 우왕 초에 전교시승典校寺丞, 부령副令 등을 지냈
다. 1386년에는 성균관사예成均館司藝가 되었고, 창왕 때 전교령典校令을 거쳐 대사
성에 이르렀다. 공양왕 때는 좌상시左常侍, 경연강독관經筵講讀官를 지내다 왕의 미
움을 받고 정몽주鄭夢周 일파에게 탄핵을 받아 유배되었다가 1392년(공양왕 4) 정
몽주가 피살된 후 풀려났다. 조선 개국 후에 『고려사高麗史』의 수찬에 참여했으며,
수문관대제학修文館大提學 등을 역임했다. 문집으로 『동정집桐亭集』이 있다.

윤여형(尹汝衡, ?~?)

생애에 관한 자료가 거의 없으나, 본관은 무송武松으로 알려져 있다. 이제현李齊賢
의 『익재난고益齋亂藁』에 윤여형에게 지어 보낸 「9월 5일 새벽에 일어나 느낀 바가
있어 학유 윤여형에게 부쳐 보이다九月十五日, 曉起有感, 寄示尹汝衡學諭」라는 시가 있어
국자감의 종9품직인 학유를 역임했음을 알 수 있다. 또한 시의 내용으로 보아 두
사람은 서로 정치적 입장을 공유하며 교류한 것으로 짐작된다. 그는 몰락한 지식
인으로 표랑하다 일생을 마친 듯한데, 「관동여야關東旅夜」에서 "천지는 넓고 넓은
데 나는 집이 없어, 하룻밤 등잔 아래 아홉 번 일어나 탄식한다"고 하여 물질적으
로 몹시 궁핍하게 생활했음을 짐작하게 한다.

이곡(李穀, 1298~1351)

본관은 한산韓山, 자는 중보仲父, 호는 가정稼亭. 이제현李齊賢의 문인이며, 이색李穡의
부친이다. 1317년(충숙왕 4) 거자과擧子科에 합격한 뒤 예문관검열藝文館檢閱이 되었
다. 오래도록 발신發身하지 못하다 1332년(충숙왕 복위 1) 정동성征東省 향시에서 수
석, 전시殿試에서는 차석으로 급제하여 원나라의 한림국사원검열관翰林國史院檢閱官
에 임명되었다. 1334년에는 학교를 진흥시키라는 조서를 받고 귀국했다가 이듬해
다시 원나라에 귀환했다. 이후 원나라와 고려 양국에서 여러 벼슬을 역임했다.
1344년에는 이제현과 함께 『편년강목編年綱目』을 증수增修했으며, 충렬왕, 충선왕,
충숙왕의 실록實錄 편찬에 참여했다. 충정왕이 즉위한 뒤에는 강릉대군(훗날의 공
민왕)을 왕으로 옹립하려던 전력 때문에 신변 불안을 느껴 관동 지방을 두루 여행
했다. 충정왕은 머잖아 폐위되었으나 공민왕이 즉위하기 직전 세상을 마쳤다. 문
집으로 『가정집稼亭集』이 있으며 의인체 가전소설 『죽부인전竹夫人傳』을 남겼다.

이달충(李達衷, ?~1385)

본관은 경주慶州, 자는 지중止中, 호는 제정霽亭. 충숙왕 때 문과에 급제했다. 공민왕
때 전리판서典理判書, 감찰대부監察大夫, 호부상서戶部尙書, 밀직제학密直提學 등을 지냈
다. 신돈辛旽의 전횡에 반대하여 파면되었다가 1371년 신돈이 주살된 후에 다시
계림부윤鷄林府尹이 되었으며, 1385년(우왕 11)에 계림부원군鷄林府院君에 봉해졌다.
이제현李齊賢은 그의 당숙이며, 이곡李穀, 정포鄭誧 등과 교유한 신흥사대부다. 문집
으로는 『제정집霽亭集』이 있다.

이색(李穡, 1328~1396)

본관은 한산韓山, 자는 영숙穎叔, 호는 목은牧隱. 이곡李穀의 아들이며, 이제현李齊賢의
문인이다. 1341년(충혜왕 복위 2)에 진사가 되었으며, 1348년(충목왕 4) 원나라 국
자감의 생원이 되었다. 1351년 부친상을 당해 일시 귀국했으며, 1352년(공민왕 1)
에는 시정 개혁에 관한 상소를 올렸다. 그후 정동행성征東行省 향시를 비롯해 원나
라에서 치른 과거에 탁월한 성적으로 합격해 원나라의 한림원에 등용되었다. 그
러나 원나라 멸망의 조짐을 보고 곧 귀국하여 공민왕의 내정 개혁에 참여했다.
1367년에는 대사성이 되어 문교행정에 크게 기여했다. 국학을 중수하고 성균관의
학칙을 새로 제정했으며, 김구용金九容, 정몽주鄭夢周, 이숭인李崇仁 등을 학관으로

채용하여 성리학의 확산에 공헌했다. 1373년 한산군韓山君에 봉해졌으며, 이듬해
에는 예문관대제학藝文館大提學, 지춘추관사知春秋館事 겸 성균관대사성成均館大司成에
임명되었으나 병을 이유로 사퇴했다. 우왕이 즉위한 뒤 다시 벼슬에 나아가 정당
문학政堂文學, 판삼사사判三司事를 역임했다. 위화도회군 이후 창왕을 옹립하는 한편
이성계李成桂 일파의 세력을 견제하고자 했으나 실패하여 고려가 망할 때까지 각
지를 전전하며 유배생활을 했다. 조선 건국 후에는 이성계가 누차 벼슬하기를 종
용했으나 고사했다. 1396년 여행 도중 여강驪江에서 돌연 세상을 떴다.

이색은 고려 후기 문단의 영수로서, 그의 시문은 체제와 격률이 다양하며 풍격 또
한 다채로운 편이다. 저서로『목은문고牧隱文藁』와『목은시고牧隱詩藁』를 남겼다.

이숭인(李崇仁, 1347~1392)

본관은 성주星州, 자는 자안子安, 호는 도은陶隱. 공민왕 때 문과에 장원한 뒤 숙옹부
승麻雍府丞, 장흥고사長興庫使 겸 진덕박사進德博士 등을 역임했다. 명나라의 과거 응
시자를 선발할 때 수석으로 뽑혔으나 나이가 적어 보내지 않았다. 우왕 때에는 김
구용金九容, 정도전鄭道傳 등과 북원北元 사신의 입국을 반대하다 유배되었다. 해배
된 후 밀직제학密直提學이 되어, 정몽주와 함께 실록을 편수하고 동지사사同知事事에
전임되었다. 그러나 정적의 모함으로 수차 옥사를 겪다 조선이 개국할 때 정도전
일파에 피살되었다. 이색李穡으로부터 문학적 재질을 높이 평가받았으며, 전아典雅
한 문장으로 이름이 높았다. 저서에『도은집陶隱集』이 있다.

이승휴(李承休, 1224~1300)

자는 휴휴休休, 호는 동안거사動安居士. 가리加利 이씨의 시조. 1252년 문과에 급제했
으나 임관되지 못하다 1263년(원종 4) 이장용李藏用, 유경柳璥 등에게 구관시求官詩를
보낸 뒤 겨우 천거되어 경흥부서기慶興府書記가 되었다. 1270년 도병마녹사都兵馬錄
事가 되었으며, 1273년 서장관書狀官으로 원나라에 사신으로 가 문장을 떨쳤다. 충
렬왕 때 감찰어사監察御史, 우정언右正言이 되어 시정時政의 폐단에 대해 상소했고, 우
사간右司諫으로 양광충청도안렴사楊廣忠清道按廉使가 되었다. 한때 동주부사東州副使로
좌천되었다가 전중시사殿中侍史에 임명되어 1280년(충렬왕 6)에 국왕과 측근의 폐단
을 간언하다 파직되었다. 이에 은거해 한중 역사를 장편의 시로 노래한『제왕운기帝
王韻紀』를 저술했다. 1298년 충선왕이 즉위한 후 여러 청요직清要職을 제수했으나 곧

사직하고 벼슬에서 물러났다. 문집으로 『동안거사문집動安居士文集』이 있다.

이인로(李仁老, 1152~1220)

본관은 인주仁州, 자는 미수眉叟, 초명은 득옥得玉이다. 호는 전하지 않는다. 간혹 쌍명재雙明齋가 호로 오인되고 있는데, 그것은 이인로의 일가 형뻘인 최당崔讜의 호다. 이인로는 최당을 위해 『쌍명재집雙明齋集』을 펴냈고 「쌍명재기雙明齋記」를 짓기도 했다.

이인로는 누대에 걸쳐 왕가의 외척이었던 가문의 후손이지만 일찍 부모를 여의어 둘째 작은아버지인 화엄승통華嚴僧統 요일寥一에 의해 양육되었다. 어려서부터 총명하여 유·불·도를 망라한 폭넓은 교양을 쌓았으며 시문과 글씨에 뛰어났다. 1170년 그의 나이 19세 때에는 정중부鄭仲夫의 난이 발생하자 승려가 되어 피신했다가 환속했다. 1180년(명종 10) 문과에 급제했다. 신종神宗 때 예부원외랑禮部員外郎, 고종 초에는 비서감秘書監, 우간의대부右諫議大夫를 역임했다. 당시의 이름난 선비 오세재吳世才, 임춘林椿, 조통趙通, 황보항皇甫抗, 함순咸淳, 이담지李湛之 등과 시주詩酒를 즐겨 '해좌칠현海左七賢'으로 일컬어진다. 저서로 『은대집銀臺集』이 있으나 전하지 않으며, 한국 최초의 시화집인 『파한집破閑集』을 남겨 한시 비평의 새 장을 열어놓았다.

이인복(李仁復, 1308~1374)

본관은 성주星州, 자는 극례克禮, 호는 초은樵隱. 1326년 문과에 급제한 뒤 복주사록福州司錄, 춘추공봉春秋供奉을 역임했다. 기거사인起居舍人으로 1342년에 원의 과거에도 급제해 벼슬을 받았으나 돌아와 기거주起居注가 되었다. 1344년, 우대언右代言과 밀직제학密直提學을 거쳐 삼사좌사三司左使로 승진하고, 원의 정동행성도사征東行省都事가 되었다. 1352년에는 조일신趙日新의 난을 평정했다. 1354년 정당문학政堂文學 겸 감찰대부兼監察大夫가 되었다. 1357년 『고금록古今錄』을 편수했으며 이후 여러 고위직을 거쳤다. 1364년 찬성사贊成事에 올라 단성좌리공신端誠佐理功臣에 책록되고, 왕에게 신돈辛旽을 멀리하라고 간했다가 파직되기도 했다. 뒤에 흥안부원군興安府院君에 봉해졌고 삼사판사三司判事를 거쳐 춘추관감사春秋館監事로 있으며 『금경록金鏡錄』을 편수했다. 1373년에는 검교시중檢校侍中이 되었다. 문집으로 『초은집樵隱集』이 있다.

이제현(李齊賢, 1287~1367)

본관은 경주慶州, 자는 중사仲思, 호는 익재益齋, 역옹櫟翁. 1301년(충렬왕 27) 성균시에 장원하고 바로 문과에 급제했다. 이후 연경에서 충선왕을 모시며 조맹부趙孟頫 등 중국의 저명한 문인 학자와 교류했으며, 세 번에 걸쳐 중국 내륙 깊숙이 여행하여 견문을 넓혔다. 원나라 조정의 정쟁으로 인해 충선왕이 유배된 뒤로는 고려의 주권 상실 위기를 막는 데 앞장섰으며 충선왕의 해배를 적극 도모했다. 1324년에는 밀직사密直司를 거쳐 1325년 첨의평리僉議評理, 정당문학政堂文學이 됨으로써 재상의 지위에 올랐다. 충숙왕과 충혜왕이 즉위와 퇴위를 반복하던 시기에는 정권을 잡은 소인배의 전횡으로 활동에 제약이 있었다. 그러다 1339년 조적曹頔의 난으로 인해 충혜왕이 원나라에 압송되자 사태 수습과 왕의 복위에 힘썼다. 그러나 이후 몇 년간 조적의 잔당에 억눌려 두문불출하며 지냈다. 1351년 공민왕 즉위 후 우정승右政丞, 도첨의정승都僉議政丞을 지내고 1353년 사직했다가 이듬해 우정승에 재임용되었으며, 1356년에는 문하시중門下侍中이 되었다. 그후 물러나 있다가 1362년 홍건적의 침입 때 공민왕을 호종한 공으로 계림부원군鷄林府院君에 봉해졌다. 이제현은 14세기 전반기 문단의 영수로서 한문학 발전과 성리학의 확산에 기여했으며, 고려의 내정과 대원 외교에도 탁월한 역량을 발휘했다. 저서로는 『효행록孝行錄』 『익재집益齋集』 『역옹패설櫟翁稗說』 『익재난고益齋亂藁』 등이 있다.

이집(李集, 1327~1387)

본관은 광주廣州, 본명은 원령元齡, 자는 성로成老, 호는 둔촌遁村. 1347년(충목왕 3) 문과에 급제했으며 합포종사合浦從事를 역임했다. 1368년(공민왕 17)에 신돈辛旽을 논박하다 탄압을 피해 영천永川으로 피신했다가 1371년 신돈이 주살되자 개경으로 돌아왔다. 이어 판전교시사判典校寺事에 임명되었으나 사직하고 여주驪州의 천녕현川寧縣(지금의 경기도 여주 금사면 이포리)에 은둔했다. 시문집으로 『둔촌잡영遁村雜詠』을 남겼다.

이첨(李詹, 1345~1405)

본관은 신평新平, 자는 중숙中叔, 호는 쌍매당雙梅堂. 1365년(공민왕 14)에 감시監試에 합격했으며, 1368년에 문과에 급제했다. 예문검열藝文檢閱, 우정언右正言을 역임하고 1375년(우왕 1) 우헌납右獻納에 올라 이인임李仁任 일파를 탄핵하다가 10년간 유배

되었다. 1388년 유배에서 풀려났으며 여러 벼슬을 거쳐 1391년(공양왕 3)에 좌대
언左代言이 되었다. 그러다 정몽주鄭夢周 일파인 김진양金震陽 사건에 연루되어 유배
되었다. 조선 건국 후에는 이조전서吏曹典書에 등용되었다. 1400년(정종 2)에는 명
나라에 사신으로 다녀왔으며, 1402년(태종 2)에는 지의정부사知議政府事가 되어 하
윤河崙과 함께 명나라에 다녀왔다. 이후 지의정부사知議政府事로서 대사헌大司憲을 겸
했으며, 1403년에 예문관대제학藝文館大提學이 되었다. 하윤 등과 함께 『삼국사략三
國史略』을 지었으며, 의전체 가전소설 『저생전楮生傳』을 남겼다. 문집으로 『쌍매당집
雙梅堂集』이 있다.

임춘(林椿, ?~?)

자는 기지耆之, 호는 서하西河. 의종, 명종 연간에 활동했으며 대략 30대 후반에 사
망한 것으로 추정된다. 선대의 본관은 부안扶安이나 분파되어 예천醴泉 임씨林氏의
시조가 되었다. 부친 임광비林光庇와 백부 임종비林宗庇는 한림원의 학사를 지냈다.
문학적 명성이 있던 귀족 가문 출신이었으나 20세 전후에 무신의 난으로 집안 전
체가 화를 입었다. 홀로 피신해 목숨은 부지했지만 조상 대대로 물려받던 공음전
功蔭田조차 잃고 개경에서 5년 정도 살다 가족을 이끌고 영남 상주로 내려가 7년여
동안 타향살이를 했다. 그의 시문 상당수가 당시에 지어졌다. 무신정권에 참여한
인사들에게 천거를 바라는 편지를 쓰기도 하고, 이인로李仁老와 오세재吳世才가 과
거에 합격하자 다시 개경으로 올라와 과거 준비를 했으나 결국 뜻을 이루지 못한
채 경기도 장단長湍으로 내려와 실의와 가난으로 괴로워하다 생을 마쳤다. 이인로
등과 더불어 시주詩酒를 나누며 교유했으며, 문집으로는 『서하선생집西河先生集』이
전한다.

장연우(張延祐, ?~1015)

본관은 흥덕興德. 광종 재위 기간에 출생한 것으로 추정된다. 부친인 장유張儒는 신
라 말기에 중국 오월吳越 지방에 피난을 가서 살았으며 한어漢語에 능통해 사신을
전담했다. 장연우 역시 부친의 영향을 받아 중국어에 뛰어났으리라 짐작된다.
1011년(현종 2) 거란의 침략으로 현종이 피난을 떠났을 때에는 왕을 호종한 공으
로 중추사中樞使를 거친 뒤 판어사대사判御史臺事가 되었다. 1014년에는 거란 침입
이후 재정이 열악해져 백관의 녹봉이 부족하자 경군京軍의 영업전永業田을 박탈할

것을 건의했다. 이에 불만을 품은 무신들이 난을 일으키자 책임을 물어 유배되었다. 후에 복직되어 병부상서兵部尚書로 있다가 사망했다. 행정 사무에 능하여 역임한 일에 재간과 능력이 있다고 일컬어졌다.

전녹생(田祿生, 1318~1375)

본관은 담양潭陽, 자는 맹경孟耕, 호는 야은埜隱. 충혜왕 때 문과에 급제해 제주사록濟州司錄, 전교시교감典校寺校勘을 역임했으며, 원나라의 정동행성征東行省 향시에도 급제했다. 1347(충목왕 3)에는 정치도감整治都監에 참여해 백문보白文寶와 함께 원나라 기황후의 친족으로 횡포를 일삼던 기삼만을 처단하여 원나라의 사신에게 국문을 당하기도 했다. 1357(공민왕 6)에는 기거사인起居舍人으로 염철별감鹽鐵別監의 폐단을 상소했다. 이후 전중시어사殿中侍御史, 전라도안찰사全羅道按察使, 감찰대부監察大夫, 계림윤鷄林尹, 밀직제학密直提學, 경상도도순문사慶尙道都巡問使를 역임했고, 동지공거同知貢擧, 대사헌大司憲을 거쳐 정당문학政堂文學, 개성부사開城府使, 문하평리門下評里 등을 지냈다. 1375년(우왕 1)에 북원北元의 사신 배척과 이인임李仁任 주살을 상소한 사건에 연루되어 유배 도중 사망했다. 문집으로 『야은일고埜隱逸稿』를 남겼다.

정도전(鄭道傳, 1342~1398)

본관은 봉화奉化, 자는 종지宗之, 호는 삼봉三峯. 1362년(공민왕 11) 진사시에 합격한 뒤 충주사록忠州司錄을 거쳐 전교시주부典校寺主簿, 통례문지후通禮門祗候를 지내고 부모상으로 사직했다. 1370년에 성균박사成均博士에 임명되었으며, 1375년(우왕 1)에는 성균사예成均司藝, 지제교知製教 등을 지냈다. 그해에 권신 이인임李仁任 등의 친원배명親元排明 노선에 반대하다가 회진현會津縣에 유배되었다. 1377년, 유배에서 풀려난 뒤 고향에 머물며 성리학을 연구하고 불교 배척 사상을 체계화했다. 1383년, 동북면도지휘사東北面都指揮使 이성계李成桂의 막료가 되었다. 1384년에는 정몽주鄭夢周의 추천을 받고 서장관書狀官이 되어 함께 명나라에 다녀왔다. 1388년에는 이성계의 천거로 성균대사성成均大司成이 되었으며, 조준趙浚과 함께 전제 개혁론을 주장했다. 이후 창왕의 폐위와 공양왕을 옹립을 주도했으며, 전제 개혁을 단행하여 과전법을 실시함으로써 조선 개국의 토대를 마련했다. 정당문학政堂文學으로 재직 중, 구세력의 탄핵을 받아 봉화로 유배되었다가 풀렸으나 다시 정몽주의 탄핵으로 투옥되었다. 정몽주가 피살된 뒤 석방되어 조준 등과 함께 이성계를 왕으로 추대하고 조선 개국공신이 되었다. 문집으로 『삼봉집三峯集』이 있다.

정몽주(鄭夢周, 1337~1392)

본관은 영일迎日, 자는 달가達可, 호는 포은圃隱. 1360년 문과에 장원 급제했으며, 1362년에 예문관藝文館 검열檢閱, 수찬修撰이 되었다. 이후 동북면도지휘사東北面都指揮使 한방신韓方信의 종사관으로 종군하여 여진 토벌에 참가하는 등 여러 벼슬을 역임했다. 1372년에는 서장관으로 명나라에 다녀오던 중 풍랑으로 난파되었으나 구사일생으로 구조되었다. 1376년(우왕 2)에는 성균관대사성成均館大司成으로 친원파 권신 이인임李仁任의 외교 정책에 반대하다 유배되었다가 이듬해 풀려나 일본 규슈九州 지방의 패가대覇家臺에 왜구 단속을 요청하는 임무를 맡고 파견되었다. 1380년에는 이성계李成桂를 따라 전라도 운봉에서 왜구를 토벌하고 돌아왔다. 1384년 정당문학政堂文學이 되었으며, 외교 관계가 몹시 악화된 상태에서 명나라에 사신으로 가 국교 정상화에 기여했다. 1385년 동지공거同知貢擧가 되어 인재를 선발했으며, 이듬해 재차 사신으로 명나라에 파견되었다. 귀국 후 문하평리門下評里가 되었으며, 다시 명나라에 사신으로 갔으나 국교가 악화되어 요동에서 되돌아왔다. 그 뒤로는 삼사좌사三司左使, 문하찬성사門下贊成事, 예문관대제학藝文館大提學 등을 역임했다. 1389년(공양왕 1)에는 이성계와 함께 공양왕을 옹립했다. 그러나 이성계 일파의 세력이 급격히 커져 고려의 존망이 위태로워지자 반대 노선에 섰다가 선죽교에서 피살되었다. 문집으로 『포은집圃隱集』이 있으며, 그의 시문은 호방한 풍격으로 정평이 나 있다.

정서(鄭敍, ?~?)

본관은 동래東萊, 호는 과정瓜亭. 지추밀원사知樞密院事 정항鄭沆의 아들이다. 인종비 공예태후恭睿太后 동생의 남편으로서 왕의 총애를 받았다. 음보蔭補로 내시낭중內侍郎中에 이르렀으며, 1151년(의종 5)에 폐신 정함鄭諴, 김존중金存中의 참소로 동래 및 거제로 유배되었다가 1170년(의종 24)에 풀려났다. 문장에 뛰어났으며 성격이 경박했다고도 하나 그에 대한 뚜렷한 기록은 없다. 저서로는 『과정잡서瓜亭雜書』가 있고, 유배지에서 부른 노래인 「정과정곡鄭瓜亭曲」이 있다.

정습명(鄭襲明, ?~1151)

본관은 영일迎日. 향공鄕貢으로 문과에 급제, 내시內侍에 들어갔고 인종 때 국자사업國子司業, 기거주起居注, 지제고知制誥를 역임했으며, 최충崔冲, 김부식金富軾 등과 함께 '시폐 10조時弊十條'를 올렸으나 거부당했다. 1146년(인종 24) 예부시랑禮部侍郎이 되어 훗날의 의종인 태자를 가르치고, 공예왕후恭睿王后가 둘째 아들을 태자로 세우려는 것을 저지, 인종의 신임을 얻어 승선承宣에 올랐다. 1149년(의종 3) 한림학사翰林學士에 이어 추밀원주지사樞密院奏知事를 지냈다. 선왕의 유명을 받들어 의종에게 거침없이 간함으로써 왕의 미움을 사기도 했다.

정윤의(鄭允宜, ?~?)

본관은 초계草溪. 1268년(원종 9) 과거에 합격했다. 이후 여러 관직을 거쳐 경산부京山府의 수령으로 재임중 그 고을 사람인 이조년李兆年이 인물이 범상하지 않음을 알고는 사위로 삼았다. 1300년(충렬왕 26) 동지공거同知貢擧가 되어 과거를 주관하여 이자세李資歲 등 33인을 뽑았다. 1302년에는 밀직제학密直提學으로 서북면도순문사西北面都巡問使를 지냈으며, 벼슬이 봉익대부奉翊大夫에 이르렀다.

정이오(鄭以吾, 1347~1434)

본관은 진주晉州, 자는 수가粹可, 호는 교은郊隱, 우곡愚谷. 1374년 문과에 급제했다. 이후 예문관검열藝文館檢閱을 비롯하여 공조정랑工曹正郎, 예조정랑禮曹正郎, 전교부령典校副令 등을 지냈다. 조선 개국 후 지선주사知善州事 등을 지내다가 1398년에 왕명으로 『사서절요四書節要』 편찬에 참여했다. 정종 때는 성균관악정成均館樂正, 병조의랑兵曹議郎, 예문관직제학藝文館直提學 등을, 태종 때는 대사성大司成, 병서습독제조兵書習讀提調, 예문관대제학藝文館大提學 등을 역임했다. 저서로 『교은집郊隱集』『화약고기火藥庫記』가 있다.

정지상(鄭知常, ?~1135)

초명은 지원之元, 호는 남호南湖. 서경西京 출신으로 1114년(예종 9) 과거에 급제했다. 1127년(인종 5)에 좌정언左正言으로 있으면서 이자겸李資謙을 제거한 공을 믿고 발호하던 척준경拓俊京을 탄핵하여 유배시켰다. 1129년에는 좌사간左司諫으로 있으며 시정의 득실을 논하는 상소를 올려 왕이 받아들였다. 금나라 정벌과 칭제건원

稱帝建元, 서경 천도를 주장하던 묘청妙淸이 난을 일으키자 동조했으나 이에 맞선 개경세력의 김부식金富軾이 이끄는 토벌군에 참살되었다. 고려 전기를 대표하는 시인으로, 어려서부터 시재가 뛰어났다. 노장老莊사상을 비롯하여 역학易學과 불교에도 조예가 깊었다. 『정사간집鄭司諫集』을 남겼으나 전하지 않고, 『동문선東文選』과 『동국여지승람東國輿地勝覽』 등에 여러 시가 전한다.

정추(鄭樞, 1333~1382)

본관은 청주淸州, 자는 공권公權, 호는 원재圓齋. 정포鄭誧의 아들이다. 공민왕 초에 문과에 급제해 예문검열藝文檢閱, 좌사의대부左司議大夫를 지냈다. 1366년(공민왕 15)에 신돈辛旽을 탄핵하다 이색李穡의 도움으로 화를 면했고 동래현령東萊縣令으로 좌천되었다. 신돈이 죽은 후 좌간의대부左諫議大夫, 성균관대사성成均館大司成이 되었다. 1374년 우왕 즉위 후에는 좌대언左代言, 밀직첨서사密直簽書事, 정당문학政堂文學을 역임했다. 이제현의 문생으로서 학문적, 사상적 영향을 많이 받았다. 그리고 부친 정포鄭誧가 이곡李穀과 돈독한 관계였던 것처럼, 정추는 이색李穡과 깊이 교유했으며 함께 창화한 시를 다수 남겨놓았다. 문집으로 『원재집圓齋集』이 전한다.

정포(鄭誧, 1309~1345)

본관은 청주淸州, 자는 중부仲孚, 호는 설곡雪谷. 1326년(충숙왕 13) 문과에 급제, 예문수찬藝文修撰으로 원나라에 사행을 갔다가 귀국하던 충숙왕을 배알하여 신임을 얻고 곧 좌사간左司諫에 발탁되었다. 충혜왕 때 전리총랑典理摠郎에서 좌사의대부左司議大夫가 되었으나, 악정惡政을 상소했다가 권신의 미움을 받고 울주蔚州로 좌천되었다. 그후 원에서 벼슬할 계획으로 연경燕京에 가서 추천을 받았으나 돌연 병사했다. 시문집으로는 『설곡시고雪谷詩藁』가 있다. 이색李穡은 그의 시를 "맑아도 고고苦孤하지 않고, 화려해도 음탕하지 않아, 사기辭氣가 우아하고 심원하여 결코 저속한 글자를 하나도 쓰지 않았다"고 했다.

진화(陳澕, ?~?)

본관은 여양驪陽, 호는 매호梅湖. 대략 1180년 전후에 출생한 것으로 추정된다. 정중부鄭仲夫와 함께 무신의 난을 일으킨 진준陳俊의 손자, 대장군 진광수陳光修의 아들이다. 어렸을 때부터 글재주가 뛰어나 명종明宗의 명으로 「소상팔경瀟湘八景」을 지어 왕을 찬탄케 했다고 한다. 1200년(신종 3)에 문과에 급제, 한림원에 들어갔으며, 우사간右司諫, 지제고知制誥를 거쳐 공주지사公州知事를 지냈다. 시를 빨리 잘 지었으며 사어詞語가 청려淸麗했다. 이규보李奎報와 나란히 문명이 높아「한림별곡翰林別曲」에서는 "이정언진한림李正言陳翰林 쌍운주필雙韻走筆"이라 지칭했다. 동생 진온陳溫 또한 시를 잘 지었다고 전한다. 그의 문집『매호유고梅湖遺稿』는 15대 후손이『동문선東文選』등에서 수집해 엮었다.

채홍철(蔡洪哲, 1262~1340)

본관은 평강平康, 자는 무민無悶, 호는 중암거사中菴居士. 1283년(충렬왕 9)에 과거에 급제하여 장흥부사가 되었다. 한동안 은거했다가 1308년 충선왕 즉위 후 사의부정司醫副正이 되고, 1314년(충숙왕 1) 문란한 농지를 정리하고 세제를 개편할 때 밀직사지사密直司知事로서 오도순방계정사五道巡訪計定使가 되었다. 당시 부정을 저질러 상당한 재산을 축적했다. 1332년(충숙왕 복위 1)에 찬성사贊成事를 거쳐 공신이 되었다. 문장과 음악에 조예가 있으며 불경에도 해박했다.「자하동신곡紫霞洞新曲」을 작곡했으며 문집으로『중암집中菴集』이 있었으나 전하지 않고『동문선東文選』에 몇 수의 시가 남아 있다.

최당(崔讜, 1135~1211)

본관은 동주東州. 평장사平章事를 지낸 최유청崔惟淸의 아들이다. 1171년(명종 1) 우정언右正言으로 승선承宣 이준의李俊儀와 문극겸文克謙의 대성臺省 겸관을 사면辭免하게 하라는 상소를 올렸다가 전중내급사殿中內給事로 좌천되었다. 이어 이부원외랑吏部員外郎을 거쳐 1183년 상서좌승尙書左丞으로 국자감시國子監試를 주관했다. 1197년 참지정사參知政事로 지공거知貢擧가 되어 방연보房衍寶 등 30인을 뽑았다. 신종 때 중서시랑평장사中書侍郎平章事가 되고, 1199년(신종 2)에 벼슬에서 물러났다. 이후 여러 원로들과 함께 기로회耆老會를 만들어 쌍명재雙明齋에서 시주詩酒로써 소일하여 당시에 '지상선地上仙'으로 불렸다. 글을 잘 지었으며 벼슬살이에도 명성과 공적이 있어 한 시대에 명망이 높았던 인물이다. 이인로李仁老와는 집안의 형제간이기도 하다.

최원우(崔元祐, ?~?)

1347년(충목왕 3) 박광후朴光厚와 같이 서해도西海道에 파견되어 민전民田을 조사하고 안렴존무사按廉存撫使가 되었으며, 1365년(공민왕 14) 감찰집의監察執義를 역임하고 1366년에 정해貞海(지금의 충청남도 서산시 해미면) 감무監務로 좌천되었다.

최자(崔滋, 1188~1260)

본관은 해주海州, 초명은 종유宗裕 또는 안安, 자는 수덕樹德, 호는 동산수東山叟. 최충崔沖의 6대손이다. 1212년(강종 1) 문과에 급제하여 상주사록尙州司錄, 국자감학유國子監學諭를 지냈다. 한동안 관운이 트이지 않다가 이규보李奎報에게 시재를 인정받고 문단의 후계자로 추천되었다. 한때 외직에 나가 제주태수, 상주목사를 역임했으며 내직으로 전중소감殿中少監, 보문각대제寶文閣待制를 역임했다. 1233년(고종 20)에는 금나라로 사행을 다녀왔고, 그후 국자감대사성國子監大司成, 동지추밀원사同知樞密院事 등을 역임했다. 1250년에는 몽골에 사신으로 다녀왔다. 고위직에 올라 1258년에는 유경柳璥 등과 모의하여 4대에 걸친 최씨 정권을 축출하고 왕정을 회복했으며, 이듬해에는 몽골과 화친하고 개경으로 환도할 것을 주장하여 관철시켰다. 최자는 이규보李奎報 문학의 계승자로서, 저서로『최문충공가집崔文忠公家集』10권이 있었으나 전하지 않고, 한시 비평론을 담은『보한집補閑集』3권이 현전한다. 이인로李仁老의『파한집破閑集』을 보충하려는 의도에서 기획되었으며, 고려 중기 시문학의 흐름을 살필 수 있는 자료로 가치가 높다.

최해(崔瀣, 1287~1340)

본관은 경주慶州, 자는 언명보彦明父, 호는 졸옹拙翁, 예산농은猊山農隱. 어려서부터 영특하여 9세의 나이에 이미 시를 잘 지었다. 문과에 급제한 후 성균관학유成均館學諭, 예문춘추관검열藝文春秋館檢閱을 지냈으며, 장사감무長沙監務로 좌천되었다가 얼마 뒤에 예문춘추관주부藝文春秋館注簿로 기용되었다. 장흥고사長興庫使에 임명된 뒤 1321년 원나라 과거에 급제해 요양로遼陽路 개주판관蓋州判官이 되었으나 5개월 만에 병을 핑계로 물러나 귀국했다. 이후 예문응교藝文應敎, 검교대사성檢校大司成을 역임했다.

최해는 이제현李齊賢과 나란히 문명을 떨쳤지만 성품이 완고하고 남을 비판하길 좋아해 관직에 있는 동안 차질이 많았다. 만년에는 몹시 가난하여 개성 남쪽 사자

갑사獅子岬寺의 땅을 빌려 몸소 농사를 지으며 저술에 힘썼다. 역대 시문선집인『동인지문東人之文』을 편찬했으며, 문집으로는『졸고천백拙藁千百』『농은집農隱集』등을 남겼다.

한수(韓脩, 1333~1384)

본관은 청주淸州, 호는 유항柳巷. 이제현李齊賢에게 배웠으며 1347년(충목왕 3) 이곡李穀이 지공거知貢擧를 맡은 과거에 급제했다. 충정왕 때 정방政房의 필도치必闍赤가 되었고, 공민왕 때 재임용되었으며 국자좨주國子祭酒, 예의판서禮儀判書, 이부상서理部尙書, 수문전학사修文殿學士, 우승선右承宣을 역임했다. 우왕 즉위 후 밀직제학密直提學, 동지밀직同知密直에 올랐으나 공민왕을 시해한 한안韓安의 친척이어서 유배되었다. 해배된 이후 상당군上黨君에 봉해졌다 청성군淸城君에 개봉改封되어 후덕부판사厚德府判事에 이르렀다. 사후에 이색李穡이 묘지명을 지었다.

저서로『유항시집柳巷詩集』이 있으며, 서법이 뛰어나「노국대장공주묘비魯國大長公主墓碑」를 비롯 여러 묘비에 필적을 남겼다.

한종유(韓宗愈, 1287~1354)

본관은 청주淸州, 자는 사고師古, 호는 복재復齋. 1304년(충렬왕 30) 문과에 급제, 예문춘추관藝文春秋館에 임용되었으며 충숙왕 초에 수찬修撰을 지냈다. 고려 왕의 자리를 노리던 심왕瀋王의 무고로 충숙왕이 원에 강제로 소환당했을 때 강력하게 환국을 요청한 공으로 좌부대언左副代言이 되었다. 1342년(충혜왕 복위 3), 첨의평리僉議評理로 한양군漢陽君에 봉해졌으며, 이후 찬성사贊成事를 거쳐 1349년(충정왕 원년) 한양부원군漢陽府院君으로 벼슬에서 물러났다. 한강의 저자도楮子島에 별장을 짓고 노후를 보내다가 중간에 공민왕이 재상에 임명하려 했으나 병으로 생을 마쳤다. 문집으로『복재집復齋集』이 있다. 양촌陽村 권근權近의 외조부이다.

홍간(洪侃 ?~1304)

본관은 풍산豊山, 자는 평보平甫, 호는 홍애洪厓. 풍산 홍씨의 시조인 홍지경洪之慶이 부친이다. 1266년(원종7)에 문과에 급제하여 첨의사인僉議舍人, 지제고知制誥를 지내다가 좌천되어 동래현령으로 있다가 생을 마쳤다. 원래 문집은 전하지 않고 후대에『동문선東文選』등에서 수집한 글을 모아 엮은『홍애유고洪厓遺稿』가 전한다.

문학동네 한국고전문학전집을 펴내며

우리가 고전에 눈을 돌리는 것은 고전으로 회귀하기 위해서가 아니다. 한국의 고전은 고전으로서 계승된 역사가 극히 짧고 지금 이 순간에도 발견되고 있으며 심지어 어떤 작품은 저 구석에서 후대의 눈길을 간절하게 기다리고 있기도 하다. 우리의 목표는 바로 이런 한국의 고전을 귀환시키는 것이다. 그러니까 고전 안에 숨죽이며 웅크리고 있는 진리내용들을 다시 불러들이고 그것으로 이 불투명한 시대의 이정표를 삼는 것, 이것이 우리의 궁극적인 목적이다.

문학동네 한국고전문학전집은 몇몇 전문가의 연구실에 갇혀 있던 우리의 위대한 유산을 널리 공유하는 것은 물론, 우리 고전의 비판적 · 창조적 계승을 통해 세계문학사를 또 한번 진화시키고자 하는 강한 열망 속에서 탄생하였다. 그래서 문학동네 한국고전문학전집은 이미 익숙한 불멸의 고전은 말할 것도 없고 각 시대가 새롭게 찾아내어 힘겨운 논의 끝에 고전으로 끌어올린 작품까지를 두루 포함시켰다. 뿐만 아니라 한국 고전의 위대함을 같이 느끼기 위해 자구 하나, 단어 하나에도 세밀한 정성을 들였다. 여러 이본들을 철저히 비교하는 과정을 거쳐 정본을 확정했고, 이제까지의 모든 연구를 포괄한 각주를 달았으며, 각 작품의 품격과 분위기를 충분히 살려 현대어 텍스트를 완성했다. 이 모두가 우리의 고전을 재발명하는 것이야말로 세계문학의 인식론적 지도를 바꾸는 일이라는 소명감 덕분에 가능했음은 물론이다. 부디 한국의 고전 중 그 정수들을 한자리에 모은 문학동네 한국고전문학전집이 그간 한국의 고전을 멀리했던 독자들에게 널리 읽히고 창조적으로 계승되어 세계문학의 진화를 불러오는 우리의, 더 나아가 세계 전체의 소중한 자산으로 자리하기를 기대해본다.

문학동네 한국고전문학전집 편집위원
심경호, 장효현, 정병설, 류보선

옮긴이 **이성호**

인천 출생. 성균관대학교 한문교육과를 졸업하고, 동 대학원 한문학과에서 한국한문학을 전공했다. 고려 후기 한시를 주로 연구하여 약간 편의 논문을 발표했으며, 「사대부문학 형성기의 한시 연구」로 박사학위를 받았다. 모교의 동아시아학술원 대동문화연구원 연구교수를 역임한 뒤 귀촌하여 대관령에서 은거중이다. 우리 고전 번역에 참여해 『조희룡 전집』을 비롯해 『매천야록』 『고산유고』 등을 공동 번역했다. 중국 시가문학에도 관심을 두어 『도연명 전집』 『맹호연 전집』을 국내에서 처음으로 번역 출간한 바 있다.

한국고전문학전집 015

고려 한시 선집

ⓒ이성호 2013

초판 인쇄 | 2013년 11월 2일
초판 발행 | 2013년 11월 9일

옮긴이 이성호 | 펴낸이 강병선

책임편집 오경철 | 편집 류기일 | 독자모니터 황치영
디자인 윤종윤 이주영 | 저작권 한문숙 박혜연 김지영
마케팅 우영희 이미진 나해진 김은지 | 온라인마케팅 김희숙 김상만 이원주 한수진
제작 강신은 김애진 김동욱 임현식 | 제작처 영신사

펴낸곳 (주)문학동네
출판등록 1993년 10월 22일 제406-2003-000045호
주소 413-120 경기도 파주시 회동길 210
전자우편 editor@munhak.com | 대표전화 031)955-8888 | 팩스 031)955-8855
문의전화 031)955-2660(마케팅), 031)955-2645(편집)
문학동네카페 http://cafe.naver.com/mhdn
문학동네트위터 http://twitter.com/munhakdongne

ISBN 978-89-546-2276-9 04810
     978-89-546-0888-6 04810 (세트)

* 이 도서의 국립중앙도서관 출판시도서목록(CIP)은 e-CIP홈페이지(http://www.nl.go.kr/ecip)와
  국가자료공동목록시스템(http://www.nl.go.kr/kolisnet)에서 이용하실 수 있습니다.
  (CIP제어번호: CIP2013021625)

www.munhak.com